U0148353

物色

下

时镜 著

湖南文艺出版社 | 博集天卷

第三十一章
气氛杀手

裴恕似乎早料到了她的反应，一点也不惊讶："晚了。"

林蔻蔻："……"

裴恕一本正经道："反正我不做赔本生意。人上山来，就不能空着手回去。再说这也不过分。"

林蔻蔻感觉他的确是一朵奇葩："这还叫不过分吗？"

裴恕道："你算算，张贤是清泉寺的吧？"

林蔻蔻："……"

裴恕有自己的一套逻辑："他是清泉寺的人，却拿我们当筹码，算计我们白跑一趟不说，还有可能要我们为对手做嫁衣，这不厚道吧？那我们把清泉寺禅修班的人挖走几个又怎么了？一报还一报，这叫公平。"

林蔻蔻感到难以置信。

裴恕观察她的表情，末了一笑，竟是难得正色了几分，补充道："而且，既然是要给董天海找人，就不应该放过任何一种可能性。禅修班这边的学员水平的确很高，我认为我们可以认真筛选一下。"

从禅修班的学员里找找看？林蔻蔻眉梢瞬间挑了一下，迅速在自己大脑里将禅修班的学员名单过了一遍，竟然还真发现了几个有可能合适的人选。

裴恕问："怎么样？"

林蔻蔻拿着那份文件夹，斟酌了片刻："你知道我一直在清泉寺的访客黑名单上吧？"

裴恕眼皮跳了一下，不知为何有种不妙的预感。

林蔻蔻冲他一笑："我向来是个知错就改，愿意给人留余地的好人。所以这次如果东窗事发，显然不是我的责任。从主观上来讲，我绝没有任何再从清泉寺挖人的意图，是你让我干的。这你认同吧？"

知错就改，愿意给人留余地的好人？！

裴恕心道："你对自己是有什么错误的认知吗？怎么敢把'甩锅'说得这么冠冕堂皇？"

他盯着林蔻蔻唇畔那些微的笑意，目光再移到她那双不知何时开始熠熠闪烁的瞳孔上，嘴角便没忍住抽搐了一下——她主观上没有意图才怪！这女人明明一副兴奋模样，跃跃欲试，恨不得立刻把清泉寺挖空的样子！

他深吸一口气："你高兴就好。"

反正等东窗事发，谁也别想跑。

林蔻蔻听完却笑起来，她觉得这份工作忽然又恢复了它原本的魅力。当初是被强行赶下山的，禅修班里还有好多不错的候选人她都没来得及下手！这回……她把文件夹往桌上一放，直接拿过那枚U盘插到电脑上，看着浮现在屏幕上的那些简历，她一双眼隐约愉悦而微微眯起，分外漂亮。

夜色渐浓，寺院各处早已关闭。薛琳回到禅修班的住处时，专门向禅修班的学员打听了一遍，听说林蔻蔻下午回来后就再也没出去过，心里原本五六分的猜测，便渐渐增长到了八九分——张贤似乎真的没有答应歧路。

这令她感到了久违的亢奋，带着舒甜回到自己房间后，薛琳便在屋里走来走去，显然是有什么事情犹豫不决，内心里两种不同的想法在激烈地交锋、角逐，最终，分出了胜负。晚上九点二十分左右，舒甜看到她突然站定，咬了咬牙，拿出手机，翻出了通讯录。

薛琳找到了施定青的号码，一个电话打了过去，声音里是按捺不住的兴奋："情况好像和预想的不太一样，张贤暂时没有答应歧路那边，我们争取这一单希望极大。只是我今天问了几遍，张贤还没有见我的意思。施总，我认为他这个级别的人物，可能并不想浪费时间跟我对话。不知道您那边有没有可能尽快飞过来？"

施定青似乎颇为诧异："我亲自来？"

薛琳已经仔细分析过了张贤那边透露出的信号："他没答应但也没拒绝，又不见我，我想是我们开出的价码他还不够满意。施总您亲自来的话，一来表现出对他的重视，二来他可能有要求直接跟您提，也省了中间沟通的时间。

如果想挖到这个人，您亲自来不一定有用，但如果您不亲自来，我认为没有半点成功的可能。"

张贤当年是何等风云人物，岂能没有半点傲气？薛琳虽然对他不见自己分外不满，可只要想到林蔻蔻这样的都在张贤那边碰了壁，而胜利的天平竟然倾斜向了自己，那一点不满又算得了什么呢？她巴不得张贤更傲一点才好呢。

施定青那边沉默良久，显然是在衡量这件事的可能性。薛琳道："我明天早上会以施总的名义，再去预约张贤的时间，看他是否愿意见面。您不妨先把机票订上，明天我们再看情况。"她就是有那种预感——这次能成！

施定青答应了下来，先让自己的助理去订明天的机票，然后又问了一些细节。主要不是问林蔻蔻，而是问裴恕。这多少令薛琳有些不解。

这一单 case 明显是林蔻蔻作为主力，就算是在清泉寺的访客黑名单里，她对这边的环境和情况也是最熟悉的，就连第二次在茶室，张贤也只见了她。裴恕在行内厉害归厉害，可歧路的规模毕竟难以与四大猎头公司相比，他这回似乎也没表现出什么特别的锋芒，施定青为什么如此关注他？

只是施定青不会给她答案。薛琳只能搜索自己的回忆，找出一些印象不深刻的片段，一一回答了她的问题，方才挂断电话。

舒甜全程旁听。

薛琳挂完电话便问她："先前让你打听的事打听到了吗？"

舒甜立刻道："问过慧言小师父了，张贤大部分时间都在后山禅房自己的住处读书，不太外出。但每天早晨太阳出来之前，他会从后山绕出来散步，一直等到日出之后再回住处。施总那边大概率是明天下午的航班，到山下是晚上，夜里上不来，次日才能上山。您要约的话最佳方案是明天早上等候选人出来，跟他约次日下午的时间。"

那个慧言似乎是经常跟着张贤的。只是笑归笑，和善归和善，却寡言少语，不轻易说什么话。薛琳曾试图套话，却搞不定。但舒甜天生一副无害小可怜的样子，又只是薛琳的助理，不像薛琳本人那么敏感，所以被薛琳派去套话。没想到，她还真能套出来。

薛琳不免多看了她一眼，但也没太在意，更不会因为这些许小事就对她进行夸奖，只将其视作理所当然，吩咐道："那明天早上你算好时间做好准备，过来叫我，不要耽误了事。另外……"

舒甜忙看向她。

薛琳眸中暗光闪烁，着实思量了片刻，搓了一下手指，才突然一声笑："另外，你关注一下这阵子网上谈论这单 case 的帖子……"

网络上的帖子？舒甜先是不明，有些疑惑，可紧接着，她就触到了薛琳那明显筹谋着什么的目光，心里一惊。她问："只用关注吗？"

薛琳想：这单要是成了，那就相当于她一单 case 同时斩下林蔻蔻与裴恕两位大猎，业内还有谁能与她相提并论？简直是天赐的机会，让她直接"登基"。她要不利用一下，都对不起老天爷。

当下薛琳只冷笑一声，施施然道："今晚只用关注，还不着急……"

薛琳已经做好了准备，就看明早张贤是什么态度了。只要张贤答应……那她会将自己最狠的一击，送给歧路，也送给那两位在业内蜚声已久的大猎！

眨眼已过去大半夜。裴恕虽号称"葛朗台"，但歧路那边在同他们商量完 mapping 方案之后，就已经各自下班回家。毕竟别家公司现在也不工作，有些调研只能白天再做。

林蔻蔻跟裴恕就不一样了，两个人熬起夜来不知疲倦，从深夜一直忙到凌晨三四点，其间还各自打了好几个电话。

禅修班那份名单，竟比林蔻蔻想得还要长。因为裴恕放在文件夹里的，不仅是本届禅修班的人，还有前几年的学员名单以及学员的基本情况记录。这哪里是找人要了简历这么简单？

姓裴的要说这不是把清泉寺禅修班的数据库连锅端了她都不信！

上山才几天时间，裴恕怎么办到的？林蔻蔻自问，要想做到这程度，她不是没有一些办法。可这些办法……绝对算不上什么正常手段。筛选完名单，她忍不住转头看了裴恕一眼。

这男人似乎已经结束了一阶段的工作，正拧眉盯着自己放在桌上的手机出神，也不知在想些什么。林蔻蔻只能想起此人在业内也不怎么好的风评。该说一句不愧是他吗？

半掩的窗帘外，月已落，疏星尽散，也快到日出的时间了，外头已经有了游客夜爬上山的动静。裴恕仍旧坐着没动。林蔻蔻刚想开口叫他，便看见他桌上放着两个空了的咖啡罐，蓦地一怔。林蔻蔻重看他面容，方才注意到他优越的眉骨下，眼底带着淡淡的倦意，壁上微黄的灯光从侧面打过来，在他眼窝处留下了一片深深的阴影，越显得他静谧沉寂。

于是这一刹，记忆里的细节，如枯叶一般被细流翻起，温和地浮现……林蔻蔻竟想起了不少。初次见面时，他坐在孙克诚的办公室里，抄着手打量她时，一副挑剔、不善的眼神；接风聚餐时，夜风吹过的露台门后，将缠住她头发的纽扣拽落的、带着几分隐忍与克制的修长手指；还有深夜坐垃圾车上清泉寺时，冷风里，这人咬牙切齿恨不得杀她而后快的滑稽表情；以及……几个小时前，从她手里夺过烟教训她时，那一身生人勿近的盛怒与冰冷。

林蔻蔻的思绪竟不由得有些走远了。

裴恕忽然抬手捏了一下自己的眉心，回过头看她，问："你结束了？"

林蔻蔻方才回神，淡淡道："结束了。"

她斟酌了片刻，问："你那边有比张贤更强的候选人吗？"

裴恕没答，反问："你那边有吗？"

林蔻蔻看向他，他也看着林蔻蔻。两人目光交错，这一时竟有种凝重的静默。

虽然说如今的张贤对他们毫无价值，可真比张贤强的人，哪儿那么好找呢？结果已经显而易见了。

最终是林蔻蔻先笑了起来："也很正常，我们目前筛选的不过是我们已有的人脉，而且这大半夜的还有好些以前没联系的候选人不方便联系，等明天白天或者等新的 mapping 出来，说不定就有结果了。要光靠我们两一晚上就能找到合适的人选，这顾问费未免也太好挣了一点。"

裴恕挑了眉："你很会自我安慰。"

林蔻蔻不置可否，只是凝望着他，过了一会儿，忽然轻声道："谢谢。"

这话说得没头没脑的，裴恕未免怔了一下。

只是片刻后，他唇畔便露出了一抹笑意，颇为骄矜地抬了抬自己那线条流畅的下颌："我接受你的感谢。"

林蔻蔻："……"

她发誓，在刚才那一刻，她的道谢是完全出于真心的。可在听见他这一句之后，她怎么忽然觉得有点手痒想揍人呢？

裴恕轻哼一声："别悄悄在心里骂我，我听得见。"

林蔻蔻："……"

方才的感动荡然无存，千言万语汇聚在心中，最终只化作一个分外礼貌的读音："滚——"

看见她的表情，裴恕竟没忍住笑出声来。林蔻蔻翻了个白眼。

裴恕笑完了，才颇带几分认真地看向她，只是话问出口，却是："回去睡觉，或者……你现在饿吗？"

林蔻蔻昨天从茶室出来就没怎么吃东西，熬了一晚上，全神贯注时倒没什么感觉，此刻被他一提，忽然觉得腹内空空，饥肠辘辘，于是问："出去吃点？"

裴恕正有此意。这会儿夜爬的游人差不多该上山了，外头卖早餐的小商贩们肯定也都支起了自己的摊点，出去溜达一圈找点吃的应该不难。

两人略做收拾，从屋里出来。到了外面，果然瞧见了拄着登山杖、戴着头灯上山的夜爬者，但零零星星，人还不多。山上那个小广场一样的平台边上，支着些早餐摊点。

其中一个摊点外头，放了一锅茶叶蛋，正有个皮肤黝黑的、上了年纪的老板，系着围裙站在前面，给人打包茶叶蛋。这正是林蔻蔻跟裴恕刚上山那天光顾的店。两人直接往这边走来。

只是没想到，才刚走到一张空着的桌旁，林蔻蔻一抬头，竟瞧见隔壁卖卷饼的摊点走出来一个身材娇小的姑娘，手里拿了两份打包好的早餐。这不是舒甜又是谁？林蔻蔻顿时有些讶异，下意识地看了一眼手机上的时间，这才凌晨四点半，她起这么早买早餐？

在她看见舒甜时，舒甜自然也看见她了，舒甜先是愣了一下，紧接着便下意识地扬起了友善的笑脸，打了声招呼："林顾问，早上好！"

舒甜话说完，才注意到她旁边的裴恕，于是又微微正色，礼貌一点头："裴顾问也好。"

人是一起来的，但她先注意到的是林蔻蔻，对他们打招呼时的态度也有细微的分别。裴恕瞅了舒甜一眼，没出声。

林蔻蔻则看了她提着的两份早餐一眼，笑着寒暄："怎么这么早，你们薛总监今天有事？"

舒甜顿时一惊，眼神有些躲闪，含混道："薛顾问一向起得早，我提前买好，免得一会儿人多。"

薛琳起得早？林蔻蔻一听就知道她在撒谎，只是也不拆穿，道："那你快回去吧，外头冷，拎会儿该凉了。"

舒甜道："那我先走了。"

只是她离开时，欲言又止，多看了林蔻蔻一眼，才从他们旁边过去。

凌晨天还未亮，山道上光线昏暗，风也挺冷。林蔻蔻跟裴恕却是在茶叶蛋摊点边上站了好半晌，一直看着舒甜的背影消失在回禅修班的那条道上，才转回身来对望了一眼。

林蔻蔻道："你也不信？"

裴恕道："薛琳不至于起这么早，我看她身边这个小助理倒像是对你很有好感的样子，知道点什么，但又不敢跟你说。"

舒甜吗？之前跟薛琳短暂合作的时候，林蔻蔻对这小姑娘印象极好，她做事周密仔细，心肠也不错，看着柔弱但有一股韧劲。

她想了想道："想必是她们要有所行动了。"

这实在不难猜。毕竟昨天张贤已经拒绝了他们，薛琳甚至都不需要打听就能知道，岂能不铆足劲去磕张贤？

林蔻蔻不再去想，直接在桌旁坐下。

两人点了两个茶叶蛋，要了两碗滚烫的糯米粥，再配上几盘小菜，吃了顿极其简单的早饭。

没多久，天就亮开了。夜爬看日出的人从山顶上下来，挤挤挨挨，到处都是人。男女都有，样貌各异，光从衣着打扮与谈吐气质上，便能大致分辨他们的收入、教育水平和相互间的关系。

林蔻蔻一边喝粥，一边打量着这些人，没一会儿职业病就开始犯了："你说这些游客里有没有比张贤强的呢？"

裴恕无奈道："你是看了一晚上简历，看出后遗症来了？看谁都是候选人。"

林蔻蔻没有否认，长叹了一口气："现在要给我从石头缝里拉出一只猴子来，我都觉得它应该姓孙。"

裴恕："……"

完了，一晚上的夜熬下来，大猎都给熬傻了。

他无情提醒："别做梦了，以为是拍武侠小说吗？大街上有的只是清洁工，你不会以为自己运气能好到撞见扫地僧吧？"

"扫地僧"是金庸《天龙八部》里的段子，少林寺诸多高手将人头打成狗头，却被藏经阁门口一个扫地的糟老头子给打蒙了，从此以后"扫地僧"便专门用来指代那些隐藏极深、不为人知的高人。林蔻蔻自然不认为自己运气能这么好。只是她还没来得及开口说话，边上一道声音忽然插了进来："扫地僧？"

这声音十分耳熟。

林蔻蔻一转头就看见了智定和尚那张长着扫帚眉的脸，惊得差点呛着。

裴恕也没想到："智定师父这么早？"

老和尚智定的僧衣里面穿着厚厚的棉袄，看上去身形有些臃肿，刚走过来，就不大客气地坐在了林蔻蔻的边上，哼道："寺里做早课，一向起这么早，以为跟你们一样？说吧，你们在这儿聊我干什么？是不是又在说我坏话？"

林蔻蔻："……"

裴恕也微微怔了一下："聊您？"

老和尚理所当然道："我在寺里就负责扫地啊，刚刚走过来就听见你们在说我了，现在还不承认？我知道你们俩不是什么好玩意儿，讲我坏话也不稀奇，不用这么遮遮掩掩的。"

好家伙，我们要找的"扫地僧"跟你这个扫地僧能是一回事吗？

两人都被堵了一下，一时没说出话来。

末了还是林蔻蔻扯开唇角，先皮笑肉不笑道："我们就讲你坏话怎么了？反正现在挖张贤的事也吹了，你们这破庙，我们还不稀得伺候了。放心，过不了两天我们就下山了。"

而且走的时候，会把禅修班"洗劫"一空！

她跟智定是积怨已深，完全不考虑别的可能，她直接认定这老和尚肯定已经知道他们挖张贤不成反被张贤算计的事情，必然抓住机会狠狠奚落他们一番，所以才有这番阴阳怪气的话。可没想到，老和尚闻言竟是一怔。他带了几分探寻的目光看向林蔻蔻，甚至眼神里还带上了一点细微的小心，仿佛在顾忌着什么一般，咳嗽了一声，低声道："你们真放弃了？"

裴恕听见，忽然挑了眉。

林蔻蔻也觉出不对，眼光一闪："怎么，您那边还有点别的消息？"

"喀，那倒也没有。"智定小声嘀咕了一句什么，也没隐瞒他们，"我就是天没亮就起来在后山晃的时候，看见薛琳在那边跟慧贤说话，慧贤好像是答应了什么事的样子。扫完地出来看见你们，还以为你们也要去找慧贤呢。"

"慧贤"就是张贤的法号，智定辈分要高一截，所以是直呼其名。

林蔻蔻跟裴恕听了，却相互望了一眼。他们都想起了刚才在这边碰到的舒甜。果然，如果是为了见到张贤，就算再起早一点都不稀奇。

张贤本就已经选定了施定青那边当合作对象，这次薛琳为了见到人又专门起了个大早，想必是诚意够了，也给够了面子，张贤应该答应了吧？林蔻蔻不禁这样想着。可即便对此早有预料，真到了这场候选人争夺战的胜负见分晓的时候，她仍旧感觉到了几分难言的复杂，有片刻没说话。

三个人围坐在一张小桌子前，气氛凝重。林蔻蔻垂首不语，裴恕打量她的神情，也不说话。

　　老和尚智定倒是想说点什么，可往左看看裴恕，往右看看林蔻蔻，又不知道该怎么开口。

　　最后竟是林蔻蔻搁在桌上的手机接连振动了好几下，打破了此时此刻的安静。有微信新消息，来自白蓝。只是来的非但算不上什么好消息，甚至称得上雪上加霜……

　　林蔻蔻点开一看，白蓝在聊天框里已经发了疯。

　　白蓝－嘉新：［网页链接］大反转！清泉寺挖人之战，我听说好像是途瑞的薛琳占了上风啊！林蔻蔻跟裴恕联手都没打过她！

　　白蓝－嘉新：大清早就有人爆料，别跟我说这是真的。

　　白蓝－嘉新：干什么吃的？

　　白蓝－嘉新：林蔻蔻，你他妈竞业一年脑袋竟秀逗了吗？你跟那个姓裴的两个极品联手都打不过一个薛琳?!

　　白蓝－嘉新：这种case都能输，你还能不能争点气了！［抓狂］

　　林蔻蔻："……"

　　这位嘉新的金牌猎头，假如不说是看不惯她已久，一向是她的仇人，恐怕得被人误会成她的事业粉了。难道这就是传说中的"一黑顶十粉"？

　　她挑了一下眉，先没回消息，而是顺着帖子链接点进去看了一眼。这一看，脸上的神情便渐渐冰封，变得一片冷峻。

　　帖子是半小时前发在行业论坛上的，因为昨天就有人爆料途瑞和歧路的三大知名猎头在争同一个候选人的事，关注度很高，所以尽管这帖子发布的时间很早，但现在已经有不少人回帖了，一眼看下去密密麻麻的一片。

　　"薛琳居然能占上风？不会吧，她可是一个打两个啊，歧路的人又不是吃素的。"

　　"是啊，还有个林蔻蔻，也能输？"

　　"杂志都说了，薛琳是远超林蔻蔻的猎圈新人王，这就叫'长江后浪推前浪'，什么林啊裴啊的，老猎头早跟不上时代了，应该被淘汰。"

　　"歧路这种公司本来就不大，以前就是行业里吹得厉害罢了，哪儿能真的跟途瑞这种'四大'级别的公司相比，输不是很正常的事吗？我看是你们把自己忽悠瘸了，什么林蔻蔻什么裴恕，也就那样。"

"长江后浪推前浪，薛琳的确厉害。"

"这可不是丢脸那么简单，两个知名大猎啊，裴恕还是歧路的合伙人，这么重要的一单竟然输给途瑞一个才入行一年多的新人，那以后歧路……"

…………

一石激起千层浪，一张帖子引起了论坛震荡。回帖的人持什么态度的都有。

林蔻蔻入行多年，面临过的质疑无数，早已练就了一颗金刚不坏之心。她在意的完全不是这些言论，而是那几条提到歧路的评论。昨晚与众人视频会议时的画面不期而浮现在林蔻蔻的脑海，同时回响在耳畔的，是裴恕难得正色说的那句"不是想不想争的问题，而是我必须赢"。

裴恕看她表情不对，很自然地问："出事了？"

林蔻蔻直接把手机递给他。

裴恕快速扫一眼之后，迅速做出了判断："是薛琳那边放了消息，透了口风吧？想必她跟张贤的沟通已经取得进展，挖人这件事十拿九稳，才敢这么嚣张。"

林蔻蔻只问："不要紧吗？"

裴恕把手机还给她："什么？"

林蔻蔻觉得有口气闷在心里，注视着裴恕慢慢道："如果我是竞争对手，现在就会开始行动了，不管消息从哪里来，都会先趁机传播出去，借机打压歧路的名声，抢夺歧路的订单，拉拢歧路的客户。趁对手病，要对手命。"

在瞬息万变的生意场上，就算是小事处理不好都有可能演变成一场巨大的危机，何况还是这样关乎歧路生意的一单？她说的话不是杞人忧天，而是确确实实一定会发生的事。这一点裴恕也清楚。只是他竟一点也不慌张，反而微微弯了一点唇角，眼带笑意地回视她："我们在这儿也做不了什么吧？"

林蔻蔻拧眉，下意识地先看了旁边支着耳朵听的老和尚智定一眼，才颇为隐晦地向裴恕道："要不少做一点事，早点下山，也好早点回上海？"

隔着电话和网络固然能沟通，可哪儿有比合伙人坐镇战场更让人放心的呢？她说的"少做一点事"指的是干脆别挖人家禅修班的人了。

裴恕听懂了，也看了智定一眼。

老和尚自打刚才起就见他们俩旁若无人地聊事情，这会儿简直一头雾水："你俩聊天归聊天，看我干什么？我怎么觉得这么不对劲……"

裴恕全当没听到，只对林蔻蔻道："不用担心，按着原计划来吧。"

林蔻蔻不明白："你一点也不担心？"

裴恕竟一扬眉，轻笑一声："又不是我们走了，上海就没人了。不是还有孙克诚吗？"

孙克诚？

林蔻蔻顿时一愣，有些意外。她面上的神情变得古怪起来，只问了一句："你确定？"

早晨七点半的歧路，人竟然已经来得差不多了。大家都在为裴恕昨天要的候选人名单而努力。只不过此刻某间办公室里的气氛却过于轻松，与外面的紧张格格不入，以至于孟之行与叶湘在沙发上坐了半天，说完事之后，都还有点呆滞，没回过神来。

办公室里放着节奏舒缓的巴洛克，桌上泡着一壶清茶，孙克诚一身轻便休闲服，宛如在沙滩上度假一般，甚至已经换上了一双室内拖鞋。可以想见，裴恕不在上海这段时间，他过得有多惬意。毕竟不用伺候祖宗了啊。既不用担心有人玩纸牌给他扔一地，也不用担心有些人嘴挑只喝咖啡不喝茶，简直跟农奴翻身、长工解放一样爽。

听完孟之行、叶湘二人的汇报，他抬起头来，只问了一句："就这？"

孟之行跟叶湘都愣了。论坛上可是出现了爆料帖啊，这还不严重？

孙克诚道："回帖不都没几条，也没多少人关注吗？"

叶湘嘴角抽了一下，幽幽道："消息都传到我跟孟之行这儿了，大家只是不回帖，都在小群里私聊呢。"

孟之行也险些哽住了，重述此事的严重性："而且这帖子的出现不会是偶然的，必然是途瑞那边居心不良要搞事情，不然也不会老大那边昨天刚出状况，今天就有消息爆出来。我们不应该马上采取行动吗？"

孙克诚深深叹了口气："哎呀，年轻人，不要这么急躁嘛。这种事多了去了，我们做自己的事，当没看见就不好了吗？"

他顺手给孟之行倒了一杯茶。

孟之行却愣住了："不管？"

孙克诚道："别人有心要搞你，你删帖人家也能再发。有什么用呢？"

叶湘着急道："不管的话，那接下来不知道多少同行也会趁火打劫、落井下石了。"

孙克诚摸了摸下巴，嘀咕了一声："这难道不是好事？"

孟之行、叶湘："？？？"

"什么意思？"裴恕没明白。

林蔻蔻幽幽地望着他，无情吐槽道："我要是孙克诚，天天在公司伺候你这个祖宗就已经受够气了，要听说你在外面挨了毒打，得高兴得放鞭炮。"

裴恕："……"

林蔻蔻继续道："虽然他是你的合伙人，你们有利益捆绑，但要有外人来杀杀你的锐气，在不伤筋动骨的情况下，我心里简直不要太爽好吗？"

裴恕静默了片刻，微微一笑："你怕不是把自己心里话讲出来了吧？"

林蔻蔻顿时笑了起来。

话当然都是玩笑话，可这么说过两句之后，林蔻蔻竟觉得先前压抑着的郁气一扫而空。裴恕都不担心，自己担心什么呢？何况她对孙克诚，有远比旁人更深刻的印象。

在歧路这么一家公司里，有裴恕这么一朵风格鲜明的奇葩存在，一般人其实很难关注到孙克诚这么一个人。孙克诚三十来岁，脾气和善，似乎还有点不靠谱。但林蔻蔻绝不会忘记，正是他力排众议，邀请自己加入歧路——甚至是在当时裴恕也极力反对的情况下。这样一个人，岂能没有魄力？

她随意挑眉："就当是我的心里话喽。"

这一顿早餐慢吞吞地吃到这里也差不多了，林蔻蔻直接摸出手机来结了账，顺便连智定的那一份也付了。

老和尚哼声问："你们什么时候走？"

林蔻蔻对这老和尚没好脸色，同样哼了一声，冷脸道："回去先补个觉，下午收拾一下就下山，明天应该就走了。"

老和尚看她一眼，两道有些发白的扫帚眉皱起来，似乎想说什么，但又没说，只坐在那儿看他们走远。

熬了一夜，又吃过了早饭，精神懈怠，正好补觉。林蔻蔻跟裴恕回了禅修班，便各自回房倒头睡下，一直到下午四点才差不多睡醒。两人收拾了东西，准备下山。可没想到，禅修班众人听说了消息，竟然硬拉着两人留下吃顿晚饭，说什么也要给他们钱行。

高程作为代表，专门上楼来请他们："林顾问上回就走得匆忙，这回好不容易回来一趟，大家想跟你聊天都没聊上几句呢。裴顾问也是，大家才刚认识你，这就急着走。这顿饭可都准备好了，专门在禅修班的食堂做的，你们不能不来。"

林蔻蔻无奈道："机票都订好了。"

高程笑起来："那不是明天才走吗？今晚就在山上吧，明天我们送你们下去也来得及。"

林蔻蔻皱眉，仍想婉拒。

这时裴恕凑过来，轻轻在她耳边道："贼不走空。"

林蔻蔻眼皮一跳，瞬间想起了他们"挖空禅修班"的计划，不由得回头与裴恕对望了一眼，这禽兽玩意儿只眨眨眼睛冲她笑。

她心里骂了一句，将要出口的话在心里转了一圈，却变成："你这样说也行，那我们就去跟大家吃个饭，道个别吧。"

贼不走空，既然回头还要挖禅修班的人，怎么能不趁此机会跟众人面对面交流一通呢？尤其是饯行酒这种放松的场合，对猎头来说简直是千载难逢的好机会。

高程哪儿知道这两人看着道貌岸然，内里却满是狼心狗肺的打算呢？一听林蔻蔻改口答应，他笑得见牙不见眼，赶紧主动将两人不多的行李抢了放下，带他们往禅修班食堂的方向走。

禅修班的学员毕竟只是学员，还没出家。

他们不吃庙里的斋饭，而是自己有个小食堂，一日三餐都开放，能喝酒能吃肉。

只是他们没想到，才走到楼梯口，竟迎面撞上了带着舒甜回来的薛琳。两边五个人，一时安静。大约是昨天没睡多久，薛琳脸上有几分疲惫滞涩，即便是精致的妆容也掩盖不住，但一双眼睛却炯炯有神，有一种隐隐的亢奋，与先前被林蔻蔻与裴恕压着时的憋闷截然不同。

薛琳扫一眼就知道他们这是要去干什么，顿时笑起来："刚刚路过禅修班食堂，听见大家说什么'饯行'，我还奇怪。看这阵仗，竟然是要给林顾问、裴顾问送行？你们这就准备走了吗？"

这嘲讽程度，连高程都感觉到了轻微的不适。林蔻蔻与裴恕却都面不改色，毕竟眼前这位是什么作风，他们这些天已经有所领教。

林蔻蔻淡淡道："是准备走了。"

薛琳闻言，竟是长长叹了口气："那真是可惜了。"

是个人都能听出她的阴阳怪气来，林蔻蔻不欲搭理，裴恕也皱了眉头，直接跟在林蔻蔻身边，就要绕过薛琳从旁边走过去。

　　可没料想，薛琳似笑非笑地看着他们，竟是假惺惺地惋惜道："亏我给施总约了今天的机票，明天她就能上山，我还想着要不要安排一下林顾问跟施总再叙一番师徒前缘……现在看，怕是见不成了。"

　　这一刻，林蔻蔻的脚步骤然停住。

　　她猛地回头，看向薛琳。

　　薛琳却是将下颌一抬，挑衅地送了她一个趾高气扬的微笑，转身一叫舒甜，径直走了。她满心沉浸在击垮林蔻蔻的喜悦里，却一点不曾注意，除了林蔻蔻之外，还有另一人同样瞬间没了表情。

　　裴恕静静站在上方楼梯投落的幽暗里，漠然注视着薛琳二人离开的背影。

第三十二章
相似的嗅觉

　　楼梯拐角，好半晌没有声音。谁也没说话。林蔻蔻早想过，只要回到这个行业，就难免有再与施定青面对面的一天。只是没想到，这一天会来得这么快。

　　高程回过神来，小声嘀咕："这位薛顾问可真是……"林蔻蔻无意置喙薛琳的风格，只是念头一转，忽然看向身旁。裴恕仍望着薛琳离开的方向，一张平静的脸上没有明显的表情，看上去仿佛一座沉默的山丘。可她总觉得这沉默下面，暗藏着什么。

　　裴恕对人的目光甚为敏锐，察觉到她的注视后，便转回头来，一点破绽也未露地笑起来："意料之中的事罢了，施定青肯亲自前来，想必对张贤志在必得了。我们还是先去吃饭吧，别让大家等久了。"

　　他冲林蔻蔻一笑，然后便招呼了高程往楼下去。林蔻蔻却下意识地皱了眉，盯着他的背影想了好一会儿，才跟上他们的脚步。

　　说是食堂，可装修风格却是看齐某些格调颇高的素食餐厅。平常只提供一些普通菜色，今天却是被众人整个包了下来，一番布置不说，还特意让厨子做了几桌好菜。

　　禅修班小三十号人都在。上回林蔻蔻被智定老和尚赶下山，走得匆忙，大家都没机会为她饯行。这次时间上宽裕一些，众人怎么说也要给他们饯行，硬拉着他们一块儿聊天喝酒。

　　"真好啊，竞业期过去，那还不是海阔凭鱼跃，天高任鸟飞？"

　　"在禅修班你都能给咱们介绍工作，回上海那不是吊打同行吗？"

"哈哈哈就是……"

"别说这个，一说我就想起以前林顾问还揣了份'人才合作计划'去找寺里……"

前面还好，大家你一言我一语聊点开心的事，忽然有人提了一嘴"人才合作计划"，林蔻蔻呛了一下，连忙放下酒杯咳嗽起来。

裴恕这阵子在山上，对林蔻蔻过去一年在山上搞的一些事已经略有耳闻，可这件事还是头一回听说，不免好奇："什么人才合作计划？"

高程惊讶："裴顾问没听说过？"

裴恕看林蔻蔻一眼，摇头。

众人先是没想到，继而便是激动，纷纷迫不及待、七嘴八舌地向裴恕"科普"了林蔻蔻在山上所做的"丰功伟绩"。

想当初，刚上山时，这位签了一年在竞业协议的猎头顾问一脸生人勿近的冷意，好像对什么事情都兴致恹恹，一身倦怠。禅修班上课她想来就来，想走就走，既不和人交流，也不参与什么活动。就算是来上课，也往往只是在旁边听着。

大家私底下对她都有过猜测，猜她以前的职业、过往的经历，甚至遭受过的挫折，以及现在的心态。

进了禅修班的人，大多还是有意向"佛"的，心里面多少怀着几分仁慈，所以不是没有人想去主动和她接触，帮助她走出这种与众人隔绝的状态。

这里面就有两个被人并购了公司的互联网创业失败者。

众人都以为他们主动接触林蔻蔻，肯定会先碰好几次钉子，能不能跟她说上话都还不好讲。可没想到，过程竟出奇地顺利。二人当天就说跟林蔻蔻聊上了，只是不知道为什么，林蔻蔻的事没知道多少，他们倒是先把自己过往的经历都倾吐了一遍。

然后……没过半个月，这两位曾经身家过亿的前创业者，不知怎的就重燃了对生活的信心，忽然放弃学佛，又下山继续拼搏去了。众人简直目瞪口呆。然而这时还没人将这件事与林蔻蔻联系到一起。直到禅修班里的学员越走越多，而且每一个都跟林蔻蔻有过交流，众人才渐渐察觉出不对劲来。

好家伙，找人一打听，这位看着孤僻寡言、谁也不爱搭理的漂亮女性，竟然是不久前在上海猎头圈搅出一阵腥风血雨还被竞业的大猎头！禅修班众人对此除了惊讶，倒是没有什么特别的感觉，可清泉寺这边得知之后，差点没骂出声来——一个竞业之后有本事无处施展的猎头进了禅修班，这和黄鼠狼进了鸡窝有什么区别！

"可智定师父他们拿林顾问也没办法啊。"高程提起这段往事来，声音里竟透出一股由衷的佩服，"出家人慈悲为怀，林顾问报的又是禅修班，就为这点事把人赶走吗？那不符合我们禅修班的宗旨。可不赶人吧，禅修班这一个月走三四个，进人的速度赶不上走人的速度……这年头寺庙招人也是讲KPI的……"

一个月走三四个，那一年……裴恕掐指一算，眼皮都不由得跳了一下，幽幽地瞅了林蔻蔻一眼："你这效率和成单量，竞业一年比在航向的时候还要高啊。"死对头最了解死对头。

然而林蔻蔻坚决否认："都胡说八道些什么？我发誓，我来清泉寺报禅修班是诚心的。当初是他们主动送……啊不，找上门来要和我聊天，我只是在他们倾诉的时候，顺便开导了一下，是他们自己想通了要下山的。我出于一个好心人的立场，为他们提供一点力所能及的就业帮助怎么了？这有问题吗？这犯法吗？"

众人顿时嘘声一片，用一种"懂的都懂"的眼神看着她。林蔻蔻面不改色。当猎头，"脸皮厚"是一门必修课，能成为大猎的，"无耻"两个字首先就得刻脑门上。

高程继续道："反正林顾问待在山上那段时间，智定师父觉都睡不踏实，头发愁白了一茬。后来她还写了一份'人才合作计划'，就是想借助清泉寺禅修班会聚众多失业人才的资源优势，跟禅修班合作，把禅修班打造成一个'高级人才输送中心'。那词怎么说来着……"

有人立刻补道："失败创始人救济院！"

"失足大佬收容所！"

"对生活失去信心人员再上岗心理辅导班……"

…………

林蔻蔻无语："这些花名是你们自己起的吧，我可没说过！"

众人都笑。

裴恕却问："然后呢？"

林蔻蔻翻个白眼："然后就被赶出去了呗！"

高程道："哪儿那么快，还有更精彩的呢——"

一道凉飕飕的声音接了上来："是精彩呢。然后她就把我们寺里一位高僧诓去山下的道观当了道士呗。头发留长了一截，现在人都没回来呢！"

"诓和尚去当道士？"

裴恕乍听呛了一下，万万没想到林蔻蔻竟能如此离谱。

然而林蔻蔻却觉得刚才这道声音耳熟，而且传来的方向也不太对，并不来自桌上任何一人。她想到什么，眼皮登时跳了一下，一扭头转向门口，果然瞧见一名黑着脸的老和尚，揣着手就戳在门边上，不知道在那儿听了多久，正一脸咬牙切齿的表情盯着她。

众人原本还在推杯换盏，注意到她的表情后，都朝着门口看去。这一看，瞬间大家都跟被喂了哑巴药似的，安静得不出一点声音。偌大的厅内，只能听见某人杯子里的汽水冒气泡的细微动静。

智定没想到，自己一时大发慈悲，好心也想来给林蔻蔻饯行，进来竟然就听见禅修班这帮王八蛋搁这儿吹嘘林蔻蔻过往的"功绩"，真是气不打一处来。

他原本也是看林蔻蔻上山一趟却丢了单，甚至要输给当初那个竞业她一年的施定青，多少生出了几分怜悯心。现在看，自己简直是昏了头！

但既然来了，也就不急着走了。老和尚施施然踱步进来，自动有人让位，甚至有人连忙帮他拉开了一把椅子，让他坐下。他便坐在了林蔻蔻对面。

林蔻蔻哪儿能想到自己都要离开清泉寺了，还能遇到这老头儿？一时大为警惕："你来干什么？"

智定冷哼道："不都在给你们饯行吗？他们来得，我来不得？"

林蔻蔻真怀疑明天太阳能打西边出来："智定师父跟我有这么深的交情？"

智定皮笑肉不笑地呵呵一声："瘟神下山，谁不高兴呢？"

林蔻蔻："……"

智定异常从容地接过高程递过来的一杯橙汁，喝了一口，咂摸咂摸嘴，道："再说了，你林蔻蔻什么德行，只怕连山上卖卷饼的都知道。我来也是怕他们没把你送下山，自己先被忽悠下山了。防患于未然，毕竟我们清泉寺这一年多来人也不多，经不起什么损耗了，你说是吧？"

每一句话、每一个字，都是阴阳怪气！林蔻蔻不由得在心里大骂："老秃驴，狗脾气，正儿八经的活不干两件，阴阳大师的本领倒很大。"她微微一笑，并不回应。

裴恕却是出来打圆场："智定师父误会了，我们人都要走了，怎么会做这种不厚道的事呢？"

智定瞥他一眼："是吗？你们敢赌咒发誓？"

裴恕："……"

林蔻蔻："……"

敢个屁啊，天知道他们之所以答应来吃这顿饯行酒，为的就是跟大家搞好关系，好方便将来挖人联络，贯彻他们"贼不走空"的伟大计划。现在好了，老和尚往这儿一坐，还能贯彻什么？全白瞎了。

林蔻蔻暗叹一声："晦气……"上山之后，其实没一件事是顺利的。从薛琳到张贤，再到明天可能来的施定青，简直是一桩赛一桩地给人添堵。尤其是薛琳在楼梯口说的那句话，让人想起来难免觉得不太爽快，又兼老和尚在这桌边坐下来，林蔻蔻的谈兴忽然消退了不少，只听众人交流，自己却不怎么插话了。

高程刚才也在楼梯口，听得清清楚楚，席间悄然观察她面色，有所猜测，没忍住道："林顾问，那个薛琳本事虽然也有，但这一单能成多半看的还是运气。说白了，不是她选中了慧贤，是慧贤选中了她。要真单打独斗，她怎么可能是你的对手？我看她是不足为虑的。"

众人对林蔻蔻这一单也有所耳闻，当即便有人赞同了高程的想法。毕竟能坐在这里的，当年在自己的行业内多少也算是能说得上话、排得上号的，不至于连这点判断力都没有。

只是林蔻蔻不是那么容易被安慰的人，或者说，她在意的并不是薛琳本人："我在意的是我在做这一单时的水平，无论如何，有些迹象我应该更早察觉才是。不过已经不重要了，薛琳也没什么不好，毕竟运气也是实力的一部分。"

她承认薛琳运气好。

可不料，她话音刚落，对面的老和尚智定险些没把白眼翻上天，竟讽刺道："她运气好个屁，回头后悔都来不及……"

林蔻蔻顿时一愣："后悔？"裴恕也诧异不已，抬眸看向老和尚。

他们都想起，智定跟张贤更熟，论辈分还是张贤的师叔，难道是张贤不对劲，他知道什么隐情？一时间，座中目光都投向了他。

老和尚智定有些莫名其妙地朝众人看了一眼："你们看我干什么？这不是明摆着的事吗？"

裴恕不解："明摆着？"

智定的表情已经有些无语了，终于不耐烦地解释了一句："你们不都是给在线教育公司挖 CEO 吗？傻子都能看出来这行业快凉了，谁还投这行，往里面砸钱不是脑袋有坑吗？你们没干成这一单不赶紧烧香拜佛去，还搁这儿抱怨，有毛病吗！"

什么玩意儿？这老和尚刚刚说什么？近万亿规模的市场，正是红红火火、如日中天的时候，他竟然说要凉?!

林蔻蔻与裴恕对望一眼，静默了半响，忽然她扭头低声问高程："你刚给他递的那杯橙汁，兑了多少酒？"几个菜啊，喝成这样。

高程愣了两秒才明白她的意思，苦笑道："没兑，真没兑。"他还想在禅修班混呢。智定法师可是禅修班的讲师，他哪儿有这胆子？

林蔻蔻于是盯着老和尚面前那杯橙汁，百思不得其解：老和尚喝橙汁也能醉？这也太菜了吧。裴恕虽没开口，但想法和林蔻蔻也差不多。老和尚这话说得未免也太惊世骇俗了，别说是他俩，就算是桌上其他人都觉得离谱。

"您真会开玩笑，这么大个产业呢，影响多少人就业，怎么可能说凉就凉？"有人环顾一圈，看气氛有些僵硬，连忙出来打圆场，"我都差点被您吓住了……"

岂料智定完全不买他账，竟板着脸道："我没有开玩笑。"

全场突然安静，众人面面相觑。林蔻蔻微微拧眉，看了智定半响，忽然问："众所周知，现在教培行业发展迅猛，全社会几乎不存在对教育资源没有需求的家庭，根据去年到今年上半年的情况来看，整个行业最起码有230起融资发生，总体融资金额在680亿以上，而且各家资本还在不断入局，甚至已经有好几家独角兽级别的上市公司了。您凭什么做出刚才的判断？"

既然在做这个行业的case，自然会了解基本的情况，这种寻常人不太注意的数据，林蔻蔻却是信手拈来。

可智定不为所动："正是因为进来的资本太多，才会凉。"

众人不太理解。

智定便轻哼一声，道："在任何国家，教育都是关系到下一代的重要领域，你说伸手就伸手？把教培行业搞得乌烟瘴气，到处打广告，把学生家长当客户抢，这像什么话？"

裴恕淡淡道："任何行业有资本进来，都得先烧钱抢占市场，教培行业这样，以前的出行领域、共享经济领域也都一样。'赚一分钱，先烧两块钱'，已经不是什么稀罕事了。"

智定看着他："那'你来，我们培养你孩子；你不来，我们培养你孩子的对手'，也不是稀罕事？"

这句话在教培行业非常出名，正是业内某知名在线教育机构打出的广告标语，一度在家长群体之中广为流传。没想到，智定人在山上，竟连这都知道。裴恕略微诧异，也被这突如其来的反问问得滞了一滞，暂没接话。

林蔻蔻想了想，却道："这种广告词是过分了一些，但还不至于因此就判这行'死刑'吧？"

智定道："那你知道现在校外培训机构有多少家，学校的数量又有多少吗？"

校外培训的规模，从融资总额就能推个大概，但全国学校的规模，他们却十分模糊。

智定直接道："这二者的数量规模，基本已经持平了。但学校上学好歹有个基本的保障，校外这些培训机构，不管是线下还是线上，都是鱼龙混杂、良莠不齐。学生做完了学校作业，还要去校外补课，搞得比大人都累。你们有算过养一个小孩，在教育这方面要投入多少精力和成本吗？"

林蔻蔻心中蓦地一动：这一点她常在新闻上看到，经常有文化水平不低的父母说自己不会做小孩的作业，或者陪孩子学习到凌晨之类的……但她别说结婚生小孩，就连恋爱都没有谈，对此自然没有深切的感受，裴恕和她差不多。两人都属于打拼事业，在金钱方面不太匮乏的人。

但座中禅修班的学员里，有人对此深表赞同："那开销实在是太大了。我有个女儿，今年十二岁，刚小学毕业，报了个不错的中学。结果同班的孩子暑假期间都在上校外补习班，老师在学校里讲得又难，不上补习班根本听不懂。光补课，再学学钢琴、芭蕾、画画之类的，一个月花个一两万都是少的，我们找的还是不太好的那种老师。就我这次辞职来禅修班三个月，都是太太全力支持才敢来……"

这人林蔻蔻认识，要是没记错的话，也是汽车销售领域某个小高管了，薪酬不算低，竟然也抱怨教育成本太高。

她琢磨了片刻，看向智定："所以您的意思是，校外培训挤压的是学校教育？"

智定摇头："你觉悟还不够高。"

裴恕好奇："那是什么？"

智定慢慢道："换个词就对了，他们挤压的是义务教育，尤其是 K9（学前教育至初中教育）阶段。"

"义务教育"这四个字一出来，林蔻蔻跟裴恕眼皮齐齐一跳，两人心中俱是一震。可算是明白老和尚为什么说他们觉悟不高了……一旦换一个词，涉及的层面就全然不同了。

老和尚智定看看他们的表情，又恢复了那凉飕飕的语调："现在有点感觉了吧？"

林蔻蔻跟裴恕静默不语，众人也都品出点味儿来了。

智定那微圆的脸上便浮现出一抹笑意，颇有种"任你林蔻蔻是什么大魔王也没翻出老僧的五指山"的嘚瑟劲，一副劝慰她的口吻道："你们也不看看，游戏行业不也是万亿规模吗？什么时候就开始限版号了？我们国家在教育这块出于先天原因，一向都有中小学生课业负担重、学校片面追求升学率的问题，但凡关注的时间久一点都会知道，差不多每隔十年，都会有一次从上至下的减负和纠偏。少年强则国强，这领域可容不得资本瞎搞的。"

有人仍是不解："道理是这样，可如今教培行业发展这么迅猛，涉及这么多人的就业问题，就算要凉肯定也有个缓冲期吧。在浪头打到之前，应该还存在一个红利期，想捞钱的肯定能捞。"

智定也不争辩，只说了一句："时代要抛弃谁的时候，从不提前打招呼。"

林蔻蔻听着，看了裴恕一眼，裴恕递过去一个眼神。

此时两人倒极有默契，在桌上随意应付了两句之后，便先后离席，到了门外走廊下。

林蔻蔻先问："你感觉怎么样？"

裴恕却问："你感觉呢？"

林蔻蔻道："听上去多少有点不靠谱，就网上那种键盘政治家，估摸着都长这样。"

裴恕道："是有点。"

但两个人说完，相互看看，走廊上挂着的灯将昏黄的光线落在两人面颊上，映照出同样闪烁的眼神——那种属于冒险者、属于投机者、属于猎人的眼神！在此时此刻，谁也无法隐藏！

林蔻蔻两臂环抱在胸前，一只手抬起来，五指不断捏紧又放松，明显是压抑着某种紧张又亢奋的情绪，深吸一口气道："可……可万一呢？"

往常智定老和尚在禅修班给他们讲课时，怎么就没这种三言两语将人说服的力量呢？林蔻蔻觉得自己现在都快被洗脑了。

教培行业要真会凉，那在线教育作为其最重要的分支之一，铁定也会面临一波重大的打击！可假如能提前知道……裴恕岂能看不到这里面潜藏着的机会？

裴恕觉得自己比林蔻蔻也没好到哪里去，只问："智定人在山上，对山下的事情却了如指掌，甚至有的情况比我们还清楚。你之前在禅修班挖人，谁的底你都探过了，他呢？他上山之前，是做什么的？"

林蔻蔻顿时无言。

上山之后净跟这老和尚作对了，但凡见面必定吵个脸红脖子粗，把老和尚气个半死，她就算把寺庙门口那几根野草挖走，都不会动一动把老和尚挖走的心思。开玩笑，那就是块茅坑里的石头，又臭又硬！自己怎么会闲着没事打听他以前是干什么的？所以，裴恕这一问还真把她问住了。

林蔻蔻摸了一下自己跳动的眼皮。灯光下，林蔻蔻的眼珠黑白分明，看向他道："要不，我们现在去打听打听？"裴恕与她对视片刻，果断点头。两人重新回到厅内。

这时话题已经从教培行业和在线教育领域转移了，高程正说着近来在禅修班上课的收获，言语间不免感谢了智定两句。

裴恕便接茬儿道："智定师父佛法精深，博闻强识啊。"

智定一点也不谦虚："那是当然了。"

林蔻蔻难得狗腿地附和起来，然后冷不丁地问一句："是啊，太厉害。您来清泉寺出家之前，是干什么的呀？"

智定正被众人吹得飘飘然，也没防备，且也没必要防备，随口便道："哦，搞政府关系的。"

林蔻蔻、裴恕两人的目光再次交会，这回便全然是掩不住的震惊了。

只是他们也能装，问过这茬儿后便用什么"难怪啊""深谋远虑"之类的话把话题带过，又等两分钟，裴恕从桌子底下伸出手去，再次把林蔻蔻拉了出去。

还不待林蔻蔻站定，裴恕已经目光灼灼地看向林蔻蔻，语气颇为郑重："林顾问，我忽然有个想法。"

林蔻蔻的神情与裴恕一般无二："裴顾问，我也忽然有个想法。"

裴恕道："我这个想法，非常大胆。"

林蔻蔻道："我这个想法，也非常大胆。"

四目相对，彼此心里想的是什么，打的是什么算盘，根本都不用问！顶尖的猎人，都拥有相似的嗅觉。

搞政府关系的——短短六个字，透露的信息不要太多。

在国内，只有某些头部大企业才设有专门的政府关系部门和政府关系职位，主要工作内容就是研究相关政策法规对行业的影响，一般负责与政府主管部门的沟通和联系，上传下达，争取政府部门的支持和理解，处理公关危机，或者申报政策优惠和资金扶持……甚至有些猛的公司，会主动争取对本行业有利的政策。这种部门，不是人尖子都混不动！

老和尚智定，一位好脾气的禅修班讲师，一个下棋都找不到棋友的臭棋篓子，居然有这种背景？还能不能再魔幻一点？林蔻蔻坚定地认为：不是自己瞎了，是这世界瞎了！

裴恕问她："那我们明天还回去吗？"

林蔻蔻抬头："你想回去吗？"

这一刻，浮现在两人脑海中的，都是薛琳在楼梯口说的那番话。谁也没回答，谁也没出声。

背后的厅内忽然传来了动静。智定也没坐多久，便说寺内晚课的时间要结束了，自己得先回去，起身跟众人告辞。高程他们连忙送人出来。

林蔻蔻跟裴恕互相看了一眼，行动是一个赛一个地快。一个赶紧上前帮忙把厅前的门扇推开，风度翩翩地说了一句："法师小心门槛。"另一个则堆起了黄鼠狼般的微笑，竟伸了爪子去扶智定："天这么黑，外头路灯坏了好几盏，也不亮，我送智定师父回去吧！"

老和尚一根毛都没有的锃亮头皮顿时一炸，一层鸡皮疙瘩迅速爬上胳膊，脑袋里仿佛有个警灯忽然亮了起来，吱哇乱叫。他骇得往后退了一步。整个人颇为小心地看了看前面那条的确不太亮堂的路，再转过头来看林蔻蔻那张殷勤带笑的脸时，不由得心里冒起凉气，跟防贼似的，警告他们："我们山顶上就有派出所，离这儿也就两百米，你……你们想干什么？"

第三十三章
人渣行为

　　毫无疑问，两人没能亲自送老和尚回去。要换了高程做这事，还有点说道。可换了林蔻蔻跟裴恕，自然是"无事献殷勤，非奸即盗"。

　　老和尚有没有察觉出他们的意图暂不清楚，反正是毫无转圜余地地拒绝了二人的殷勤，赶紧溜了。和尚一路往寺庙的方向走，还一面小心地瞅瞅周围，那架势，生怕树丛里突然冒出来一个匪徒给他套麻袋。

　　林蔻蔻与裴恕远远地站在走廊上，看着老和尚在黑暗里渐行渐远的背影，都不由得深深叹了一口气。看来没那么容易啊。两人现在都决定不走了，哪儿还有什么心思吃饯行酒？三两句话与众人暂别，他们结伴回到了禅修班楼上。

　　林蔻蔻打开自己房间门，裴恕跟了进去。昨天深夜的烟味儿已经散尽。两人一个坐在椅子上，一个倚靠在窗边，相互看看，先是静了一会儿，然后也不知谁先，二人一下就笑了出来，好半晌才歇下。

　　毫无疑问，他们想挖智定！

　　林蔻蔻没忍住骂道："铁鞋都踏烂了，人居然就在眼皮子底下，这找谁说理去？"

　　裴恕揶揄她："人在禅修班一年，连这么厉害的人物都没发现。林蔻蔻，你这业务能力是不是有点浪得虚名了啊？"

　　林蔻蔻甩他一个白眼："你在山上也这么些天了，禅修班里但凡是个人的资料都被你搞到了，你还跟老和尚下棋了，怎么没见你慧眼识珠呢？"

　　裴恕静了两秒，脸上也颇有些挂不住："这怎么能怪我？扫地僧可能都有隐身技能吧。你看金庸小说里的慕容博，待藏经阁里看了十几年书，不也没发现扫地僧吗？"

谁能想到，扫地僧还真就是"扫地僧"呢？两大猎头同时在这一座庙看走了眼，说出去都没人信。两人心里不复杂是假的，只是事还得办。

裴恕想了想道："我们虽然知道智定以前是搞政府关系的，而且从他刚才说的话来看，他并没有跟外面脱节。只是第一，他具体工作能力如何，还不好说；第二，就算他能力没有问题，我们能不能挖到他也不好说；第三，假如他的判断准确，教培行业都要凉了，我们就算挖到他，又有什么意义呢？"

林蔻蔻一路回来，也在琢磨这些问题。

她迅速整理了思路："第一，人我们肯定还是要挖的，找 CEO 重要的是让他来把握大局，当掌舵人，从战略层面来看，老和尚格局有了，问题不大；第二，只要锄头挥得好，没有墙脚挖不倒；至于第三……"

顿了片刻，她道："我看这不是我们需要考虑的问题。"

智定如果能看到教培行业的前景，想必也有一些别的想法。

对林蔻蔻和裴恕来说，最重要的是，这或许是个隐藏的顶级人才。他们甚至可以不做董天海这一单，但这个人必须得攥住了。就算这一单不成，将来也可能有更大的机会等待着他们。猎头从来不是一锤子买卖那么简单。

裴恕问："那谁去找智定谈？"

林蔻蔻眼皮登时一跳，立刻道："肯定是你去啊，看我干什么？"

裴恕盯着她："你来的时候跟我说，这山上是你的地盘。"

林蔻蔻笑了："我还带你坐垃圾车呢。"

裴恕先撇清自己："之前我跟他下棋打赌，已经跟他结仇了，由我出面不太好。"

林蔻蔻比他狠多了："一年挖禅修班三四十个学员，我在老和尚心里坟头草都两米高了，当初他可是挥着扫帚把我赶下山的。你要让我去？那咱们这单别干了，散伙！"

局面一点没意外地陷入了僵持。

两人相互看着，面上各自挂着礼貌而虚伪的微笑，心里想的却是如何把对方推下火坑。

开玩笑，让他们亲自去挖老和尚，跟老和尚套近乎？那场面不用想都知道有多遭罪！当初得罪老和尚、坑害老和尚、跟老和尚作对的时候，他们主意一个赛一个多，干得是一个比一个狠。谁能料想现在忽然峰回路转，老和尚成了香饽饽，成了决定他们这一单生死的关键人物。就是上桌打牌都没这么刺激。

让他们现在去挖人，跟要人命有什么区别？谁爱去谁去！

林蔻蔻多少有些悔不当初："要早知道他这么厉害，我把他搁那庙里，一天三炷香给他供起来。"

裴恕吐槽："你那供的是死人。"

林蔻蔻冷眼看向他。

裴恕立刻把双手举起来："OK（好的），不说废话不开玩笑，谁去找智定谈？要么我们一块儿，要么派一个人。得找个办法，尽快决定。"

林蔻蔻道："这个办法，得公平公正，不掺杂任何私人因素。"

裴恕表示同意："而且还得我们双方都认同，具有公信力、约束力，确保决定的人选能够执行决策。"

林蔻蔻道："我有主意了。"

裴恕道："我也有主意了。"

林蔻蔻说完，从窗边站直了身体；裴恕说完，也从椅子上起身。

两人面对面站着，目光对视，火花四溅。他们同时郑重地举起了右手。

然后……

剪刀石头布。

林蔻蔻出剪刀，裴恕出石头。

林蔻蔻输了。

裴恕立刻道："好，你去。"

林蔻蔻脸都绿了，一想起老和尚那张脸来，再想想自己过去一年那"罄竹难书"的罪孽，眼皮都在发抖，艰难地开口商量道："要不，三局两胜？"

这会儿她看上去有点可怜巴巴的。

然而裴恕深知这是套路，直接移开了目光，干脆连看都不看一眼，断然拒绝："休想。"

林蔻蔻："……"

姓裴的果然面目可憎，先前她怎么会觉得这人看起来很顺眼？简直是鬼迷心窍！

看着自己比出"剪刀"的那两根手指头，她心里恨恨地骂了一声，却也不得不接受这个结果。猎人见到猎物，怎么可能逃窜？就算前面是刀山火海，也得踏平了蹚过去！

林蔻蔻思考起来："薛琳说，施定青明天就来，我们不能比他们慢。"

裴恕看向她："你难道想今晚就行动？"

林蔻蔻道："要换了以往，肯定不急在一时，可这一单不一样。我们输不起，也等不起，不是吗？"

她回视裴恕一眼。裴恕顿时静默，片刻后便笑出了声，可并没有再就这个话题说什么。

她知道，他也知道，就够了。他们等得起，歧路等不起。这是一单事先被人张扬出去的case，如果薛琳先吹响胜利的号角，而他们远远落后，歧路那边所遭受的压力将变得难以想象。

林蔻蔻这小半辈子行事的确不走寻常路，当猎头也算不得有寻常意义上的职业道德，走到今天全凭八个字：人不负我，我不负人。

她抬起手指，压了压太阳穴："我还有点没缓过神来，帮我理理思路。"

裴恕便帮她梳理："如果今晚你就想见到智定，跟他谈谈的话，首先要解决的是寺庙的门禁问题。这大晚上的，我们不好进去吧？"

林蔻蔻跟着想了想，说了个名字："慧言。"

裴恕道："这个人对你是挺有好感的，而且我见过薛琳那个叫舒甜的助理跟他讲话，应该不是什么难对付的角色，对你来说小菜一碟。门禁问题解决，接下来就是见人……等等，你知道他住哪儿吗？"

林蔻蔻轻哼："放心，他是什么作息，住在哪片，我门儿清。"

裴恕笑起来："这你倒知道了。"

林蔻蔻翻了个白眼："我以前喜欢晚上搞事情，不得先打听一下老和尚的情况吗？不然半夜被逮个正着，那不倒霉催的？"

看来以前她在这山上，可真没闲着。裴恕对林蔻蔻的本事算又领教了一分，末了道："那用什么策略说服呢？你跟智定仇深似海，我怕他晚上对我们的态度已经有了防备，见面不把你赶出去都算好的了。"这一点林蔻蔻也发愁。

琢磨了好半天，她目光微闪，道："其实，也未必没有办法……"

裴恕递过去一个疑惑的眼神。

林蔻蔻没明说，只道："试试才知道。倒是你，我一会儿去跟智定谈，你难道就在这儿坐着等我消息，一点别的想法都没有？"

裴恕听出来了，轻笑："那看来你是有点什么想法？"

林蔻蔻轻轻推开了窗扇，夏夜凉风从山谷里顺着窗缝吹进来，如撩动琴弦一般，拂动了她肩头微卷的长发。她的神情，忽然变得有些暧昧不明起来。裴恕一时有些入神地注视着她。

林蔻蔻回过头，冲他一笑："明天施定青就要上山了，咱们不得送点见面礼吗？"

虽然裴恕对自己与施定青的旧仇讳莫如深，但他们俩都跟施定青有仇是无比确定的事，岂能坐视自己的仇敌如此轻而易举就挖到张贤呢？她唇角那抹笑意疏淡而寻常，似与平时无异。然而裴恕却从那一点弧度里，窥见了她内心深藏的黑暗，且非常凑巧——这种黑暗，他也有。

于是裴恕无声地跟着笑了起来，问："你想搞他们？"

林蔻蔻回答得异常明确："当然。"

裴恕于是一手插兜，施施然立在那儿，竟是文绉绉地道了一句："那裴某人愿听差遣。"

这架势，十足优雅，十足绅士。

林蔻蔻却发现这人身上还有点幽默属性，于是勾勾手："那还不附耳过来？"

裴恕静看她两秒，还真凑了过去。

距离拉近，她侧身对着他，微微仰了一点头，在他耳旁说了几句。裴恕听后，一双幽深的眼瞳瞬间看向了她。

林蔻蔻挑眉："不行？"

裴恕摇摇头："不，我只是在想，你林蔻蔻心黑起来，也不遑多让。"

林蔻蔻轻嗤一声："这算什么心黑？我又没阻挠她挖人，只不过嘛，想要顶级人才自然得付出顶级人才该有的价钱，不放点血怎么对得起她亲自来这一趟？"

裴恕轻叹："你这是光损人不利己啊。"

林蔻蔻瞥他一眼，一眼就看出了这人虚伪的皮囊下那一张幸灾乐祸的脸，半点也不留情地拆穿："可我怎么看你比我都高兴呢？"

裴恕终于不装了，愉悦地笑起来，清隽的眉目舒展开，便带了一股恣睢随性的洒然。

他凝视林蔻蔻，瞧见她眼含嘲讽，冷淡的面庞却偏因唇角那一抹似笑非笑，染上了几分鲜活。于是他没忍住，亲了她脸颊一下。

林蔻蔻一时间还没反应过来。待到反应过来之后，她心里一句"你有病吗"几乎要脱口而出，只是转眸看他一眼，到嘴边的话又被她咽了回去。

林蔻蔻笑了一声，擦了一下脸颊，什么话也没说。

裴恕偷袭完之后，本想看看她的反应，没想到她如此平静，心里忽然就生出了几分不爽。

他颇为不满地看着她："就这？"

林蔻蔻反问："不然呢？"

裴恕瞧她半晌，气笑了："不拒绝、不主动、不承诺、不负责——林蔻蔻，你真的是个人渣。"

林蔻蔻饶有兴致地看着他："就算这样，你不也愿意送上门来吗？"

裴恕："……"

话虽不好听，但似乎是事实。他刚想说"的确"，可一转念才回过味儿来，问她："你说谁送上门啊？"

林蔻蔻扫他一眼便收回了目光，干脆地转移了话题："既然今晚就要行动，那现在该做一些准备工作了。"

她完全不接招。裴恕一口气堵在心里没处撒，只好去工作。

首先是通知歧路那边，mapping之类的暂时不急了，让大家能松口气休息休息；顺便打电话跟孙克诚说自己明天不回去，让他取消原本安排的接机；接下来便取出他们先前就有的张贤的资料，重新研究起来……

只是一心借由工作泄愤的他并未发现，那头的林蔻蔻注视了他许久，才无声地轻笑，收回了自己的视线。

人渣？她心里想，给他机会就不错了，竟然还敢嫌弃，挑三拣四？那就当自己真是人渣好了。

这毕竟不是什么谈感情的时候，林蔻蔻也不浪费时间，直接联系了慧言，搞到了进清泉寺的机会。

晚上九点三十分，她与裴恕离开禅修班，安静地进入寺院后山。一排排禅房在山林里矗立。林蔻蔻认得方向，与裴恕兵分两路：裴恕去找张贤，她自己则来到了智定的住处。

普通僧人的住处更靠近寺院外面，像智定这样已经算是寺内有资历的高僧，所居住的地方更靠里也更安静。这时间就算是和尚也基本没睡。林蔻蔻以前大致了解过智定的作息，可她没想到，当她站在智定房间门口，发现无论是门缝里还是窗户上，都漆黑一片，半点光亮也没透出。

"这么早就睡了吗？"

不应该啊，距离她被赶下山才过去多久？老和尚的睡眠质量就变得这么好了？林蔻蔻有些不相信，上前便想敲门。

然而，她手刚举起来，还没落到门上，身后便传来一道幽幽的声音："你来干什么？"

大晚上，林蔻蔻吓了一跳。她回头就看见老和尚手里提溜着一只大白猫，站在屋檐下，对她虎视眈眈，头皮不免一炸："智定师父，吓我一跳，我正准备敲门呢。也不干什么，就是上一回走得仓促，都没来得及感谢一下你过去一年的照顾。而且禅修班有些事我是做得过分了一些，这几天回想起来都于心不安，觉得应该好好反省，给你道个歉。"

智定瞅瞅她那看似真诚的笑容，一脸冷漠，不为所动："你什么德行我还不知道？致谢道歉是假，想来挖我是真吧？"

林蔻蔻："……"

这老和尚脑筋什么时候转这么快了？一下就看破了。她忽然觉得今晚无功而返的可能性很大。

可没想到，老和尚往前走去，打开了房门，对她道："进来吧。"

林蔻蔻顿感惊讶，心头一震：竟然愿意请她进去，难道有门儿？

只可惜，智定下一句就浇灭了她的幻想。

在她进门后，他看着她道："不过你别想了，我是不可能离开清泉寺的。再说了，教培行业要凉，神仙难救，你挖我去也没有用。"

林蔻蔻简直被他搞糊涂了，没忍住问："那你不想被挖，叫我进来干什么？"

老和尚翻了个白眼："要不让你进来，把话说清楚，以你的德行，以后一天来骚扰我十遍，我在寺里还怎么低调扫地？"

林蔻蔻："……"

以前的确没觉得这老和尚高调，可现在听见他说"低调"两个字，怎么愣听出了一股炫耀的味道？

门没关上，朝外敞开。老和尚的住所非常简单，上、下两层的跃层结构，下面一层更像会客厅，摆了茶桌茶具，还置了两个书架，上面摆的都是一些学术类的书籍，墙上挂着手抄的佛经。老和尚进去，就坐在桌边撸猫。那大白猫看起来跟他十分熟悉，在这屋子里也没有半分不安，异常惬意地趴在桌上。

林蔻蔻看得嘴角一抽："出家人不是不允许养猫吗？"

老和尚一听迅速抬头，扬起声音："什么养猫？这是寺院里的猫，我只是带回来看看。你还想举报我吗？"

"不过问问反应就这么大，这猫要不是你养的你这么心虚干吗？"她一番腹诽，心道，"这老头儿当和尚也不是很老实，但毕竟如今形势变了，就算是有什么意见也只能憋住。谁叫智定摇身一变成了目前最合适的候选人呢？"

林蔻蔻重新挂上礼貌的微笑："好，那还是说说正事吧。既然智定师父愿意给我一个谈话的机会，那我就斗胆提问了。之前在饭桌上您断言教培行业会倒塌，我回去仔细想了想，觉得您敢说这么确定的话，除了有远见卓识，是不是还有什么确定的消息来源呢？"

林蔻蔻这是想打听清楚智定的斤两，另外就是再次确认教培行业的趋势。林蔻蔻自问这番话已经说得不差。岂料老和尚听后一脸冷漠："有没有消息来源都不会告诉你，死了这个心吧。"

林蔻蔻唇畔的微笑一滞，但还算有心理准备，并未生气，再接再厉："那你以前在哪家企业工作呢？"

老和尚两眼一闭："不知道。"

林蔻蔻继续微笑："以前的工作经历不方便透露，那为什么会来清泉寺，应该能说一点吧？"

老和尚哼一声："这关你什么事？"

林蔻蔻的笑容已经有一丝裂痕，深吸了一口气才道："好，都不讲，那也没有关系。只是关于教培行业，我还有一些疑惑想请教。像欧美发达国家，在教育上的投入都非常高，按理说国内教培行业的长线发展前景会非常好，国内就算会有政策因素影响，难道就没有一线生机，或者什么新的可能性吗？"

这番话问得很诚恳了，姿态摆得也相当低。前面老和尚已经拒绝回答了那么多问题，到这儿总不应该再拒绝了吧？林蔻蔻认为，凡事得有个尺度。

可她万万没想到，智定看她一眼，只问："我一个庙里扫地念经的，教培行业倒不倒，跟我有什么关系？"

好家伙……这根本是一句"干我屁事"！一句"干你屁事"，就把她所有的问题都堵回来了啊！

林蔻蔻都惊呆了："这也不说，那也不说，你这叫'让我进来把话说清楚'？!"

老和尚理直气壮："你这人怎么听不懂潜台词呢？我那话的意思是把你叫进来，彻底打消你想挖我的念头！"

林蔻蔻："……"

老和尚淡定地撸着猫："现在你知道我拒绝你的决心有多坚定了吧？"

林蔻蔻深吸一口气："感受到了。可我之前听您在禅修班说起教培行业这些乱象的时候，那叫一个义愤填膺。有话说得好，'修身齐家治国平天下'，您既然有一身的——"

老和尚直接打断了她："别拿儒家的话来忽悠我。"

林蔻蔻咬牙，换了一套说辞："那有另一句话说得好，巧者劳而智者忧，无能者方无所求……"

老和尚面无表情："这是山下那群老牛鼻子的。"

林蔻蔻："……"

道理都一样，你要求怎么这么高！就那么点破道理非要用你们佛家的话来讲吗?! 要不是这山上有派出所，她恐怕已经直接揍这老和尚一顿了。

林蔻蔻深吸一口气，强将那即将冒出来的火气摁了回去，逼迫自己露出标准的微笑，终于想起了一句佛家偈语："那正所谓，'我不入地狱，谁入地狱'……"

话都没说完，老和尚已经抬起头来看她，一双眼里，多少带了几分打量。林蔻蔻以为这回是投其所好，终于对症下药了。

然而……

老和尚静默半晌后："就这?"

林蔻蔻："……"

智定这一回是正儿八经地打量起她来了，深感不可思议："你是去年进的禅修班，就算没待够一整年，最起码也有十个月，在山上过这么长时间，在禅修班上了那么多堂课，现在想半天，就想出这么一句?"

林蔻蔻："……"

智定问她："你上课都干什么去了？梦游吗?"

林蔻蔻："……"

智定突然想起来了："哦，我上课的时候，好像就没见过你。"

如果说挖张贤是 S 级难度，那挖智定简直是地狱级难度！

隔着一张茶桌，两双眼睛对上，老和尚看她宛如看死人，林蔻蔻看老和尚表情已生无可恋。风水轮流转，做事果然应该留一线！早知今日，她就是拿两根火柴棍把眼皮撑起来硬挺着上老和尚的课，也不溜出去做单！

她还想试图挽回一下："智定师父，你听我说……"

智定一指门："不用说了，你出去吧，反正我的态度你已经很清楚了，明天你们下山我就不送了。"

林蔻蔻连忙摇头："不不不，我说最后一句……"

智定起身就要赶她："别废话了，说什么都没用！"

林蔻蔻急道："就业！教培行业如果大规模崩盘，行业里那些从业者，该怎么办？"

智定脚步一停，看向她。林蔻蔻便知道，这回对了，迅速把话续上："全国七十万教培机构，上千万的从业人员，会有多少人一夜之间面临失业？时代要抛弃人，的确不打招呼，可如果我们能预料到，难道就不能做点什么，你也不想做点什么吗？"

智定皱起了眉头。

林蔻蔻此时此刻是认真的："智定师父，我是做猎头的，一路走到今天，见过太多的求职者。也不都是身在高位、动辄出入会所的金领高管，这里面有付不起房租的程序员，有担心房贷断供的普通白领，还有为了不想断缴社保而向原公司 HR 哭着求的……"

有些人离职，是主动，是高升，风光无比；

有些人离职，是被迫，是沉沦，艰辛狼狈。

林蔻蔻一字一句道："虽然跟您一向不太对付，可我知道您是什么样的人。其实禅修班那些人到清泉寺的原因都差不多，要么是混得不如意，过来疗伤；要么是厌倦了外面太世俗的东西，说简单点就是看不惯。智定师父既然也看不惯教培行业的生态，也不是没有想法的人，为什么不试试呢？"

智定审视着她，却没回答。

心无慈悲，怎会学佛？

林蔻蔻看出他似乎已经有所动摇，这时却未选择乘胜追击，而是退了一步，竟道："如果您考虑过后，实在不愿意离开清泉寺，我也不会强求，不会一定要挖您。"

智定有些讶异，因为她的放弃来得似乎有些快。

他若有所思："不挖了？"

林蔻蔻道："是。但我有个不情之请——能不能预约您一段时间，我让我们这边的客户董先生过来，亲自请您喝个茶，就聊聊教培行业这点事。"

智定顿时无语："你这是以退为进吧，别以为我看不出来！"

林蔻蔻被人看破也不慌张，只道："千钟教育也有大几千上万的员工，董先生是投资人，也可以影响公司发展的方向。喀，我想得很简单，您平时都在禅修班给我们上课，这回大可以给他也上一课嘛。"

智定瞅着她："这不像你的作风。"

林蔻蔻道："我什么作风您还不知道吗？那我就当您答应了……"

智定傻眼："什么我就答应了？我还要考虑考虑！"

林蔻蔻问："那您什么时候考虑完？"

智定道："明天天亮再说吧，你赶紧给我滚蛋，别在这儿碍眼了，看见你就心烦。"

老和尚不耐烦极了，终于开始赶人。林蔻蔻打量他的神色，笑了一笑，竟就这么起身告辞。智定不由得松了口气。

只是没想到，她人走出去两步，忽然就停了下来，转身面对他，竟道："智定师父，我先前说想来谢您，是真的。"

智定一愣："什么？"

林蔻蔻注视着他："谢谢过去一年来您在山上对我的照顾。"

智定那两道乱糟糟的眉毛不由得抖了抖："谁照顾你了？你别胡说八道！"

是个人都知道智定视林蔻蔻为眼中钉、肉中刺，恨不能早早将她拔了。她这话换谁听了都要觉得离谱。

可林蔻蔻镇定自若，慢慢道："我在禅修班瞎搞，您要想赶我下山，早就赶了，用不着等到一年后，更用不着跟掐表一样，我竞业期刚过，就挥着扫帚把我赶下山去，一天也不许我多待。智定师父，我是猎头，不是猪头，这点都看不出来，还在业内混什么？"

同一时间，裴恕的工作也在推进，但比起林蔻蔻那边，显然要简单不少。没用半个小时，他已经从张贤的茶室里出来了。他一手插着兜，神情轻松，唇边挂着一抹玩味而莫测的笑。

薛琳联系好了施定青那边，她深夜前来，正准备跟张贤沟通一下明天见面的细节，没想到刚到茶室外走廊上，就瞧见了裴恕。这一瞬间，她眉头狠狠一皱。

裴恕看见她，表情却异常轻松，甚至难得主动地打了个招呼："这么晚还找候选人聊天啊，薛顾问真敬业。"

薛琳浑身的警报都拉响了，但身为猎头新人王的骄傲让她强行将这种警惕压了下去，反而装出一副不在意的样子："这么晚了，裴顾问还来撬墙脚，跟我的候选人说话，也很敬业呢。怎么没看见林顾问呢，就失败了一次，不敢来了？"

裴恕眼底淡淡的厌恶又浮了上来，但同时也忍不住想：林蔻蔻不愧是林蔻蔻，就算是竞业了一年，也还是业界标杆。而这位所谓"新人王"，张口闭口，好像不嘲讽别人一句就浑身不舒服。

他道："我要是你，就不会这么想。"

薛琳轻嗤一声。

裴恕道："林蔻蔻是我好几年都没打败的对手，最后打不过只好邀请她加入，只要她不在我眼皮子底下，我肯定会想，她一定是在想什么招数来对付我。你却好像一点也不慌张。"

薛琳冷笑："慌张？不过都是我的手下败将罢了，何况我说过，她清高心软，感情用事，不值得我多费心力！"

裴恕挑眉："清高心软，感情用事……"

从某个角度讲，林蔻蔻是有这种特质的。他跟她打了那么多年的交道，不会不清楚。

只不过……

裴恕蓦地笑了一声："你知道她为什么总能赢吗？"

迎上裴恕的目光，薛琳感觉到了一种难言的不舒服，仿佛有什么关键地方被自己漏掉了，然而再怎么仔细想，也无法找寻。

她拧眉盯着他，没说话。

裴恕只淡淡扔下一句："弱点才是她最大的优势。我怜悯你，因为你对你的对手一无所知。"

第三十四章
顶级人才

"怎么样？"

夜晚的山顶，寂无行人，只有一轮明月高挂。裴恕站在清泉寺门口的台阶下等待，不一会儿就听见身后一道声音传来，回头望去，便看见了林蔻蔻的身影。

他道："张贤是什么人你还不知道？"

林蔻蔻笑了一声点头道："也是，对他有益无害的事，他没道理不答应。"

裴恕问："你那边呢？"

林蔻蔻的表情忽然变得有些微妙，犹豫了一下，才道："应该算顺利吧……"

裴恕略略挑眉："应该？"

林蔻蔻瞬间回想起刚才的场面——当她揭穿智定老和尚其实是为了她好时，老和尚那表情简直像是被人扒光了遮羞布，一张老脸都有点发红，十分恼怒，立刻要撵她出去。

她台词都还没念完呢，岂能这么容易就走？于是她把门框一扒，硬赖着说完了剩下的话："这单 case 是我复出后真正的第一仗，不赢怎么能对得起您掐点撵我下山的一番苦心呢？所以您看我明天就安排董天海来见您可以不？"

老和尚眉毛都要被她气竖了，就一个字："滚！"

林蔻蔻终于圆润地滚了。

她简单地讲述了一下事情的经过。

裴恕静默了片刻，本来想奚落她"你管这叫'顺利'"，然而待得话要出口时，心头突地一跳："等一下，你刚刚说什么？你跟智定约了明天让董天海去见他?!"

林蔻蔻笑眯眯道:"对啊,怎么了?"

裴恕整个人都不好了,摸出手机确认了一下现在的时间,便用一种看禽兽的眼神看向林蔻蔻:"你认真的?"

林蔻蔻假作不懂:"有什么问题吗?"

裴恕眼皮狂跳,瞬间觉得自己怕不是听错了:"现在已经半夜十一点了,距离明天就一个小时!你还约定了明天见面?我们现在连董天海在哪里都不知道,就算他从上海飞过来,加上辗转的行程最起码也得四个小时才能到山下,上山的时间另算。除非他坐明天天没亮的早班机过来,不然根本不可能赶得上。而我,必须现在打电话通知他——"

林蔻蔻道:"那就打啊。"

裴恕终于抬起头来,把林蔻蔻这张漂亮的脸仔仔细细看了一遍,总算看出来,她眼角眉梢、唇畔鼻尖,满满写的都是"幸灾乐祸"四个字!

好家伙……

裴恕深吸一口气:"林蔻蔻,你是故意的。"

林蔻蔻假模假样地轻叹一声,仿佛十分无辜:"哎呀,你怎么能这样想呢?智定老和尚是什么脾气你又不是不知道,你总不会觉得他情愿下山去董天海那边面试吧?再说了,明天施定青就要来见张贤,董天海要不来,那岂不是落于人后了?我这也是考虑过的嘛。要怪就怪施定青吧,谁让她跟薛琳这么拼呢……"

裴恕听得血压噌噌直往上升:"你——"

林蔻蔻只把手一摊:"难道这世界只允许老板忽悠我们打工人内卷,不许我们打工人抓住机会逼老板内卷一把吗?才十一点钟,接个电话怎么了,能猝死不成?"

裴恕:"……"

林蔻蔻哼了一声,轻飘飘地瞟了他一眼:"反正爸爸我这两天不好过,谁也别想好过。我这又是加班又是熬夜的,他一个客户坐享其成,现在让他赶赶行程来见候选人怎么了?"

裴恕:"……"

林蔻蔻还没完,甚至抬抬下巴示意他:"愣着干什么,赶紧打啊。"

裴恕气得差点没拿手机砸她:"你知不知道我们拿的是谁的酬劳?客户就是上帝!现在不是工作时间也就罢了,都半夜十一点了,人都差不多睡了,这时候打过去礼貌吗？这不符合职业道德！"

林蔻蔻诧异："你竟然会遵守职业道德？"

裴恕冷笑："你以为人人都跟你一样？"

林蔻蔻静静地看着他，然后便见裴恕拿起了手机，滑开通讯录界面，调出一串号码。

林蔻蔻一抬眉，问："不是说这时间给客户打电话不礼貌，不符合职业道德吗？"

裴恕"哦"了一声，淡淡道："没事，我给他秘书打。"

林蔻蔻："……"

这跟打给董天海本人有什么区别？还多祸害一个。姓裴的果然也不是什么好东西，先前装得还挺像样的！

电话拨出，很快通了。

也不知是董天海哪位倒霉的秘书接了起来，听裴恕讲完大概情况后，就陷入了静默。好半晌后，才怀疑自己听错了一般，跟裴恕重新确认："裴顾问的意思是，您找到了一个可能合适的人选，但要董先生亲自去一趟，而且必须是在明天就赶到？"

裴恕淡定地回道："对。"

电话那头静寂无声。

裴恕将自己这边的声音静音，转头对林蔻蔻道："你信不信他那边开了静音正在骂我？"

林蔻蔻原本就在憋笑，现在笑得更厉害了。

还好没过多久，电话那边又有了声音。

那名秘书声音平稳，情绪似乎也没有大问题："好的，我明白了。不过这和董先生原本的行程有冲突，我没办法直接给您回复，需要先请示过他，还请您稍等。"

然后电话才挂断。

裴恕就拿着手机等，问林蔻蔻："你猜一会儿是谁打电话过来？"

林蔻蔻笑道："这还用说？"

过了没十分钟，刚才的号码就回拨过来。

然而一接通，却是董天海愤怒的声音从听筒中传来："你没征询我同意，私自去接触张贤，搞得现在新闻满天飞也就罢了，现在还要我明天赶到那边去见人？裴恕，你现在做事这么没有分寸感了吗？"

裴恕瞅了林蔻蔻一眼。林蔻蔻嚣张地向他一摊手。

　　裴恕无语，收回目光道："张贤的事是我们考虑不妥，不过这次物色的人才的确很不一样。他是不会自己下山的，您如果不来就会错过。而且我和林顾问的意见都很一致，强烈希望您有时间的话一定来一趟。"

　　董天海年纪大了，觉也渐渐少起来，今天好不容易早早就躺下睡了。可谁想他眼睛还没闭上十分钟，就被管家叫了起来。他出来一看，秘书正一脸为难地站在外头。他吓了一跳，张口便问是明天大盘要崩了还是基金交易出了什么纰漏，结果，就这？

　　董天海问："我去见了这候选人就一定能成？"

　　裴恕道："这不敢保证。"

　　董天海立刻感觉自己脑门顶上有根筋突突地跳，说不准什么时候就要崩断："那我岂不是还有可能白跑一趟？你要没别的理由，我不可能答应你。"

　　裴恕镇定道："施定青明天也会上山。"

　　董天海那头顿时一静。

　　裴恕于是又加了一剂猛料："而且除了目标候选人，我们也约了张贤，明天如果您能来，可以见一面。"

　　电话那头，只有呼吸声传来。

　　静夜的风里，林蔻蔻就站在裴恕身边，与他一道揣度着此时此刻电话那头董天海微妙的情绪。过了约莫半分钟，董天海考虑好了。

　　他已经完全平静下来了，说道："好，明天我会到，具体时间行程我秘书会跟你们同步。"

　　电话挂断。

　　裴恕看着手机，若有所思地笑了一声。

　　林蔻蔻轻哼一声，揶揄道："我看你坑金主也是面不改色，干得很熟练嘛。"

　　裴恕谦逊道："近墨者黑，还要感谢林顾问的熏染才是。我这比起你跟冯清谈的那一次，可'礼貌'多了。"

　　至少董天海是被说服的。上回林蔻蔻对冯清，就差没把"威胁"两个字刻脑门上了。

　　裴恕与林蔻蔻一道走在回禅修班的路上，想了一会儿，却忽然问："你有没有觉得，董天海对张贤的态度，比较奇怪。"

林蔻蔻抄着手走路，回想了一下，道："是有点奇怪。我们挖张贤的消息早就传了出去，他不可能不知道，却一直没有人来跟我们联系询问情况。那就可以说，董天海默许了这件事发生。难道他对张贤也有期待，认为这个人还有挖回去重新合作的可能？"

裴恕转头看向她。林蔻蔻也正好转头，与他四目相对。

这一刻，他们的想法一般无二。

裴恕道："如果董天海真抱着这种想法来，可能要失望而归了。"

林蔻蔻道："明天就知道了。"

通往禅修班的小道上没有多少盏路灯，多少显得有些昏暗。然而霜白的月亮挂在天上，照得附近一片发白。

两人都举目望向墨蓝的天幕。远山在天幕下透迤，下方城市的灯火犹如刷在漆黑纸页上的一片金粉，隐约闪烁。

山下度假酒店的某间套房，服务生推着夜宵的餐车进来，雪白的餐布上还放着一杯加了枚青橄榄的马天尼酒。外面露台上的人闻声回头。服务生礼貌地奉上单据："施女士，您的餐品都已备齐，请您签字。"

从外面走回来的女人，盘着高高的发髻，穿着修身的长裙，眼角虽已有了不少细细的纹路，一举一动却依旧带着赏心悦目的优雅。她接过单据签了字，笑着请他挂房账。

然后她忽然问了一句："你们酒店的套房都在这一层吗？我看隔音效果挺一般，晚上不会很吵吧？"

服务生一怔，笑着回道："是在这一层。不过您放心，隔得挺远的，而且那两位客人这几天好像都在山上，不在酒店，晚上应该很安静。"

都在山上吗？施定青淡淡一笑，道了谢。服务生惊讶于她远超一般人的优雅和礼貌，竟有点不好意思，又说如果吵的话可以联系前台换房，这才拿了单据出去。

门关上时，施定青脸上的笑意便退干净了。她沉默了许久，才端起那杯马天尼喝了一口，视线却穿过露台飘起的纱帘，看向了漆黑静寂的山顶。距离天亮，只剩五个小时。

天亮后，就是见分晓的时候，林蔻蔻跟裴恕回到禅修班的房间里，关起门来抓紧时间睡觉。

一晃便是第二天上午。清泉寺这边还算平静，远在上海的歧路，却是险些炸开了锅。

自从昨天歧路与途瑞争单交锋的消息传出之后，整个行业内遍布流言蜚语，说什么的都有，难免对歧路产生了一些负面影响。

尤其是合伙人裴恕、准合伙人林蔻蔻亲自出马，联手都未能打赢薛琳这一点，更是动摇了一些和歧路合作不深、相互不够信任的客户，让他们对接下来的合作充满怀疑。更有外面的同行公司，趁机抢夺歧路的订单和客户。其中以薛琳所在的途瑞和与林蔻蔻本就有仇的航向下手最狠，几乎是瞄准了专门跟他们对着干。短短一上午的时间，就有十多个原本在谈的歧路客户表示要慎重考虑，延缓或者取消了合同的签订。

其中最憋屈的是袁增喜。他好不容易跟了林蔻蔻，在其指导下掌握了一些专业猎头的技能，经过长达一周的努力谈来了自己的第一单，大早上带着合同去客户公司签订。可没想到，到那边之后在会议室坐了一个多小时的冷板凳，竟被告知合同的签订取消，他们决定跟另外两家公司合作——不是别家，正是途瑞和航向。袁增喜一抬头，就看见途瑞和航向的人趾高气扬地进来，还对他一番奚落。他又是愤怒，又是委屈，回了公司就忍不住骂骂咧咧，斥责这两家竟然联起手来对付他们，简直不要脸。

孙克诚对这种局面倒是已有预料，一点也不慌。只是节奏比他预想得要快。这才第二天，途瑞就已经要跟航向联手对付歧路，那其他人还能忍得住吗？

下午一点半，猎协那边将有一场 RECC 大会的会前筹备会，歧路作为猎协的会员公司之一，理当列席。孙克诚作为歧路的公司代表前往。筹备会在猎协的一间会议室里举行，他提前了几分钟到。

四十多张方桌拼成一个方形，上面是猎协领导们的座位，左首边的几个位置则是猎协理事会成员的，此时早已坐着以黎国永为首的四大猎头公司的四位金牌猎头，以及航向的副总程冀。其他位置则是留给普通的猎头协会会员的，此时早已经坐得满满当当。大家相熟的都在聊天。只是当孙克诚进来，坐在了摆着"歧路猎头"几个字桌签的位置上时，周围突然就安静了。各色目光齐齐聚过来，有探寻，有嘲讽，有好奇，有幸灾乐祸……

平时裴恕从不出席这些场合，有什么会议、沙龙需要公司有人出面的，全都扔给孙克诚，这么多年下来，孙克诚早就练就了一颗金刚心，遇到什么事都不慌，只当自己是个应酬的工具人。开会嘛，"划水"就是了。尽管这次情况似乎有些特殊，众人目光也十分明显，但他坐下后，权当没看见，笑呵呵地跟大家打招呼。

白蓝代表嘉新来，看见孙克诚，就想起裴恕，想起去了歧路的林蔻蔻，没忍住冷哼一声，移开了目光；同辉国际的 Eric Wu 热情地回应着孙克诚；锐方的黎国永向来城府深，也笑呵呵地打了个招呼，却不说话；至于途瑞的陆涛声，只是看了孙克诚一眼，略略点头示意。

陆涛声虽然跟薛琳不对付，平时也是个老好人，但途瑞毕竟是他效命十多年的公司，关键时刻他不可能胳膊肘往外拐，偏向旁人。孙克诚清楚，甚至这次途瑞针对歧路的围剿，背后就有陆涛声在操纵。猎场如战场，哪儿来那么多朋友？他倒也不介意。

只是座中其他家也并不总是跟这四家一样，要端着点顶尖猎头公司的姿态。像程冀这种代表航向来的，与林蔻蔻仇怨深重，岂能不抓住机会落井下石一番？

看着孙克诚坐下，程冀便笑了："孙总今天竟然还有心情来，可真是太令人惊讶了。"

孙克诚假装听不懂："马上就要举办大会了，这是行业盛事，我怎么会没有心情来呢？"

程冀笑里藏刀："我听说最近裴顾问不太顺利啊。"

孙克诚一番思索："有吗？这他都没告诉我啊，您消息竟然比我还灵通……"

裴恕是真没主动跟他说过清泉寺那边的进展，孙克诚也不需要知道。

他们俩已经不是第一年合作了，对彼此的信任早已成为一种习惯。裴恕要做的是努力将公司的损失降到最低，尽快交出一个令人满意的结果；孙克诚要做的则是稳住公司的局面，当一枚合格的"定海神针"。

只是他这番话落入程冀耳中，难免带上几分嘲讽，程冀微微冷笑一声，道："唉，怪就怪太巧了，你说你们怎么就挖了林蔻蔻过去？她是我们施总一手栽培出来的，施总对她简直了如指掌，裴顾问带着她想赢的确不太容易……"

偌大的会议室里，所有人都悄悄竖着耳朵。在听见那句"她是我们施总一手栽培出来的"时，众人都转头去悄悄打量孙克诚脸色。

这话说得可不算好听。林蔻蔻离开航向，到歧路，现在却似乎要败于施定青之手，岂不就是那孙猴子的筋斗云再怎么翻也逃不出如来佛的五指山？明着是为裴恕惋惜，暗中却是既骂了林蔻蔻忘本，也骂她本事不够拖累旁人。

白蓝立刻皱眉，嫌恶地看了程冀一眼，其他人都不作声。

孙克诚虽然参加的会议多，但因为歧路向来不跟其他猎头公司拉帮结派，总是独来独往，所以从来没有什么存在感，比较偏向和事佬做派，常说一些乍听正确，细想没有半点用的套话。

这次似乎也不例外。

孙克诚竟没生气，还附和起来："是太巧了，谁想到在这儿还能和老东家撞上呢？不过我们竭诚邀请林顾问加入，也是事出有因……"

程冀听前半段还忍不住得意地笑，听着后半截忽然皱了眉，觉得他话里有话。

紧接着，便听孙克诚笑呵呵地说道："毕竟两年前，贵公司跟我们歧路竞争猎协理事会的席位，那时林顾问还在航向，全靠她一手推动，在各项评比里都胜过我们一筹，又连续拿了两届的金飞贼，今天您才能坐在这儿，我才会坐在这儿。"

说着，他指了指程冀所坐的位置，又指了指自己所坐的位置。一个在上首左侧，是理事会成员的席位；一个陪居下方，是猎协普通会员的席位。

程冀脸色一变，一拍桌就站了起来："孙克诚你阴阳怪气什么！"

孙克诚笑笑，还是一副老好人样，只是那话里的锋芒终究没盖住："说说事实罢了，航向的江山不都公认是林顾问打下来的？您现在坐的位置以前也一直都是林顾问坐的位置，怎么能叫阴阳怪气呢？程总，您就是太多心啦。"

两年前在这间会议室里，林蔻蔻舌战群雄，力压歧路，突破重重阻碍，为航向争得了理事会的席位，让航向从此成为猎协五大理事之一，对协会各项事务都有一票否决权，声势直追四大顶尖猎头公司。在此之前，都是裴恕在跟林蔻蔻唱对台戏，孙克诚知道她厉害，却不知她究竟厉害到什么程度。

直到那一次，"林蔻蔻"三个字才一下子变得真实起来。从此以后，在孙克诚心里，这个名字便与"力量""热忱""顶峰"等词挂上了钩，而"假如林蔻蔻能加入歧路就好了"的想法，也是在那时就如种子一般悄然埋下，直到林蔻蔻被航向开除，竞业一年，孙克诚立刻抓住机会出了手，终于得偿所愿。

以前大家是仇敌也就罢了，现在林蔻蔻进了歧路就是歧路的人，孙克诚怎会容许程冀肆意诋毁？他一番话，四两拨千斤。来开会的人里大部分都是经历过两年前理事会推举的场面的，这时想起来，再看程冀，难免给这人贴上了

"鸠占鹊巢"的标签，眼神多少带着点异样。

程冀嘲讽不成，反被人将了一军，一张脸顿时黑沉如水。只是这时协会主席陈志山带着人从外面进来了，他有火也不好发作。

于是他忽然一扯嘴角，只冷笑一声："反正昨天我们施总已经出发，要亲自去见候选人了，谁胜谁负很快就见分晓！"

孙克诚微微一笑："我也是这样想的。"

这架势看起来也是成竹在胸，众人难免都有些不解。程冀只当他是死鸭子嘴硬，也不理会。

但座中总有些人消息灵通不说，还看热闹不嫌事大，比如锐方某一只老狐狸，听完双方这一顿你来我往的交锋后，眼看着争端便要平息，这只老狐狸老神在在地端起自己桌上的茶来喝了一口，笑眯眯地爆了一剂猛料："我听人说，董天海先生推掉了原本要参加的会议，今天一大早也乘航班去了北省呢。"

整个会议室，顿时一片哗然。

孙克诚却是皱眉看向黎国永：这个人知道得多也就罢了，怎么还当着大家的面讲出来，生怕知道的人少了？

"董天海今早去清泉寺的消息好像走漏了，黎国永知道了，现在大家都知道了。"

裴恕一觉睡醒才睁开眼睛，就看见了孙克诚发来的消息。他虽然从不去混什么会议，有应酬都推给了孙克诚，但黎国永是什么作风他还是清楚的。锦上添花他小心谨慎，落井下石他争先恐后。无论最终歧路和途瑞哪家赢，总有一方会落败，那么自然是消息传得越开，落败的那家越惨，隔岸观火的同行们自然越是有机可乘。老狐狸肚子里就没装二两好水！

裴恕随便回了一句"别管他"，略做洗漱就出了门，跟林蔻蔻会合去了。

董天海虽然有私人飞机，但临时申请航线来不及，所以买的是早班机商务舱，上午十点左右落地，这个时间他应该正好上山。

两人直接下楼准备去接人。

只是没想到，冤家路窄，二人才到楼下，就撞见了薛琳。

薛琳一见他们，不由得一愣，大为诧异："你们不应该已经下山了吗？"

她突然想起昨天去找张贤时在门口遇到裴恕，一种不安的感觉顿时萦绕心头，让她皱紧了眉头。

裴恕笑着看她。林蔻蔻刚睡醒没多久，还是一身慵懒，站在初夏的熏风里伸了个懒腰，倒是一副友善的口吻："啊，这几天太累，一不小心睡过头了，就干脆改签了航班，晚点再回去。"

睡过头？薛琳盯着她那张没有化妆也白生生的脸，愣是瞧不出太多端倪。林蔻蔻从来是个大忽悠，张嘴也没几句实话，撒谎更是家常便饭，哪儿能被她看出来？但薛琳凭借自己的直觉，认为事情不太对。

只是这时候施定青已经快到山上了，她要赶着去迎接，也不好在这里浪费时间，所以并未深究，轻哼一声："留下来看看热闹也挺好。"

说完她叫了舒甜便走。可她万万没想到，林蔻蔻跟裴恕两个人，竟然也跟在她们后面走。

薛琳感觉不舒服了："你们跟着我们干什么？"

林蔻蔻揣着手一脸迷惑："去前山不都走这条路吗？"

薛琳拧眉，心中疑窦丛生。只是她想来想去，也没觉得自己出了什么纰漏。毕竟昨晚虽然偶遇裴恕，但和张贤那边的沟通没有任何问题，各种事情张贤都答应得好好的。这个级别的人了，总不至于再放人鸽子，说话不算话吧？

所以她虽有疑虑，却只能按下，然后顺着山路，走到缆车站点外面，驻足等待。

薛琳心想：到这儿，这俩人总该消停了吧？结果转头一看，林蔻蔻跟裴恕，一个揣着手，一个抱着臂，也在她边上两步远的地方停下了！在她看过去时，两人甚至还冲她笑了一笑。薛琳只觉背后汗毛都要竖起来了。那种极致的不对劲的预感，如一只大手将她整个人攫住，让她声音彻底寒了下来，她冷声质问："我在这儿等人，你们也等人吗？"

林蔻蔻微微一笑："当然，我们陪你一块儿等。"

第三十五章
齐聚清泉寺

　　他们连候选人都没一个，要在这里等什么人？薛琳差点没被林蔻蔻这句噎得一口气上不来。但她完全猜不透这俩人葫芦里卖的什么药，心里多少有些打鼓，有再大的火气也不好当场发作，只好憋了下来，拧着眉头冷视二人。

　　缆车站点修建在山顶一角，远远能瞧见一辆辆缆车顺着缆绳，穿过山间涌动的云雾，滑入缆车站内。游人络绎，进进出出。他们这边四个人面对面站着，看似很近，但实则泾渭分明，尤其是薛琳表情不好看，几个人容貌又分外扎眼，引得路过的游人都忍不住多看几眼。

　　林蔻蔻一扫都市里那种过于紧绷的精英范儿，一身休闲散漫的打扮，整个人的状态也显得分外松弛。毕竟到现在，他们能在这座山上做的努力都已经做完了。人事已尽，剩下看天。

　　她对结果反而没有薛琳那么在意，甚至还能分出闲心调侃薛琳两句："不是你说今天施定青要来，还替我们惋惜说我们下山太早见不到吗？我们这叫'从善如流'，薛顾问大可不必这么如临大敌嘛。"

　　薛琳只道："怕就怕有些人包藏祸心，自己拿不到候选人，要伺机从中破坏。"

　　林蔻蔻顿时露出了一个微妙的表情——还别说，他们真就这么打算的。

　　她下意识地向裴恕看了一眼，想笑一笑，可一转头才发现，这人嘴角虽然还带着点笑，但一双眼眺望着远处空中那些行进中的缆车，深邃的瞳孔里并无笑意，情绪难辨，似乎是出了神。

　　林蔻蔻正待要问，这时站在最角落里一直注视着出站人群的舒甜，忽然叫了一声："薛总监！"

薛琳一震，抬头向前看去，脸上立刻露出了喜色。

前方出站口走出来一名身材高挑的女性。虽然来人上了一点年纪，但米白的长风衣配上那轻轻摘下太阳镜的动作，仍旧衬得她气质不俗，举手投足间赫然一副不失优雅的利落干练。这不是施定青又是谁？

见到她人来了，薛琳心就定了。就算林蔻蔻还藏着花样，在施定青面前又能耍到哪里去呢？

薛琳带着舒甜迎了上去："施总，一路上还顺利吧？我这边都安排好了……"

施定青却没回应，目光竟直直越过了薛琳，投向她身后，那是林蔻蔻与裴恕所在的位置。施定青和林蔻蔻都站在原地，没往前走半步。双方目光隔空碰在一起。

山上午后的日光，已经带着一点初夏的暑气。林蔻蔻一身悠然，抱臂而立，在看见施定青的身影时，竟然有一丝恍惚——一年时间过去，她好像没有什么变化，仍旧和从前一样，仿佛在任何时候都从容冷静、优雅光鲜。

这就是她大学时感激的老师、工作后信任的伙伴，也是一年前漠视她反对卖掉公司，套现几个亿后冷酷地将她开除的航向掌舵人……这个女人有手段、有城府，只是也太会伪装，以至于她替此人卖命多年，直到被开除的那一天，才知道自己不过是一介被人忽悠的打工仔，什么师生情谊都是说得好听骗骗她罢了！

时隔一年，故人重逢，只是施定青没有主动打招呼。林蔻蔻看她一眼后，竟也移开了目光，转头就扬起了笑脸直朝着施定青身后挥了挥手："董先生，还以为要等您一阵呢，没想到这么早就到了，辛苦辛苦啊。"

这一瞬间，施定青神情尚算平静，薛琳却是表情大变！董先生？这三个字出来时，她脑袋里"嗡"的一声，几乎怀疑自己出现了幻听，然而她随着林蔻蔻挥手的方向往施定青身后一看，整个人便跟被定住了一样，完全没反应过来发生了什么。

她没忍住呢喃一声："怎么可能……"

先前林蔻蔻那句"陪你一块儿等"竟不作假！真的是董天海！那位多次登上报纸杂志的金融巨鳄！只是他本人看上去并没有杂志硬照上那么挺拔有气场，原本手里的文明杖换成了一根登山杖，上了年纪的身材看上去甚至带了一点干瘪，一张原该不怒自威的脸上不知为什么满是恹恹的烦躁，仿佛没睡好似的，一脸生人勿近的冷意。

董天海身后跟着保镖。施定青边上带着助理。双方几乎是前后脚从缆车站点里出来，很显然二人早已在路上打过照面了，甚至相互已经寒暄过了，彼此都知道对方的存在。

此时听见林蔻蔻那热情洋溢的一声招呼，董天海黑着一张脸走过来，咬牙道："别以为我不知道你打的是什么黑心算盘！昨晚上那通电话是你指使他打的吧？"

裴恕不动如山。林蔻蔻讪讪一笑，完全不接话，只问："您看着气色不太好啊，是昨晚上没睡好？"

董天海就差没把登山杖砸她脑袋上了：睡得好才怪！今天他一大早起来赶飞机，一路劳顿，上个山还得走一段路，差点没要了他的老命！

他冷冷道："林蔻蔻，我告诉你，这回你要让我空着手回去，别管你在哪家公司，我保证让你在这行混不下去！"

林蔻蔻小声问："您人脉有这么广？"

董天海瞬间气结。

林蔻蔻连忙道："放心，我们也准备好了，就等您上山呢。"

旁边的薛琳听得一颗心直往下沉，任是她原本再有信心，此时见了董天海本人上山来，也不免心头打鼓，没忍住问："你们找到候选人了？"

林蔻蔻一笑："三条腿的蛤蟆难找，找个两条腿的候选人还不简单吗？"

裴恕站她身上，淡淡道："你们能找到，我们当然也能。"

薛琳绞尽脑汁也想不出，除了张贤，他们还能找谁当候选人。难道张贤真的出尔反尔，这一单会出变数？一念及此，她脸色已然铁青，抿直了嘴唇，一句话也说不出来。

反倒是施定青，自始至终都很平静，目光从林蔻蔻身上移到了裴恕身上，只道："没想到，还真有看见你们两个联合起来对付我的一天。"

林蔻蔻只是打量她，不说话。裴恕两手插兜，唇角却浮出了一抹讽意："多行不义必自毙，施总走惯夜路的人，原来也怕鬼叫门。"

说到"施总"二字的时候，裴恕咬字稍微重了那么一些，听上去似乎带着点别有用心的阴郁刻毒。林蔻蔻听了出来。然而她单看裴恕那张似笑非笑的脸，又什么都看不出来。

施定青听了这句，面色却是稍稍沉了下来，转头对林蔻蔻道："看来你们相处得还不错。"

她言谈之间，与裴恕虽不对付，却似乎格外熟稔。

林蔻蔻皱了眉，只道："托施总的福，竞业一年，刚回行业，加入歧路，寄人篱下，处得好不敢说，勉强能联手对付付共同的敌人罢了。"

施定青笑了一声："还是得看这次运气到底眷顾谁，是吧，董先生？"

董天海也回了一笑："是啊，不过我运气一向也不差。"

时势造英雄，运气太差哪儿能有如今的地位？

两人说话都是分外礼貌，言辞间的较量却是谁也不让谁，气氛一时凝滞。

周遭人来人往，这立场相对的几人之间却是一片安静。

末了还是林蔻蔻看着这场面，竟生出了一点难言的厌倦与乏味，看了一眼时间，她哂笑着提醒："约的时间快到了，我看大家如果有旧的话，不如结束后再叙？"

双方这才作罢。

薛琳被林蔻蔻摆了一道，在作为客户的施定青面前丢了一回脸，心中怨愤，此时只冷哼一声，当先带着施定青往清泉寺方向走去。林蔻蔻跟裴恕都不着急，两人引着董天海，慢吞吞地跟在后面。

薛琳初时在跟施定青说话，还未察觉。但舒甜走在后面，时不时回头看一眼，在发现林蔻蔻等人的方向跟她们完全相同时，不免暗惊，上前去低声提醒了薛琳一声。

薛琳一回头就看见这俩人阴魂不散，简直跟刚才去缆车站点等人时一模一样！愤怒之余，薛琳心头浮上来的竟是一种道不明的恐惧，那种不祥的预感，重新回到心头。

张贤那边，恐怕真有变数。

她阴沉着脸，带施定青走到茶室前面，门边上就站着慧言。

薛琳其实已经对张贤生出了莫大的怀疑和不满，此时却不得不装出一副无事的模样，礼貌地微笑道："张贤先生在吧？我们跟他约了今天下午见面。"

慧言也十分礼貌地合十为礼，道："慧贤师兄在，但……"

他声音停滞，面上忽然出现了几分为难的神色，竟是不自觉地将目光投向了薛琳身后那同样已经站在走廊上等候的林蔻蔻一行人，然后道："师兄说，如果董先生来了，先见董先生。"

"什么?！"

这一瞬间，别说是薛琳，就连她身旁自始至终都镇定从容的施定青，也禁不住面色微变。先前说得好好的，现在竟要先见董天海？凭什么?！薛琳简直像被人当面扇了一巴掌，整个人都蒙了，下意识地回过头去看林蔻蔻。

林蔻蔻只抄着手，平淡地笑道："人的念头千变万化，运气这东西也虚无缥缈，不到最后一刻胜负未必见分晓。二位觉得呢？"

这话分明是对着施定青先前提及"运气"那一句说的，看似轻飘飘，却分外扎人。昔日师生，今日仇敌，就这么站在张贤的茶室门口，隔着一段不远的距离对望，表情一个比一个平静，眼神却一个比一个瘆人。

在场之人多少都知道她们之间的恩怨，见了这情况都不敢轻易开口。舒甜明显没见过太多大场面，有些紧张，薛琳也表情凝重。唯独裴恕，打从刚才一路过来，就一直是一副轻松的神态，此时他左右一看，只轻笑一声，竟站在边上问林蔻蔻："要不我带着董先生先进去聊聊，你在外头跟老东家叙叙旧？"

林蔻蔻转头，对上他的目光，顿时心领神会，道："也好。怎么说也是我待了一年多的地方，又是老东家，把人晾在外面多少有些不礼貌。你先去吧，我陪施总聊聊。"

到了客户亲自来见候选人这一步，基本跟面试没差别了。猎头顾问在不在都不影响最终结果。她对董天海跟张贤的事兴趣不大，但留在外面搞施定青的心态，想必有些意思。

裴恕于是道："那我先进去。"

林蔻蔻挑眉笑问："你不也留下来叙叙旧？"

她对裴恕跟施定青的关系非常好奇。

可惜裴恕不上当，先看她一眼，再看施定青一眼，唇畔笑意未变，声音也无丝毫波动："这就不必了，我这人不识趣，一向不爱跟人叙旧。"

施定青回视着他，他却不再多看一眼，径直跟慧言打过招呼，与董天海说了两句，二人便一道进入了茶室。一扇门关上，将里外隔开。施定青站在外头，心思莫测。

此时此刻的场面，又岂是"尴尬"二字能形容？

原本信心满满叫了施定青上山来的薛琳，被当场打脸，竟让自己的客户跟自己一块儿在外面坐冷板凳，让对手看了笑话；原本山穷水尽，已经被张贤明确拒绝过的林蔻蔻、裴恕，却是带着昔日与张贤有过节儿的董天海，大摇大摆地成了座上宾。局面的逆转，如此令人猝不及防。

林蔻蔻心情不错："董先生跟张贤也有好些年没见面了，又是昔日的合作伙伴，想必有不少话要聊，几位要不还是找个地方先坐坐吧？要是站这外头，还不知道要等多久呢。"

薛琳第一个反应过来："你跟张贤谈了什么条件？他跟董天海之间的恩怨

那么深，怎么可能会真的考虑去千钟教育？"

林蔻蔻自顾自走到走廊下面的石桌旁坐下，慵懒地眯起眼睛来晒太阳，只拉长了声音道："恩怨在利益面前，又算得了什么呢？薛顾问问出这种话来，实在是不应该啊。你不都说了，我最大的缺点是感情用事，不把利益放在第一位吗？张贤作为我们双方都相中的最佳候选人，撇开情感因素，只考虑利益，不才正常吗？"

董天海毕竟是资本大鳄，能撬动的资源无数；施定青再厉害，也不过是条刚进入池塘的小鱼，何况千钟教育和学海教育本来就各有优劣。但凡换个候选人来挑，都是董天海的胜算更大。

林蔻蔻说完，薛琳的脸色已经差得不能再差了。

但施定青反而恢复了从容，目光一闪，竟然也笑了，踱步而来，坐到了林蔻蔻面前，轻叹道："你还是这么喜欢玩心理战术。"林蔻蔻挑眉，不接话。

施定青的头脑却无比清醒："张贤既然答应了要跟我面谈，就代表他对我有兴趣；假如他对我这边意向不大，反而会对我礼遇有加，免得回头拒绝我时闹得太尴尬、太难看，彻底得罪别人。但他现在一副完全不怕得罪我的样子，我反倒放心了。"

薛琳顿时讶然，有些诧异地看向施定青。

林蔻蔻却一点也不惊讶："所以？"

施定青平静道："面试其实是客户跟候选人的双向筛选，这会儿我如果小肚鸡肠，转身就走，显然并不是一个有器量的老板。他在考验我，也是在告诉我——他的价值远超一般候选人，给我一个下马威。"

薛琳听到这里，眉头已然紧蹙：早在张贤当初同时见她跟林蔻蔻时，她就知道张贤这人多少有点自恃身份待价而沽的意思，所以才专门打了电话请施定青亲自前来，给足了张贤面子。可万万没料到，听施定青这意思，张贤现在竟然还抬自己的身价？！突然间，一股说不出的火气冒了上来。薛琳目光如电射向林蔻蔻，发现她在听施定青这番话时表情没有任何波动，再联想起昨晚在张贤茶室门口遇到裴恕，她忽然间就像被打通了任督二脉，什么都明白了。

薛琳咬牙道："是你们，是你们故意给张贤递台阶，甚至主动帮他抬身价！"

林蔻蔻赞赏地看着她："你竟然能想明白啊。我还以为要等当了冤大头，你才能反应过来呢。"

薛琳气急："林蔻蔻，你——"

施定青的表情也微微冷了下来，伸手示意薛琳闭嘴，只注视着林蔻蔻：

"你这样损人不利己，又有什么意思呢？"

林蔻蔻笑了："以前觉得没意思，但现在越想越觉得有意思。"

天底下还有什么事比坑人有意思呢？同一件商品，价值不变，但在买方市场和卖方市场，价格却能有天差地别！而施定青既是她和裴恕的对手，也是董天海的对手，削弱对手，就等于增强自己的实力。更何况……

林蔻蔻耷下眼帘，忽然凑近了一些，压低声音对施定青道："你就没有想过，张贤为什么也愿意冒着得罪你这个未来东家的风险，跟我们联手演这一出吗？"

施定青看向她。

林蔻蔻唇角一扯，顿时笑了，无比愉悦道："我猜，他早就拟好了自己的心理价位，就等你送上门来，给你一个大大的——惊喜。"

不想漫天要价的，根本没必要折腾这一出。但凡他折腾了，只能证明一件事——张贤想要的，必定是能叫施定青狠狠吐上一口血的天价！

施定青眼角终于微微抽搐了一下，道："你就是看准了这一点，所以才愿意配合他。"

林蔻蔻摇摇手指："不，准确地说，是我们主动找他，提出了这个方案。"

薛琳已经听得要骂人了。

施定青道："看来你现在是真的恨我。"

林蔻蔻不置可否，却是轻飘飘地一笑："您说笑了。我不会忘记，您是我的老师，也对我有恩。当年我家里出事，要不是有您帮忙，我说不定要被迫休学呢。"

说到这儿，林蔻蔻神情淡了几许，有种因忆及往事而起的缥缈感。施定青也静了一静，没有接话。只是林蔻蔻很快就从回忆的情绪里脱了出来，仿佛对那段过往已没剩下多少留恋，只道："我这个人，总是记恩的。不然，你当初让人把那份竞业协议摆在我面前，我也不会签。你说是吧？"

薛琳听到这里，心头猛地一跳。要知道林蔻蔻当初是以合伙人的身份加入航向的，且她本人就是业内顶尖的资深猎头，有关竞业协议的种种弊端她不可能不清楚。成熟的猎头有一万种手段避开竞业协议。可林蔻蔻被航向开除，竟不声不响地签下了竞业协议，还从此销声匿迹一整年，在业内着实引起了一番讨论。

那时薛琳才刚入行不久，对此印象深刻。现在看来，林蔻蔻肯签竞业协议，竟然是因为顾及与施定青之间的私人情义，念着施定青的旧恩？

想到这儿，薛琳顿时用一种不可思议的目光看着林蔻蔻。

然而林蔻蔻表情平淡，继续说道："可惜，这一年的时间你没利用好，航向好像大不如前了呢。"

施定青道："程冀跟顾向东的确不堪大用。"

林蔻蔻往她伤口上撒盐："贺闯现在好像也走了吧？那就没几个人能用了……"

施定青却用探究的眼神望着她："看我过得不好，你好像能舒服一些。"

林蔻蔻突然皱了眉，仿佛敏锐地察觉到了什么。

果然，施定青忽然叹了口气，话锋一转，竟道："我知道，当初我一意孤行卖掉航向，接受融资，你肯定心怀不满。更别说逼你离职时，我还以前对你有恩为筹码，让你签下竞业协议。可你站在公司其他股东、其他人，甚至是我的角度想过吗？"

林蔻蔻心中忽然生出了几分烦躁，没接话。

施定青却定定地注视着她："大家开公司是为了赚钱，量子集团收购我们的价格在整个行业内是前所未有的，股东的压力在那边，你一个人反对又有什么用？不是所有人都跟你一样。"

走廊里，无人经过，一片安静。

施定青理智地复盘着当初的事情："我是公司真正的掌舵人，不可能为了你一个人的所谓'理想'，而忽略其他人的利益诉求。而在融资收购完成后，集团要抽调一部分猎头部的精英在集团内部做招聘，你认定工作的性质已经从猎头变成了HR，带头抗命。"

林蔻蔻一声冷笑："我厌恶HR，你一向清楚。"

施定青点头："是，我清楚。可你带头闹成这样，集团已经派人下来问责。开除你，我于心不忍，但那是我当时唯一的选择。"

林蔻蔻道："当时你叫我加入航向，说要做一家纯粹的猎头公司，我竟然信了。一转眼，你背信弃义，还能责怪我不顾全大局？"

说到这里，她已觉出了一种荒谬，觉得自己可笑，也觉得施定青虚伪。

然而施定青将两手放在桌上，对此也并不辩驳，只道："无论你怎么想，我已经做到了当时我所能做的极限。"

林蔻蔻道："竞业协议也算？"

施定青道："那是集团发话要你签的。你自己是从业者，应该知道，大多数竞业协议都是三年起步，我只让法务写了一年，已经是背着集团先斩后奏了。"

林蔻蔻失笑："看来我能这么快回到行业内，还应该感谢你？"

施定青轻叹："我这次来，除了见张贤，其实也是想着能见你一面，好好跟你再谈一谈。我们认识这么多年了，你的性情我知道，不想看你一念之差，误入歧途。"

这番话，林蔻蔻细细一品，只觉有些不可思议，疑心自己是听错了："施总这意思，不会是还想挖我回去吧？"

施定青道："有什么不会呢？无论你如何想我，我仍旧认为你是这个行业里难得的将才。航向你要是不愿意回，也可以加入我的新公司，我们继续合作。至于歧路，裴恕是什么人，我再了解不过，他跟你不一样，歧路对你来说，是条死路……"

林蔻蔻终于换了一种恍惚的眼神看着坐在自己对面的女人，看着她高高绾起的发髻、光鲜照人的衣着、镇定自若的姿态，还有那……撒谎时，没有半点心虚的眼神！

一切都如此完美，如此虚假。

她惊诧于以前的自己，竟从未用这样一种冷静而客观的眼光来审视她。因为她是自己的老师，她曾向自己伸出援手。甚至，自己职业生涯的第一单，都是为了帮助她脱离苦海……所以林蔻蔻理所当然地认为她们相互信任，自然也不曾怀疑过她说的每一句话。

然而现在，林蔻蔻才发现，一旦把对一个人的滤镜放下，那些潜藏在人性里的真实的阴暗与虚伪，都是那样明明白白地刻在每个人的脸上，渗入每个人言谈举止的缝隙里，只要稍加留意，便会发现破绽百出。

她笑了，一种释怀的、放下的笑。

施定青微微蹙眉看着她。

林蔻蔻笑完了，才叹一声，抬目看向远处清泉寺前山宝殿顶上斜出的那一片飞檐，道："你知道我在这座山上待了一整年，每天想得最多的问题是什么吗？"

对面是施定青，旁边站着她的助理和薛琳，舒甜则在更远一点的地方。谁也没出声，都静静地听着。

林蔻蔻便转头看向施定青："那就是，作为猎头，我怎么能眼瞎到直到你让人把竞业协议扔给我，我才看清你的真面目？"

施定青岿然不动。

"所以我后来悟出了一个道理——"

林蔻蔻抬头，看见茶室的门又打开了，董天海已经出来，而裴恕就站在边上，静静地向她投来目光。

于是她笑了一声："宁愿跟真小人抱团死，也别跟伪君子一起活！"

这跟指着施定青鼻子骂她伪君子有什么区别？

薛琳站在边上听了这信息量巨大的一场对话，到这儿早已经麻木了，只用一种恍惚的眼神看着林蔻蔻。舒甜则是怯怯的，甚至藏了点担心。

但施定青并未生气，似乎林蔻蔻这般反应，也在她意料之中，只道："那就可惜了，航向原本是你一手撑起来的……"

"不可惜。"林蔻蔻起身，看了她最后一眼，平静道，"从我离开的那天起，你我就已经两清。放心，以前我给了航向多少，以后就会拿回来多少。一桩桩，一件件，一样都少不了。"

第三十六章
棋逢对手

　　施定青定定地看了她片刻，笑了一笑，不太在意："到底还是年轻气盛。"

　　林蔻蔻只道："是与不是，到时便知。"

　　说完她不再搭理旁人，径直朝裴恕那边去。

　　薛琳用一种奇异的目光注视着她走远；而旁边的舒甜则难掩心中惊讶，一双眼里充满好奇。唯有裴恕，满面平静，看到林蔻蔻走近时，他唇畔甚至扬起了一抹笑，挑眉问："这么快就谈完了？"

　　林蔻蔻看出这人的幸灾乐祸来，好似巴不得看见她跟施定青之间燃起的火花再激烈点一般，淡淡道："事是做出来的，不是说出来的，讲再多也没用。"

　　裴恕于是没再多问，只道："那就走吧。"

　　他们还有下一场呢。

　　林蔻蔻闻言点头，也不多说什么。几个人结伴，一道离去。

　　薛琳站在后面，远远看着她挺拔如初的背影，却是想起刚才董天海出来时的面色不太好，心中大定：看来他们是没达成自己的目的。什么林蔻蔻，浪得虚名罢了。以后自己还能从她身上学的，或许只剩下装腔作势、快输了还能装得跟没事人似的好心态了吧？

　　薛琳一声轻笑，不再多看，与施定青一道进了茶室。

　　林蔻蔻这边，董天海的心情的确十分糟糕。从茶室出来时，董天海便面沉如水；眼下离开了茶室，到了没闲杂人等的地方，神情便整个垮了下来，脸黑得宛如锅底。前面便要经过一道门，门两旁挂了副对联，右边是"真人说真话"，左边是"佛口露佛心"。

董天海抬头见了，便没忍住骂道："我看是假人念假佛还差不多！虚伪！恶心！"

好歹董天海也是有阅历、有见识的资本大鳄，喜怒不形于色，之前还好好的，怎么一出来，就气成这样？林蔻蔻看向裴恕，裴恕微不可察地向她摇了摇头，眼底却带着点讽意。

林蔻蔻顿时明白：看来在张贤那边，谈得不仅是不好那么简单。

她没多问，只道："董先生，还在前面一点，我们继续走吧。"

董天海满心不耐道："还要去哪儿？"

林蔻蔻道："当然是去见真正的候选人。"

董天海想起之前在茶室里发生的事，便心中有气："他都是这样，你们在这山上还能给我找出什么好人来？不去了，不见。"

林蔻蔻瞬间皱了眉。她当然听得出董天海这是在气头上，说话失了智，可人都已经安排了，先前说得好好的，这老头儿说不见就不见？行内猎头，最厌恶的就是那种约好了面试时间又临时变卦的客户。候选人的时间又不是天上掉下来的！

她面容微微冷下来。按理说，对待董天海这样的大客户，是个人都得迁就着，可林蔻蔻向来不是什么屈就旁人的主儿，刚刚跟施定青谈完之后的火气还在那儿顶着呢，脾气未必就比他董天海小。于是林蔻蔻笑了一声，她竟没劝，只道："好啊，那别见了，这就让裴顾问送你下山吧。"

董天海原也只是一句气话，哪儿料到林蔻蔻居然也不往回捞半句，整个人都惊了："我说走你就让我走，你还有半点身为猎头服务客户的自觉吗？"

林蔻蔻冷笑："客户都没自觉，猎头要什么自觉？"

说得好像人是为他们猎头挖的一样，董天海心里没点数。

董天海胸膛一阵起伏，瞬间气结："你……"

林蔻蔻道："我怎么？"

董天海深知林蔻蔻伶牙俐齿，自己说不过，转头便质问裴恕："这就是你们歧路对客户的态度吗？"

裴恕旁听这二人呛声，对二人今天脾气这么冲的因由都心中有数，倒是早有准备。他不惊不乱，温言劝道："林顾问也是人在气头上罢了，毕竟您要不去见我们为您物色的真正候选人的话，不仅是您会输给施定青，我们也会输给我们的同行对手。您知道林顾问跟施定青……"

剩下的话便不必说了。董天海于是想起林蔻蔻跟施定青之间的关系，还有她先前对施定青放的狠话，慢慢蹙了眉，没说话。

裴恕却看出他表情稍有松动，笑着道："无论如何，我们跟您是绑在一条船上的，您不用质疑我们做成这一单 case 的决心。"

林蔻蔻抄着手不插话。

董天海咬着牙，看了她一眼，最终还是商人权衡利弊的理性压倒了不快的情绪，对裴恕道："带我去见见吧，最好这个人能让我满意。"

裴恕心道："这可不敢保证。"只是这话也不必宣之于口。

这回换了裴恕在前面带路，一行人总算重新出发，穿过前面一条林荫道，便到了清泉寺东面偏僻处一座少人来往的佛堂外面。

铺了石板的空地中间，栽了一棵银杏树，看上去有些年头了，枝丫正绿。一个老和尚一边挂着耳机听音乐，一边扫地。其他地方，却是空空荡荡，一个人也不见。

董天海一看之下，先是纳闷："人呢？"

可紧接着，他便发现林蔻蔻跟裴恕的目光都落在树下扫地的那僧人身上，一股不祥的预感顿时冒出。

董天海眼皮跳了一下："你们别告诉我……"

林蔻蔻微微一笑："恭喜你，猜对了。"

董天海简直不敢相信：我要的是未来上市公司的 CEO，你却要给我介绍个庙里扫地的老和尚?! 然而林蔻蔻懒得跟他解释，已经直接走向那名老和尚，站在他身后，拍了拍他肩膀："智定师父，最近还缺人下棋吗？"

智定转过头来，摘下耳机，下意识地用警惕的口吻说道："再缺人也不会找你下，死了这个心吧，我不会上你的当！"

林蔻蔻却露出自己生平最良善的笑容："这回不是我要找您下。"

智定顿感狐疑。林蔻蔻伸手朝着董天海一指："这个老头儿刚刚一手'双飞燕'把我们裴顾问打了个落花流水。他说他精研棋艺多年，一手大龙的功夫出神入化，没有人是他的对手！"

她这话一出，裴恕跟董天海都惊呆了。

一个想：我计算能力一绝，什么时候被人打得落花流水过？

另一个想：老头儿？你全家都老头儿！还有我什么时候说过自己是下棋高手了！

两人都向林蔻蔻投去震怒的目光。

然而林蔻蔻视如未见，她面不改色，只对智定道："智定师父，你看这个人怎么样？"

智定拄着扫帚，看了看这黑脸老头儿，挑剔道："面带怒容，肝火旺盛，一看就知修行不到家，不常与人为善，不谦逊，是像能说出这种话的人。"

董天海："?!"

"哈哈哈，刚才董天海那脸色，你看见没有？"从佛堂出来，才往外走没两步路，林蔻蔻就已经笑弯了腰，得伸手扶着裴恕的胳膊才能维持身体的平衡，"我猜要不是他太想要一个靠谱的 CEO，而我们俩在业内也算是有头有脸有信誉保证的，他恐怕早就掀桌子走了。好玩，太好玩了……"

把董天海送到地方之后，林蔻蔻跟裴恕只以中间人的身份引见二人认识了一下，也没说什么别的，旁观他们两人下了个开局，便先后退了出来，在外头溜达。这种级别的面试，不太需要猎头的介入。

裴恕一只手微微用力扶着她，叹道："以前那些人给你起什么'HR 公敌'的绰号实在是客气了一点，你就算叫'资本家克星'都名副其实。"

林蔻蔻道："多谢，那这就是我下一个奋斗目标好了。"

裴恕笑了："董天海真是倒了八辈子的霉，这单 case 亲自点了你的名来做。"

林蔻蔻总算笑够了，直起腰来，瞥他一眼："他该烧高香还差不多，要不是遇到我，到这座山上来，他今天别说人，连人影都见不到半个。"

毕竟要不是凭她跟智定认识了一年多，今天别说是董天海来，就是换个再厉害的人来，以老和尚那脾气也未必愿意见。裴恕想了想，没话说。林蔻蔻一边顺着林荫道往前溜达，一边想起了先前的事，忽然问："不过董老头儿气成这样，他跟张贤到底怎么了？"

裴恕想了想，神情里露出一丝微妙，竟是看着她，道："你跟施定青聊成什么样，他跟张贤就聊成什么样。"

林蔻蔻顿时一怔，看向他。

裴恕却避开了她的目光，回想着茶室里的所见所闻，慢慢道："董天海这个人，有些出乎我的意料。你还记得你跟我说，他们为什么决裂吗？"

林蔻蔻想了想："算法？"

裴恕道："对，当时他们主做的平台有两个算法逻辑，一个是欲望算法，另一个是行为算法。董天海主张欲望算法，张贤却不肯放弃行为算法。在董天海一个人拍板采用欲望算法逻辑之后，张贤背地里做了一件事，这也是他没有告诉你的部分……"

林蔻蔻心头一跳。

裴恕淡淡道："在他们全盘采用欲望算法之后四个月，市场上出现了一家新兴的竞品平台，全盘采用行为算法，跟广盛之前弃用的行为算法逻辑大致相同。董天海查到这家公司的股权架构复杂，且张贤的配偶疑似通过好几家公司为张贤代持这家公司的股份……"

出卖商业机密，通过他人代持竞品公司股份，哪一条不踩红线？

就算林蔻蔻早有准备，知道张贤一面之词未必可信，可也没料到事情竟闹得这么大："一套成熟有效的算法逻辑对互联网内容分发平台来说，是核心资产了。张贤这么做，等于狠狠背刺了董天海一刀。原本只不过是理念之争，有必要做得这么绝吗？"

裴恕看着她："你以为无伤大雅的理念之争，在他人看来，就是你死我活的利益之争。"

林蔻蔻停了步，看向他。

毫无疑问，裴恕这番话，意有所指——

她同施定青，一开始不也只是理念之争吗？只是当有大集团挥舞着钞票要高价收购航向时，理念之争，也就成了利益之争。因为她的理念，妨害到了别人获取利益，那么站在施定青的立场，对她下狠手，又何足为奇呢？

林蔻蔻嘲讽地笑了一声："这么看，董天海胸襟还很宽广。我听说以前他是把张贤当接班人培养的，被他坑了这么一把之后，今天竟然还愿意来跟这个人谈谈，气量不可谓不大，眼界不可谓不宽。"

裴恕点头："可惜张贤不这么想。"

林蔻蔻突然乐了："那可有意思了……"

裴恕一时没明白。林蔻蔻却是若有所思，眉梢略略一动，白皙的脸庞抬起来，过午的日光便透过树荫的缝隙如碎银般落进她的瞳孔，酿出几许悠然的笑意："这么看，张贤跟施定青才是'不是一家人，不进一家门'，是天造地设的一对合伙人，我可太期待了。"

期待？等着看戏还差不多吧？

裴恕看着她，眼底有光闪烁："很高兴？"

林蔻蔻摇摇手指纠正："不，说准确点，这叫'幸灾乐祸'。"

前面树下斜着一条木制的长椅，林蔻蔻走得有点累了，便随意地坐了下来，在椅背上平放双臂，将后脑勺也搁上去，舒服地喟叹了一声："董老头儿真是命好，上辈子烧过香，这辈子才遇到我啊。"

裴恕都听笑了，在另一头坐下来，道："没见过这么能给自己脸上贴金的。"

林蔻蔻并不介意："你等着看，这单 case 结束，他得把我供起来。"

说完，她就闭上了眼。

裴恕静静地望着她，看细碎的光影从她面庞铺到那细长的脖颈、精致的锁骨，看她唇畔那一抹始终没有降下来的弧度，慢慢道："我还以为，你跟施定青聊过之后，心情不太好。"

林蔻蔻没睁开眼，懒洋洋道："那是刚才。不过说开了也好，不见她这一回，还未必能放下心结。我这叫想通了，跟过去做个了断。"

裴恕调侃她："想通了，就是以后要跟真小人抱团死？"

林蔻蔻掀开一只眼皮看他："你听见了？"

裴恕冷冷道："你说那么大声，生怕我听不见似的，我又不聋。踩施定青一脚也就罢了，还拐弯抹角骂我？"

他唇畔挂了点似笑非笑的讥讽。如果是刚到歧路那段时间，林蔻蔻看了他这副表情，恐怕得暗骂他欠揍找打，现在她竟觉得格外顺眼。要论原因……恐怕是比起施定青那常年没表情的一张脸，裴恕浑身上下都活跃着一股"真"气，就算偶尔祖宗的那个德行起来，拿捏个腔调，也丝毫不给人"装"的感觉。

她心底竟有些复杂：谁能想到，这么个看似跟她处处不对付的人，现在竟然成为她看得最顺眼的人呢？而以前与她合拍投契的施定青，一眨眼竟让她连多说一句话都觉得浪费时间了……

裴恕半开玩笑道："怎么，终于开始反省，知道我的好，知道自己看走眼，知道你对我的态度太恶劣，准备改改了？"

林蔻蔻回过神来。裴恕以为凭她的本性，下一句恐怕就是"能跟爸爸合作是你的荣幸"，已经在心里做好了准备。可没料到，林蔻蔻只是这么定定地看着他。猝不及防地，他的心跳漏了一拍。然后他便看见一抹浅淡的笑意，从林蔻蔻唇畔浮出。

林蔻蔻以前所未有的认真，说了一个字："是。"

这一刹，风吹过眼，云漫过天，裴恕觉得，林蔻蔻是个撩人不讲基本法的罪犯。

普普通通一个"是"字，从她嘴里说出来，怎么就给他一种疑似告白的错觉？裴恕看似平静，心里已经翻江倒海了。

林蔻蔻却继续道："以前当对手的时候，觉得你这个人不可理喻，上海的猎头公司有那么多，怎么你偏偏要跟航向作对？无论怎么看，你都不是什么好东西。"

裴恕问："现在呢？"

林蔻蔻眉梢微微一挑，说得豁达："现在我也不是什么好东西。"

裴恕听得笑出声来："昔日航向金牌猎头林大顾问，如今与裴某人狼狈为奸，沦为一丘之貉，这难道不算业内一段佳话？"

林蔻蔻冷静道："输了就是笑话。"

裴恕于是笑得更厉害了。林蔻蔻绷了两秒没绷住，也跟着笑了起来。

午后山中，气氛顿时有种说不出的轻快融洽。

只是远在上海的孙克诚，尚不知他们这边的进展，一面在猎协主持的RECC筹备会上周旋应付，一面还要顶住被途瑞、航向联手争夺业务的高压，好不容易趁着茶歇躲到外间，才打了个电话过来，询问他们这边最新的进展。

裴恕拿起手机，走到一旁无人经过的小道上接了电话："现在情况稳定，鹿死谁手还未可知。"

孙克诚听完，放心不少，只是沟通快结束时，他忽然问了一句："我刚开会的时候，猎协那边陈志山又问我，这届大会我们还是不参加吗？"

裴恕道："这种没意义的事，我们不是一向不参加吗？"

的确，他们从来没有参加过——无论是以公司名义还是个人名义。

从公司角度讲，论业绩他们歧路也不低，在猎协理事会却不占一个名额，去了RECC大会都要低理事会里那些公司一等，裴恕从不愿意做这种给人抬轿的事；从个人角度讲，裴恕对这类难以产生直接经济效益的场合没有丝毫兴趣，作为公司老大他都不参与，下面其他猎头顾问就算感兴趣又怎么敢去？

"可现在……歧路有林蔻蔻啊。"孙克诚下意识想这么说，但考虑了片刻，到底还是没说，毕竟谁也不知道现在的林蔻蔻怎么想。

于是他道一声："那我还是婉拒陈志山。"

裴恕挂完电话后，却是看着已经结束的通话界面若有所思。

与此同时，茶室里，施定青与张贤相谈甚欢，情况出乎薛琳意料地顺利。

原本在面对她时多少有些爱搭不理的张贤，在与施定青的这次见面中，竟然表现得和善且友好，而且张贤对施定青颇为了解，言谈间对施定青分外欣赏，论及国内教培行业的优劣利弊来，也是头头是道，见解深刻，而且惊人地提出现在学海教育入局教培太晚，已经很难再分一杯羹，除非在内容上找个别人没有的噱头，要么就得挂靠大平台依赖大流量。

张贤头脑清醒，进退有据，简直是一个完美的候选人。薛琳能清楚地看到施定青刚进来时的怀疑和克制已经打消，脸上甚至露出了微微的笑意，显然对人选十分满意。

可她万万没想到，当她们询问对方期望薪酬时，张贤竟然摇了摇头道："学海教育尚未发展起来，按行业标准走，八百万薪酬就够了。"

施定青与薛琳双双震惊。

但紧接着张贤笑着补了一句："不过我有别的条件。"

薛琳的心当时就沉了一下。

然后便听张贤道："学海教育，如果付出心力，认真经营，会有个不错的将来。但我想施总也该明白，'有足够的利益才能吸引足够的人，有足够的欲望才有足够的动力'这个道理。我这个人不替人打工，想我加入学海教育，除非让我参投。"

他要参投?!

薛琳几乎倒吸了一口凉气，听过林蔻蔻那句警告后，她在进入茶室之前，就已经做好张贤可能会狮子大开口的准备了。可她绝没想到，能大到这个程度!

学海教育目前的估值还不算太高，但不管是从发展路线还是行业大势来看，在将来就算不成为上市的独角兽公司，但有个几十亿的市值还不轻轻松松？施定青已经投下学海，现在也并不缺钱，凭什么把蛋糕给别人割一块？才头回见面，张贤怎么敢提这种要求!

极度震惊过后，薛琳第一时间担心的就是施定青的反应。还好，施定青眼角虽然微微抽搐了一下，但尚能保持冷静与克制。只是先前旺盛的谈兴，几乎立刻降到了冰点。

她只道："参股这件事比较大，一时半会儿我可能还做不出决定。"

张贤也不着急，表示理解。双方重新将话题带回了教培行业和如今的资本市场，随便聊了点轻松的八卦，表达完对对方的欣赏和今天能来面谈的感激，这才相互体面地告别了。

只是才从茶室里出来，施定青脸上的笑容就挂不住了。薛琳心中也是一片忐忑，暗骂此事棘手，揣摩一会儿要如何应对施定青的责问——连作为他们候选人的张贤到底有什么需求都没有探清楚，这是她身为猎头的失职。

可薛琳没料到，二人走出去一段路之后，施定青停下来，问的竟然是："张贤言谈之间对我非常了解，我来之前你跟他详细介绍过我吗？"

薛琳一怔，下意识道："没有。"

紧接着她才意识到施定青问这话的深意，立刻又补一句："我只大概说了您从航向到学海教育的履历，别的并未多讲，而且我也不太清楚……"

施定青听后，面容一片冷肃，她没有再说什么，只是一转过身，就看见了远处林荫小道上刚挂断电话站在原地的裴恕。

裴恕思索完，抬起头来，也看见了她。二人的视线隔着半条林荫道相撞。

薛琳才刚看见他，还没想清楚裴恕怎么还没离开清泉寺，就听施定青道："你先走吧。"

她顿时一愣，转头向施定青看去，却只看见了施定青没来由平静下来的侧脸。

这意思，是她有话要跟裴恕谈，但不想让自己知道？薛琳突然就想起了前几次电话里，施定青对林蔻蔻的消息都不那么关注，反倒是好几次问及裴恕的动向，倒好像对此人更忌惮一般。业内早有传闻，歧路是航向的死对头。这里面有什么不为人知的恩怨？她难免有些好奇，只是施定青既然发话，她也不好留下来听，便先走了。

寺院里的小道曲径通幽，蜿蜒曲折，裴恕边打电话边走过来的这条，正好是通向茶室这个方向的，大家恰好在这里撞见，并不奇怪。

薛琳走后，便只剩下二人。裴恕收起手机，好整以暇地打量着施定青的神情，笑着道："看施总的样子，谈得好像没有想象中顺利啊。"

施定青不跟他拐弯抹角，直接道："是你跟张贤提过我吧？"

裴恕装作没听懂："施总这么厉害，在猎头行业发迹，又换赛道到教培行业，我当然提过，还提过不少。只是不知道你具体指哪些方面？"

施定青面容都有些微扭曲，寒声道："张贤在跟我交谈时，似乎很了解我的喜好不说，甚至知道我在大学里当过讲师，对我了如指掌！连开价都是压着我心理底线开的。如果不是有人从中作梗，就算是背景调查机构都了解不到这么详细。除了林蔻蔻和你，还有谁会处心积虑做这种针对我的事？"

裴恕笑了："针对你？我们只不过是提前帮张贤了解一下你罢了，这叫好心。"

施定青道："是吗？如果你以为这样就能阻挠我，那你想得也太简单了。"

她一身冷然，高高在上，好似全世界只有她是对的，任何人都不能忤逆她、违抗她，一旦有人提出反对，她就会用自己的方式来维护自己的权威。她这副姿态，裴恕几乎从小看到大。他实在是太熟悉、太厌倦，以至于此刻都懒得掩饰一下自己对她的不屑一顾："你现在根本没有别的选择，不是吗？"

施定青直视他，目光里充满压迫。

裴恕却不为所动，反倒是慢条斯理地替她分析起来："毕竟，你虽然投了学海教育，可原本的创始人拿了你的钱之后，就买起了豪车，置起了豪宅，连给情妇买包的开销都要记到公司账上报销，这种人你一天也忍不了。学海教育CEO这个位置，你心里比谁都急。"

在这种情况下，靠谱、合适且有能力的人选能有多少？找到一个张贤已经是施定青烧了高香了。裴恕也就是看准了这点，才决定跟林蔻蔻一起为张贤提供情报，为张贤抬轿，狠狠坑施定青一把，让她不得不咬碎了牙和着血往肚里吞！

创始人这边的作风，连学海教育内部都没几个人知道，现在却被裴恕当面戳破，施定青的脸色一时难看到了极点："连这点鸡毛蒜皮的事都打听得这么清楚，看来你是不达目的不罢休了。"

裴恕毫不客气地嗤笑道："我只是想告诉你，不是你遇到的每个合伙人都是林蔻蔻。张贤是很强势的领导者，他的诉求如果得不到满足，他会采取极端手段，绝不可能退让，更不会心软，一如他当年对董天海。我要是你，就应该庆幸，庆幸林蔻蔻不是张贤，被你卖了还记挂当年所谓的恩，既没有对航向釜底抽薪，也没有对你赶尽杀绝。"

施定青无动于衷："所以，这就是她的弱点。"

裴恕唇边的笑意隐没。

施定青看着他道："你这么冠冕堂皇地指责我，你又比我好到哪里去呢？你是什么性情，我清楚。你跟我，也就是豺与狼的区别罢了。"

裴恕不置可否，只道："你迟早为你的傲慢付出代价。"

施定青一声冷笑："也是。毕竟谁能想到，他日联起手来对付我的，会是我的学生和我的儿子呢？"

这话，她虽是用嘲讽的口吻说出来的，可但凡此时此刻有第三者在，只怕都要被她话里的信息量惊掉下巴！一手创建歧路，时时与航向作对的裴恕，与施定青竟是母子关系！过去这些年，从未有人知道，更不曾有人提起——包括他们本人！

只是这话落入裴恕耳中，却是无比刺耳，让他心头一股戾气顿生，连带着瞳孔深处都覆上了一层冰冷，他平静地纠正了她的用词："你应该说，曾经是。"

曾经，林蔻蔻是她的学生；曾经，他是她的儿子。但如今，这一切都不复存在了。

他淡淡补充道："这一切，都是你咎由自取。原本我以为，要对付你还得花更多的时间，可没想到你自断臂膀。有林蔻蔻的时候，你尚能占上风，如今她在我这边，你没有半分胜算。"

是个人都能看出，航向自打被量子集团收购后便每况愈下，失去原有的地位，被人蚕食只是时间问题。可施定青仿佛毫不在意。她听完裴恕的话，甚至没忍住笑了起来，竟道："航向对我来说，又算什么呢？猎头这个行业，做到顶上市也不过就是百亿的规模罢了，你们想玩就玩好了。现在我和你们，已经不一样了。"

在将航向卖给量子集团后，施定青成功套现了大笔资金离场，加上前些年的资金积累和自己在资本市场上的人脉，如今早已摇身一变，成为资本玩家，林蔻蔻跟裴恕这样的，岂可与她同日而语？

她道："你们这点小打小闹，又能为我制造多少麻烦呢？"

唇畔的笑意，已然让施定青恢复了优雅。

裴恕静静地看了她许久，也慢慢地笑了起来，只道："那便拭目以待了。"

"两位也开始叙旧了吗？"

裴恕去打电话半天没回来，林蔻蔻便琢磨着是不是该回去看看董天海跟智定聊得怎么样了，没想到她刚走过来，就瞧见裴恕跟施定青戳在这岔路口上，面对面站着，似乎已经聊了一会儿了。

施定青面容平静。裴恕脸上也什么都看不出来，只回头看了她一眼，笑着道："旧识是叙，旧仇也是叙。你来晚了点，我们刚刚叙完。"

他还有心情调侃两句。

林蔻蔻道："那看来是没什么事了。"

她转而看向施定青，也往她身后茶室的方向看了一眼，貌似关切地问："已经跟张贤谈完了吗？不知道他开的价，施总是否满意？"

这一句话，又让施定青回想起了张贤的开价。她脸色微变，但很快又调整了过来。目光在林蔻蔻跟裴恕之间转了一圈，她一敛眼帘，神情便重新平和下来，最后视线落回林蔻蔻身上，异常认真地道："我知道，现在报复我能让你痛快，从道理上来讲，你不认同我，也是应当。但歧路和裴恕，并不适合你，我先前跟你说的那句话是认真的，你如果愿意重新考虑一下，我随时欢迎你回来。"

裴恕眼角微微抽动了一下，目如寒电般将视线投向她。然而施定青视如未见，怡然自得，只看着林蔻蔻。

林蔻蔻久久同她对视，笑出声来："恐怕要让你失望了，先前我对你说的那句话，也是认真的。"

施定青笑道："也没关系，以后再说。"

短暂的谈话，到此为止。施定青不再废话，径直离开。

林蔻蔻只立在原地，目送着施定青款步顺着林荫道离开，待得那背影消失不见时，她若有所思道："她刚才那话，是想挑拨离间啊。你们有什么深仇大恨，值得她这么煞费苦心？"

说完，她转头看着裴恕。

裴恕似笑非笑地回她："她让我领教了人心险恶，跟我是不共戴天的仇人，还不够吗？"

林蔻蔻顿时皱眉。

裴恕问："想知道得详细点吗？"

林蔻蔻下意识道："想。"

裴恕把眼睛一眯，笑得倜傥风流："你叫我一声爸爸，我就给你详细讲讲。"

林蔻蔻嘴角微微抽搐一下，看向裴恕，深深怀疑这人今天吃错了药。怎么到处给人当爹的习惯还能传染？

静默良久后，林蔻蔻微微一笑，免费赠他一字："滚。"

说完她转身就走。

裴恕笑起来，跟在她后面，一副兴叹可惜的口吻调侃道："前面还谈得好好的，怎么一说到'爸爸'就翻脸呢？林蔻蔻，你这人一点也不大度啊。叫一声'爸爸'听一个故事，你也不亏啊。"

林蔻蔻冷笑一声，无情道："你的故事，不值这个价。"

裴恕："……"

林蔻蔻道："还是先回去看看那俩老头儿聊得怎么样了吧。"

智定这人下棋有瘾，也未必是不知道董天海的身份，不过就是不太想明着答应林蔻蔻掺和到这些事里来罢了，但人他倒是愿意见一见的，再加上林蔻蔻拉了个人来陪他下棋，岂有不答应的道理？只是不知他们能不能谈到点子上。比起董天海看不看得上智定，林蔻蔻更担心的是智定看不看得上董天海。

林蔻蔻和裴恕一块儿朝着刚才那间小佛堂走去。

快到的时候，裴恕忽然停下脚步，犹豫了一下："你说他们一个脾气不好，一个是臭棋篓子，真要下起棋来……"

林蔻蔻眼皮一跳。

裴恕认真问："他们要吵起来怎么办？"

智定老和尚下棋的习惯之臭，在这座山上已经是尽人皆知，林蔻蔻虽从没跟他下过，可过去一年早已经听得耳朵起茧了，哪儿能不清楚？

她想了想，深吸一口气道："如果只是吵起来，那倒是小事。"

裴恕："……"

林蔻蔻幽幽道："要是打起来，你我的英名不必等这单结束后，只怕现在就得完蛋。"

话当然是夸张的说法，但无论是她还是裴恕，对于董天海是否能好好跟老和尚下棋这一点，都没抱太大希望。毕竟先前佛堂前老和尚大胆点评董天海的那一幕还没过去多久呢。董天海堂堂富豪，受这委屈，心里恐怕早把他们当猎头的骂了十遍百遍了。

裴恕问："所以我们要听见他们吵起来怎么办？"

林蔻蔻果断道："装聋。"

裴恕又问："那要看到他们打起来呢？"

林蔻蔻坚定道："装瞎。"

裴恕静默片刻："万一他们要我们来评理呢？"

林蔻蔻不由得鄙夷地看了他一眼。

裴恕："……"

行，他悟了，装哑巴。

只要我又聋又瞎还是个哑巴，就算天塌下来，我也能当没发生。

两人达成战略一致，终于来到门前。只是没想到，当他们停下脚步，仔细一听——

"你看，这里这么下，这么下，你下这儿之后，我可能就截断你这一手大龙，你不就没办法了？"

"啊，原来是这样，大师高啊，是我疏忽了。"

"哎呀董先生太谦逊了，你下棋是很有天分的，大局观非常好，只是有些细节上照顾不到位。"

"哈哈，大局观好也是大师你指点得当……"

门里面，传出一阵欢声笑语，间或夹杂着棋盘上落子之声，和谐到不可思议！

林蔻蔻呆滞了片刻，裴恕也怀疑自己是不是走错了门。这俩老头儿不仅没打起来，连一点口角都没有说，现在还相谈甚欢，仿佛处得十分愉快？假的吧！

两人对望了一眼，都看见了彼此眼底的迷惑与惊诧：明明他们走的时候，这俩人之间的气氛还非常勉强啊，在他们离开的时候到底发生了什么事？

门本就是虚掩着的，董天海一抬头就看见了他们，竟笑着打招呼："你们散步回来了，正好，我跟智定大师这一盘也快下完了。"

林蔻蔻走进来，看了一眼棋盘，犹豫了一下，没忍住问："二位，谈得不错？"

董天海道："当然，大师下棋可太厉害了，我一点也不会，他耐心指教，你看，我现在也会一点了。"

林蔻蔻看不懂棋，但仍觉得不可思议。老和尚坐对面，一看她转眼珠子就知道她在想什么，轻哼一声，不无得意地道："说指教不敢，也就是交流一下心得罢了。我跟董先生算是棋逢对手了，很久没下得这么痛快了。"

林蔻蔻："？？？"

这个世界，突然往她不理解的方向狂奔而去了。她忍不住将目光投向了董天海。这老头儿究竟被灌了什么迷魂汤？刚才他们走时他还不是这样啊。

董天海却没有再管他们，一面按着刚才智定的指点把棋子放到位置上，一面接着先前的话题聊："对不住，我下棋太差，都打断了您说话。智定大师刚才说教培行业前景堪忧，但也不是没有破局的方法？"

智定道："哦，破局不敢说，顶多是提早做准备，避开风险，在雪崩的时候生存下来罢了。"

董天海精神一振："愿闻其详。"

智定摆摆手："嘁，这还不简单吗？不管是从美国还是从日本的情况来看，越是发达国家，在教育上的投入就越高。我们国家的生产总值也上来很久了，而且我们传统文化里就一直倡导'万般皆下品，唯有读书高'，金融危机之后，就业压力也不小，干教培这行从长远来看，无论如何都是错不了的。这也是你们看好这个行业，不断往里面加注的原因所在。"

董天海不断点头。

林蔻蔻和裴恕则是意想不到，两人竟然已经开始聊上正事了？他们相互望了一眼，没再说话，只坐在一旁听起来。

老和尚眼睛盯着棋盘，显然还在琢磨自己把棋下在哪儿，只分出一点心思来说话："但无论在什么地方，行业的兴衰都是要跟政策挂钩的。归根结底，还是得顺着风走。现在社会不提倡内卷了。"

董天海道："可如果 K12 不能做，那教培行业还能做什么？"

他投的千钟教育，最大的优势就是 K12 教育。甚至可以说，现在市面上几乎所有教培机构，最大的收入都来自 K12 板块。毕竟，谁不说家长的钱最好挣？要把这块全裁掉，那这公司不就只剩个空壳了？

智定抬起那乱糟糟的眉毛看他一眼，道："只是国内很可能受影响，又不是所有地方都受影响。"

董天海："……"

这时的智定，也不知出于什么心理，他压低了声音，以至于看上去有些鸡贼："我们国家的国情如此，教培行业才这么赚钱。国内不让干，那就找个替代品，接着干。反正你公司的人员都在那儿，国内国外无非就是成本和市场规模差一点，但好歹能止损。"

董天海感觉自己的耳朵出了错："您的意思是……"

智定干脆把话说明白了："你看看外面哪个国家跟我们最像。"

董天海迅速想了一圈，心里已经翻江倒海，说话竟抖了一下："印……印度？"

智定立刻一脸"孺子可教"的欣慰表情。

林蔻蔻惊呆了，裴恕也惊呆了。

好家伙，才下一盘棋，他就给董天海分析起了局势，出起了主意！不让卷中国人，竟然叫人"出海"搞业务，去卷印度人?! 这得是有多损？人家印度人做错了什么？

"他们人口基数大，经济发展现在虽然还赶不上中国，但依靠人口拉动的需求，以及全球产业转移，经济会慢慢起来。就算现阶段有钱投教育的人没那么多，那对你们来说也够了。"

老和尚立刻开始分析印度到底"错"在了哪里。

"不把鸡蛋放在一个篮子里，就能有效预防风险，届时避免大规模裁员。再说国内教培行业，也不就是这么彻底完蛋了，还是有一些领域能做的。"

国内不让卷，就去国外卷，乍听起来还很有道理。董天海有一种在听天方夜谭的感觉。他现在人已经麻了，脑袋也不太转得动，几乎是呆滞着问："国内教培还有希望？"

老和尚捏着一枚棋子，伸出手指头来，竟是朝林蔻蔻跟裴恕指了一下。两人都是一愣。

董天海更是一头雾水："林顾问跟裴顾问？跟他们有什么关系？"

老和尚把白眼一翻："这都不明白你还混什么？"

董天海："……"

老和尚深深叹气，俨然一副嫌董天海觉悟不够高的样子："未成年人不让卷了，你卷他们啊，卷成年人又不犯法！"

林蔻蔻、裴恕："???"

你有胆再说一遍！

"搞职业教育大有前途。"老和尚看着林蔻蔻冷哼一声，"比如每次看到她，我都觉得人力资源这行的门槛太低！就应该人手一本从业资格证，不考过不准入行！"

第三十七章
柳暗花明

猎头卖的是人，做的是人的生意，是人力资源行业的一个重要分支。业内虽然一向都称"某猎头公司"，比如歧路猎头，实际上在工商部门那边注册的名称是"歧路人力资源咨询有限公司"。但猎头不同于其他行业，比如法律、会计等，都严格要求从业者有相关资格证书，人力资源这行虽然也有"人力资源资格证"，可这属于"有证锦上添花，没证无伤大雅"的事，从来不严格要求。像林蔻蔻，就从没考过证。

开玩笑！她两届金飞贼奖得主，名号放出去不说十个人里有十个人知道她至少也有八个人知道，出来混还用带资格证？"林蔻蔻"三个字就是资格证！

所以在听到老和尚这番话时，她简直冒出满脑袋的问号："从业门槛低？我们这行履行丛林法则，优胜劣汰，卷生卷死，要什么资格证！老和尚你说话就说话，别阴阳怪气的。你一个出家人在这儿教人搞内卷，你有职业道德吗？你考证了吗？"

智定万分淡定："我们佛教协会有戒牒证，老衲是通过考试，持证出家，可不是什么无证从业的野路子。"

林蔻蔻："……"

老和尚瞅她一眼，补了一刀："所以你真的没考证是吗？"

万千脏话全在林蔻蔻肚子里，憋得她脸都绿了，好半晌后，她才硬邦邦地顶了一句："我林蔻蔻，不需要考证。"

智定于是扭过头，指着她对董天海道："看见了吗？这种人，以后都是潜在用户群。"

董天海看着林蔻蔻，点点头，深以为然。

林蔻蔻："……"

裴恕在旁边毫无良心地笑出声来。

谁能想到，董天海跟智定这一场谈话，林蔻蔻才是最终的输家呢？直到从小佛堂里出来，她脸色都不好看。

智定老和尚说快到做晚课的时间了，结束下棋后，便拿着他的扫帚，告辞先走了。

林蔻蔻就站在后头看着他，咬牙切齿道："果真都是假人，修的都是假佛！"

可没料到，董天海本人听她这么说之后，竟摇了摇头道："这是真人，修的是真佛。"

林蔻蔻冷冷地看向他。

董天海咳嗽了一声，避开了她的目光，只是回头看了一眼已经收干净的棋盘，若有所思："不过真是没想到……我现在知道你们为什么一定要我来见这个人了。"

天知道董天海坐下来后听见对方说教培行业要凉时，心里有多么震撼。可顺着老和尚的思路一想，便觉得后背发冷。至于老和尚后面说对外搞业务"出海"，对内改卷成年人，他反倒已经平静了不少。

裴恕问："您接下来什么打算呢？"

董天海心头沉重，道："我虽然觉得他说的事可能会发生，可现在毕竟没有发生。整个行业正是如日中天的时候，难道这就要我赌一把，现在就开始逆势而为吗？"

为将来可能发生的事情，在现在自断臂膀？就算他做事向来极有魄力，但遇到这种恐怕也得好生掂量掂量。假如赌对了，自然是高瞻远瞩；可如果赌输了呢？只怕立刻便要沦为业内笑柄。这代价，可一点也不轻。

着实想了一会儿，董天海才道："这位大师的确是有远见卓识的，但事关千钟教育接下来的发展路线，我得找我的团队商量一下，然后才能做决定。"

董天海这样的人都有秘书团队，承担的是智囊团角色。

林蔻蔻跟裴恕也都清楚，这决定太大，必定要深思熟虑才能做出，于是都道："那我们等消息就是。"

只是临告别前，林蔻蔻突然想起什么，多问了一句："你是真不会下棋，还要他教吗？"

智定那老和尚臭棋篓子之名远扬，竟也能教人下棋？无论如何她都觉得先前那一幕匪夷所思。

董天海听了此问，竟露出一点隐约的得意之色来："下棋我虽然会得不算多，但随便跟人下两手的水平还是有的。"

林蔻蔻皱眉："那刚刚……"

董天海一笑，老谋深算道："那我刚刚为什么还要他教是吧？这你就不懂了吧，这叫'战术'。刚见面大师就评价我、挑剔我，这是给我的考验。对待真正的人才，就要放低下姿态。只要能挖到合适的人，再谦卑一点又算什么呢？"

所以他先前跟智定聊天，姿态放那么低，的确是有刻意的成分在里面。老狐狸，老套路啊。

林蔻蔻着实佩服了起来，但紧接着便生出了新的疑惑："可你们才刚见面，下棋的时间也没多久吧，我们走时你们好像还不太对付。这么短的时间内，怎么就能判断他厉害？万一这老和尚是个招摇撞骗的老神棍呢？"

裴恕也在旁边点点头，似乎有相同的疑惑。

董天海便露出了一抹狡诈的微笑，只问："你们刚才在里面的时候，有注意到那桌脚是用什么垫的吗？"

林蔻蔻跟裴恕都皱了眉，显然，他们并未注意。

董天海也不解释，只道："你们在屋里待的时间不够长，离得也远，没关注到很正常。我先回去，跟团队那边开会，尽快给你们答复。"

他说完心情还不错的样子，先带着他的人走了。

林蔻蔻跟裴恕目送他离开，然后二人对望一眼，竟是心有灵犀般，十分默契地同时掉头，进了刚才他们下棋的房间，把那木制的短腿棋桌一抬，果然发现一侧桌脚矮了一截，下面歪歪扭扭地垫了一摞书。上面几本还好，有的是什么佛教文化的宣传手册，有的是翻旧的佛经，可夹在当中却有一本是深红色的硬质封壳，外头烫印着国外某著名大学的校徽。

林蔻蔻一看，便眼皮一跳。裴恕伸手将其翻开——哲学博士学位证书！而且还是挺多年前的。

旁人都会拿来珍藏，恨不得裱起来挂墙上，他拿来垫桌脚！甭问，问就是不值一提！要不是老和尚向来这种德行，林蔻蔻简直都要怀疑他是故意的。林蔻蔻一时没忍住骂出声来，瞅了裴恕一眼："看见了吗？这才是摆谱的最高境界，跟人家学着点！"

裴恕："……"

他深深怀疑林蔻蔻今天是被老和尚说她没考证刺激了，转头来搞他的心态，大家谁也别想好。

总之，老和尚假佛真卷，已经在林蔻蔻心里留下了根深蒂固的印象。从清泉寺回禅修班的路上，走了多久，她就骂了多久。

裴恕在她边上说风凉话："你现在骂得有多狠，等回头董天海跟你说要挖这个人时，你就得跪多狠……"

毕竟智定也就是跟董天海见一面罢了，可从来没答应过什么面试，更没说过要离开清泉寺。想也知道，挖这人出去难如登天。林蔻蔻听见这话，顿觉一口气哽在了喉咙里，什么话都说不出来了。

一路无话，到禅修班楼下。

薛琳回来得比他们早一些，已经回了一趟房间，此时正从楼上下来，只是比起先前的得意，她现在心情极差。施定青从茶室出来后那个难看的表情，不断在她心里浮现，再想想张贤那离谱的开价，一种被人阴了的憋闷之感便总徘徊在她脑海，挥之不去。

"我的行程你难道不清楚吗？明天才能回去，要开什么会都让他们往后推迟一天等我。"她一面冷脸往楼下走，一面说着，声音里充满了不耐烦，"我现在没空理他们，这种鸡毛蒜皮的小事都要来问我，你长没长脑子？"

舒甜亦步亦趋地跟在她后面，脑袋低垂，看不清表情，声音也因为薛琳厉声的训斥而变得怯懦："我已经按照您的行程跟公司同事协调过了，但陆总监那边的人来转达说希望再跟您通个电话，商量一下，毕竟会议涉及的人很多……"

薛琳不听则已，一听就更火大了，停步怒视她："他不就是想趁着我不在的时候把这个会开了吗？还用打什么电话！以后他们有这种要求你直接给我挡掉，不要每次都让我来教你！四年大学优等生出来，待我身边也大半年了，就这点脑子吗？"

舒甜站在原地，身子都颤了一下。她有心想要解释，陆总监那边的态度也非常强硬，以她一个小小助理的身份，夹在中间，根本没有处理的资格。可面对着盛怒的薛琳，她又怎么说得出口？这种时候，承受她的怒气就好了。垂在身侧的手掌悄然握紧，舒甜面色发白，红了眼眶，却不敢让眼泪掉下来，只道："我记住了，一会儿便按照您的要求处理。"

薛琳冷哼一声，这才作罢。她也知道自己此刻的盛怒更多的是因为这单枝节横生的 case 所导致的，但在向下属发泄情绪时，心中也并无愧疚，甚至感觉理所当然。一个小小的助理罢了，无须在意。

她气顺了少许，可转过身，抬起头，就瞧见林蔻蔻跟裴恕并肩站在不远处，正看着她。

接近黄昏，天气却骤然阴沉。密密的浓云向山顶盖来，也一下压得薛琳有种喘不过气来的感觉。

正是眼前这俩人，在她志得意满以为自己会大获全胜时，狠狠捅了她一刀，让她在施定青面前丢尽颜面！

目光交会，林蔻蔻没有上前打招呼，薛琳也无意走过去寒暄，就好像双方没打过交道也互不认识一样。薛琳一句话没讲，直接从前面走了。舒甜则是再次向林蔻蔻、裴恕微微颔首，才连忙跟上薛琳。

林蔻蔻看见，这个子不高的小助理，在转过身时飞快地抬起手指在眼角擦了一下，又走在了距离薛琳半步的地方，似乎与平常无异。

裴恕叉着手，回想着薛琳训人时无意泄露的信息：“看来途瑞内部斗得厉害，有这么强劲的一位新人王在公司里，陆涛声的日子好过不起来。”

他跟陆涛声不认识，但林蔻蔻跟陆涛声很熟。早在他们来清泉寺前，待在机场里，林蔻蔻打听薛琳的消息，便是找的陆涛声。

只是此刻，林蔻蔻竟没接这话茬儿，而是若有所思地看着那小助理舒甜远去的背影，眸底神光闪烁：“这年头，刚出大学还有点天赋的小姑娘，竟然这么良善好骗吗？”

她捏了捏自己发痒的手指，忽然觉得……某种根深蒂固的职业病，又开始发作起来。

裴恕第一时间没太反应过来：“你说什么？”

林蔻蔻回神，道：“没什么。现在事情都告一段落了，我们等董天海的消息，薛琳那边，张贤的开价恐怕不低，她也得等施定青那边的决定。胜败就在这两天了。”

裴恕无比确定：“那肯定是我们赢。”

林蔻蔻看他一眼，笑了起来。

没有人觉得自己会输。林蔻蔻跟裴恕不觉得，施定青跟薛琳也不觉得。

在离开茶室结束跟张贤的面谈后，施定青便下了山，将自己关在酒店的房间里，考量了许久，终究还是知道自己这边最好尽快做出决定，宜早不宜迟。

现在学海教育的情况，如果不更换一个足够强势的掌舵人，就算现在面子上还敷衍得过去，可长远来看不会有什么发展，不说会让她的投资打水漂，也会让她的预期收益缩水大半。但如果换上张贤，让他参股，至少两人是绑在同一条船上，她完全不用担心张贤不尽全力，因为学海的利益，就是他们共同的利益。将来学海一旦上市，就算她持股减半，收益也将远远高于预期。既然只追求利益，那利益之外的都可以让渡。为了更长远的利益，暂时牺牲眼前利益，也并无不妥。

当天傍晚，施定青就做出了决定，她先通知了薛琳，然后让助理打给学海教育这边的人事部门，提前拟好相关协议。

董天海这边也称得上马不停蹄。只是相比起施定青只需要衡量自己是否能接受张贤的薪酬条件，他和决策团队所面临的问题则要棘手很多。

秘书团连夜开会。有人针对智定那边做出的判断，立刻动用相关人脉去核实这种推测的可能性；剩下的人则直接推演计算，假如事件真的发生会造成多大的损失，而智定所提出的方案又能在多大程度上避免损失……

众人就这样忙到凌晨三点。

三点半时，董天海亲自打了电话。林蔻蔻这时也没睡，正好还在裴恕房间里，跟他一起商量歧路业务被其他公司挤压的对策。电话来，裴恕就开了免提。

董天海言简意赅："这个人我要，你们挖得动吗？"

林蔻蔻顿时皱眉："只能尽量试试。但您真的确定要这个人了吗？"

董天海道："团队分析过了，目前千钟教育的创始人团队能力有限，开拓海外业务和成人职教他们可能心有余力不足，必须找个人来操盘。薪酬方面因为公司战略会发生变化，也有谈判的余地。但你刚才说'只能尽量试试'，看来这个人并不好挖。"

林蔻蔻道："不容易，除非我们能巧立名目……"

董天海问："巧立名目？"

林蔻蔻道："无论如何，智定师父已经在山上许多年了，骤然就去当千钟教育的CEO，未免改变太大。一般来说，越是重大的人生决定，候选人会越谨慎，我们挖人的难度也会成倍增加……"

董天海隐约明白了："你的意思是……"

"不必开口，我知道你们来干吗。"次日清晨，老和尚刚提起自己的扫帚优哉游哉上了走廊，就瞧见林蔻蔻带着裴恕来堵他，想也不想便抢先开了口，"你们都把董天海带来了，肯定是想挖我。但这什么千钟教育的CEO，我实在胜任不了，你们还是别在我这儿浪费时间，早些另请高明吧。"

智定的拒绝，在林蔻蔻意料之中。只是她没想到自己都还没开口，对方就已经察觉了她的意图，简直是一点商谈的余地都没有。

她掩唇咳嗽一声，试探着道："那假如不是请您直接当CEO呢？"

老和尚那扫帚眉顿时一扬。

林蔻蔻立刻道："昨天董先生跟智定师父谈过之后，简直对您佩服得五体投地，一直跟我们说无论如何也要请到您。如果智定师父觉得CEO这个位置跟您出家人的身份不太符合，影响您的形象，我们可以退一步，邀您成为千钟教育的首席顾问……"

不当CEO，只以顾问的名义进入！

这就是昨天深夜林蔻蔻在电话里向董天海提出的挖人策略。对智定这样特殊的候选人来说，一个有真才实学还甘愿在庙里念经这么多年的老和尚，在名和利方面恐怕都不会太看重。相反，过高的Title反而可能因为不符合候选人现在的价值观而被候选人拒绝。这种时候，不如退一步。

事实上，当CEO还是首席顾问，有什么区别呢？只要董天海给予这位首席顾问最大的权限，他就是实质上的CEO！

智定显然也没料到林蔻蔻突然来这么一招，一下愣住了。

林蔻蔻则循循善诱道："现在寺庙里当法人代表或者做生意的人也不少吧，您在千钟教育挂个顾问怎么了？教育关系到人一生的成长与发展，是国策，做得好了，是利国利民的事。可千钟现在的创始团队解决不好这个事情，一旦处理不好将来就可能大规模裁员。"

这话智定昨天也说过。他盯着林蔻蔻，慢慢皱起了眉头，似乎在考量。

林蔻蔻又道："假如千钟教育真因为您的帮助而避免陷入困境，一是帮助董天海渡过了难关；二是很多在这家公司就职的普通人，有希望因此保住他们的工作；三是千钟也许能为行业树立起新的典范，至少在危机到来的时候，能为其他同行指引一条明路，避免更大的损失。这是善行，这是善举，我认为跟您的修行之道并不违背。"

当猎头，能把黑的说成白的。林蔻蔻这人惯会忽悠。

这一点老和尚早有领教，犀利地拆穿了她："别讲什么善不善的，资本家眼里没有'善'这个字，他们只是为了尽量使自己利益最大化。我又不是没读过经济学。你以前忽悠别人也就罢了，怎么还忽悠到我面前来？"

你一个和尚没事读什么经济学？一点也不好忽悠！

她深感棘手："可这次不一样啊。董先生固然也想利益最大化，但在根本利益上和教培行业的普通从业者是一样的。如果整个行业倒塌，谁也讨不了好……"

所以，善行仍旧是善行。有些人虽然目的不纯，但最终导致的结果却有可能是善的。

智定定定地看了林蔻蔻几秒，似乎有片刻的犹豫，但终究还是叹了口气道："算了吧，只要知道公司该往哪个方向发展，总能找到合适的人的，无非就是多费点时间。我已经清闲惯了，每天在庙里扫扫地、下下棋就很舒服，对你说的那些兴趣不是很大。"

说完，他便要绕过林蔻蔻离开。林蔻蔻不由得心底一沉，她能感觉到刚才智定其实有点动摇，只是不知为什么又拒绝了。可现在就算林蔻蔻有心拦下他来，也想不出该说点什么。

"智定师父。"

也就是在这个时候，裴恕突然开了口。

智定顿时停步，看向他。裴恕刚才一直立在林蔻蔻后面，全程旁听，没插一句话。此刻忽然开口，面上挂着些微笑意，不多不少，但那深灰色的瞳孔被明亮的天光一照，仿佛化作了流动的水银，有种冰冷的质感，甚至透出少许锋锐。林蔻蔻见了，不由得有些诧异。

但裴恕没看她，只是凝视着智定："能问问您为什么会在清泉寺修行吗？张贤是因为跟董天海之间的恩怨，失意出家，来这里韬光养晦，伺机复出；您呢，您又是为什么？"

林蔻蔻听到这里，心中已是一惊："裴恕！"

林蔻蔻连名带姓地喊，甚至下意识拉了他一把，似乎认为他此举不妥。

果然，智定的神情慢慢冷下来，看向裴恕的目光也不复先前的平和，只是他没有说话。

然而裴恕也并未有退让之意，更无视了林蔻蔻的阻止，唇畔仍旧挂着点似有似无的笑意："林顾问跟您有交情，过去一年也颇受您照顾，所以可能不愿意用这么失礼的问题来请教您。请恕裴某冒昧，我是一个重视结果的人。我真的很想知道，为什么？"

智定脸上一片平静，没有半点波澜，也看不出情绪，竟道："你既然这样问，不应该已经找人打听清楚了吗？"

林蔻蔻心里忽然有种说不出的感觉。她在山上跟老和尚作对这么久，呛声过这么多回，还从未见他露出过这样的神情。

裴恕慢慢道："我只听人说，您原本是部门高管，但直系上司也就是最高管理层突然离职，空降了一位新的上级下来。而您在此期间，只用了四个月的时间就完成了原本需要十个月才能完成的某个项目，之后便被上级找理由调走，负责边缘部门，不久后您请辞出家。"

这些猎头的人脉，过于广泛了。智定听他提起自己的旧事，竟也生出几分唏嘘，倒是反常地没怎么生气，反而道："那你知道原因吗？"

裴恕沉默了片刻，道："一朝天子一朝臣。新旧管理层交替，上一任管理者留下来的老臣本就难做，您错估了形势，以为做出成绩就能稳住位置，但没想到让新任管理者认为您能力过强，很难弹压，甚至会对他的位置产生威胁，造成了相反的效果。"

林蔻蔻久久不言。

智定则叹了一声，笑起来："所以难道还不明显吗？虽然曾在政府部门工作，但我并不是一个圆滑的人。很多时候，做人比做事重要。我并不是你们要找的那个人。"

在面对裴恕堪称尖锐甚至无礼的逼问时，智定第一时间是有情绪的，但是很快这股情绪便退了，显露在人前的，是一个恢复了平和的人，他甚至都没有反驳裴恕。可这反而有种四两拨千斤的效果，让裴恕觉得自己一拳打到了棉花上，无处施力，原本"激将"的目的根本没达到。

他不由得蹙了眉，却并未因此罢休，按着自己的原定计划继续追问他经历中的"破绽"："可职场失意，出家修行，难道不算是一种逃避吗？"

当面说人"逃避"，这近乎是一种批评了，按理说，是个人听了都会生出反感。

可出人意料的是，智定竟然承认了："你看得很准，我当时的确是逃避。"

裴恕听完这话，表情突然严峻了几分。

老和尚却益发轻松："只不过选择上山修行，却并非一个错误的选择。人生世间各有其苦，我的'苦'并非因为职场失意，而是我认为做事比做人重要，但我并未得到自己理想中的结果。可上了山来，我越修行，才越发现，做事其实只是做人的一部分。很多时候，所谓'做事'，更多是'立功'，在于成全自己，显得自己厉害；'做人'更多是'立德'，在于成全别人，自己便无足轻重了。"

林蔻蔻听得微怔。

智定说到这里时，也不知为什么，看了她一眼，继续道："每个人的成功都有他人的帮助，甚至上天的帮助，所以上山修行之后，念头反而开阔了不少，甚至对那些曾经和我'过不去'的人，也能常怀感念。感念他们认真扮演了自己的角色；感念他们让我觉知，促我学习；感念他们成为我人生的镜鉴……"

裴恕一颗心顿时往下沉去。

果然，紧接着老和尚便对自己方才那番话做了收束："所以，那些跟我'过不去'的人，在我这里都已经成为'过去'，我并没有心结，也并不怨恨他们，更不会因为他们而影响自己的选择和行动。"

也就是说，如果裴恕想用老和尚过去所经历的那些恩怨来劝说他加入千钟教育，根本不会有效果。这仍是拒绝。

可裴恕似乎不甘心，这时他仿佛格外不识趣："但既然没有——嗤！"

裴恕话音尚未落地，已变作倒吸一口冷气。忍无可忍的林蔻蔻从他身边走过，一脚踩了过去，厚厚的靴底狠狠压在他脚背上，疼得他表情都变了，抬起头来看她。

林蔻蔻冷冷道："闭嘴吧你！"

裴恕："……"

林蔻蔻伸手一扯，直接把他拽到了后面去，自己站到了智定面前："这人狗嘴里一向吐不出象牙来，智定师父别搭理他。我只是没有职业道德，他是连基本的职业常识都没有！"

这是在骂裴恕挑衅候选人的自杀式行为。裴恕深深看她一眼，并不还口。智定也没说话，似乎并不在意。

林蔻蔻审慎地望着智定，斟酌了片刻，才道："但我也有话想问。"

智定回视她。

林蔻蔻道："我认为人的过去虽然对现在有影响，可其实，很多事，过去没有那么重要，只要现在想就可以。之前我问的时候，智定师父犹豫了一下，才拒绝。我可不可以认为，其实你是有考虑过接受、考虑过答应的呢？"

智定又静了片刻，有些不得不佩服她敏锐的观察力，叹了口气道："人最怕的是起心动念，我的确考虑过。"

林蔻蔻心头一震："那为什么拒绝？"

智定道："就算要去，也不是现在。"

林蔻蔻没明白："那是什么时候？"

智定道："修行圆满，做好准备的时候。"

林蔻蔻的眉头顿时皱紧了，自动解读了这句话的意思："您是担心在山上待久了，脱离工作环境太久，回去不适应？也担心重新回到那种环境里，会影响自己现在的心境和修行？"

智定点了点头。

林蔻蔻的神情忽然变得审慎起来，问："那什么时候才叫准备好，什么时候才叫修行圆满呢？"

智定一怔。

林蔻蔻的声音平缓而理性，一字一句道："我觉得智定师父不是没有准备好，是心有畏惧。明明想做，却劝说自己不去做，然后告诉自己还没准备好。可人生在世哪里有完全准备好的时候？修行又怎么可能有圆满的一天？无常才是常，不变终是变。如果觉得自己还没准备好，那一辈子可能也不会准备好。这不是智定师父在禅修班给我们上课的时候讲过的吗？"

智定似乎完全没想到这番话会从林蔻蔻嘴里说出来，出神了好半晌，才道："你竟然记得。"

林蔻蔻笑道："我又不是每天都逃课，要是什么都不学点就回去，不是白上这一趟山了吗？"

智定内心有些复杂："也是……"

林蔻蔻毕竟不是裴恕，不想显得咄咄逼人，更不想冒犯智定，她退了一步，道："我只是希望智定师父能重新认真考虑一下我们的邀请。如果考虑之后还是拒绝的话，我们也不会再强求。至少，那是深思熟虑的结果，对现在的智定师父来说，应该是最好的。"

她曾受过智定的指点，对智定满怀善意。旁人无法知道什么决定对智定是好的，但她相信，智定自己能做出判断。无论这个最终的结果是什么，她都会接受。这一刻的林蔻蔻，是诚恳的，不带有丝毫伪诈的，也就拥有了一种格外打动人心的力量。

裴恕看在眼底，只想，假如他是候选人，就算此时此刻迫于种种原因无法跟她合作，也一定会被这种真诚打动，对她印象深刻，也只有这样的猎头顾问，才能在行内掀起腥风血雨。HR 对她恨之入骨，但凡是与她接触过的候选人，几乎就没有不喜欢她的。

看得出，智定也被这种真诚打动了，只是他凝思良久，终究是摇了摇头，只向林蔻蔻道了一声："谢谢。"

在看见他摇头时，林蔻蔻便知道了结果。

只是她没将失望表露在脸上，还扬起了一抹灿烂的微笑："没关系。"

直到智定冲她点点头，转过身去，她才难掩失望，先前还神采飞扬的眉眼低垂下来，极轻地叹了一口气。智定脚步忽然一顿。

林蔻蔻垂眸整理着自己的心绪，并未留意，只是转头，对裴恕笑笑："看来，这回是我们输了……"

裴恕没接话。

智定的声音忽然从背后传来："你们真的想清楚要挖我过去了吗？"

林蔻蔻一愣："智定师父？"

她回过头来，智定不知何时已经停下了脚步，面朝着他们这边，手拄着那扫帚，蹙着那两道扫帚眉，异常严肃地看着她。

裴恕反应比较快："当然。而且千钟教育如果真要转变发展方向，必然会有重大调整，正是百废待兴需要做事的时候，就算'不做人'也完全不是问题。"

智定又问："顾问名义就可以？"

这回林蔻蔻回过神来了，立马道："对。随便什么 Title 都行，只要智定师父你喜欢。"

智定道："我可以去。"

林蔻蔻与裴恕齐齐一震：突然间柳暗花明、峰回路转？

只是智定紧接着便道："但我有个条件，是关于薪酬的。"

薪酬？

林蔻蔻跟裴恕对望了一眼，两个业内以扒客户一层皮出名的猎头顾问都笑了。

她简直想把自己过往的战绩全都搬出来让智定老和尚仔细瞅瞅清楚，她万分自信道："这方面您尽管提，我也好，裴顾问也好，还少有谈不下来的薪酬。"

智定平静地扫了她一眼，淡淡说了一句。

然后……林蔻蔻蒙了，裴恕也愣了。

走在出清泉寺的路上，两人难得安静，谁也没说话，尤其是林蔻蔻。她一面走路，一面出神，脸上时而是事情办成了的高兴，时而又闪过一种怪异的忧虑，甚至有些时候还带着点复杂的唏嘘……

裴恕大约猜得到她每个表情代表着什么情绪，只是走起路来脚背还有点疼，不由得道："你刚才下脚挺狠啊。"

林蔻蔻这才回神，冷笑："我没穿高跟鞋已经是你今天运气好了，知足吧。"

说完，林蔻蔻便注视着他道："我必须警告你，下次别玩这种花样。有什么剧本，请你提前跟我商量一下。要不然下次穿什么鞋还真不确定。"

裴恕一挑唇角，却似并不在意："没提前跟你商量，你配合得不也很默契吗？"

毫无疑问，裴恕不会真没职业常识到用那么尖锐的问题挑衅候选人，一切都是为了达成目的故意的。他唱黑脸，林蔻蔻唱红脸，他把难听的话都说了，林蔻蔻便自然是那个好人。而且该确定的信息也都确定下来了，最适合上演她"攻心"的拿手好戏。

只是林蔻蔻回想了一下："智定师父未必没看出你的意图来。"

裴恕不在乎："那不重要，戏假情真达成目的就够了。"

林蔻蔻瞥他一眼："目的是达成了，只是……"

话到这里，林蔻蔻便拧了眉。

裴恕也想起了智定方才开出的"条件"，深感棘手。

两人几乎同时叹了口气。

林蔻蔻有些惊讶："你也觉得棘手？"

裴恕问："你也憋得难受？"

林蔻蔻深深叹气："这事要传出去，我面子往哪儿放？"

裴恕则分外理智："面子有什么重要？我们的顾问费怎么结才是大问题！"

两人对视。

林蔻蔻一声冷笑："你还真是，一如既往地现实庸俗！"

裴恕淡定还击："总好过林顾问，现在还这么虚荣好胜。"

总之这一刻，在对方眼底，另一个都是脑子不清醒拎不清重点在哪里的人，相看两厌。但好在，问题的症结来自同一个地方——智定提出的"条件"。

一想到这里，林蔻蔻连和裴恕吵架的心情都没了，只问："怎么办？"

裴恕想了想，一筹莫展，道："先通知一下董天海吧。"

林蔻蔻想想道："你打吧。"

于是裴恕直接拨通了董天海那边的电话，由秘书接起后迅速转给了董天海。

董天海立刻问："怎么样，有结果了？"

裴恕道："有结果，智定师父答应了。"

董天海那头简直万分振奋："太好了！"

然后裴恕便复制了自己与林蔻蔻先前的经历，猛地给他泼了一盆冷水："但薪酬方面，他有个条件。"

董天海的反应与当时的林蔻蔻一般无二，笑起来道："只要人能挖到，条件不太过分就行，我不差钱。你别犹豫，尽管说。他要多少？"

于是裴恕沉默了片刻，平静道："一块钱。"

董天海突然怀疑自己手机坏了，扭头问了秘书一句："你刚才听清楚了吗？我信号好像不太好，他说的应该是一个亿吧？"

秘书："……"

秘书无法回答，但裴恕替他回答了："虽然我也很希望他的开价是一个亿，但一块钱就是一块钱。"

董天海立刻道："那股票呢，期权呢？薪酬要这么少，其他方面一定需求比较高吧？"

裴恕静默片刻："都不要。"

董天海不敢相信："真就一块钱?!"

裴恕道："是。"

这一刻，这位见惯了纸醉金迷声色场、人为财死鸟为食亡的风投巨鳄、金融大佬，竟感觉到了一种深深的茫然。从来只有嫌钱少的，就没见过谁嫌钱多。就是开价一个亿，在他看来都不稀奇。可一块钱？

"这不是跟我开玩笑吗？"董天海不仅没有高兴，反而拧紧了眉头，"如果只要一块钱薪酬，他不是来工作，他是做慈善来了。那将来有个万一，他随时都能抽手走人。这……"

拿一块钱的薪酬，意思就是不占别人便宜，但也不会被薪酬和合同束缚。

这样做，有利也有弊。好处是，钱拿得少，KPI 自然不会给太大压力，这样就避免了在 KPI 重压之下做出一些不理智的决策，会更从容。尤其是千钟教育这种要进行行业业务结构调整的公司，必然涉及各部门制度的改革，一个真正只拿一块钱工资的话事者，虽然未必会被理解，但很大程度上可以避免被人攻讦。但坏处也有很多，尤其是对董天海来说。正所谓"无欲则刚"，一个没有欲望的人，是很难被控制的。如果智定既不图名，也不图利，那做事与否、做多久，全凭他自己愿意。换句话说，他不是主动选择了智定，而是被智定选择。

"这哪儿是考验他？分明是要考验我，他留不留下，完全是看我以后的表现啊！"董天海越想越觉得严峻，"而且这事要传出去，我不得被人挂上路灯杆吗？"

他们又不像某些公司创始人一样，给自己开个一块钱工资作秀，这是实打实只给人顾问开一块钱薪酬啊！传出去立马被人嘲上天！甭管是不是他主动给的这一块钱，在普通人眼底都是罪无可恕：怎么着，你给人开一块钱是想宣扬奉献精神，让大家"为爱发电"吗？现在的打工人，尤其是年轻一辈，可没那么好忽悠了。大家非但不上这个当，还得唾弃你。

"这也不利于推动其他职员的工作积极性啊。"董天海是深谙人性的，"要想让大家努力工作，就得让大家看到工作会有什么回报，可以让他们过上怎样好的生活。哪怕只是画个大饼在那儿都行。有他这个一块钱薪酬的在，无欲无求的，我这预期还怎么给，我这饼要怎么画？"

不愧是合格的商人，短短时间内就已经考虑了这么多，甚至一点也没有一块钱就能聘用一个人的高兴。

只是裴恕却分外淡定，竟道："解决问题的方法也不是没有。"

董天海立刻眼前一亮："有什么办法？"

裴恕没回答。

董天海半天没听见声，纳闷："怎么不说话？"

裴恕咳嗽一声："董先生，您看是不是先跟我们谈一下猎头费的问题呢？"

一瞬间，文明的董老先生恨不得越过电话线跟他打一架。这都什么时候了！就你这点猎头费，还怕我赖账？别是想趁火打劫吧！

裴恕倒并非想趁火打劫，只是要按照原定协议拿猎头费，那无论是他还是林蔻蔻，必然沦为业内笑柄——智定薪酬只开一块钱，当时裴恕就感觉大不妙，掰着手指头算了一笔账之后，更是眼前一黑，整个人都不好了。他们是按比例计费。就算是合同里约定了一笔固定的最低费用，可那也顶多跟他们做这一单付出的成本打平，甚至因为做这一单遭到同行恶意竞争的挤压，在业务上损失了不少，严格算起来还是亏的。真赚钱，还得看抽成比例。合同上签的是候选人薪酬的40%，打到公司后歧路会抽走这笔钱的30%用作公司运营等，剩下的70%则由林蔻蔻跟裴恕各分一半。也就是说，现在智定开薪酬一块钱，那猎头费就是四毛，林蔻蔻跟裴恕一人能分一毛四。

一毛四……

遥想当初接下这 case 时，为着分成比例的事，两人来回较量过多少次？结果就这？一毛四现在连颗糖都买不起，约等于白干！

有智定这种特殊情况，合约要还按照原来的情况走，对猎头顾问这边来说就不太合理，也不太公平了。

董天海深知一时的便宜不能占，所以爽快地答应了重新跟他们签订一份固定费用的协议，除却四百万的顾问费之外，还许诺了千钟教育 0.1% 的股份期权。所谓期权，其实就是在一定限期内以约定价格购买对方股份或股票的权利。

也就是说，这单一旦成交，歧路便拥有按照现在的市场估值出资购买千钟教育 0.1% 股份的权利。期权可以转手套现，也可以直接用掉。也许在他们花钱持有股份之后，千钟教育上市，他们能像国外那家猎头公司持有谷歌股份一样，转手卖掉，发一笔财。

当然，在教培行业前景并不明朗的情况下，林蔻蔻跟裴恕都认为这 0.1% 的期权更多程度上是董天海向他们表露的诚意，事实上所能带来的利益有限。费用不再是问题后，裴恕就给出了一个非常明了的解决方案："智定师父薪酬只要一块钱，带给您的困扰无非是两方面，一是传出去名声不好听；二是怕他留不久随时会走。我想在薪酬协议签订的时候可以留一个口子，将来他如果想法有变，薪酬协议随时可以改签；另外就是以智定师父的名义，建立一个慈善基金会，将您认为他应得的薪酬都捐献到基金会，由专人监督。"

慈善基金会是做善事，智定无论如何不会拒绝，就算他拒绝以他本人的名义去设立，董天海也可以悄悄放出话去。而且搞慈善，说出去智定面子上还好看，董天海面子上更好看，简直一举两得。

更重要的是……

裴恕举着手机，看了旁边的林蔻蔻一眼，笑道："如果您那边没有人熟悉基金会相关事务的操作流程和制度建立，我们这边正好有全套人选，这两天还没离开清泉寺，随时可以为您服务。"

当初他们为了见张贤，主动帮忙解决清泉寺慈善基金会的烂摊子，叫来了不少人。现在这不就派上用场了？董天海也没想到他们在这方面还能提供一条龙服务，着实无语了一阵，但想想这方案的确可行，暂时也没想到更好的，便先拍了板。

至此，大事落定。千钟教育这一单在历尽波折之后，终于被林蔻蔻与裴恕收入囊中。

裴恕挂断电话时，是上午十一点。两人回禅修班处理了一些需要后续跟进交付的琐碎事，并且订下了次日回上海的机票。等忙完，外头已经是暮色沉沉。

裴恕站在窗前看了一会儿，忽然扭头问："明天就要走了，今天下山喝两杯吗？"

这一单做得太不容易，到这时二人心里还有种难以言说的感觉。

林蔻蔻自然是想喝点的，只是她看了看时间，叹了口气："这个点，索道都快关闭了。"

裴恕想了想，竟道："现在出发，最上面的索道还没关闭，我们能到半山腰。从中间下山，不是有公路吗？"

林蔻蔻顿时一怔，怀疑道："你该不会是垃圾车坐上瘾了吧？"

犹记得刚上清泉寺的那天凌晨，姓裴的被她忽悠上了垃圾车，一张脸黑得宛如锅底，在刺骨的寒风里足足唾弃了她半个小时。裴恕自然也记得那段黑历史。

他脸色一僵，咬牙切齿："你以为我跟你一样，净走这些不入流的歪门邪道吗？"

林蔻蔻眉梢不由得挑起："你还能有别的门路？"

裴恕懒得理她，直接走到一旁去打了个电话，看外头风挺大，便叫林蔻蔻拿了外套，两人一同先坐缆车到了半山腰。出站后，裴恕竟朝景区服务点走去。没多久，林蔻蔻就瞧见一个剃着板寸的忠厚青年从里面走出来，脖子前面还挂着景区工作人员的牌子，掏出一把车钥匙来就递给了裴恕，笑得格外亲切："有劳裴顾问了。"

林蔻蔻大为震惊。

裴恕拎着车钥匙走到不远处停放的那辆黑色大众车前面，回头看她："愣着干什么？上车啊。"

就一辆普通的大众，他人要笑不笑、倜傥地往旁边一站，活脱脱站出了一种富贵公子哥儿开豪车泡妹的架势。林蔻蔻眼皮都跳了一下。

直到坐上副驾，看裴恕熟练地踩下油门，将车顺着那蜿蜒的公路往山下开去，她才回过神来："你在山上什么时候混得这么开了？"

景区只允许索道、大巴两种交通方式上山，除了消防、卫生、急救等特殊车辆，其他车辆一概不能通行，但常住景区的工作人员的车辆除外，车辆在景区登记过之后，便可以自由上下山，甚至没有时间限制！

裴恕一打方向盘，瞥她一眼，轻描淡写道："你当猎头，能拿到索道免票免排的特权；我也是猎头，开口还借不来一辆车？"

　　林蔻蔻："……"

　　这货说话怎么又硌硬人起来？真是小看他了！

　　这次下山，又是天将黑。

　　裴恕找了个地方停车，然后便跟着林蔻蔻，再次来到了他们上次吃的那家大排档，点上几个菜，要了一些酒。就连坐的位置，都跟上回一样。只是比起上次的愁眉苦脸，两人这次的心情都很不错，喝上一些，酒到微醺之后，还能调侃调侃远在上海的孙克诚一个人承担了所有，艰辛地扛下了所有压力。

　　比起刚上山时那一阵横挑鼻子竖挑眼的不对付，现在他们虽然也互相呛声，偶尔还对嘲两句，可气氛早已变得融洽了。从什么时候开始，这已经变成他们之间的一种相处模式了呢？林蔻蔻不禁思考起来。

　　姓裴的好歹也是业内数得上名号的大猎头，让坐垃圾车，虽然抱怨了一路，却也没真的从车上下来；看起来不显山不露水，可在她陷入低谷想要放弃的时候，这人却爆发出了惊人的行动力，一番锋锐言语，又硬生生把她从房间里拽出来工作。表面一副难伺候的祖宗样，关键时刻却从没掉过链子。说林蔻蔻没对这人刮目相看是不可能的。

　　林蔻蔻心底忽然有些复杂的心绪层层翻涌，看着远处山坳里渐渐亮起来的、闪烁的星子，由衷道："我现在觉得，孙克诚眼光真好。"

　　裴恕一怔："孙克诚？"

　　林蔻蔻点了点头，脑海中浮现的，却是不久前孙克诚邀请她加入歧路时那万般恳切的一句："他说，我不会失望的。"

　　裴恕的心为之一震。他抬起视线，便对上了林蔻蔻此时转过来的，被远近昏黄灯光烘得温温然的眼眸。比起上次在林荫道旁，这次两人之间的距离更近，近到他能看见她白皙面颊上那细细的茸毛，以及那饱满的唇瓣上润润的光泽……心脏在胸腔内不争气地剧烈跳动。

　　裴恕忍了忍，但终于还是没忍住，咬牙道："林蔻蔻，我警告你——不要再这样随便撩我。我不是那么随便的人！"

　　谁撩你了？她第一时间的反应是错愕。但紧接着，观察了一下裴恕的表情，她突然就感到了一丝微妙，玩味了片刻，眉梢一挑，似笑非笑道："是吗？"

　　不是那么随便的人？

这一刻，裴恕已经感觉到了危险。他手一抽，便想起身。可这时林蔻蔻微凉的手掌已经搭在了他手腕上，裴恕甚至怀疑她能感觉到自己现在过快的脉搏。明明她的手力道很轻，可他就像是被人攥住了一样，动也动不了一下，只能眼睁睁地看着她慢慢向他靠近，一点一点，挤压他呼吸的空间……

她的手甚至很自然地搭到了他脸颊上，只是将要凑上来的那一刻，她突然没来由地问了一句："薛琳她们也是明天走吗？"

裴恕："？？？"

林蔻蔻仿佛一下想起了什么，竟然退开了，又拿眼打量他，还看了看他面前已经打开的啤酒罐，竟皱眉问："你刚才喝了多少？"

裴恕："……"

这种时候，为什么要问薛琳，还要问他喝了多少？你林蔻蔻是有什么大病！

林蔻蔻却径直拿过他面前的啤酒罐看了一眼，然后便念了一声："完了。"

裴恕眼角青筋直跳："你到底想干什么？"

林蔻蔻面色有些凝重："你喝了酒，不能开车，晚上还怎么上山？"

裴恕："？？？"

难道他们不是一开始就说好了下山喝酒？喝完酒肯定不再开车，他们在酒店住一晚啊。

裴恕没明白她的脑回路："你今晚还想上山？"

林蔻蔻把他那罐啤酒放了回去，先前的调侃和暧昧已消失得无影无踪，竟是满面郑重。裴恕发誓，就是前天去说服智定她都没这么郑重。

林蔻蔻看他一眼，目光灼灼，只道："今晚，我还有件大事要办。"

这一瞬间，裴恕的母语叫无语。林蔻蔻这种行为，简直像是堆山就缺那最后一筐土，画龙恰好漏掉点眼睛，国足临门就差那一脚——让人一口气哽在心头，想咽咽不下，想吐吐不出，憋得人难受！

裴恕心里就一个想法：什么大事有这么重要？

林蔻蔻想起这事来，却是连酒都不想多喝了："还要留点脑子，一会儿上山做事，这顿酒留到回上海再喝吧。"

说着，她已经拿出了手机，竟然翻出了某个打车应用。

裴恕问："又要干什么？"

林蔻蔻头也不抬："没事，你想喝就继续喝。这个点连垃圾车也不开，我看看多给点钱能不能找个代驾。"

没有什么词能形容裴恕此时此刻的心情。如果一定要找什么东西来形容……那大约是一种植物。

总之，在想起自己的计划之后，林蔻蔻原本那股子慵懒劲就散掉了，取而代之的是思索，就连跟裴恕吃这顿饭都有点心不在焉的。

代驾还真让她找到了。加了高价让人过来，晚上没车能下山还得给人报销住宿费，代驾师傅以为遇到了活菩萨，替他们开车上山还直感谢，说自己明天早起还能看看山上的日出。裴恕全程黑脸。

回到山上，林蔻蔻本想直奔二楼去，可走到楼梯口时，她想了想，又掉转脚步，回到了三楼自己的房间。一进去，她就开始翻箱倒柜。

裴恕看得一头雾水，以为她是丢了什么重要物件，谁承想，他刚要开口问，就瞧见她从包里摸出了一个化妆盒，翻开来对着镜子就抽了一根眼线笔出来，开始……描起了眼线?!

他惊呆了：这几天里她也就从上海飞来的时候带妆，之后完全是素面朝天的状态。现在突然化起妆来?

"到底是什么大事?"裴恕想破脑袋也想不出来，甚至带了点暗促促的刺探，"准备去见美国总统吗? 这么隆重?"

林蔻蔻冷哼一声："美国总统也配?"

她用眼线笔将自己眼尾的弧度稍稍压下来一点，然后补了点眼妆，又选了一管颜色偏浅、色泽不那么饱满的口红涂上。

然后她对着镜子看了看，回头问裴恕："怎么样?"

房间的灯光落下来，并不均匀地铺在她脸颊上，好似在她的脸上镀上了一层温和的颜色。她面上带着浅浅的微笑，眼底聚拢着润润的神光，就这么转过头来望着人时，竟让人心头一跳。裴恕险些没反应过来，但紧接着，便觉出她的气质发生了微妙的变化。那扬起的眼尾被压下之后，她身上原本那种多少带着点锋锐张扬的气质，便被柔化了、中和了，仿佛从刀锋变作流水，一下蓄满了温静的力量。只一眼，便让人觉得充满善意。

这是一个满怀目的的妆容!

裴恕陷入思索，许久没说话。

林蔻蔻于是自动解读："看来效果还不错。"

她自己也颇为满意，放好东西，径直出门要往二楼去。只是才走没两步，就发现裴恕跟在后面，不由得纳闷："我去办事，你不回去睡觉吗? 跟着我干什么?"

裴恕直勾勾地盯着她："我要看看，你究竟是办什么大事。"

她深深回看了他一眼，也不再说什么，直接下到二楼，正要走向某个房间。一抬头，却听见走廊尽头似乎有人正在交谈，两道声音都挺耳熟。

"薛顾问跟我明天就要下山了，这段时间借住在禅修班多有打扰，所以特意备了一些小礼物。真的很感谢高先生这段时间的照顾。"

"啊，谈不上谈不上，你们太有心了。"

…………

远远看过去，一道身影是禅修班这边的负责人高程；另一道身影背对着他们，看上去娇小玲珑。

裴恕一眼认出来："这不是薛琳身边那个小助理吗？礼轻心意重，想得倒是周全，比她老板会做人多了。"

这话只是裴恕下意识的评判，他并没多想。

谁料到，他一转头，竟看见林蔻蔻两眼放光，直勾勾盯着前面的舒甜，甚至还深吸了一口气，然后脚步一动，便要朝着那边走去！

"等等！"裴恕惊呆了，一把将她拽了回来，"你要办的大事，就这?！"

林蔻蔻看他一脸见了鬼的表情，好像还有点愤怒，也没明白为什么，只道："这还不够大吗？"

裴恕额头青筋直跳，简直不敢相信自己听到了什么。林蔻蔻对薛琳带的这个小助理一直颇为关注，他是知道的，甚至轻而易举就能看出她对这个小助理有企图，迟早会下手。可……可刚刚在山下那种时候，突然说要办大事，酒也不喝了，人也不理了，还大费周章找了个代驾上山，他还以为她要搞出什么惊天的动静来呢。结果就这？

裴恕伸出手指，重重地压了一下自己的太阳穴，指着前面舒甜的身影道："你这一圈折腾，搞得比谈张贤、见智定还郑重，就为来挖一个小小的助理？"

途瑞就在上海，回去什么时候不能挖她？偏偏要挑今晚！

林蔻蔻不太明白他为什么是这个反应，也没觉得自己有问题，因而理所当然道："见张贤也好，智定也好，那不都是替别人打工，给别人挖人吗？糊弄糊弄就行了。现在我可是替我自己挖人，为自己工作，那能一样吗？"

裴恕无话可说，只恨没把她这几句话录下来，以后放给她每个客户听听！

林蔻蔻说完，却是看见舒甜已经送走高程，要回自己房间了，于是赶紧走了上去："舒顾问，好巧，你这么晚还没睡啊？"

舒甜一惊，没想到会在这里碰见林蔻蔻。

她连忙道："啊，林顾问，晚上好。我们明天就要走了，所以来跟禅修班的朋友告个别，顺便表达一下谢意。"

只是话说完，她就产生了一种强烈的被人注视的感觉，一转头，竟看见那位裴顾问用一种极其不善的眼神瞅着她。舒甜莫名有些害怕。

林蔻蔻顺着她的视线回头一看，顿时皱眉："你不都已经看见了吗？怎么还不走？我有事要跟舒顾问谈呢。"

如果眼神能杀人，现在舒甜就是个死人了。裴恕收回目光，看林蔻蔻一眼，冷哼一声，虽然一脸不爽，但总算是走远了。

林蔻蔻这才对舒甜道："裴顾问这人就是好奇心太旺盛，舒顾问别介意。"

"不不不，不介意。"舒甜觉得林蔻蔻的态度有些奇怪，让她有种说不出的惶恐，小声道，"我只是个小助理，不是什么顾问，您叫我'舒甜'就好。"

林蔻蔻闻言，似乎颇为惊讶："助理吗？可我记得按途瑞的规定，只给副总及以上的高层管理配备助理、秘书，总监这一级别是不配备的，你应该是刚进途瑞没多久的新人，正式的职位名是'助理顾问'才对吧？等以后学够了，就能转正。是途瑞制度变了吗？我也没听陆涛声跟我讲过呀。"

"是，是这样没错……"林蔻蔻对途瑞的制度竟了如指掌，显然震惊了舒甜，可她始终觉得不合适，嗫嚅着开口，"可，可……"

可从进公司开始，她做的就是端茶递水的活，从来都是被人当作"助理"使唤，什么时候被人当作过顾问呢？哪怕只是一个微不足道的助理顾问。这一瞬间，话虽还没说出口，可她心底已经陡然涌出了一阵酸楚，她忙狼狈地将头垂下掩饰。

林蔻蔻假装没看出来，神色如常道："既然没错，那我以后就叫你'舒顾问'啦。"

舒甜无法反驳，只好点头。

只是她看林蔻蔻戳在原地半天没动，似乎也没有要走的意思，不由得有些疑惑："林顾问是有什么事找我吗？"

林蔻蔻就等着她主动问呢，顿时冲她粲然一笑："当然有。"

舒甜眨巴眨巴那乌溜溜的眼睛，注视着她。

林蔻蔻望着她，开门见山地说道："我想挖你。"

挖……挖她?! 这一刻，舒甜大脑都险些短路，不敢相信自己听到了什么，只疑心林蔻蔻是找错了人。

然而林蔻蔻仿佛能听见她的声音，淡定地说道："没有搞错，更没有说错，我要挖的人就是你。有兴趣跟我谈一谈吗？"

舒甜愣愣地回不过神来。

林蔻蔻于是当她是答应了，只道："你现在没事忙了吧？我们一边走一边聊？"

她可不想站在这走廊上，离薛琳房间这么近，万一被人撞个正着，她虽然光明正大挖人也不怕被人逮住，可只怕会给舒甜带来一些不必要的麻烦。

猎头与候选人接触的第一准则——事以密成。

两个人从楼上到了楼下，又顺着禅修班的小径走到外头的山道上。夜晚的风有些冷，月光下能看见云海。二人脚步放得不快也不慢，心情似乎也能随之放松下来。

林蔻蔻知道她脑袋现在还蒙着，于是先开了口，道："在山上这段时间，我们也见过几面了，你应该对我有一些了解。"

舒甜点头。

林蔻蔻继续道："我从航向离开，现在以准合伙人的身份到了歧路，不过现在团队里还没有多少人，尤其缺一个既有天分又能帮我处理一些琐碎事的助理顾问。"

舒甜仍旧呆愣愣的："可……可为什么是我？"

林蔻蔻是做足了准备来的，她不假思索道："还记得刚上山时，我跟薛琳合作的那一次吗？那时我就开始注意你了。感觉你虽然才进途瑞没多久，但很有潜力，处事周到妥帖，有做猎头所需的同理心和共情能力，和人沟通时也没有什么对抗性，是很有亲和力、不容易让人产生威胁感的类型。"

成名的猎头，各有各的气质和风格，也未必每个人乍看起来都是那么圆融，但他们有一个共同的特点，那就是强大的沟通能力。

林蔻蔻笑起来："而且当时我就说过，你提出的那个想法很棒，不知道你还记不记得？"

记得，怎么会不记得？那是第一次，当她鼓起勇气贡献出自己的想法之后，竟然得到了旁人的认可，甚至夸奖。而且这认可和夸奖，还来自比她老板更厉害的人……虽然随之而来的就是薛琳的不满和责骂，可那一刻被人看见、被人认可的惊喜，是那样深刻地烙印在她的心口上，以至于她每次回想起来，内心仿佛都在滚滚发烫。

眼底一股热意漫了上来，舒甜低着头，小声道："记得。"

林蔻蔻凝视着她，声音也随之放轻了："还有一点也很重要。我认为，能在薛琳身边工作这么长时间的人，必然是一个能抗住压力、很有忍受力、不会轻易被挫折打倒的人。"

舒甜一下抬起头来："我，我难道做得够好吗？"

这时林蔻蔻清楚地看见了她眼角隐藏的泪光，于是弯起了唇角，笃定道："当然。平心而论，薛琳并不算一个好老板、好上司。她够有攻击性，做单的能力或许不差，喜欢直奔目标，还很会营销自己。可太看重自己，难免忽略身边人的感受，或者说她也不在乎别人的感受。你……"林蔻蔻犹豫了一下，"受了很多委屈吧？"

就这一句，突然击破了舒甜原本就不坚强的心理防线，她的眼泪毫无征兆地从眼眶滚落下来。年纪轻轻的小姑娘一边哭一边抹泪，呜咽着泣不成声。

林蔻蔻也不阻拦，递过去一沓纸，就这么静静地看着。

等她好一些了，林蔻蔻才重新开口："无论如何，薛琳不太适合你。途瑞现在对新猎头的培养好像也不如以前了，顾问素质下降得有些明显。你有天分，也肯用心，理应值得一个更好的机会。所以考虑一下，来当我的助理顾问吗？"

这是林蔻蔻，这不仅是薛琳一心想要超越的人物，更是业内的传奇。这样一个人，对着她一个新人发出认可和邀请……试问，谁能拒绝？那一刻，那股酝酿在心底的冲动，就奔流在舒甜的血管里，让她忍不住想答应。然而，舒甜伫立良久，却慢慢摇了摇头。

林蔻蔻顿时皱起了眉头："为什么？"

舒甜不可避免地回忆起了半年前，她垂着湿漉漉的眼睫，轻声道："大学时候，宿舍里六个人，我一向是里面最不起眼的、最受嘲笑的。快毕业时，我跟她们一起参加了校招，向途瑞投了简历。那时，就是薛总监面试的我们。"

林蔻蔻隐约明白了。

舒甜只低声继续诉说："她们每一个都比我活跃，比我优秀。只有我，笨手笨脚的，连话都说不明白。可最后她们都落选了，只有我一个人进了途瑞。"

说到这里时，她竟然笑了一笑。

只是林蔻蔻从这笑里，却没看出多少高兴的神采，反而替她觉得心酸："是薛琳选的你？"

舒甜点了点头："那一天回到宿舍，第一次，她们拿正眼看了我。"

也是第一次，她仿佛不再是原来那只丑小鸭。

"我需要这份工作，薛顾问选择了我，我也选择了薛顾问。"舒甜望着林蔻蔻，声音喑哑，向她道歉，"我原本一无是处，是薛顾问给了我机会。谢谢林顾问今天对我说的所有的话，我都会记在心里。可我不应当背叛薛顾问，所以无法答应您。"

林蔻蔻心底复杂极了，她直视着舒甜，说："第一，从来没有什么'背叛'，只有'选择'；第二，如果你有一个好的上司，她绝不会让你觉得自己一无是处；第三，你用'不应当'这个词，其实心里还是想的吧？"

舒甜有些茫然。

林蔻蔻审视着她，神情甚至称得上严肃，一字一句对她道："我希望你改变一个看法。薛琳之所以选择你，不是因为她忽然发了善心，想要做件善事。无利不起早，别把人想得太好。途瑞进新人又不是她一个人说了算，得陆涛声那边最终点了头才算。就算她瞎，陆涛声也不瞎。请你记住，她之所以选择了你，是因为你本就有价值。"

舒甜站在原地，似乎被她最后那一句话的力量所击中，久久没有回过神来。

林蔻蔻却没再看她的神情，而是从名片夹里取出了一张名片——是她到歧路后，孙克诚找人印了亲自交给她的。

她径直将名片递向舒甜，只道："你现在只是没有想清楚，等你哪天想清楚了，给我打电话。"

第三十九章
家贼难防

　　舒甜捏着那张名片，立在原地，林蔻蔻则转身走上了回去的路。

　　裴恕不知什么时候就站在路边，好整以暇地抄着手，待林蔻蔻一步步走近，便似笑非笑道："看样子是没成？我们林大顾问亲自出马，竟然也有搞不定的人。啧，是这小助理瞎，还是我们林大顾问业务水平真的下降了？"

　　挖人不顺利，林蔻蔻心情算不上好，只斜了他一眼，道："你有本事，你怎么不去？"

　　裴恕笑道："我手下都是得力干将，当个甩手掌柜都不操心，哪像某人，光杆司令，手底下找不出几个能用的。我就是好奇，是个人都知道薛琳跟你的差距，她怎么还会拒绝你？"

　　林蔻蔻微微一笑："毕竟候选人跳槽，除了看薪酬待遇，最重要的就是看汇报线的上司和公司整体的前景。我当然是个比薛琳好上几倍的上司，可歧路和途瑞相比嘛……"

　　裴恕面色微变。

　　舒甜当然不是因为挑剔公司才拒绝她的，只是林蔻蔻现在看姓裴的格外不爽，故意拿话挤对他："裴顾问，你说你这么厉害，年轻有为，怎么就没能让歧路跻身'四大'之列呢？哪怕干下来哪家，好歹也把'四大'扩成'五大'啊。怎么现在还差着一截呢？"

　　裴恕脸都黑了："歧路才开多久？途瑞那都是二十世纪的公司了，你让我一个七年不到的公司跟人家比？"

　　林蔻蔻半点不害臊地点了点头："人嘛，要有理想。"

裴恕："……"

明明她一副不咸不淡的表情，可裴恕差点被气得脑袋冒烟，一句话也接不上，生上了闷气。直到回了自己房间，收拾完行李，躺到了床上，他也翻来覆去睡不着觉，越想越生气。林蔻蔻这种航向来的败军之将竟然也敢嫌他公司开得不好，江湖地位不够？裴恕一个挺身便坐了起来，拿起床头的手机就给孙克诚发消息。

裴恕：她怎么敢？她怎么敢！

裴恕：怎么敢拿途瑞这种半截埋进土里的公司跟歧路比？

裴恕：我忍不了。

裴恕：明天，明天就去发招聘，我们要开始招新人！

裴恕：另外前阵子应该已经做过教培行业的调研了，这行里所有员工人数在两万以上的公司名单都给我拉一份，我回来要用。

裴恕：孙克诚，你说你没事挖她回来干什么！

…………

远在上海的孙克诚，大半夜被他这一串消息轰炸醒，摸出手机，一看时间——凌晨两点。他险些怀疑人生：这祖宗情绪不一向挺稳定的吗？这上山一趟人忽然崩溃了？大半夜的发什么疯？孙克诚看了半晌，决定先装死，默默把手机放下了，顺便开了个免打扰，然后重新进入梦乡。

第二天一早，林蔻蔻收拾好行李下楼吃早饭，迎面撞见裴恕，就瞧见这人眼圈下一层青黑，整个人的状态极其阴郁。问他昨晚是不是没睡好，他也不说，就冷哼一声。得，祖宗病犯了。林蔻蔻干脆没再多问，只是关注了一下行业内的消息。

毫无疑问，施定青那边经过权衡之后已经答应了张贤的要求，迅速搞定了双方之间的流程，应该是十拿九稳，不会出什么意外了。因为已经有人提前向一些消息渠道放出了学海教育挖到张贤的消息，不多时便引起了相关领域的热议。与学海教育存在竞争关系的千钟教育，疑似与施定青看中同一人选的董天海，以及跟薛琳针锋相对的林蔻蔻、裴恕，自然也都很快被卷入舆论中心。

人人都想知道歧路是不是输了，没挖到张贤，林蔻蔻跟裴恕难道真要被这个光环耀眼的新人王薛琳斩落马下？一时间质疑有之，奚落有之，好奇有之，观望有之……总之说什么的都有。风向看上去对他们来说并不十分乐观。

在回上海之前，林蔻蔻跟裴恕准备再去见智定一面，确定一下相关细节，没想到，进寺庙的时候正好遇到薛琳带着舒甜出来。林蔻蔻第一眼是看向舒甜，昨晚上哭得厉害的小姑娘，今天看着已经恢复了寻常状态，只是当她一抬头看见林蔻蔻时，目光有些躲闪。但紧接着，舒甜便鼓起勇气一般，冲她露出了一个元气满满的笑容。林蔻蔻心底虽有些复杂，但也笑了一下。

看薛琳的样子应该也是今天走之前去见了一趟张贤，大概是 case 最终进展顺利，前些天糟糕的心情已经离她而去，她甚至在见到林蔻蔻跟裴恕时，还露出了笑容。站在台阶上，她的位置比林蔻蔻跟裴恕都高上一些，目光从上面下来，是一种俯视的姿态。

薛琳仿佛一个胜利者，只道："我听说董天海昨天就回去了，林顾问在山上待了一年多，也没说留留大客户，带人看看山上的风景吗？人虽然没挖到，但山上风光不错，如果能看看，放松一下心情，也不算白来一趟嘛。"

其实董天海的动作不比施定青慢，今天已经给智定那边发了 offer，按照他们最初的设想给了智定首席顾问的 Title，但职权相当高。只是林蔻蔻跟裴恕都没有对外宣扬，连董天海见智定也是全程保密的。毕竟智定并非一个喜欢高调的人，在事情尚未完全落地时，任何张扬的操作都可能引起他的反感。他们既不是这样不谨慎的人，也不需要靠炒作候选人来提升自己作为猎头的名声。

这一切，薛琳跟施定青都不知道。林蔻蔻假装没听懂薛琳的嘲讽，还附和着叹了一口气："是啊。不过已经带他逛过了，老先生时间贵，留不久，也没办法。"

薛琳将这回答自动解读为董天海甩脸子走人了，林蔻蔻这只不过是一种挽尊的说法罢了。

她悠悠然道："所以辛苦算计一场为什么呢？"

林蔻蔻静静听着。

薛琳只道："你们跟张贤联手做戏，固然是抬高了他的薪酬，施总那边不是很高兴。可这一单 case 的金额越高，我拿的报酬也就越多。说来说去，自以为能成为绊脚石，结果只给我当了垫脚石！"

连裴恕都没辩驳。

薛琳于是嗤笑一声，带着十分的自信，仿佛预言一般宣告："虽然有些抱歉，但很快业内就会知道，从这单 case 开始，属于你们的时代已经落幕了。"

说完，她只道一声"有缘再见"，然后带着舒甜扬长而去。

林蔻蔻跟裴恕都站在台阶下看着她的背影。骄阳下，那副姿态也相当骄傲。

林蔻蔻若有所思地问："我们的时代？以前我们有那么厉害吗？"

裴恕想了想，道："还是有一点的吧。"

两人对望一眼，也不知为什么都笑出声来。没有人因为薛琳生气，他们都当刚才那句是吹捧，是夸奖，心里舒坦着呢，怎会生气？

老和尚智定知道他们今天要来，倒也没出去扫地，专在自己的住处等着。林蔻蔻跟裴恕来时，他已经沏好了茶。在老和尚这儿，两人还是头回有这种待遇，不免有些受宠若惊。

双方沟通了一些细节问题。慈善基金会的事，他们提了一下，智定没说什么，想必也觉得不是坏事。他白打工归白打工，资本家的钱嘛，要能拿出来做点慈善也不亏，至于入职时间，那得等下个月了。智定这边还有些寺庙的事务要交接，暂时不急。

林蔻蔻跟裴恕订的是下午两点半的机票，看时间差不多就打算告辞，没承想，临走时忽然被老和尚叫住。

两人都有些疑惑："智定师父还有事？"

老和尚这时咳嗽了一声，道："昨天事情谈定之后，董天海把千钟教育的组织架构之类的资料先给我发了过来，我研究了一下，发现他们原来团队里这些人做本地市场可能行，但要开拓海外业务，或者发展成人职教，短板都很严重。这两块核心业务，缺人手啊。"

这一瞬间，林蔻蔻跟裴恕都是心头一震。两人在猎头行业都算是老手了，岂能听不懂这话的意思？很多时候，业务的开拓是连续的。比如你为客户企业挖了一个高管过去，如果双方在沟通过程中非常愉快，高管哪天手底下缺人，可能就会做生不如做熟，直接委托你帮忙寻访合适的下属人选。

智定话一出，他们都想到了这上面去。

林蔻蔻问："你想找找这方面的人选？"

智定看着她，摇摇头："不，我已经有人选了。"

林蔻蔻顿时一怔："那你跟我们说是为了……？"

智定竟直接从茶几底下掏出了一页 A4 纸，递给林蔻蔻，一脸讳莫如深："名单我已经拟好了，你回头帮我挖一下人。"

名单都拟好了？

林蔻蔻大为诧异，待接过名单来一看，更是瞳孔震动，一时没控制住自己的音量："智定师父，你——"

智定连忙摁住她："嘘！别声张！我知道这是你的老本行，咱们偷偷进村，打枪的不要。"

林蔻蔻眼皮狂跳，看看智定这张朴实的老脸，再看看手里这一份长长的名单，只感觉自己耳朵出了问题，眼睛也出了问题——这名单上所列之名，不仅她认识，裴恕也认识！赫然都是禅修班里那一票精英！是他们前阵子说"贼不走空"时，计划好回头要慢慢挖走的那些！

可……可他们是外面来的猎头，觊觎人才，偷偷挖禅修班的人也就罢了，老和尚可是清泉寺的高僧啊！自己人啊！现在他居然拟了一份名单来让他们把人挖走？

林蔻蔻相信，自己此刻的表情管理一定做得不好："智定师父，这……这不太好吧？"

智定斜她一眼："别装了，我还不知道你们？给谁干不是干？反正你们迟早会把人挖走，与其给别人干，不如给我干，还简单点。"

林蔻蔻已然呆滞。

智定说完却是直接送客了，到门口时还跟他们强调："不过这事你们对外就说是你们挖的人就好，剩下的自己知道，千万别传出去，尤其是别让寺里知道。"

林蔻蔻麻了，裴恕也彻底开了眼界。

两人一路出来，站在外头台阶下，举目看向清泉寺那两扇气派的大门，都仿佛看见了不久后的将来：这门上多挂了块牌子，上头赫然写着"林蔻蔻、裴恕、智定与狗不得入内"……

只怕清泉寺这边撞破脑袋也想不到，把禅修班挖空的，并不是他们这两个危险的猎头，而是他们素来仰慕的高僧智定！

裴恕深感复杂，幽幽道："这就叫'日防夜防，家贼难防'吧。"

林蔻蔻却是满心荒凉，盯着那寺庙道："多看两眼吧，以后恐怕就不能来了。"

遥想一年前刚上山时，她还是个因被航向逼退而声名扫地的猎头，满心倦怠；直到被智定挥舞着扫帚赶下山的那一天，就算已经在考虑孙克诚的邀请，她也并不清楚前路在哪里，满心茫然；如今再次上山，又再次下山，与以往却又是截然不同的处境了……林蔻蔻真的站在原地看了好一会儿。甚至两人坐缆车下山时，她都还站在车里，注视着后方那越来越远的山头，和山头那一座已经被绿树和云气掩住的寺庙，面容平静，眼底有神光微微闪烁。

裴恕很难控制自己不去看她，这一刻林蔻蔻的心境，他竟觉得自己隐约能觉察到，毕竟这是她过去一年待过的地方。当年离开航向，如今到了歧路，又在这座山上与施定青重逢，此时此刻她的心底该是什么感受呢？他正思考着，体会着。

没承想，林蔻蔻看着看着，忽然回过头来望着他，眼底透出几分思索，然后竟喊了他一声："喂。"

裴恕这才回神："什么？"

林蔻蔻似笑非笑道："别脑补太多。"

裴恕瞬间皱了眉。

林蔻蔻淡淡提醒他："女人不幸的开始是同情男人，男人不幸的开始是怜惜女人。别脑补太多，我没那么脆弱。"

裴恕眼角顿时跳了一下，咬牙道："脑补？谁脑补？你以为人人都跟你一样吗？我像是那么有同情心的人？"

林蔻蔻道："那就好。"

也不知到底信没信，总之她没反驳他，淡淡补充道："我怕你想太多，爱上我。"

到底是什么样的女人，竟然能如此镇定地对人说出这么一句话来？裴恕惊呆了。可随之而来的便是一股莫名的心悸，仿佛有一口气忽然堵在了喉咙口，上不去，下不来。尤其是看着林蔻蔻那张平静得甚至透出一股淡漠的脸，这口气堵得也就越难受。

像他这样的身家品貌，向来不乏追求者。可他好像从来不感兴趣。对男人来说，世上的女人若是花，大体能分作两种：一种开在平原沃野，养在暖房温室，或可亲可爱，娇艳灿烂，但只要付出少许代价便垂手可得；一种却长在高山之巅，雪峰之顶，路遍荆棘，叶覆倒刺，虽有夺目之美，却极难靠近，令人望而生畏。

林蔻蔻该是后者。按理说，以他做事向来追求高性价比与高回报率的习惯来计算，对林蔻蔻这样的人动心，显然并非一个理智的决定。可……林蔻蔻这个女人，该死地让人有征服欲！

裴恕很难形容自己这一刻的心情，他深深地看了林蔻蔻一眼，突然反问了一句："假如我告诉你，你的提醒，已经来得太晚了呢？"

林蔻蔻："……"

对话的主动权，悄然轮换。缆车正好到站，裴恕于是笑了一声，先下了缆车。

之后两人换乘大巴，回到酒店，收拾了剩下的行李，然后才打车前往机场。一路到登机，除了必要的交流，二人都没讲两句话。一来是有旁人在，场合不太方便；二来是林蔻蔻没想到他突然来这么一句，还没反应过来——直到上了飞机，坐到了位置上。

来程的时候意外连连，又是下大雨航班延误，又是要跟薛琳抢时间，两人换乘了高铁；返程倒是一路顺利，半点意外都没有，两人订的是商务舱，座位正好在一起。

空姐询问过喜好后，给两人端来了橙汁和气泡水。放置饮品的位置在座位中间的扶手前。林蔻蔻跟裴恕都没注意，同时伸出手去，便碰到了对方的手指，指尖和指尖挨在一起。

这一时的静默，有种难以形容的微妙。

裴恕眼角微微跳了一下，主动先将手指收回。

林蔻蔻却是转眸看着他："我认为你对我的了解还不够多。"

裴恕笑了："那你可能错了，我对你的了解，比你以为的还要多很多。"

毕竟他进入这个行业，大部分原因都是拜她所赐。在她还不知道他时，他就已经知道她了。从进入这个行业开始，他无时无刻不在关注她……

林蔻蔻微微蹙了眉，似乎完全不懂他哪里来的自信，然而裴恕也没有解释的意思。

他回望林蔻蔻，然后耷下眼帘喝了口水，平淡道："相比起来，你对我才是一无所知。"

"老大这到底是想干什么？"

上海，歧路的茶水间里，一组组长孟之行看着自己手里那份汇总的教培公司名单，百思不得其解。

"难道是这一单做得很开心，要大举进入这个领域，开拓一些新业务，再搞几单来玩？"

今天一大早到公司，大家就接到了由孙克诚传达的来自裴恕的最新指令——搜集所有员工人数过万的教培公司，做一份名单。

孟之行道："如果不是知道老大跟林顾问已经找到了新的候选人，我简直怀疑我们是要输了……"

让做其他大教培公司的名单，看上去不就像是没挖到张贤，要转变策略去挖其他教培公司的墙脚吗？事实上，歧路这边是着实悲观了一阵的。毕竟谁也没想到竞争者是施定青，还有途瑞那个薛琳进来横插一脚，不仅清泉寺那边压力巨大，歧路这边也面临着巨大的业务压力，更别说外头风言风语传得到处都是。

孟之行跟叶湘其实悄悄讨论过，认为这一单赢的概率其实不大，后来，果然没挖到张贤。在薛琳替施定青挖到张贤的消息愈演愈烈之时，公司里的氛围简直一片压抑。大家谁也不说，但心里都知道。昨天下班的时候都没几个人笑。

可谁能想到，就是今天早上，公司法务那边毫无征兆地收到了董大海团队要求废止旧合同、签订新合同的通知！公司里所有人得知消息的第一时间，都是茫然的。平白无故，签什么新合同？可当他们仔细一看条款，发现里面不仅约定了给歧路这边的四百万酬劳，还明确地加上了千钟教育 0.1% 的期权！这意味着什么？孟之行当时心跳剧烈。叶湘更是呼吸急促，险些看傻了眼。

这分明意味着，林顾问跟他们老大也完成了千钟教育的 case，并且找到了客户足够满意的候选人！客户公司的期权可不是什么猎头都能拿到的！而且对方还给得这么干脆，这么爽快！

中间到底发生了什么？他们最终找的候选人到底是谁？种种疑问迅速浮现出来，萦绕在他们心头，让人恨不得立刻知道答案。

已经是午后接近下班时间，工作忙得差不多了，几个人都聚在茶水间里小憩。

孙克诚端着一杯咖啡，啃着饼干，听着孟之行的疑惑，只道："你们老大成天想一出是一出的，谁知道他什么打算？"

指不定又发什么疯呢。

反正千钟教育这单 case 没黄，他乐呵呵的："也快了，他们今天回来，这会儿应该已经在回来的路上了。"

叶湘此刻正站在角落里鼓捣咖啡机，一听这话便分外振奋："我之前简直都以为我们要不行了，结果突然来了个大逆转，又找到人了。林顾问跟老大也是的，一点风声也不透给我们，紧张死我了！"

孟之行深有同感："跟坐过山车一样……"

叶湘摩拳擦掌，眼睛已经亮汪汪一片，只道："不过也不担心，他们马上就回来了。到时可得让他们讲讲清楚，在山上都发生了什么，尤其是这几天，到底找了什么人。这种绝处逢生的操作都能搞出来，太厉害了……"

孙克诚听着他们的讨论，却是莫名想起了林蔻蔻手腕上常戴的那串佛珠，只笑了笑，道："听说施定青都亲自去了，山上的情况肯定很复杂，处理起来也未必就那么容易。"

孟之行跟叶湘都怔了一下。

经孙克诚点了这一句，他们才忽然回想起，那天裴恕拉他们视频会议时，林顾问站在旁边，那一张平静里藏着倦意与疲惫的脸……旁人能看到的，只有最终胜利的结果，但背后所付出的心血，经历的挣扎，有谁能真正知道呢？

手机忽然响了一声，孙克诚拿起来一看，便笑了起来，道："回来了。"

林蔻蔻跟裴恕是下午四点半落的地，二人都不急着回家，先回公司。这个点不算交通高峰期，开快一点从机场返回公司也就半小时左右，差不多五点的样子两人便已经到了楼下。

这一趟出差，差不多两周。林蔻蔻原本就刚到歧路没多久，出差这段时间又都在外面，刚进电梯时下意识就要向四十六层的按钮按去，将要碰到时，才反应过来，突地怔了一下。

裴恕恰好看见，静默了片刻。他不会不知道，在四十六层的，是位于天兴大厦的航向。

只是他没说什么，下一刻便十分自然地上前按下了三十九层的按钮，笑着道："看来下次要在三十九层的按钮上把我们歧路的 logo 贴上，才能免得我们林顾问哪天一不小心就走到别人公司去了，要万一被人拐跑，我看孙克诚得哭出来。"

林蔻蔻看他一眼，又转头看向那代表着电梯层数的数字一格一格往上跳，忽然就想起了自己刚离开航向的那一天，也是这样坐着电梯。只不过那时，电梯是从四十六层一层一层地往下走，而她看着轿厢观景玻璃窗外一片泼天的豪雨，打得满世界雾茫茫一片，也只剩下满心的倦怠和茫然。

电梯里，无人说话。上了楼，场景才变得熟悉起来。歧路的一应装饰都是跟着裴恕本人的喜好走的，一如既往地利落干脆，连那两扇玻璃门上都不沾半点灰尘。

林蔻蔻朝着门口走去。只是将要到时，不知为什么，裴恕的脚步竟然停了下来。

林蔻蔻回头看他："怎么了？"

裴恕望着她，笑了一笑，道："你先进去吧。"

林蔻蔻觉得他这笑有些奇怪，不明所以，但也没多想，便走上前先推开了门。可没想到，就在她踏进门那一刹那，"砰"的一声，竟有一簇礼花在她头顶上拉响！彩色的碎纸顿时纷纷扬扬从半空中飘落。以叶湘为首的恶作剧小分队站在前方，满脸笑意，齐声喊道："欢迎回来，林顾问！"

孟之行等人都在后面，有的站在走廊上，有的在自己的座位上，但不管在哪里，目光都无一例外地落在刚走进来的林蔻蔻身上，面带笑意。林蔻蔻有些呆滞，掉转目光一看，孙克诚站在角落里，端着一杯咖啡，另一手还拿着他那啃了一半的小饼干，一脸无辜地冲她笑笑，仿佛此刻发生的事与他毫无干系。

林蔻蔻竟无法形容自己这一刻的心情。眼前这一张张脸，都是那天隔着视频会议为她鸣不平，也为他们出谋划策的一张张脸……每个人都是善意的，洋溢着热情的。多久没有这样的感觉了？

她似有所感，眨了眨眼，回头看向刚才落后了半步还站在门旁的裴恕。

裴恕正在笑，仿佛他早料到会发生这一场恶作剧。

当林蔻蔻回头看向他时，他才慢慢收敛了笑，难得认真地向她道："林蔻蔻，如果以前是我忘了说，那么我现在补上——"

林蔻蔻有些出神地望着他。

裴恕挑眉一笑，向她伸出手："欢迎你，正式加入歧路。"

"……"

裴恕这个人，其实向来很高傲，就算面上对人笑，心里也未必认同。否则也不会这么多年来长久的合作伙伴只有一个孙克诚，公司里实打实干猎头业务的顾问也就小二十号人。他从不轻易承认别人，他绝不轻易让人踏足自己的疆域。经过这段时间的相处，虽然裴恕声称她对他一无所知，但林蔻蔻自负地认为，她对此人的秉性至少是略知一二的。可她没有想到……此时此刻，这个人会站在歧路的门口，向她伸出手，说出这样一句话，补上他迟来的欢迎。

半空里飘荡的礼花彩纸晃悠悠地坠了地，却好似将一股热流，注入了她的血管，冲过旧日某些结痂的伤口，将它们慢慢融化。她好像听见了心脏跳动的声音。这一刻，其实有一种前所未有的警报，在她心里拉响了。只是此时此刻，注视着眼前这一张带笑的脸，林蔻蔻竟无法说出"拒绝"二字。

像是受到了某种蛊惑，她向他伸出手去，两手交握："荣幸之至，谢谢。"

第四十章
惊雷落

　　掌心贴着掌心，温度交换，带来的却是一股轻微的战栗感。两人皆是。裴恕深深看了林蔻蔻一眼，才跟她一道慢慢松开手掌。

　　比起刚接这一单 case 一起出差之前，两人之间的氛围已经有了明显的变化，比视频会议的那一次更微妙、更明显……尤其是在明眼人看来。

　　孙克诚面上露出了微妙的了然的神情，立刻笑得见牙不见眼，竟是带头鼓起掌来："恭喜我们两位顾问，成功拿下千钟教育这一单！"

　　众人先是一愣，紧接着也想起这件真正值得高兴的事，纷纷鼓起掌来。林蔻蔻倒被他们搞得有些不好意思。

　　待得掌声暂歇，她便难得正色地开口，面向众人道："这单能成，我固然算有功，但裴顾问更是主心骨中的主心骨。我们敢在外面放手一搏，也有赖在公司的同事们为我们承担了巨大的压力，很感谢大家——我已经很久没有这样的体验了。"

　　一个人的力量，终究是有限的。在团队里，每一个人的付出都不该被忽视。

　　众人也没想到林蔻蔻竟然会这么郑重而直白地向他们表示感谢，微微一怔后，便有一种融融的暖意升腾上来。谁不愿意自己的努力和坚持被人看到呢？那些虽然都是他们分内的工作，但只要被人看见，就仿佛拥有了更高的价值。

　　最高兴的当数孙克诚了，只是他笑着笑着，便忽然想起什么来，不满道："我呢，我呢？我难道就没有半点作用吗？"

　　裴恕翻了个白眼："我不在你难道不是天天高兴得在办公室度假？"

孙克诚怒道："只有前面几天是高兴的，后面我可没有！"

林蔻蔻笑出声来。

孙克诚立刻不满地看向她："林顾问！"

林蔻蔻咳嗽一声，掩饰尴尬，只是很快又想起什么，轻轻弯了弯唇角，道："孙顾问当然有用，虽然我才加入没多久，但看得出来，裴顾问不能没有你，歧路也不能没有你。"

不是孙克诚，她不会来到歧路。简单的话语下面，藏着的是强烈的认同，甚至感念。

孙克诚也不知明不明白她隐藏的深意，反正听完这话后便喜笑颜开，嘚瑟起来："那是，我虽然不干业务，可眼光一向不差的。你们俩可都是我物色到的，这公司没我哪儿能转得动呢？"

裴恕呵呵一笑不说话了。

孙克诚又自夸了两句，才突然一拍脑袋："差点把正事给聊忘了。今天早上董天海那边派人来跟我们重新谈合同了，你们是给千钟教育挖到人了吧？"

裴恕道："那不废话吗？"

众人的目光齐刷刷移了过来。

叶湘是第一个忍不住的，连忙举手道："现在外面传得风言风语的，张贤都已经被薛琳那边挖走了。老大，你们挖的到底是谁啊？"

他们挖的，到底是谁？这一瞬间，裴恕转过头，跟林蔻蔻对望了一眼，都看见了彼此眼神里潜藏的微妙。

事实上，不仅歧路自己人有此疑惑，现在随着林蔻蔻与裴恕回到上海，千钟教育透出口风说不再猎聘新 CEO 人选，整个行业里所有人都在猜测，他们到底挖了谁。

学海教育倒是一点也不藏着掖着。施定青才回到上海，便在不久后的一个行业活动里接受了媒体采访，主动透露他们已经找到了合适的新 CEO 人选，近期将对团队进行调整。消息一出，立刻在教培行业引起了震动。

不久后，张贤便走马上任。他出任学海教育 CEO 的消息一传出，不但猎头行业纷纷感叹，教培行业议论纷纷，甚至连风投圈也给予了巨大的关注。

张贤毕竟是当年跟董天海合作过的人啊！这样一个人忽然加入学海教育，意味着什么？一时间有人怀疑，也有人看好。怀疑的人认为张贤已经离开太久，长时间没有接触过企业管理工作，未必跟得上时代，和以前一样出色；看好的人消息渠道则更多一些，毕竟当初清泉寺挖张贤的事情又不是严格保密的，董天海都为这个人亲自去了一趟山上，还不能说明此人的价值吗？

而张贤出任 CEO 之后更是采取了一系列的动作，利用自己手上原有的平台资源为学海教育引流，在管理团队内部进行了一些改革，并且加大了营销的力度，号称要做出学海教育的品牌来。资本市场上看好张贤的人显然占了大多数。无论如何学海教育这轮换帅都为公司带来了新的活力，改变是显而易见的，行业关注度也节节攀升。这种情况下，学海教育的估值已经被不断推高，不少风投机构已经开始跟施定青接触，俨然是看好学海教育的前景，希望能参与 B 轮甚至 C 轮投资。连带着这次为学海教育成功猎聘了张贤的途瑞，都吃到了不少红利，有不少业务找上门来。

尤其是亲自出马挖人的薛琳——击败林蔻蔻与裴恕的声誉在前，慧眼识珠挖走张贤的口碑在后，再配以出身四大猎头公司之一的途瑞的光环，更兼年轻美貌，风头一时无两。

反观千钟教育，似乎就有些露怯了。根据几家大猎头公司都不再为他们寻访 CEO 人选来看，应该是已经有了合适的人选，可迟迟不见动静。直到六月份，才忽然有风声传出，说千钟教育入职了一位新顾问。这位顾问异常低调，既不参加行业活动，也不接受外来采访。一开始众人还以为就是个普普通通的顾问。大企业里挂顾问的多了去了，不值得关注。可谁想到，自打这位顾问入职后，千钟教育的一系列迷惑操作便开始了。

先是管理层变动，没过几天便入职了一批新人，给的职级还都不低，仿佛是自带团队空降。紧接着就出现了令人大跌眼镜的操作！在学海教育强势扩张的情况下，千钟教育竟然不予以回应，反而忽然低调地成立了海外分部。国内业务都还没站稳呢，竟然就要搞"出海"？整个行业都惊呆了。

是董天海疯了，还是这个新来的顾问或者是这个空降的团队有那么一点邪门儿的本事，能给他一顿洗脑，竟然让他同意了这种离谱的操作？同行们正自疑惑，还没从这轮操作里回过神来呢，千钟教育的下一轮操作就更是让所有人看傻了眼——他们竟然宣布暂缓在 K12 教培领域的扩张，将国内业务的重心转移到成人职教业务上！

要说现在教培行业搞"出海"，算是顺应了现在国家号召企业向海外扩张的政策风向，虽然听上去不太明智，但怎么着也算不上一步特别差的棋；那将业务的重心从 K12 教培领域转向成人职教领域，简直是个人都觉得他们是脑袋被门夹了。谁不知道 K12 教培领域是最挣钱的？就算现在还没打出差异化竞争，像千钟教育虽然还没在业内积累起品牌效应，但只要随便搞搞，焦虑的家长就会挥舞着大把的钞票把他们的小孩送进来。可以说 K12 领域是兵家必争之地！千钟教育到底怎么想的？怎么突然间公司策略就来了个大转变呢？众人百思不得其解。

直到有一名因为千钟教育内部业务调整而离职的员工，在离职后向外界透露：这一切都是因为那位新来的顾问。所有人这才知道，那哪里是什么普通顾问，董天海给的 Title 赫然是首席顾问，在公司的话语权比现任的 CEO 还高。就连那个空降千钟的团队都是他自带的。

有了这一个口子之后，更多的信息便不胫而走。比如，这位顾问以前也是和尚，跟张贤一样同在清泉寺修行；比如，这位顾问在庙里的辈分甚至比张贤还要高；比如，林蔻蔻、裴恕为千钟教育挖的人多半就是他；又比如，这位首席顾问的薪酬，只有一块钱！

前面那些倒还无所谓，薪酬一块钱的消息一出，舆论几乎立刻被引爆。业内人士多持保留看法。可普通打工人们先坐不住了，直接嘲讽董天海资本家作秀，这是打算忽悠谁呢？而作为为董天海服务的猎头顾问，林蔻蔻跟裴恕也瞬间被推上风口浪尖。挖个候选人就给人开一块钱薪酬，确定不是猎头联手资本家一块儿坑候选人吗？连带着歧路的口碑也一块儿下跌。

董天海原本是不打算声张此事的，所以前期非常低调。可合同经手人不少，纸毕竟包不住火。舆论引爆后，他不得不让人去台前澄清，将慈善基金的事情抬出来，声明智定是为了做善事，自己也是为慈善略尽绵薄之力。可这澄清还不如没有。

资本家搞慈善，虚伪！庙里挖来个老头儿对着公司业务一通瞎操作，又是开拓海外业务，又是搞成人职教，昏头！

总之，在短短两个月内，千钟教育仿佛成了学海教育的反面对照组，人家朝天上起飞，他们朝地狱俯冲。资本市场纷纷看跌，千钟教育的估值一路降至低谷；歧路猎头受其连累，金字招牌砸了大半，业内群嘲。

这种离奇的事态走向，换两个月前谁能想到？教培行业风大，形势变化快也就罢了；歧路猎头在自己的行业内虽然规模不大，可一向以"稳健"著称，竟然也能栽进坑里。别说其他人了，第一个不能理解的就是白蓝。

在看完新一期《猎头圈》杂志上对薛琳极尽溢美之词的专访之后，嘉新这位金牌猎头心态彻底爆炸，掐着下午五点的下班时间，对林蔻蔻进行了惨无人道的消息轰炸。

白蓝 - 嘉新：废物！你是什么绝世大废物！

白蓝 - 嘉新：姓裴的没长脑子你也没长吗？千钟教育这一单怎么就能做成这样，简直被人摁在地上打！

白蓝 - 嘉新：人家薛琳这都不是踩在你们头上，是踩在你们脸上登基啊！

白蓝 - 嘉新：林蔻蔻！

白蓝 - 嘉新：我太煎熬了，就是你当年摁着我打我都没有这么煎熬！

因为公司里被姓裴的贴满了禁烟标志，林蔻蔻这阵子被迫戒烟，这会儿正趁着下班前的一点闲暇时间，叼了根橙子味儿的棒棒糖，趴在自己办公室的窗口，往下看风景。

白蓝消息一来，她手机差点没炸了。细长的手指滑动着屏幕，一条条看完了，林蔻蔻琢磨了一会儿，到底还是搭理了她两句。

林蔻蔻慢条斯理地回："没别的正事了吗？我要下班了。"

白蓝一看，差点没脑袋冒烟："下班？都这种时候了你怎么还敢下班？你回去睡得着觉吗？你就不担心你在业内的地位吗?！"

林蔻蔻心想，我现在在业内还有什么地位？

只是想想也不好再刺激白蓝敏感脆弱的神经，于是糊弄地回道："啊，担心，担心。"

"咚咚。"

身后传来指节轻轻叩击玻璃门的声音。

林蔻蔻回头看去，裴恕站在她办公室门口，手里拿了一份文件夹，有些疑惑地看着她："还不下班？"

林蔻蔻道："马上就走。"

她笑了一笑，不免多看了他手里那份文件夹一眼。这两个月来，裴恕好像忙得脚不沾地，似乎一直在跟教培行业里那些巨头公司接触，可到底在忙什么，他又完全不对外透露，实在让人有些好奇。

这段时间，歧路的日子可一点也不好过。前有狼后有虎，舆论压力的影响是一方面，途瑞和航向甚至其他公司落井下石联手围剿又是一方面。整个第二季度的业务严重萎缩。

就连林蔻蔻，偶尔都会忍不住思考一个问题：假如教培行业不会出事，智定的判断是错误的呢？

她咬掉了棒棒糖一角，看了裴恕片刻，忽然问："还稳得住吗？"

裴恕淡淡道："赌都赌了，现在想稳不稳得住已经晚了。"

开弓没有回头箭。他们也好，董天海也好，赌的无非是教培行业的命运。

赤红的夕阳铺满黄浦江浑浊的江面，几艘货轮缓缓从江湾驶过，陆家嘴恢宏的建筑群在余晖里气宇昂扬。

当夜幕来临，霓虹闪耀。这似乎与往常任何一天没有什么区别，一个热闹而普通的夜晚。

然而，就在这天深夜，凌晨时分，某号称会聚四千万投资者的知名投资社区上，有人悄然上传了一份疑似教育部新政策的电子文件，顷刻间引爆了整个社区，也给规模空前的教培行业扔下了一颗惊雷！

这天深夜，施定青才刚参加完一个酒会，与好几家对学海教育有兴趣的投资机构聊得十分愉快。只是当她接过助理煞白着脸递来的电话时，脸上那惯常优雅的笑容突然间凝滞了。听筒里的声音，遥远得仿佛从另一个世界传来。

她甚至忍不住重新问："你说什么？"

没有人敢相信。就连那个投资社区上最早上传文件的用户，都在帖子里表示，希望这份文件是假的。因为所涉及的面实在是太广，也太过可怕！文件洋洋洒洒，好几大页，主要内容是"关于减轻义务教育阶段学生作业负担和校外培训负担的意见"。

对投资者来说，最可怕的便是"校外培训"相关的这部分。文件竟明确指出，要严格审批校外培训机构。不再继续审批面向义务教育阶段也就是 K12 校外培训机构也就罢了，竟然连现有的 K12 学科类培训机构也一律要求登记为非营利性机构，且严禁上市融资！

说得简单点，K12 教培机构不让开了！不管是市值千亿美元已经在国外上市的行业巨头，还是街口刚开的连学生都还没来得及招的校外辅导班，一视同仁，全部完蛋！谁也别想再靠这行挣钱！

这份文件才刚流传到网上，便掀起了一阵狂风巨浪。毕竟教培行业如今发展得如火如荼，多少投资者手里握着上市公司教培行业的股票，或者购买了相关基金？没有人愿意相信这是真的。

一个万亿规模的行业说凉就凉，牵涉到上百万甚至近千万人的就业，怎么可能这么突然？然而没过多久，人们最怕的噩耗便传来了——有关部门宣布，向下印发相关文件，内容与先前网上流传的那份竟一模一样！头顶的达摩克利斯剑终于落下，高悬的靴子也终于掉到地上，恐慌的情绪顿如一场瘟疫，席卷了整个行业。文件印发当天，教培行业数十家上市公司股价全线暴跌，大盘飘绿。跌幅高达 30% 都算是少的。某港股上市的业内龙头教育集团，开盘股价直接腰斩，跌幅竟达 50% 以上。短短一天时间，市值凭空蒸发四百亿！

已经上市的头部企业尚且如此，其他公司的境况又怎么能好？行业内一时风声鹤唳，自负盈亏的，深感大限将至；在融资阶段的，所有谈判全部终止。那些深知 K12 教培没有未来的投资机构，毫不犹豫地抽身退场，唯恐跑得没有别人快……

一夜之间，整个行业全线崩溃。各大教培企业大规模裁员的风声传得到处都是，焦虑的从业者们遍布各个平台，担忧着自己的未来……上网一看，到处水深火热。但就是在这种行业人人自危的时刻……似乎独独某家公司例外。

黎勉是千钟教育创始团队的一员，今年甚至还不到三十五岁。他与同窗好友一起创立了千钟教育，有一定的积累之后便获得了董天海的投资，可以说虽没完全实现财富自由但也相差不远，算得上年轻有为。只是最近，他一直都在考虑离开千钟。

事实上，创始团队里不少人都有这个想法。毕竟，谁能忍受突然空降一个首席顾问，职权竟然比他们这帮劳苦功高的创始团队成员还要大呢？要说挖来个什么大佬，大家心服口服也就罢了。董天海那老东西竟然挖来个老和尚！什么也不懂不说，还瞎指挥，平白无故跑去开什么海外业务、成人职教，简直笑掉人大牙。别说是外面同行嘲讽了，就是千钟自己人也觉得这老和尚有病。

创始团队包括黎勉在内的几个人一致认为：董天海真的是昏了头了，听说越是年纪大，越是有钱的富豪，就越迷信。他肯定是不知道被哪里的江湖骗子忽悠了，把那叫智定的老神棍请到公司里来供着，成天瞎搞！内部矛盾大成这样，外人自然乘虚而入。最近一段时间，他们最大的竞争对手——学海教育，也就是施定青那家公司，一直都在通过猎头跟他们接触，希望说动他们离开千钟，投奔学海。

千钟教育原本是不比学海差的。可自打张贤接手学海锐意改革，而他们这边空降来一个老和尚瞎搞之后，两边的差距就迅速拉开了，学海教育现在的估值甚至已经是他们的三倍有余。无论怎么看，施定青抛来的橄榄枝都分外诱人。

黎勉心动了，创始团队中的其他人也都在考虑。

这一天，他们悄悄聚在一起开了个小会，仔细衡量后，都觉得千钟教育这么瞎搞下去肯定完蛋，不如趁这条船还没沉，赶紧给自己找个下家，没有比学海教育更合适的，他们得找个机会跟董天海摊牌。

可谁想到，他们刚要拿出电话，打给董天海的秘书，那条几乎掀翻了整个教培行业的新闻便推送到了他们的手机上！

这一瞬间，所有人脑袋都"嗡"的一声，仿佛被核弹轰炸，好半天都没回过神来。黎勉更是将那份文件来来回回看了十多遍。待得回过神来，众人抬起头，面面相觑，一时竟感觉到了一种无法言说的诡异，如同在梦里一样，充满了不真实感。

有人迟疑着问："这是真的？"

有人咬牙半天，爆了声粗："靠，假的吧……"

黎勉只感觉喉咙干涩，没忍住咽了一下口水，环顾众人，终于问出了一个关键问题："我们的槽，还跳吗？"

一片尴尬的静默。

最后还是团队里一位脾气火暴的女创始人先骂道："还跳个屁！我们公司现在简直是全行业内唯一的幸存者，再跳，往火葬场跳吗？"

没错，现在的千钟教育，是全行业唯一的幸存者！

有关部门印发的文件，要狠狠打击的就是 K12 教培领域，而千钟教育自打首席顾问智定空降之后，非但没有扩张这一块业务，甚至还抽调了不少合适的人员去开拓海外教培和成人职教业务，在一周前还将这两块业务分拆成了两家不同的公司。简直完美闪避了政策的打击！老和尚智定所规划的发展方向，甚至犹如一座炽明的灯塔，为那些被大潮倾覆的公司指出了一条可能的生路！

两个多月前，对千钟教育的策略转向冷嘲热讽之人，全都像是被人甩了一巴掌似的，傻眼一般看着优劣势瞬间倒转，再也无法说出一句话。千钟内部所有质疑的声音，也瞬间灰飞烟灭。直到这个时候，所有人才真正用正眼来审视智定，这位被林蔻蔻与裴恕联手挖来、被董天海亲自登山邀请、却只要了一块钱薪酬的清泉寺高僧！

强如张贤，也只不过是在顺势而为；可真正的智者，永远是在看风向，能从蛛丝马迹里察觉出行业兴衰的端倪，提前做出应对！智定竟是一个比张贤还要高明的人。千钟教育在大浪里逃过一劫。学海教育前段时间固然声势惊人，然而浪头打下，也不过与其他普通的教培机构一般，没有丝毫的反抗之力。

教培行业惊现如此巨变，除了金融投资广告等相关领域最为关注，便数猎头行业最为震惊了。毕竟前不久两家金牌猎头在教培行业争抢同一候选人的盛况才过去没多久，甚至就在昨天，行业论坛上还有人在嘲讽歧路现在是真的"误入歧路"了。有关部门"双减"政策一落地，整个猎头行业差点没把眼珠子瞪出来。全行业遭受毁灭性打击，可千钟教育……如果这样算，那林蔻蔻跟裴恕？

"哈哈哈，我就知道，我就知道！"拿着最新一期的报纸，看着头版头条上那用斗大黑体字印着的"教培行业剧变"的标题，白蓝站在嘉新猎头的大会议室里，只觉一身热血奔涌，恨不得昭告全天下，只把那报纸朝着会议室里公司高管、资深猎头们挥舞，"看见了？我他妈就说过，林蔻蔻不可能看走眼！被她看中的候选人，没有一个是废物！就算是输给一条狗，她都不可能输给施定青！"

会议室里，所有人瑟瑟发抖，没有一个敢接话。不同于教培行业的人关注行业大势，嘉新猎头作为四大猎头公司之一，最关注的还是本行业的兴衰。这新闻一出来，他们就知道，途瑞恐怕要翻车了——前阵子薛琳为战胜林蔻蔻、裴恕的事营销了多少，吹嘘了多少，现在就会赔出来多少，吹得越狠，摔得越重！

谁能想到上面的政策变动来得如此猛烈，不给人丝毫准备，直接发动"降维打击"呢？那原本人人都说不靠谱的老和尚智定竟然才是局内唯一清醒的人……简直把所有人的脸都打肿了。

而一手将他挖掘出来的歧路猎头，这时简直符合一切关于"伯乐"的定义。沙里淘金，慧眼识珠！更不用说前段时间途瑞和薛琳为了营销自己拉踩对手，频繁提及歧路错挖了智定的事，早将这件事传扬得人所共知，如今歧路简直都不需要任何宣传，在"双减"政策文件印发的当日，便成为所有微信群里最热门的话题，"歧路""林蔻蔻""裴恕"等字眼，绝对是所有猎头当日提及最多的字眼。

这个翻身仗，打得所有人始料未及，漂亮得一塌糊涂。只不过，作为同行，嘉新也没几个人能高兴起来。除了白蓝。

歧路打了翻身仗，她仿佛比歧路自家的猎头还要高兴，就跟今早出门喝了半斤二锅头似的，豪情顿生，突然间想起什么来，拍着会议桌便朝其他人叫嚣："我他妈突然想起来，两个月前你们还跟我打赌，跟我说千钟凉透了，歧路凉透了，现在怎么说？把老娘的钱都吐出来，再把你们输的钱交了，快点！"

"靠，这你怎么还记得？"

"几百块而已就算了吧，花都花了……"

"怎么打个赌还带反转的？"

…………

一时间，整个会议室里抱怨哀号声响成一片。谁也没想到打个赌还能在两个多月后迎来反转，可架不住暴脾气白蓝横声威胁，大家只好心不甘情不愿地掏出钱来，但心里面纷纷都把歧路，把裴恕，尤其是把林蔻蔻，拉进了黑名单里。都怪他们！要没他们，教培行业要凉一起凉，谁也别想跑，哪儿会有千钟教育这种例外？

白蓝美滋滋地收了钱，这才算扬眉吐气，完全把面子挣了回来，然后开口谈正事："教培行业突然出了这么大事，短时间内不可能有太大转机，头部企业大规模裁员已经是必然。我们嘉新在人力资源这块提供的服务一向多样，很多企业这时候管理会非常混乱，人事部门大规模裁员也未必有经验。这是我们的大机会啊。有人懂我意思吗？"

有个资深猎头秒懂："我们主动联系这些大公司，问问他们需不需要外包裁员业务！如果需要，我们帮他们裁员，安抚离职员工，不给企业找麻烦，而且顺便还能得到这些被裁员者的资料，充实数据库。今天他们被裁员，未来却有可能成为我们的候选人！"

白蓝立刻打了个响指："可以，很上道！所以我们接下来的工作重点，就是联系这些公司……"

没想到，那资深猎头竟道："我们已经联系过了。"

白蓝顿时有些惊喜，扬眉道："动作这么快？怎么样？"

对方顿时露出了个一言难尽的表情，甚至有些畏缩。

白蓝突觉不妙："出什么问题了？"

那资深猎头恨不得挖个坑把自己给埋了，小声道："头部那十家上市公司，有六家不需要外包裁员服务，剩下的四家倒是需要，但他们告知我们，说，说……"

白蓝眼皮狂跳："说什么？"

那资深猎头一咬牙，豁出去了："他们说，已经有别的猎头公司提前联系他们，谈定了裁员外包事项了。"

白蓝震惊："什么？还有人动作比我们还快？"

只是这话一出，立时就有一道灵光从她脑海中闪过，炸得她浑身一激灵，一股不祥的预感顿时冒了出来。

白蓝问："是哪家？"

那资深猎头瞅了瞅她的表情，艰难地咽了一下口水，声音细如蚊蚋："说是歧路。"

第四十一章
何喜之有

"嗡嗡嗡……"

手机在会议桌上振动起来，屏幕的来电显示上亮起了"白蓝"二字，林蔻蔻拿起手机摁下通话键，对方近乎咆哮的声音从听筒里传了过来。

"林蔻蔻，你们歧路到底讲不讲武德？都已经大获全胜了，吃相要这么难看吗？"白蓝气得差点把会议桌掀了，整个人被愤怒包围，大声控诉，"十家公司一共就四家需要裁员，你们全吃下来了！你们吃肉就连口汤都不给我们同行剩一点吗？啊！过分，简直太……"

林蔻蔻听了几秒，眼皮控制不住地跳了一下，终于还是没忍住，一个手抖就把电话挂了，顺便不太小心地将她的号码拖入了黑名单。世界瞬间变得清静了。

不用想也知道，估计是嘉新那边也瞄准了大裁员的机会，准备发一笔财。可谁能想到，这些订单早已经被裴恕收入囊中了呢？白蓝不气得跳脚才怪。

她随手把手机放回了桌上。

坐在会议桌另一头的裴恕把眉梢一挑，光看她这个波澜不惊的架势，便笑着问："白蓝？"

林蔻蔻一点也不意外他能猜着。毕竟这两个多月来，白蓝时不时就对她进行消息轰炸，怒斥她竟然输给施定青、薛琳之类的，不知道的还以为她做了什么伤天害理的大坏事需要天天被批斗呢。别说裴恕，就连孙克诚都知道了。

林蔻蔻淡淡道："不骂两句不符合她的风格。"

裴恕便纳了闷："你输了她骂两句也就罢了，毕竟是挺丢人的；可现在都已经翻盘了，又赢了回来，怎么还要骂你？"

林蔻蔻抬眸看他一眼："这不应该问你吗？"

刚才开过会后，众人都出去忙碌了，会议室里，只剩下他们两人。此时此刻，坐在她对面的裴恕，脱了西装外套，玻璃窗外通透的阳光照在他雪白的衬衫上，领口散开了两粒，惬意而随性，那深绿色的孔雀石材质的袖扣，则淡淡地晕染出一抹温润的凉意。

一副胜券已握，所以从容不迫的姿态。

林蔻蔻回想了一下，只道："难怪这两个月来你都在忙，做完董天海那一单之后，还让人搜集各大教培公司的名单，跟他们建立联系……"

一开始她还以为他是要帮这些公司挖人，开拓一下新客户。可谁承想，姓裴的竟是要帮人家裁员！这一步，就连林蔻蔻也没能料到。

从理性的角度讲，裴恕这一招玩得实在漂亮，不仅打了个漂亮的翻身仗，还玩了一手釜底抽薪，直接利用信息上的领先优势，提前吃下了这块其他公司觊觎的蛋糕，可以说直接逆风翻盘，让歧路扬眉吐气。可……

她垂着眼帘，卷翘浓长的眼睫掩盖了她幽微的情绪。

裴恕并未察觉，只道："刚开始跟他们联系的时候，谁也不相信，毕竟这些公司都在急速扩张的阶段，招人还来不及，哪里需要裁人？"

可等文件一下，事情便全然不同了。

他唇角一扯，不无讽刺地露出一抹哂笑："水淹到脖子才知道叫唤，太晚了。也不是没有其他人力资源服务公司给他们打电话联系，只是我们联系在先，又帮千钟教育挖了智定，成功避开危机，他们当然愿意选我们。裁员的订单给谁都是给，但他们人事部门也好，高管团队也罢，离开教培行业也还要生存，自然是宁愿把单子给我们，给个面子，也结个善缘。"

如今的猎头行业，还有哪家公司敢跟歧路比名声？

过去的两个月里，他们备受同行挤压，被抢走了无数客户。可就文件下来的这两天，不仅大部分离开的客户自动回流，排着队地希望恢复跟歧路的合作关系，甚至还有许多以前没接触过的公司主动打来电话询问。歧路的猎头们，前阵有多闲，这阵就有多忙。

不用想都知道，与他们存在竞争关系的那几家公司，心情好不到哪里去，尤其是施定青那边。在有关部门宣布"双减"政策之后，裴恕干的第一件事，就是叫歧路的人给施定青打电话，问学海教育需不需要专业的裁员服务，看在她面子上可以优惠打折。据说施定青被气得当场就摔了手机。

所以这两天，裴恕的心情格外畅快，此刻甚至还有闲心算笔账："头部教培公司十家有四家需要裁员服务，已经被我们拿下。可事实上我是联系了大部分员工人数在一万以上的教培公司，并且拿下了其中大部分有裁员需求的公司。光是这部分的业务收入，就能填平我们这两个月来的业务损失，并且还超出一大截……"

歧路不仅赚了，而且是赚翻了。

只是林蔻蔻听后，却慢慢皱眉："歧路的规模，很难跟四大相比。这些公司都分布在各地，我们揽下这么多裁员订单，短时间内做得完吗？"

裴恕笑了："我什么时候说要做完了？"

林蔻蔻顿时一愣。

正在这时，孙克诚推门进来，问："你俩又聊什么呢？"

裴恕便一扬手："老孙你来得正好，有个重要的任务需要你来办。"

"重要的任务？"孙克诚看他一眼，自动翻译了，"说吧，什么鸡毛蒜皮的小事。"

裴恕也不介意，只道："我有个消息，你帮我放出去。"

林蔻蔻跟孙克诚都好奇地看向他。

裴恕脸上顿时露出了狡诈的笑容，竟道："就跟外面那些同行公司讲，我们歧路手里握着大量的裁员订单，愿意跟大家以利润分成的方式合作完成。哪家要有意向，还请尽早来联系。"

跟其他几家合作？孙克诚瞬间惊得睁大了眼睛，有些不相信自己听到了什么。就连林蔻蔻都忍不住错愕地看向了裴恕。

只是她心念转动极快，片刻便明白了裴恕这一招的用意所在。一如他所言，揽下这些订单他就没打算自己做完！打从一开始，他就是打算把这些订单攥在手里，拿去搞其他几家公司的。想做大笔的裁员订单？要么跟歧路合作，要么一分钱也别想赚！

只要他手握订单，而其他公司想要从中获利，就不得不听从他的安排，乖乖就范。而合作不合作，全看他一句话。这也就是说……林蔻蔻想到这里，一抬头，果然看见对面的裴恕唇角一弯，补上一句："对了，哪家公司想跟我们合作，我们都不拒绝。但——途瑞跟航向除外。"

哪家公司都可以，但途瑞与航向除外！这作风，林蔻蔻可太熟悉了。此人姓裴名恕，但其性情哪里与"恕"字沾得上半点关系？航向抢了歧路订单，途瑞踩着歧路营销，这两个月来的仇他可都还记在心里呢，怎么可能就这样轻易放过?

林蔻蔻不由得叹道:"你这招可太狠了。消息要传出去,这两家吃不到订单都是小事,只怕不用多久便会沦为业内笑柄……"

裴恕只道:"行内四大的格局维持太久,也该变变了。"

林蔻蔻顿时觉得这话有种微妙的熟悉感。

裴恕轻哼一声,斜她一眼:"前段时间某些人还嘲讽我做公司不行?怎么,失忆了?"

林蔻蔻:"……"

记忆终于倒回。是两个多月前在清泉寺山上的某一段对话。她嘲讽裴恕做公司不行,既没能挤入"四大",也没能把"四大"扩为"五大"……然而现在,姓裴的就差没把"嚣张"两个字写在脑门上!

什么"四大""五大",再厉害再风光,想吃下这些订单,不都得看他脸色?

林蔻蔻彻底服气,怎么也没想到裴恕煞费苦心搞这一批裁员订单,竟有一部分原因在自己身上。但还别说,经此一役,航向雪上加霜也就罢了,途瑞原本在四大之列,这回必然元气大伤。假以时日,歧路还真可能取而代之。只不过……

她忽然抬起头来,望着对方,多少有些纳闷:"你既然这么厉害,说打四大就打四大,早干什么去了?"

裴恕被噎了一下,没说出话来。

但孙克诚嘴快:"早些时候的对手不是林顾问你吗?打你可比打四大难多了。"

裴恕冰冷的眼刀瞬间扎了过去。

孙克诚这才意识到说错话,立刻闭嘴,接着又堆起笑道:"当然啦,最大的原因还是我们裴顾问对做大公司规模没兴趣,绝对不是因为我们打不过你……"

不觉得越描越黑了吗?林蔻蔻有些担忧地看向孙克诚。

孙克诚越说越觉得脖子后面发凉,只疑心再被裴恕看两眼自己一会儿都不能站着从这道门里出去了。还好,这种近乎杀人的眼神并未持续多久,裴恕手机响了,是董天海那边打过来的。

文件下发,政策落地,一切的不确定都变成了确定。智定的预测是对的,千钟教育因此成了哀鸿遍野的教培行业里,唯一一个避开了冲击的幸运儿。千钟背后的投资者董天海，也成了极少数的赢家。

裴恕道了一声："恭喜。"

董天海却是长长叹了一声："有什么值得恭喜的呢？"

裴恕沉默下来，旁边的林蔻蔻也寂然无言。

是啊，有什么值得恭喜的呢？

一个万亿规模的行业，倒塌也不过一夕之间。数百万从业者惊慌失措，惶惶难安。大浪潮倾覆之下，个人的命运只如一粒沙般，微不足道……

这一仗，林蔻蔻赢了，裴恕赢了，歧路也赢了，赚得盆满钵满；但施定青输了，张贤输了，整个教培行业输了，无人能够幸免。

歧路接下大量教培机构裁员订单且开放与其他猎头公司合作的消息，是上午放出去的，到下午便几乎传遍了猎头圈。直到这时，大家才回过味儿来：什么叫卧薪尝胆，什么叫釜底抽薪，什么又叫……痛打落水狗！

既然千钟教育很早就已经预判了今天的政策改变，还做出了业务方面的调整，那作为将智定猎聘到千钟的中间方，歧路又怎么可能对教培行业的前景一无所知？裴恕这摆明了是提前布局，一轮收割。两个多月来备受非议，惨遭途瑞与航向联手打压，流失了不知多少客户，但打赢这一仗，局面便瞬间逆转。

和众多猎头公司都能合作，却独独将途瑞与航向排除在外，还公然让人放出话来！这不叫痛打落水狗叫什么？裴恕在业内素有"奇葩"恶名，睚眦必报不过是基本操作，更何况和航向有旧怨在前，更得林蔻蔻加入，眼下行事便更肆无忌惮起来。他就差举着大喇叭到处喊：我们就是要公然排挤途瑞，公然排挤航向！

四大猎头公司里其余三家，在解读出裴恕用意之后，自然难免要为途瑞和航向的命运唏嘘几声。

"一朝形势倒转就要把人逼成这样，太过了一点……"

"歧路和裴恕这一系列行为也太有针对性了。"

"是啊，有点过分。"

…………

然而大家一转过脸，却是心照不宣，赶紧找人联系歧路那边合作裁员订单，生怕慢了就无法从中分得一杯羹，落于人后。开玩笑，有钱不赚王八蛋。大家都是有KPI要完成的人，讲什么道义？嘴上同情一下就得了，行为上却是欢快地拉起了手来一起排挤途瑞，孤立航向。

两家公司前段时间还炙手可热，一转眼便名声扫地、沦为笑柄。

下午三点，途瑞的会议室里坐满了人，可安静得一点声音也听不见。外面阳光灿烂，晴空高照，里面却似乎阴云密布，山雨欲来。会议桌两旁各自坐着航向、途瑞两家公司的人。施定青赫然在列。她对面坐的是一名面相儒雅随和的男人，穿着西装，看上去情绪稳定，正是途瑞的猎头总监陆涛声；薛琳就坐在他左首边，脸色极其难看，再精致的妆容也压不住她眼底深重的戾气，不用猜也知道她心情糟透了。

两个月前，她要风得风，要雨得雨，谁能想到现在竟轻而易举地就被对手翻盘了？这两天薛琳走在公司里，感觉周围全是异样的目光。而之前由她力推的与航向联手打压歧路的计划，现在更是成了一个笑话！

最终还是施定青先开口，声音异常冷淡："到此为止吧，再合作也没有什么意义了。"

原本大家的关系也并不密切。只是因为她找了薛琳来帮她猎聘学海教育的CEO，大家才一拍即合，联手打击歧路，如今不被歧路打垮就不错了。

可薛琳好不甘心："难道就这样罢休吗？歧路这样行动，分明是有了扩张的野心，利用这次教培行业的裁员订单来排挤我们只不过是一个开始！"

林蔻蔻去了歧路，现在已经尽人皆知。而由裴恕掌舵的歧路对扩张规模一向并不热衷，可如今看裴恕的行动分明是有转向，想必是林蔻蔻的加入为歧路带来了某些改变。

一个公司同时拥有两位金牌猎头！这对其他同行来说是多可怕的威胁！

然而施定青听了她这番话后，不仅无动于衷，甚至还冷笑了一声："不然你还想怎样？继续联手阻击歧路，你有这个本事，有这个实力吗？"

薛琳震惊地看向她："你——"

施定青脸上哪里还有昔日镇定自若的优雅？一片重压之下，她早已面无表情。

教培行业的倒塌，对她来说无异于晴天霹雳。在忍受了张贤两个多月的独断专行后，换来的既不是公司估值的上升、新资本的进入，也不是公司蒸蒸日上、行业形势大好，而是竹篮打水一场空，什么也没捞着！这可是她卖掉航向好不容易跻身投资圈后投的第一家公司，竟然就遭遇了滑铁卢。之前投入的金钱、精力、人脉……全都打了水漂。没有人知道她勉强保持平静的外表之下，究竟潜藏着多大的愤怒、多大的怨憎。

眼看薛琳还在这儿不识好歹，她终于露出了自己尖刻冷酷的一面："同在清泉寺，一起待了那么多天，连对方究竟挖了哪个人走你都不知道，更不用说对对方候选人知根知底。这就是你的本事吗？"

施定青的嘲讽之意溢于言表，会议桌周围所有人都悄悄向薛琳投去目光。

薛琳的脸色顿时不能更差了。只是此事的确是她理亏，是她存在工作失误，她也不好反驳什么。

旁边的陆涛声似乎是怕吵起来，这时总算出来打了个圆场，笑着道："无论如何，我们薛总监当初为施总物色到张贤作为候选人进入学海时，施总还是非常满意的。双方签了合同，白纸黑字，猎头并没有义务为客户公司打听清楚一切情报。我想上一单 case 有关的讨论还是搁置吧。"

施定青作为航向的老总，跟陆涛声很熟了。

她冷冷笑了一声，并未接话。

陆涛声便当她是同意了，随后淡淡道："施总不想再继续两家之前的合作，我们也正有此意。既然大家都一样，那从今天开始合作便结束了吧。"

施定青当然同意。大方向敲定后她根本没多留，坐了没两分钟就直接离开了途瑞——学海教育那边的事令她焦头烂额，她哪里有闲心在这边多坐？只留下航向这边的几位高管跟途瑞商讨后续解约事宜。

整个会议完全由陆涛声主导，不再有薛琳什么事。以往还会讨好着先来问她意见的人，现在都十分默契地先问陆涛声，等陆涛声给出回复，再来询问她的意见。薛琳的话语权已完全旁落。薛琳原本就在与陆涛声争权，学海教育这一单 case 的失败却是瞬间将她推入了劣势，压得她喘不过气来。

会议结束时，陆涛声更是看似礼貌地向她提出要求："以后开会，希望薛总监都能准时到场。大家手上都有事要忙，不能总等你一个人。"

薛琳僵着一张脸出来了，在经过外面办公区时，看也不看，径直将手里的文件夹往最靠近过道的工位上一摔，扔下一句"端杯咖啡"，便直接进了自己的办公室，周围顿时一静，同情的目光从前后投来，都落到了此刻正坐在那工位上的舒甜身上。

舒甜穿着浅蓝色的雪纺纱衬衫，打着秀气的领结，被这突然扔下来的文件夹吓了一跳，待得抬起头来时，薛琳人已经在办公室里了。原本这两个月来薛琳的心情都不差，虽然至今没提过要让舒甜正式转正当猎头，但偶尔有闲心也会指点她两句。可这两天教培行业突然出事，薛琳一下就被推上了风口浪尖。今天又要跟航向的人开会……想也知道，她心情不会好。

舒甜先将那份文件夹收拾整理好，然后才去冲咖啡，只是等咖啡机的时候，却忽然有些恍惚，心中有些苦涩。她本来想趁着这段时间薛琳心情好，主动跟她提一下转正去当猎头顾问的事……现在去提的话，恐怕不会有什么好结果吧？可如果不提的话……舒甜悄悄拿出自己的手机，看了一眼银行短信，上面显示着上个月的到账工资。接触不到 case 的助理顾问，每个月几乎只有一点微薄的底薪。

舒甜犹豫了很久，可在端起咖啡的那一瞬间，她悄悄握紧拳头，在心里对自己说："不能等了，别害怕，试一试！"

她端着咖啡，敲门进了薛琳办公室，尽力让自己脸上露出笑容来，可又不至于太过，以免引起薛琳的反感："薛总监，咖啡好了。"

咖啡放到了桌上。

薛琳坐在桌后，神情阴晴不定，脑海里不断回响着会议室里施定青与陆涛声的字字句句，端起那咖啡来，刚看了一眼，便不耐烦道："拉花都坏了一个角，这么久了你怎么连个咖啡都冲不好?!"

她随手就把咖啡撂在了桌上。

舒甜猝不及防，刚冲好的咖啡液溅到了她的手臂上，烫得她缩了一下手。脑袋里原本在盘算要说的话，顷刻间忘了个干净。她愣愣地望着薛琳。

薛琳一看火气更大了："笨手笨脚的你到底能做好什么？端茶递水这样的工作，公司里的保洁都能做得比你好，要你有什么用？"

这是她惯常说的话，以前虽然不会这么过分，但大概意思也相差不远。

舒甜向来都是逆来顺受。今天也一样，她咬着嘴唇，低下头来，小声说着"我再去冲一杯"，然后将桌子收拾干净，转身走出门，想如往常一般将自己的委屈和不平都压下来。可或许是那些情绪积压久了，太久没得到疏解……它们聚集起来，在她心中冲撞。

两个月前，清泉寺的某个夜晚，几句柔和的话语，不期然又回荡在耳旁。

"受了很多委屈吧？"

"请你记住，她之所以选择了你，是因为你本就有价值。"

舒甜走到了门口，却没忍住，悄悄伸手，捏紧了衣兜里那张已经被她看过无数遍甚至已经能背下来的名片，然后在心里问自己：就这样了吗？就这样了吗……

脚步彻底停了下来，站在门前，她如同一尊凝固的雕像。

薛琳一抬头就看见她，不耐烦道："还不出去干什么？"

舒甜用力闭了闭眼，忽然转过身来，直视薛琳："薛总监。"

薛琳一怔，皱眉："你有什么事？"

舒甜第一次抬头挺胸，站得笔直，也第一次如此勇敢而直接地开口："我是笨手笨脚，做不好端茶递水的工作。可我入职不是做公司保洁，而是助理顾问，端茶递水本来就不是我的工作，不是吗？"

薛琳眼角顿时抽搐了一下。

她从舒甜的态度里敏锐地察觉到了某种信号，这让她心中的不快瞬间升腾起来，言语甚至比先前还要尖锐："你刚进公司有什么本事，又能做什么工作？我不过就是看中你细心能当个助理，留你在公司已经是我大发慈悲，你还想要什么？"

不过就是看中你细心能当个助理……

舒甜看着她，好像终于明白了什么："所以您招我进公司，就从来没想过要让我成为顾问，是吗？"

薛琳冷冷地看着她没说话。

舒甜于是知道了答案，或者说在问出这个问题时，她心里就已经清楚，甚至笑了一下，竟道："谢谢薛总监，我明白了。"

说完她转身便将那杯洒掉的咖啡扔进垃圾桶。

薛琳震怒："舒甜，你什么意思？"

舒甜没有回答，只是拉开门走了出去，直接向人事部门递交了辞呈。

一条陌生号码的短信发进了林蔻蔻的手机，她拿起来看了一眼，眸底便乍现一抹精光，随后便控制不住地笑了起来。两个月才想清楚……她险些以为自己这把金锄头不好使了，还好今天有了结果。

直接用最快的速度给了肯定的回复，林蔻蔻抬起头来对孙克诚道："我这边有个人明天来面试，可以吗？"

孙克诚也没多想："林顾问看中的人直接来就是了，面试就是走个过场，当然可以。"

现在是在他办公室。林蔻蔻坐在对面，等着他沏茶喝。裴恕则又恢复了往日那无所事事的样子，手里拿了一沓扑克牌，再次祸害起孙克诚办公室的垃圾桶来。

只是当听到他们这段对话时，他一挑眉，回头看了林蔻蔻一眼。她唇边带着再明显不过的笑意，点缀得她整张脸都光彩照人起来。

裴恕略略一想便猜到了："挖个小助理，这么高兴？"

林蔻蔻难得有耐心地纠正："请叫人家助理顾问。"

孙克诚一头雾水。

裴恕却是冷哼一声，突然露出幸灾乐祸的表情来："这回薛琳算是赔了夫人又折兵，单子砸了，助理跑了，在公司里恐怕更不好过，毕竟陆涛声已经忍了她太久……"

林蔻蔻道："他是捧杀薛琳，现在总算到收网的时候了。"

裴恕道："我记得在机场的时候，就是他把薛琳的行踪告诉你的吧？借你的刀，杀他的人，不简单……"

林蔻蔻却不太在意，只淡淡道："好人的手段要不比坏人更高明，又怎么能坐稳属于自己的位置呢？"

裴恕忽地静默，眼带审视地打量着她。

林蔻蔻却是忽然看向了窗外办公区："那些人是干什么的？"

孙克诚顺着她目光看去，便看见了办公区正在跟孟之行、叶湘沟通的几个生面孔，于是"哦"了一声，解释道："是基金会的人。之前不是以智定师父的名义设立了一个基金会吗？现在正好派上用场。教培行业这轮裁员来得又急又快，很多人刚刚被裁估计找不到出路，由基金会提供一部分资金，再跟人社局那边要点官方扶持，在裁员之后给大家提供一些就业辅导，以及职业生涯分析，可能会好一些……"

林蔻蔻微微一怔，接着便笑起来："那挺好。"

孙克诚却是有些奇怪，觉得她这两天对裁员的事情似乎颇为关注，只不过还不待开口问，手机里就蹦出来一条新消息。

他一看，便叹了口气，忽然道："我看航向和途瑞也未必那么快就会完蛋，人家血厚着呢。"

林蔻蔻好奇："怎么了？"

孙克诚耸耸肩，道："没什么，猎协的消息，让我下周去 RECC 大会露个面，我们公司虽然没人参加，但要开幕了，还是得去一趟给个面子。"

RECC 大会……

林蔻蔻这时才想起，眨眼便是两个月过去，大会也该开幕了，笑着道："虽然薛琳名声垮了，但这届要没意外的话，应该还是她的赢面比较大。"

孙克诚笑起来："她算什么？林顾问你可拿了两届金飞贼，如果不是因为去年……"

说到这里，他忽然自动收了声。

如果不是因为去年离开航向，签了竞业协议，业内所有人都认为，她只要参加，将毫无争议地成为 RECC 大会创纪录的首位金飞贼奖三连庄获得者！

但……没有如果。

林蔻蔻静默片刻，轻敛眼帘，淡淡笑了一下，只道："就是个大点的行业聚会而已，什么金奖银奖，不过就是大家一块儿玩游戏搞出来的噱头罢了，也没什么可惜的。"

孙克诚顿时松了口气，笑起来："也是，也是。"

裴恕却是微不可察地蹙了眉，盯着林蔻蔻打量了许久。

林蔻蔻抬头："有事？"

裴恕忽然问："上回猎协主席陈志山托你来问我是否参加 RECC 大会？"

林蔻蔻一怔："是。"

裴恕直接道："让他打我电话。"

下午五点，RECC 大会微信群。

因为下周大会就要举行，为期一周，群里发布了新的公告，让这届要参加的猎头顾问提前安排好自己的行程，所以往日潜水的很多人都冒了头，在群里面有一搭没一搭地交流起来。约饭的约饭，约酒的约酒，气氛异常和谐。

可忽然间，群聊界面就蹦出了两条消息提醒：

"林蔻蔻"邀请"裴恕"加入了群聊。

"裴恕"与群里其他人都不是微信朋友关系，请注意隐私安全。

又进来新人了啊，没事，继续聊。

等等！

谁进来了？

再把那名字仔细看上三遍，大家总算看清楚了。

原本热闹的群消息忽然像是被人按下了暂停键，不再刷新。连把人拉进来的林蔻蔻都不知出于什么原因，没有说话。整个群内，顿时鸦雀无声，死一般寂静。

第三卷

金飞贼

第四十二章
高调挑衅

　　林蔻蔻拉人进去之后原本是打算说几句的，只是现在看着群聊界面上第二条提示，忍不住嘴角抽搐——"裴恕"与群里其他人都不是微信朋友关系，请注意隐私安全。

　　RECC 这个群里可是会聚了全国各地大部分的精英猎头啊，但凡是个业务能力过得去的，必然和群里某几个人有好友关系。像林蔻蔻这种在圈内人缘一向不错的，更是和群里大部分人都熟识。可裴恕……一个也不认识，和谁都不熟？这意味着什么？

　　林蔻蔻眼皮跳了一下，看了旁边沙发上面不改色的裴恕一眼，心中已生起一股不祥的预感。果然，她再一低头，微信就炸了。

　　RECC 的群聊里面依旧安静，但林蔻蔻的私聊界面，忽然间冒出了数十条红色的新消息提示，熟的不熟的都有。众人都震惊于她竟把裴恕拉进了群，就连四大猎头公司那几位都没绷住。

　　Eric Wu– 同辉国际：Are you serious？ Why！（你认真的吗？为什么！）

　　黎国永 – 锐方：啧，屠龙者终成恶龙啊，你跟裴恕总算是狼狈为奸了，有好戏看喽！

　　陆涛声 – 途瑞：……

　　当然，情绪最爆炸的，非白蓝莫属。

　　白蓝 – 嘉新：有什么大病吗？你拉他进群干什么！

　　白蓝 – 嘉新：自从去了歧路，你脑袋好像都不对劲了，歧路是有什么降智buff（增益）吗？

白蓝－嘉新：他在业内名声到底有多臭你难道没听说过？

白蓝－嘉新：救命啊！救命啊！！！

文字消息后面，还跟了一个抓狂的表情包，林蔻蔻光看着屏幕都能感受到她天塌地陷一般崩裂的心态，于是没忍住又看了裴恕一眼。这位到底是干过多少伤天害理的事，在业内口碑竟然差成这样？

林蔻蔻哪里知道，裴恕在猎头界的名声，完全不输给她在 HR 界的名声。如果她是大家公认的 HR 公敌，那"猎头公敌"这个称谓，裴恕当之无愧！早在看见"裴恕"两个字时，不少人心态就已经炸了，没忍住骂出声来。

不怪大家没礼貌，实在是姓裴的做事太过分——抢客户、抢候选人这种事，在业内并不鲜见，裴恕做了本也没有什么。可过分就过分在，他在做这种事时使的手段太离谱！

如果是抢客户，一般猎头都是各凭本事，抢不到就算了，可裴恕不会，他想做的职位一定会拿到手。

假如客户方的 HR 不愿意找他合作，他甚至会越过 HR 直接跟这家公司的老板接触，先游说老板炒了原 HR 的鱿鱼，再给老板推一位新的 HR，新 HR 入职之后自然和他关系更近，愿意把客户公司的订单交给他来做。

就连抢候选人，他也有令人震惊的操作。

业内流传最广的一件事，便是如今吉利网络的首席技术官王希入职的事。当年王希不愿跟他接触，执意要入职另一家游戏公司，裴恕没拦他。但在王希入职之后，他便接了为那家游戏公司猎聘高管的订单。没多久，裴恕就为游戏公司物色到了一名可以替代王希的高管，要的薪酬还比王希低。王希甚至连试用期都没过，便被迫卷铺盖走人。最后能怎么办呢？王希不得不接受裴恕的猎聘，以高薪入职了他最开始拒绝的吉利网络，但入职之后的整整一年，他几乎逢人便要痛骂裴恕一顿。从此，裴恕不择手段的恶名广为传扬。

这么多年，跟他交过手的猎头不计其数，个个对他恨得咬牙。歧路又不像当初的航向，裴恕更不是当初的林蔻蔻。航向是经常参加各种活动的，林蔻蔻待人接物都有一套，在圈内资历深，人缘极好，就算平时跟别人有竞争，但撇开业务坐下来也能当朋友。歧路参加过的活动屈指可数，裴恕更是不与业内其他猎头交往，有人私底下遇到他想加个微信，他都会无情拒绝，可以说是独行侠一个，谁也不搭理，人缘能好才见了鬼。

只有交锋，没有交流；只有结仇，没有结缘。时间一长，可不就到处树敌、遍地仇人？

在白蓝看来，林蔻蔻是失了智："姓裴的人嫌狗憎，你在圈里什么名声什么资历，犯得着亲自拉他进群？"

林蔻蔻万万没想到，裴恕在行内居然混到这种人人喊打的地步，看着白蓝这条消息，她半天没回过神来。

刚才裴恕一句让陈志山打他电话，把林蔻蔻和孙克诚都震在了当场。人家猎协主席，你就这态度？可林蔻蔻一看裴恕那架势，便知道这人实在是打心眼里没把猎协当回事，干脆没说什么，自己换了一套委婉的说辞将裴恕的话转达给陈志山。

谁能想到，陈志山竟激动万分："太好了，真的吗？我这就打！"

林蔻蔻还没反应过来，裴恕那边手机就响了。他走出去接了电话，两个人到底聊了什么，谁也不知道。

反正走回来的时候，裴恕抬起眼帘看她，就对她说了一句："拉我进群。"

这时候进 RECC 大会的群，是想干什么？林蔻蔻想到这里，不由得打量着裴恕。裴恕这会儿正低头看着自己的手机，进群后他没干别的，先把群成员列表拉出来看，也不知道是看到了谁的名字，突然饶有兴味地笑了一声。看得差不多了，才点回聊天界面。

然后他眉梢一动，举起自己的手机问林蔻蔻："这群里都没人说话的吗？"

林蔻蔻心说人都找我私聊骂你呢，群里当然没人说话。只是她面上却微微一笑，道："可能还没下班，在忙吧。"

只是话音刚落，一条新消息就冒了出来。

猎协主席陈志山兴高采烈地向所有人介绍裴恕："这位是歧路猎头的裴顾问，我想大家应该都知道他，就不用多介绍了。我们非常荣幸，这届 RECC 大会能邀请到歧路猎头，欢迎加入！"

什么，这届 RECC 大会歧路要加入？

林蔻蔻顿时一愣，群里其他看见这条消息的人更是大吃一惊。谁不知道歧路猎头以前从不参加 RECC 大会，现在突然说要加入？众人的心情瞬间不美好了。RECC 大会除了涉及名声，涉及各家公司、各位猎头的江湖地位，其实也跟各大用人单位有联系，许多客户会选择跟大会的优胜者合作，能给各家公司带来一部分订单。歧路要加入，那岂不是多了个强力的竞争对手？而且……下周大会就要举办，歧路这周才宣布加入？

白蓝对姓裴的意见一向很大，更兼心直口快，直接在群里质疑："歧路加入 RECC 大会？这不合适吧。大会相关的报名邀请两个月前就已经结束了，@

陈志山@裴恕，活动章程上可没写这时候还能加入吧？"

其实这个大会，多一家公司少一家公司都无所谓，单纯是因为裴恕太招人恨了。要让他进了大会，那还开什么？气都气饱了！

白蓝只不过是找个由头拒绝姓裴的加入大会。

众人都是差不多想法，只是没说出来。现在白蓝说了，他们也就不必说了，等着看陈志山解释。

可万万没想到，陈志山没说话，那姓裴的却忽然冒出来一句："你谁？"

全体群成员："！！！"

这可是嘉新的王牌猎头白蓝啊，一向以暴脾气著称，以前在业内就不知抨击过裴恕多少次！再怎么独行侠，还能不知道白蓝？故意的吧。姓裴的一定是故意的吧！

就连林蔻蔻看了这两个字都没忍住眼皮一跳，抬起头来幽幽注视着裴恕，却见此人发了那极其挑衅的两个字后，嘴角竟挂着异常悠闲的弧度，在注意到她的眼神时，还冲她笑了一下。笑了一下？林蔻蔻可算知道这祖宗在行内为什么混成这人人喊打的狗样了！

论拉仇恨的本事，他裴恕要认第二，没人敢认第一！

果不其然，白蓝本就火药桶脾气，一下就被点着了："厉害，不愧是歧路的裴顾问！谁来也不放在眼里，这届 RECC 大会怕不是已经要把金飞贼收入囊中了吧？要不我们几家联合一下，现在就给你们让路？"

白蓝一番阴阳怪气。

可裴恕完全不受影响，慢吞吞打字："你对我们这时候加入 RECC 大会有意见？"

白蓝冷笑着回："林蔻蔻要想加入，我什么意见都没有；但你要加入，我就有意见。我代表嘉新抗议！"

裴恕挑眉："哦，嘉新啊。"

白蓝看见这几个字，不知为何感觉后背凉了一下。

裴恕不慌不忙地打字："想起来了，我们两家最近是不是有教培裁员的单正在合作？好像还有点细节没商量好，白顾问在就太好了，我让老孙重新跟你谈谈？"

白蓝："……"

光顾着喷姓裴的，她都忘了两家现在还有合作！最近教培行业裁员的订单

473

几乎都被歧路吃下，其他几家想合作都得找歧路，嘉新这边也是好不容易才谈了个不错的条件。现在说重新谈谈？这不明摆着威胁她吗！

"卑鄙，无耻！"白蓝坐在自己的办公室里，对着手机没忍住骂出了声，"陶渊明不为五斗米折腰，我能为了这几个订单就向你低头？"

白蓝-嘉新：我突然觉得歧路加入也挺好的。怎么说也是我们行内有头有脸的公司了，有你们加入，大会肯定更精彩。喀，合作细节什么的，我们早就跟孙总那边谈妥了，没什么要再谈的了。

好家伙，滑跪只在一瞬间！

白蓝发完消息，也深深唾弃自己，心里仿佛有个小人儿哭得泪流满面。可有什么办法呢？这就是生活啊。总之，在她这一通身先士卒的表演之后，大家都纷纷想起了自家跟歧路的合作。尤其是那几家大公司，几乎都从歧路那边吃下了数量不等的裁员订单，这会儿全都冒了出来，一个比一个好说话。

陆涛声-途瑞：歧路加入是挺好的，林顾问也会回来吧？

Eric Wu 同辉国际：欢迎加入！

黎国永-锐方：呵呵，是白顾问没看仔细，大会章程最后不是写了吗？"活动解释权归大会主办方所有"。歧路加入虽然晚了点，但也没什么问题的。

好歹都是业内王牌啊！一个个这么能屈能伸，都不挣扎一下吗？尤其是黎国永……这老东西为了自家跟歧路的订单，竟然连大会章程里的这句都能找出来！

林蔻蔻看着这一片消息，陷入了沉默。

眨眼之间，群里全是恭喜欢迎之声，再也没人提意见了。

裴恕十分满意地收起了手机，对她道："搞定。这什么大会你应该很熟了吧？准备一下，我们下周就去。"

林蔻蔻皱眉道："我刚才就想问了，之前不是说不赚钱的事你都不想掺和吗？现在怎么改主意了？"

裴恕道："没钱但有名啊，能提升下歧路的知名度也不错。"

林蔻蔻不信："你要在乎名，会混成这人嫌狗憎的样？"

裴恕："……"

林蔻蔻问："为什么？"

裴恕望着她，静默片刻，反问："你难道不想去吗？"

林蔻蔻忽然怔住，抬眸回视他。

然而他很快转过了脸，避开了她的目光，只看着现在站在外面跟孟之行、叶湘交代事情的孙克诚，轻哼道："再说，老孙跟我念叨好几年了，今年他都把你挖到歧路了，要是还不让他去玩玩，他肯定天天在心里骂我。"

林蔻蔻许久没有说话。

她就这么看着他，直看到裴恕浑身不自在了，才慢慢笑出来："孙克诚知道你突然这么有良心，对他这么好吗？"

裴恕咳嗽一声，故作镇定："那不重要。"

歧路也要参加今年的 RECC 大会！

在裴恕进群以后，消息便像是长了翅膀一样，传遍各大猎头公司。毕竟以前的歧路，以"边缘"闻名，从来不参加各大活动，更不试图融入主流。现在竟然要参加大会？各家都难免有些自己的猜测，但在听闻这消息的瞬间，所有人脑袋里冒出来的第一想法，却是出奇地相似——狼来了。破天荒要参加RECC 大会，绝对代表着歧路内部发生了战略转向，有某种野心要实现！

懂得未雨绸缪的公司，已经开始暗自研究起下周大会要怎么对付歧路；而在外面，歧路正因为千钟教育那一单处于话题度居高不下之时，参加 RECC 大会的消息一出，便如火上浇油，让业内人士讨论的热情越发高涨。

已到下班时间，可坐在外间的猎头顾问们几乎没人离开自己的座位，纷纷用一种奇怪的表情看着自己的通信软件，然后便忍不住跟其他人交头接耳，窃窃私语。连孟之行和叶湘都不例外。两人位置正对着，这时抬起头来，对望了一眼。

叶湘小声问："你也收到了？"

孟之行点头，犹豫了一下："但这，应该不太可能吧？"

叶湘想了想："老大什么性格我们还不知道吗？说他在什么地方把猎协主席臭骂一顿跟人打架了我都信，参加大会……这谣言传得也太离谱了！"

孟之行不屑道："他们对老大一无所知！"

只是说完这句话，他沉默了半晌，忽然叹了一口气，竟是带着点惆怅，道："要是真的就好了……"

叶湘也像是想到了什么，跟着叹了一口气："是啊，要是真的……"

"谁说不是真的？"

她话音尚未落地，身后便有一道冷哼传来。

叶湘和孟之行都是一惊，回头就看见裴恕一手插兜，从孙克诚的办公室里走出来，斜着看了他们一眼随口道："手里的工作都尽快处理掉，下周大会开幕，留给我们准备的时间不多了。"

两人顿时瞪圆了眼睛。办公区域内其他人更是齐齐抬起头来，露出了不敢相信的表情。

多少年了？公司里不是没有人期待过 RECC 这种行业盛会，可裴恕就是不爱这种场合，而且歧路的规模一直不大，在猎协跟航向竞争理事会席位失败以后，对这类活动更是敬谢不敏。别说主动参加，就是一个眼神都欠奉，所以大家多少都已经习惯了。

习惯了不合群，习惯了当例外。

可每回看到其他同行转发大会的相关新闻时，大家虽然都知道参加这大会对歧路没什么用处，可心里多少还是会冒出点酸气，羡慕人家公司在这种会上摆的排场、出的风头。现在老大竟然说他们今年要参加大会?!

"真的假的？太好了！"

"我们居然要参加大会！"

"我就知道今年和往年不一样！"

…………

短暂的安静之后，整个办公区忽然被欢呼与尖叫声淹没。叶湘跟孟之行都露出了惊喜的表情，紧接着便是掩不住的兴奋，甚至没忍住跳起来相互击掌。

林蔻蔻跟在后面也从办公室里出来，看见这场面，不由得笑了一下，向裴恕道："看来这决定做得还不错？"

裴恕注视着欢呼的人群，微不可察地弯了一下唇角，只是话说出来却是："一帮叛徒！"

以前嘴上都是"老大不想参加我们当然也不想参加""那 RECC 大会有什么了不起，我们忙着做单才懒得去呢"，现在就知道个要参加的消息，高兴成这样。敢情以前都是装的！

孙克诚刚才一直在办公室外面，还不知道裴恕已经干完了进群、嘲讽、挑衅、威胁等一系列的烂事，乍听这消息顿时乐不可支，快步走了过来，一拍裴恕肩膀："祖宗，你竟然愿意参加大会了，哪根筋突然不对了？以前我跟你说过好多年，也没见你同意……"

裴恕眼皮顿时跳了一下。林蔻蔻就站在旁边，面带一种十分微妙的微笑看着他。

还好孙克诚没有深究，话锋一转便道："不过现在才要参加，会不会有点晚了？准备工作怎么做也不知道。我们以前从来没参加过，没有半点经验……"

裴恕心里不爽，只道："怎么准备回头问陈志山就行了，再说……"

他看了林蔻蔻一眼："有林顾问在，两届金飞贼得主，各种规则应该很熟悉，不会有什么问题。"

林蔻蔻一愣："等一下，我？难道你就什么也不管了？"

裴恕理所当然道："对啊，剩下的事不都有你吗？开大会又赚不了什么钱，我到时去露个面意思一下就行了。那什么金飞贼奖，交给你了。"

林蔻蔻："???"

金飞贼奖靠她？参加大会竟然还有想当甩手掌柜的！

她不由得质疑："你是认真的？"

裴恕考虑了一下："如果你跟老孙放心让我为这场大会做点什么工作，贡献点什么力量的话，我其实也不是不可以答应……"

林蔻蔻突然间想起了他在群里对白蓝的那一句"你谁"。

孙克诚显然更清楚裴恕的杀伤力，瞬间打了个激灵，反应极快，赶紧摁住他的手："不不不，不用了。像开大会这种鸡毛蒜皮的小事，怎么能劳动你来呢？你就开会的时候来露个面，当一下吉祥物就够了。剩下的交给我和林顾问，绝对不让你操心！"

开玩笑，要让裴恕负责跟大会各方接洽联络，别说他那"猎头公敌"的恶名了，只怕连歧路都会被他带累，成为行业公敌！好不容易有个走出去跟大家交流的机会，孙克诚可不想搞砸。话说着，他接连给林蔻蔻使眼色。

林蔻蔻幽幽地看了裴恕一眼，心想："要不要告诉孙克诚，他现在担心这个，已经有点晚了？"

只是现在说出来，好像也没什么用了。她终究没说什么，默认了孙克诚的安排，就这样接下了为 RECC 大会做筹备的重任。

"歧路今年之所以决定参会，肯定还是因为林蔻蔻，连人都是林蔻蔻拉进群的。"

已是下班时间，锐方猎头办公的那一层楼里却没几个人走。年将五十的黎国永头发白了半边，正端着自己的保温杯，站在玻璃墙后，笑眯眯地看着外面还在加班忙碌的猎头们，话却是对着身后沙发上坐着的青年说的。

"前阵子我已经把锐方这边的参会名单报上去了，但这次事发突然，你这边如果有什么顾虑的话，我可以单独跟陈志山打个招呼，把你的名字勾掉。"

天色将晚，长日将尽。办公室里开了灯。薄暮微红的光从落地窗外铺到青年的脚边，他整个人却被室内冷白的光线打着，隽秀的面孔上没有什么温度，只是垂眸看着手机，手指一点点滑过群里的聊天记录。

林蔻蔻没有在群里说一句话。只有那个姓裴的跟白蓝对线了几句。他将聊天记录上滑到尽头，便停了下来，静默地注视着那一句"'林蔻蔻'邀请'裴恕'加入了群聊"，许久不语。

黎国永回头："贺总监？"

贺闯慢慢放下了手机，这才回道："不用。"

黎国永踱步回来，只用一种等着好戏上台的眼神打量他，道："真不用吗？歧路既然要参会，林蔻蔻都跟裴恕一块儿做千钟教育那单 case 了，想必合作得还不错，这种场合她不会不出现的。我好不容易才挖了你过来，这不是怕你到时尴尬吗？"

毕竟是故人相见，而且还是关系不太一般的"故人"。

然而贺闯并没有什么特别的反应，只是淡淡一掀眼帘，看向黎国永："你千辛万苦挖我到锐方，等的不就是这一天吗？"

黎国永看他半晌，终于不太好意思地笑了出来。

他年纪大了，乍看是一副慈和长相。

可按林蔻蔻往日的评价，是黑心肠埋在肺腑里，不择手段老狐狸一只，越是瞧不出来的越是阴险，此人唯恐天下不乱！

此刻黎国永一笑，便透出几分狡诈的味道。

他假惺惺道："哎，你这么一说，我都有点迫不及待了……"

贺闯没有再接话。无人触碰的手机屏幕，也终于渐渐暗了下去，将群聊界面那一句扎眼的提示盖住。然而脑海里回荡的，却是晚樱开过的深夜里，那温柔又冷酷的话语——你是我的下属、晚辈，而我这个人……不喜欢往身后看。

"姓裴的竟然愿意参加大会了？"夏夜的露台上，许久不见的赵舍得换染了一头绿毛，此时此刻没忍住惊呼出声，"太好了，那你岂不是能重出江湖，正式杀回猎头圈，再给航向一点颜色瞧瞧？"

林蔻蔻靠在露台栏杆边，纤细的手指松松拎着一杯白葡萄酒，俯瞰着逐渐在夜色里亮起的霓虹灯光，神情里是难得的惬意与放松。只是听见赵舍得的话后，她却少见地并未表示附和。

赵舍得奇怪："怎么了？"

林蔻蔻收回目光，轻轻转着手里的酒杯，注视着里面晃动的酒液，回想着这两个多月来发生的桩桩件件，尤其是裴某人当时故作镇定的表情。

　　她慢慢道："航向对我来说，可能已经没有那么重要了……"

　　赵舍得顿时惊讶地瞪圆了眼睛。

　　林蔻蔻却只是一笑，喝了口酒。

　　这天深夜，赵舍得走后，她站在露台边，吹了许久的风，终于还是没忍住，回了书房，打开了那尘封已久的抽屉，里面静静躺着一个长方的黑丝绒盒子。她轻轻掀开锁扣，便听得"啪"的一声，盒子自动打开。里面端端正正地并排放着两颗金色的圆球，圆球两边伸出两片薄薄的银色羽翼，室内的光线落在它们表面镂刻的花纹上，便折射出一片璀璨而动人的流光，带着一种惊人的美感。

　　两只金飞贼！

　　林蔻蔻的手指轻轻抚过它们光滑冰冷的表面，然后落在了它们右侧，久久未动。那里凹陷下去，是盒子里尚未被填满的一格。

第四十三章
猎头恋爱攻略

　　自裴恕在公司里亲口确认了歧路会参加下周 RECC 大会后，所有人工作起来仿佛打了鸡血，恨不得立刻关掉手上所有在做的职位，否则如何能争取到大会本就有限的参与名额？

　　众人对大会的流程自然一窍不通。但林蔻蔻曾带领航向参加过两届大会，一应手续早就烂熟于心，在猎协人脉又广泛，从准备公司宣传资料到提交也就花了两天时间，公司参会名额暂定为 12 人，由歧路这边自己讨论决定。孙克诚给她打下手，全程叹为观止。

　　裴恕却是心安理得地当他的甩手掌柜，还真从没过问过一句，只处理他教培行业那边的裁员订单，一心搞钱，从无旁骛。

　　只有舒甜来面试的那天，这位祖宗破天荒地扔下了手里的工作，从办公室里溜达出来，进了会议室，冷眼看着那多少有些忐忑的小姑娘，一脸挑剔。

　　舒甜被他看着越发紧张，说话都有些磕巴起来。林蔻蔻不免皱了眉，等了有几分钟，看裴恕抄着手戳在那儿跟只幽灵似的，一点也没有要走的架势，终于忍无可忍，将他轰了出去，面试才得以顺利进行下去。

　　舒甜的为人和能力，林蔻蔻早在清泉寺时就已经了解，只着重询问了一下她从途瑞离职的经过。只是舒甜也没多讲，甚至没说薛琳一句坏话。光这一点，就得到了孙克诚很高的评价。

　　毕竟两个多月前她没答应林蔻蔻，如今却答应了，中间一定是出了不少事，而且众所周知薛琳也并非一个好脾气的上司。可她却能对前东家三缄其口。从用人单位的角度来说，这样的员工用着安心。

面试毫无疑问地通过了。林蔻蔻讲究效率，当天就让舒甜办理了入职，并且将手里某一单 case 里和其中一位候选人沟通的情况交给了舒甜，让她分析一下这位候选人的情况，是否值得跟进，对方对这个职位是不是真的有意愿，作为猎头他们要把这个人放在什么优先级。

这是为了测试舒甜的能力。

林蔻蔻本以为她跟在薛琳身边，即便有不错的学习能力，耳濡目染，但无法真正接触到业务，骤然让她做这么一份分析，肯定免不了手忙脚乱，第二天下午能交上来应该就算快的了。可她没想到，当天下午分析就发到了她邮箱。林蔻蔻打开来一看，未免吃了一惊，这份简短的报告不管是从模板格式还是内容所突出的重点，竟然都跟她在航向时所使用的大差不离，而且提供的这个参考结论……

她考虑了片刻，也不浪费时间，直接把舒甜叫到了自己的办公室："你效率很高，是在途瑞就做过类似的事情吗，这份报告的模板也是途瑞使用的吗？"

舒甜还不知道自己这份"答卷"交得如何，两只手紧紧攥在身前，道："以前没有做过。报告的模板不是途瑞的，是上回在清泉寺时，施总给薛总监发过一些您当时在航向做过的 case 的资料，我正好经手帮忙处理。这次做候选人分析，考虑到您看起来可能更习惯方便一些，所以直接参考了一下这套模板。"

林蔻蔻闻言，有片刻的沉默。

舒甜呼吸急促，因为她不能从林蔻蔻的脸上判断出自己的决定是否正确，明显有些紧张起来，涩声补充道："如果您不喜欢这套模板，我将来会进行更正。"

"不……"林蔻蔻回过神，笑起来，"这套模板就是我自己做出来的，当初用着很顺手，只是很久没看到，没想到你能考虑到这一步，很有心了。"

舒甜这才松了一口气。

林蔻蔻又问："结论呢？我看到你写的结论判断是，这名候选人极有可能并非对客户公司提供的职位感兴趣，不建议向客户公司重点推荐该候选人，就算要推荐也得留后手，随时准备好其他候选人。为什么？"

这还是第一次有人如此认真地询问舒甜关于业务方面的判断，而入职第一天就让她做这个分析，显然林蔻蔻是要她来做猎头顾问的。舒甜眼眶莫名地一红。她顿了片刻，按捺住因心跳过快带来的紧张后，才说出了自己的判断：

"我看过了您给的和候选人沟通的情况记录，对方现在还在公司内任职，对客户公司提供的机会表现得非常积极、用心，面谈、电话、提供简历之类的都很配合，感觉对方好像很想拿下这个职位。但是在我们的猎头顾问问到他在目前的公司里有没有内部晋升机会的时候，他直接回答了没有，完全没有，太笃定了。而且从您给的资料来看，无论是薪酬待遇还是职业发展方向，他好像没有非离开原公司不可的理由。按理说，我们提供的职位机会对他来说吸引力应该没有这么大，不至于让对方积极配合到这个程度……"

完全抓住了关键。

林蔻蔻眼神里带着一点鼓励，笑望着她："所以，你还有更深入的判断吗？"

舒甜先是一愣，可抬眸便接触到了她的目光，也感受到了那份认可和鼓励，于是壮着胆道："我觉得很有可能，候选人想跳槽客户公司是假，借客户公司给他开出的条件赢取内部的升职机会是真……"

"大部分候选人对猎头并不完全信任，沟通中对自己的信息和计划有所保留很正常。猎头需要做的就是不断想办法判断并确认候选人的真实情况，尤其是对方跳槽的动机和对职位的真实意愿。"对舒甜提交的这份"答卷"，林蔻蔻相当满意，"舒甜看上去还有点怯场，但她做出的判断非常准确，可能是因为以前所处的位置低，所以对人心幽微之处非常敏锐，干我们这行很有前途。"

临近下班时间，工作处理完毕，现在她已经习惯了在孙克诚这里蹭一杯"下班茶"。裴恕这时也在。林蔻蔻便说了一下舒甜的考核情况，还有意看了裴恕一眼，为的就是用事实堵上这位祖宗的嘴。

只不过裴恕看舒甜不顺眼哪里是因为舒甜能力不行？之前在清泉寺，林蔻蔻鸽了他只为去挖舒甜的操作他还历历在目呢。

他懒洋洋道："怯场本身就是很大的问题了。我看你有工夫专门测试她，还不如想想你这边大会的时候要带谁去。袁增喜？"

大会参与名额12个，按理说裴恕跟林蔻蔻应当平分，各自挑选自己手下的人去。可就算这两个月招进来一些，林蔻蔻手底下的人也不太多。所以最终是留了两个人的名额，看她愿意带谁去。

林蔻蔻原本是想自己去就行了，可裴恕不答应。自打上回在清泉寺跟薛琳狭路相逢，看过了对方那到什么地方都带个助理，连进会议室都有人先帮忙把椅子拉开的排场之后，他心里就挺不爽。

这次可是歧路头回参加 RECC 大会。

裴恕的原话是："你的面子不重要，但我的面子很重要。你一个人都不带，有些人说不准觉得你过气了，来歧路不得志。你是歧路的准合伙人，还是孙克诚亲自挖进来的，你丢脸就是歧路丢脸，就是老孙丢脸，也就是我丢脸。什么都能输，面子不能输。"

想起这些，林蔻蔻嘴角便不由得轻抽了一下，考虑了片刻，道："袁增喜手里还有 case 在做，舍不得放呢，就算了吧。实在不行，我觉得舒甜挺合适的，刚进公司，带她去开阔一下眼界，也挺好。"

裴恕幽幽地看了她一眼。

孙克诚立刻道："才入职就带去参加大会，林顾问这是要把她当接班人培养啊。这岂不跟当初的贺闯一个待遇？"

"贺闯"二字忽然冒出来，林蔻蔻跟裴恕都是一愣。裴恕瞬间皱眉看向孙克诚。

林蔻蔻却有片刻的恍惚，记忆瞬间往三年多之前倒带：那也是航向第一次拿到参加 RECC 大会的机会，当时贺闯已经度过了新人期，在公司里崭露头角，但明面上依旧跟林蔻蔻不对付。可那次公布参会人员名单，她出乎所有人的意料，把贺闯的名字写在了自己之后的第一位，亲自带着他进入猎协，全程参加大会……当时业内便风传，贺闯是她培养的接班人。

孙克诚对此有过耳闻，因而她说带舒甜去时，孙克诚一下就想起贺闯，随口提了一句。可他哪里想到，这名字一出，林蔻蔻跟裴恕的表情好像都不太对。尤其是裴恕，眼睛里跟下了刀子似的。孙克诚心里顿时哀号，知道又说错话了。

还好林蔻蔻很快就抽离了思绪，没让他难受太久，她若无其事地圆场道："只是看着有潜力，顺便培养一下罢了。金子在哪里都会发光，舒甜也一样。"

随后她便轻轻转移了话题，谈起 RECC 大会筹备相关事宜。只是等喝完茶，离开了孙克诚办公室，她脸上才慢慢现出几分先前的恍惚。

进了自己的办公室，关上门，她想起什么，拿出了自己的手机，犹豫了一下，还是点开了 RECC 大会的群，直接输入"贺闯"的名字，搜索聊天记录。贺闯最近的一次发言，还是在两个多月前，贺闯因为她的事在群里嘲讽了航向的人。点开群成员列表，贺闯的名字还在，只是之后他再也没有在群里说过一句话，包括她上次拉裴恕进群。这个人自从离职航向之后，便仿佛石沉大海，失去了音信。

林蔻蔻捏着手机，考虑了良久，终于还是有点担心他的状况，点开了私聊界面，发出去一条消息："最近怎么样？"

更上面的消息，全都是贺闯的，而她一条也没回复过，现在等了有十多分钟，整个聊天界面依旧静悄悄的，不回消息的人，换成了贺闯。

林蔻蔻走后，办公室里一时安静。

裴恕盯了孙克诚足有十几秒，才忽然扯开唇角，似笑非笑道："老孙，以前我怎么没发现，你哪壶不开提哪壶的本事这么高呢？"

孙克诚缩着脖子："可贺闯之前不还在群里帮林顾问说话吗？我以为他们关系挺好的……"

裴恕道："怕就怕关系太'好'！"

"怕就怕太好？"孙克诚刚开始还没明白，可刚要开口问时，一下就注意到了裴恕那不大好看的脸色，明显夹杂了一点私人的情绪，"啊，你说的'好'是指——"

紧接着，孙克诚便恍然大悟，他突然就笑了，主动坐得离裴恕近了一点，拿手肘一撞裴恕，揶揄道："我之前说某人要完了，某人怎么回我来着？"

裴恕脸色忽然一僵。

孙克诚清了清嗓子，模仿着某人当时的口吻："不至于，我不可能。"

裴恕彻底黑了脸。

孙克诚却是好奇心上来："早在上回你们去清泉寺，我就想问了，现在什么情况？"

裴恕冷冷道："打听那么多干什么？"

"哦——"孙克诚拖长了声音，瞬间明白了，"落花有意流水无情，这不还是完了吗？我就知道你玩不过的。"

裴恕："???"

什么叫就知道他玩不过？

他道："你的意思是，我段位还不够？"

"也不完全是这意思。"

这会儿孙克诚心里都乐翻了，世上还有人能治裴恕，还是"天克"的那种，他简直不要太高兴。

他仿佛老司机上身，终于有机会端出自己过来人的架势，给裴恕分析："你跟人家交手这么多年，也没打过人家，心里头早就耿耿于怀了，给人安了一堆罪名，什么没人品，没道德……结果从姜上白那单到千钟这一单，你终于知道人家不是这样的人，而且你们现在还有个共同的仇人。孤男寡女一起出差，你还增进了对人家的了解，你不上头谁上头？"

"我承认我是有点上头。"

就林蔻蔻那种撩法，是个人都得上头！

裴恕深吸了一口气，看似冷静道："不过你怎么知道是'落花有意流水无情'？清泉寺这趟类似于'吊桥效应'，从理论上讲不可能只有我一个人上头。"

这种事从理论上讲？

孙克诚简直要为这祖宗奇葩的脑回路所折服了，没忍住问："人家为什么要上头？"

裴恕皱眉看向他。

孙克诚掰着手指头给他算："你自己算算，你有钱，人家也不少；你有业务能力，人家也不比你差；你长得不错，人家林顾问也好看啊。要论在行内知名度，人家比你还高一截。有你没你，对人家的生活有什么影响吗？"

裴恕："……"

孙克诚语重心长道："追人，最怕的就是普通还自信。谈恋爱不仅看感觉，也是要讲策略的，就跟咱们做猎头一样……"

说到这里，他顿了一顿，正准备打个合适的比方。

可没想到，裴恕听到这里，沉思片刻，竟忽然道："我明白了。"

"啊？"孙克诚一愣，他什么都还没讲啊，"你明白什么了？"

裴恕迅速在脑海里复盘山上发生的一切，尤其是自己这边的表现："如果用我们这行的思维来看，就像上桌跟人谈薪酬，不能让客户公司有一种候选人非他们这家公司不可的感觉。客户为什么喜欢用猎头？因为客户深信猎头从外面挖来的才是高手。一直有句话叫'外来的和尚好念经'。越是倒贴，别人越觉得你没有价值。猎头都懂得包装一下候选人，再推销给客户。作为候选人，多少要把姿态端起来……"

孙克诚听得一愣一愣的："好像有点道理。"

可……又觉得哪里不太对？

如果恋爱是一场狩猎，裴恕居然自动把自己放到了……候选人，也就是猎物的位置?! 孙克诚突然整个人都不好了。

然而裴恕还没察觉到问题出在哪里，已经自顾自做出了总结："所以上赶着没有好下场。无论如何，不能倒贴！"

林蔻蔻感觉好像不太对劲。

裴恕这两天都不跟大家一块儿行动了。叫一起吃午饭，他不去；下班时间他要么留在办公室忙自己的事，要么早早就走了。平时公司里有点鸡毛蒜皮的事他都要叨叨两句，这两天分明就要准备参加 RECC 大会了，他反而跟个锯嘴葫芦似的一语不发。

到底出什么事了？

观察了一段时间之后，林蔻蔻左思右想，还是趁着一次开完会的茶歇时间，悄悄把孙克诚拉住，压低声音问："老孙，最近公司里是不是遇到什么困难了？"

孙克诚愣了一下："没有啊。"

林蔻蔻便皱了眉："那是裴恕遇到什么事了吗？"

孙克诚仍旧不解："怎么这么问？"

林蔻蔻讲了一下自己观察的情况，末了道："你不觉得他这两天的状态不太对劲吗？难道他以前就经常这样……"

孙克诚瞬间明白了，再回想起上次办公室那一次令人窒息的对话……总之，对恋爱这件事，裴恕好像有自己的见解。他当然知道裴恕这两天突如其来的高冷是为什么，可这不能讲啊。

他注视着对此一无所觉甚至还产生了误会的林蔻蔻，心里为裴恕上了一炷香，过了好半晌，才幽幽道："可能是快参会了，有些紧张和压力，但也不好对我们讲吧。"

姓裴的会因为参会而紧张有压力？

林蔻蔻看孙克诚的眼神里顿时产生了一些怀疑，可孙克诚跟裴恕是多年合伙人了，对裴恕应该比自己了解。何况公司里的确没有什么异常……

想了想，她干脆懒得管了，毕竟手头为大会要忙的事情还有不少，接下来就一心扑在了会前事务筹备上。

眨眼这周过去，来到了新的周一，到了 RECC 大会举办的日子。

时间已经是七月末，盛夏炎炎。上海各处老街两旁的梧桐树已遮天蔽日，陆家嘴的高楼大厦在炽日里熠熠闪光。歧路这边，大家先在公司会合，然后到楼下一起出发。

林蔻蔻穿得比较简单，雪纺纱衬衫搭一条垂坠感极好的白色阔腿裤，脚下踩一双银色细带高跟鞋，细长的手指随意钩着一副太阳镜，越发显得身形高挑挺拔，姿态潇洒。

其他人都难免为参会兴奋，只有她闲闲淡淡视若寻常，裴恕刚下来，一眼就看见了她。

林蔻蔻正打算进旁边的店里买咖啡，便顺口问了一句："要给你带一杯吗？"

那当然要了，他是咖啡爱好者。裴恕下意识地要答应，可话到嘴边，那句"不要倒贴"忽然回响在耳旁，瞬间让他回过神来，才绽开三分的笑迅速收回。

裴恕轻咳一声，端足了姿态，语气平淡地道："谢谢，但不用了，我对咖啡也没有那么喜欢。"

林蔻蔻："……？"

不用就不用，怎么还说自己不喜欢？你要不喜欢，孙克诚在办公室里泡茶的时候你老端一杯咖啡在旁边喝，是搞行为艺术吗？

她没忍住用一种探究的眼神看着裴恕。直到买完咖啡回来，这疑惑都没从她脑袋里消解掉。

大家已经一块儿上了车。林蔻蔻喝了两口咖啡，时不时就要看上前面自己坐一排的裴恕一眼，觉得这人最近真的不太对劲。她是不是应该再跟孙克诚仔细问问呢？

裴恕对她心中所想却是一无所知，在察觉到她异乎寻常的关注之后，反而觉得是自己的策略奏效了：果然，只要停止倒贴，用用脑子，想引起别人的兴趣也不是很难嘛。

这届大会举办地定在北外滩一家花园酒店内，出于路况原因，坐车过去大概得二十分钟。不过他们是上海本地公司，算很近的。

在路上时，众人还算克制，可等车到酒店，众人下来一看，不免纷纷惊叹：蓝天白云，花园酒店矗立在北外滩，绿化做得极好，窗玻璃擦得比他们的鞋面还干净，会场外面早已立起了各种宣传牌、易拉宝，平日里碰都难得碰到一回的各家一线猎头公司的logo全都凑在一起，视觉震撼极大。

"这排场，也太大了，光会场费用就不菲吧？"

"这就是传说中的大会啊……"

"听说这回参会的一共有四十多家公司，都是各地的龙头，与会猎头更都是精英、大佬。"

"我好像还看见了《猎头圈》杂志的 logo 在海报上……"

"这可是业内规模最大的活动，不光有猎协的主要人员全程参与，杂志也是得来采访的，而且开幕和闭幕都会有报社和电视台的记者过来采访。"

"这么厉害？"

"我知道我知道，我以前看过相关报道，这种属于神仙打架！到时应该能见到不少业内大佬，跟他们请教一下问题，能学到不少东西吧？"

林蔻蔻刚下车来，听见"神仙打架"四个字时，眼皮已不由得跳了一下，再听见什么"业内大佬""请教问题"之类的，前两次大会时某些"友好"且"热闹"的场面，瞬间浮现在脑海，就像是定格的画面一样，可以放大每一帧，而里面每一张脸、每一个表情和动作，甚至细节，都是那样清晰。

打坏的 U 盘，喷溅的唾沫，飞了满天的文件纸……

林蔻蔻的嘴角终于没忍住，也抽动了一下。

前方叶湘为了行动方便，今天穿得十分休闲，一下车来看见这大阵仗不由得傻了眼："我，我进去不会被人赶出来吧？早知道不穿这么草率了……"

林蔻蔻默默道："不草率。"

叶湘顿时惊讶："这样行吗？"

林蔻蔻看她一眼，也看了齐齐向她投来好奇目光的众人一眼，幽幽道："行的。我们行业大会的风格，和别的行业可能不太一样……"

不太一样？

不是行业精英大佬聚会吗？肯定都是光鲜靓丽，高来高去，或者刀光剑影，或者口蜜腹剑……能不一样到哪里去？

众人都觉奇怪，但也没太放在心上。直到他们进了酒店，顺着指示牌的指引来到会场外面……

签到处，一名西装革履的青年，举着自己手机计算器的界面，跟会务处的人争辩："我参会的时候就说过我的幸运数字是二十九，是我根据今年运数仔细算过的！你们答应得好好的，到了这儿来怎么给我排在第二十八号？我不答应，你把名字给我改到上面去，不然这个到我签不了！"

大堂外面的桌旁，一名三十多岁的男性仰面坐在沙发上，就穿了条花里胡哨的沙滩裤，脚上还踩着人字拖，正从酒店服务生端来的托盘里取了一杯鸡尾酒，仿佛度假一般轻松……

在他不远处，一男一女起了争执。

一个是四十多快五十岁的男人，头发都白了一半，笑眯眯的看不出喜怒。

对面的女性却颇为年轻，身材凹凸有致，穿的是一条黑色的包臀裙，化着浓妆，宛如在夜店鬼混了一夜刚出来，此刻不仅没有半点疲态，反而柳眉倒竖，一脸怒容。

她指着这男人便骂："我话放这儿，你们锐方的人要敢住我们隔壁，这届谁也别想好！平时骂不得客户骂不得候选人，我现在难道还骂不了你吗？"

头回参加大会的歧路众人听见这句，齐齐冒出了冷汗，就连裴恕跟孙克诚都为之静默。

这个画风，是不是有点不对？

孟之行忍了很久，终于斗胆转过脸，小心翼翼地开口问："林顾问，我们……是不是走错会场了？"

裴恕也看向林蔻蔻，然而林蔻蔻没有回答。

因为前方那两个先前还在吵架的人，忽然看向他们这边。

那名年轻的女性立刻叫了一声："林蔻蔻！"

整个会场外面，忽然安静了片刻。周遭不管是签完到的、没签到的还是正在签到的，几乎齐刷刷地投来了目光。林蔻蔻顿时头疼，叹了口气，可想跑已经来不及了。

那年轻女性踩着十厘米的高跟鞋，却如履平地一般迅速走了过来，站到她面前，却是先把她旁边的人，尤其是裴恕，恶狠狠地打量了一眼，才故作姿态地冷哼一声："行啊，林蔻蔻，今年总算让你逮着机会，又回来了。不过你们歧路这人看着有点少啊，可怜巴巴的，能赢吗？"

这声音，干脆爽利，又带着那种熟悉的对林蔻蔻的嘲讽。

裴恕跟孙克诚都听出来了——除了白蓝，业内还有哪个人敢这么跟林蔻蔻说话？

林蔻蔻抬了手指，摁摁太阳穴，微笑道："与其担心我，不如多担心担心你们嘉新吧。这届的房间，又被安排在锐方隔壁？"

白蓝的脸顿时绿了。

她还没来得及说话，先前跟她发生争执的那个男人已经走了上来，笑呵呵道："主办方也是一片好心嘛，想着我们两家公司在同一层，也好多交流学习一下。陈志山当主席已经很忙了，我看我们就不要因为这点小事再去麻烦人家了嘛。"

这不是锐方的黎国永又是谁？都是业内大名鼎鼎的金牌猎头啊。歧路众人不免都有些咋舌，悄悄看向林蔻蔻，只感觉这时的她似乎是一颗恒星，自带巨大的引力，轻而易举便能将其他人会聚到自己的身旁。

锐方在四大猎头公司里，是风评最差的，黎国永的手段当然也是最脏的。

白蓝连林蔻蔻都喷，对黎国永又怎会客气？她几乎立刻便冷笑一声："年年跟你们一块儿，年年没好事，去年会刚开完就抢走我们好几单大 case，你打的什么主意我能不知道？"

"那我可不知道。"黎国永仍旧笑呵呵的，仿佛一个慈祥的老头儿，先是仔仔细细看了裴恕一眼，才笑着道，"以前打过几次照面，都说裴顾问对这种活动没兴趣，没想到今年竟然来了。欢迎，欢迎啊。"

裴恕对外面的同行都是一副死人脸，态度冷淡，没有应酬的意思。

旁边孙克诚立刻笑道："今年不一样嘛，我们也来凑凑热闹。"

黎国永于是看向了林蔻蔻——能有什么不一样呢？无非是多了个林蔻蔻。

他终于正儿八经跟林蔻蔻打了个招呼，仿佛老熟人一般寒暄起来："也是，一年不见了，林顾问，去年大会没有你，可一点意思都没有。"

林蔻蔻对黎国永这种老狐狸一向没有什么好脸色，分外冷淡道："有没有我你们锐方参会不都没意思吗？每届大会都垫底，我要是你，也觉得没意思。"

打人专打脸，骂人偏揭短。

饶是以黎国永的道行，脸色也僵了一刹，但紧接着就恢复如常，竟是承认了："以前大会，我们锐方的成绩的确上不了台面。主要还是我这个老头儿跟不上，拖了后腿，不过今年也许能好点……"

今年也许能好点？林蔻蔻忽然皱了眉，觉得黎国永这话里好像有点什么意思。

黎国永却是看了一眼时间，然后看向入口处，顿时笑了起来："正想说呢，真是准时，踩着点来。"

众人都有些疑惑，跟着转过头去。林蔻蔻顺着黎国永目光一看，先是一怔，紧接着便瞳孔剧缩。一行十多个人从外面走进来，走在最前面的，是一张年轻的面孔，眉目恣意，棱角分明，服帖的西装剪裁合体，清瘦的形体却似乎蕴藏着某种沉默的能量。走廊上的落地玻璃窗，映射了一地炽烈的日光，也让这张林蔻蔻曾经熟悉的面孔，镀上了一层近乎灼目的锋锐刃光。

然而他的神情，却比以往任何时候都来得沉静。

黎国永笑着道："哎哟，我之前好像都还没介绍过吧，都是老熟人了，要不重新认识一下？"

　　林蔻蔻定定地看着眼前这张脸，尽管早在看见他的那一刻，心中就已有了猜测，可听见黎国永的话时，她一张脸仍旧没忍住，慢慢封冻起来。

　　裴恕毫不惊讶，冷眼旁观。

　　贺闯平静地向林蔻蔻伸出手去："锐方，贺闯。这次大会，烦劳林顾问指教了。"

第四十四章
突出贡献

锐方，贺闯。

那天晚上谈过以后，林蔻蔻想过他以后可能会离开航向，跳槽去别的公司，甚至自己出去创业。可她从没想过，他会去锐方！有黎国永在的锐方，她最忌讳也最不喜的锐方！

别说林蔻蔻，就是白蓝，在听见贺闯自报家门的时候都愣住了。以前贺闯是林蔻蔻带来大会的，白蓝也跟他打过交道。

此时此刻，她都不敢相信自己听到了什么："锐方？跳槽去锐方？你……"

自打离开航向后，贺闯的去向便成了谜。毕竟他是林蔻蔻的旧部，是林蔻蔻麾下一员大将，在林蔻蔻离开航向的那段时间里，他可以说是独立支撑起了航向的业绩，大家对他的本事颇为垂涎，也派出了不少人去跟他接触，但没有任何回音。很多人猜测他会自己出去创业。

谁能想到，他再次出现会是在锐方的阵营！竟是黎国永这个老狐狸不声不响把人挖到了手？

场中的气氛，忽然有种说不出的凝滞。贺闯依旧伸着手，可林蔻蔻只是盯着他看，似乎半点没有要与他握手的意思。孙克诚已经疯狂地在心里组织语言，准备出来打圆场。可没想到，就在这时，一只手从旁边伸了出来，径直回握住了贺闯的手。所有人顿时一怔。林蔻蔻也蹙了眉回头。

裴恕却是一脸波澜不惊的模样，唇角挂笑，也没看林蔻蔻，只是对贺闯道："既然是熟人，就没必要这么客气了吧。我们林顾问最近忙着带新人，可能不太有空指教呢。我就比较闲了，贺顾问不介意的话，这次大会裴某来指教你啊。"

所有听见这话的人几乎齐齐在心里爆了一句粗口。这说的是人话吗？谁不知道"指教"之类的话是场面上的客气话，这还是他们头一回听见有人当面说要"指教"别人！看他这张脸长得如此出挑，怎么脑门上偏偏写了个"贱"字呢？

白蓝不由得思忖，她要是贺闯，现在就一巴掌直接往这人脸上招呼！

只不过，贺闯本人似乎要冷静得多。即便是半路杀出裴恕这个程咬金，面对如此挑衅甚至轻蔑的话语，他的眉头也只是轻轻皱了一下。比起当初那随便给人脸色看的少年，他似乎成熟多了。

贺闯跟裴恕握了一下之后，就淡淡地收回手来，却是转眸看着林蔻蔻："是吗？那也好。"

林蔻蔻还是没说话。

了解过往情况的，都觉得眼前的场景过于魔幻，林蔻蔻去了歧路，跟裴恕一窝；贺闯去了锐方，跟黎国永一伙。这年头跳槽都不讲基本法了吗？

黎国永笑呵呵道："我们也是前阵子好不容易才跟贺顾问谈成，当然，他现在已经是我们锐方猎头部的副总监了，希望以后能跟大伙相处得更好。"

白蓝先忍不住了，转头便问贺闯："锐方给你多少钱？"

贺闯没有搭理她的意思。

白蓝那张嘴便跟机关枪似的："据我所知其他几家全都去找过你，你去哪边不好要去锐方？你就算不考虑自己的前途也不考虑林——"

"白蓝！"

林蔻蔻终于出言打断了她。

白蓝皱眉，回头看她，似乎还想说些什么。

然而林蔻蔻只是平静地看了贺闯一眼，没什么情绪地说道："人各有选择，要叙旧以后有的是时间，大会快开幕了，还是先签完到进会场吧。"

白蓝顿时哽住了。她简直想不通，要是她以前一手栽培的得力下属忽然去了自己最讨厌的阵营，她只怕会气出三升血来，破口大骂都算轻的。林蔻蔻怎么能这么冷静？然而林蔻蔻说完便带着人往签到处去了，她想问都没法问。

贺闯就站在原地，奉着眼帘，也不知在想什么。

签到处先前那一定要个幸运数字的猎头已经离开，林蔻蔻他们到的时候看见签到名单上他那一行的数字已经被改成了"29"，看样子是得偿所愿了。

林蔻蔻驾轻就熟，自报家门，让会务处的人拿名单来签。

裴恕则站在后面一些。早在刚才转过身，一到其他人看不见的时候，他的脸就臭了起来，先前那装模作样的笑意早消失不见。

孙克诚偏过头小声问："不是说'不要倒贴'吗？你刚才……"

刚才人家找林蔻蔻握手，你跑出来拉什么仇恨？

可没料到裴恕脸色都没变一下，理所当然道："这不算。搞事业，争面子，怎么能叫'倒贴'呢？"

孙克诚："？？？"

合作这么多年，他第一次发现自己竟然不理解裴恕的脑回路：就刚才那圈地护食的行为不叫"倒贴"叫什么？然而裴恕没理他，只是看着前面的林蔻蔻。

刚才遭逢故人，对她似乎没有半点影响，她神色如常，拿过名单来，便在末尾签上了自己的名字，谁也看不出她在想什么。

会场在室内，面积颇大，此时早已布置妥当。途瑞作为行业头部公司，分到的位置极好，在左前方。陆涛声这人十分守时，从不迟到。众人早都已经签过到，进入了会场，要么小声聊天，要么还在处理手里没完成的工作。

薛琳是和陆涛声一起来的，尽管这阵子教培行业的变动让她沦为业内笑柄，在公司里与陆涛声的争斗也落了下风，可她调整心态很快——真正的强者，从来不惧失败，要看的，是能从这场失败里学到什么。

在经过一系列的复盘和思考之后，薛琳比以前已经沉稳了不少，嚣张的气焰也有所收敛。败了一次不要紧，但千万不能因为这一次的失败滚起雪球。

很多客户因为对她失去信心，对继续合作心存疑虑，她就亲自打电话，甚至去面谈，不在乎自己的面子，尽量挽留客户。只要手里有业务，她就还能在业内站稳脚跟。

目前来看，虽然有一定的业务流失，但大部分客户还是念旧情的，她的实力虽然有所受损，但还不至于让她混不下去。

而这次大会，更是她一雪前耻的机会！只要能击败林蔻蔻，拿到金飞贼，谁还会在意她上一次的失败呢？薛琳斗志昂扬。她也是第一次来参加大会，一半出于好奇，一半出于谨慎，坐下来之后，便放开目光，巡视全场。

人已经到了许多了，只不过她忽然发现途瑞所在区域右侧有个空着的位置，好像跟其他位置不太一样。别的位置上面顶多放张写了名字的桌签，可在那个位置，桌签前竟然有一小把扎好的花，用带有组委会 logo 的绸带系了起来，端端正正地摆着，压在一张信封上面。

这一看就是猎协组委会那边专门布置的。

谁的位置，这么特殊？

薛琳刚想转个角度看清桌签上的名字，结果还没抬头就听见旁边传来一道有些耳熟的声音："我们在那边。"

她神情骤冷，转头一看，果然是林蔻蔻。

林蔻蔻同裴恕一块儿从外面走进来，看方向，竟径直朝着那专门摆了一束花的位置走去。

那桌签上写的，赫然是"林蔻蔻"三个字！

来到桌前时，林蔻蔻看见那束花也愣了一下，拿起来看了一眼，才发现下面的信封。打开信封一看，里面只有一张以猎协名义写给她的卡片——两届金飞贼奖得主，欢迎回到 RECC 大会。

这一刻，林蔻蔻心底竟油然生出了一种复杂的感动。

会场里灯光明亮，来自全国各地的猎头有的已经入场，有的还在外面徘徊，或沉思养神，或嬉笑怒骂……而那枚金飞贼，就放置在主席台正中的陈列台上。

她忽然笑了一下，淡淡想：阔别一年多，只有大会还是老样子。

歧路所在的区域靠近途瑞，她跟裴恕带人进来时，陆涛声也看见了，于是走过来同他们寒暄。

陆涛声戴了眼镜，看起来沉稳平和，似乎半点没受到歧路跟途瑞前两个月竞争的影响，林蔻蔻也一如既往。

只有薛琳，在看见林蔻蔻的瞬间便不淡定了，此时便绷着一张脸道："真没想到，还能在这里遇到林顾问和裴顾问。上回是我输了，技不如人，不过也多谢二位给我上了一堂课。这次，很期待跟二位交手呢。"

林蔻蔻扬眉，微微一笑："不客气。"

薛琳冷哼了一声，也不再废话。

只是她刚转身要走，就看见门口一道娇小的身影抱着一摞大会手册走了进来："林顾问，会务那边的大会手册拿到了。"

薛琳不敢相信自己的眼睛："舒甜?!"

舒甜将手册放到桌上，才注意到还有旁人，抬起头来一看，便对上了薛琳那张表情轻微扭曲的脸。旧日被薛琳训斥的阴影瞬间爬了上来，她下意识地颤了一下。

前阵子舒甜主动离职，薛琳没了用得顺手的助理，虽然有些烦躁，可并没有放在心上。一个小助理离职罢了，就算对她有所不满，又能翻出什么浪来？而她只要随便发句话，多的是人抢着想给她当助理。所以薛琳从来没有想过，竟然会这么快再看到舒甜，而且是在这种场合，在林蔻蔻的身边！

"好本事。"薛琳看了看她，又看了看林蔻蔻，忽然有种被人摆了一道的感觉，"我就说你平白无故怎么敢离职呢，原来是早联系好了新东家，有人给你兜底！"

舒甜闷声不说话。

歧路这边众人只知道林蔻蔻挖了个途瑞的助理顾问过来，但时间短、接触少，既不太了解舒甜，也不太清楚她跟薛琳之间的关系，这一时都不由得有些摸不着头脑。

林蔻蔻听了薛琳的话，却是瞬间皱起眉头，只不过这种场合，陆涛声也在，她也不好说什么难听的话，多少得做点场面活。

她一扬手示意舒甜回到自己身边来，笑笑道："早在清泉寺我就想挖墙脚，不过舒甜顾问没答应，还好前阵子薛顾问忽然放了人。不过人都到了歧路，也不是薛顾问的下属了，还请薛顾问克制一点。"

薛琳冷冷盯着舒甜，只冷笑一声："好。"

途瑞跟歧路原本就因为教培那一单的事针锋相对，除了林蔻蔻跟陆涛声还有点交情，其他人是半点没话讲，寒暄完便各自落座。

不久人就来得差不多了。

以白蓝为首的嘉新，以黎国永、贺闯为首的锐方，接连入场，引起了颇高的关注；去年因为林蔻蔻不在，终于拿了金飞贼的 Eric Wu 在国外出差，回不来，同辉国际那边没有带头人，则显得比较低调。

只是林蔻蔻扫看一眼，忽然发现前面某个区域还空了一大片："那边是哪家？"

孙克诚道："好像是航向？"

裴恕顿时扬了一下眉："这么晚不来，不会是怯场了吧？"

白蓝的位置就在他们斜前方，闻言转过头来就翻了个白眼："江湖传闻施定青投资教培行业失败，重新转回航向，前几天处理完学海教育的事就飞了一趟香港，听说是去物色新的猎头总监了，你们可小心点吧。"

林蔻蔻诧异："物色新的猎头总监？"

裴恕的关注点却似乎不太一样："香港？"

孙克诚也愣了一下，下意识地看向裴恕："香港那边能挖到什么人，不都是跨国外企吗？"

众所周知，国内企业和国外企业是两种风格，猎头行业也一样，香港那边的猎头做事是典型的外企作风。而且自打上海金融中心的地位建立起来后，很多国外的猎企都内迁了，香港那边厉害的猎头哪里还有几个？挖过来也水土不服，很难掌管国内的猎企啊。

裴恕的眉心拧得死紧，涉及施定青，他总不那么轻松，这时回忆一下，也不知是想起了什么，只道："那边厉害的猎头没几个，想要几个杀人不眨眼的刽子手，倒是能找出来一些。"

林蔻蔻不由得有些奇怪地看他，听上去，裴恕似乎对香港那边的情况非常了解？

只是她也没机会问，上午十点半，开幕式准时举行。全场的灯光都闪了一下。

穿着礼服的主持人上了台，欢迎来自各方的猎头和各家参会的猎企，讲了点必要的场面话，接下来便邀请猎协主席陈志山致辞。

众人鼓掌。

陈志山在掌声之中上台，满脸都是喜气："这是由我们猎协联合各方主办的第 13 届猎头大会，很高兴在这里见到大家或者又见到大家。本次大会设置了三项议程，第一是各大参会猎企可以在大会期间参展；第二是我们将在大会第三天举办行业论坛，邀请各界人士以及我们猎头界的专业人士讨论行业最新动向以及未来的发展趋势，分享心得与经验；第三就不用说了，当然是我们本届'金飞贼'大奖的角逐竞赛，相关议程与参赛规则都已经写在了大会手册里，大家手里应该都有一份，可以自行查看……"

参加过很多次大会的老油条们全都坐着，岿然不动；头一回来大会的新兵们却是按捺不住，纷纷翻开手册。手册上果然写得十分详细。只不过有关金飞贼奖的各项规则后面，怎么有这么多打了星号的补充说明？

*禁止参会人员以任何方式抗议、修改积分规则，最终解释权归猎协与组委会共有；

*禁止抽签后更换分组，无论自愿与否；

*禁止赛程中认输，劝说他人认输者自动失去参赛资格；

*严禁在会场内吸烟（包括但不限于会议室、走廊、楼梯间等处）；

*禁止诈骗；

＊禁止参会人员以比赛结果设立赌局；

＊禁止械斗，文明参赛；

…………

一眼看下来，密密麻麻，足足拉了一整页！

"怎么补充这么长？"

"禁止诈骗为什么要写进规则补充说明里？"

"都来参会了，谁会抗议和修改比赛规则，这写进手册里有什么意义吗？"

"好长，看得我眼睛疼……"

会场内众人一时交头接耳，响起了一阵"嗡嗡"的讨论声。

陈志山站在台上一看众人的反应，也感觉到少许尴尬，咳嗽一声解释道："这个对规则的补充说明是有点长，但还是请大家耐心、仔细地看看。毕竟……"

毕竟前面几届……

他眼皮突然跳了一下，目光往台下某个位置投去，分明咬牙切齿，却还要维持得体的微笑："毕竟，我们大会的规则能够如此'详细'，有赖于过往几届参会人员的贡献与完善。在此我代表猎协、代表组委会，为我们本届参会者林蔻蔻顾问为我们完善规则做出的突……出……贡……献，表示由衷的感谢。"

在听见自己名字的一刹那，林蔻蔻眼皮就跳了一下。这届怎么还带公开处刑的！全场的目光汇聚而来，林蔻蔻坐着动也没动，但感觉整个后脑勺都快被身后所有参会人员的视线给扎穿了。

裴恕坐在她旁边，手指捏着那大会手册，把那长达一页的"规则补丁"读完，再看向林蔻蔻时，眼神已变得一言难尽："'突出贡献'……你两届金飞贼奖，到底怎么来的？"

这上面怎么不是诈骗就是赌局？

他深表怀疑："开个会还能械斗？"

林蔻蔻恶狠狠地瞪了台上的陈志山一眼，咬牙撇清关系："我参会的手段一向是最文明的，最后这条跟我可没有任何关系！"

孙克诚幽幽看了她一眼。

裴恕听后也静了片刻："最后这条跟你没关系，那就是说，前面每一条都跟你有关系？"

林蔻蔻："……"

这时，不仅裴恕在看她，孙克诚在看她，歧路来参会的其他人，都悄悄抬起眼睛、竖起耳朵，就等着她说话。气氛顿时有些微妙。

林蔻蔻没想到裴恕如此敏锐，被他问住了，一下接不上话来，沉默好半晌后，试图为自己开脱："其实跟我关系也没那么大，很多手段大家都在用……"

"大家都在用？"就坐在他们前头不远处的白蓝听不下去了，转头道，"那不都是你先开始用了，大家才不得不跟上的吗？就说第10届，大家集体抗议组委会赛事积分规则，不是你说规则不合理不公平，先带的头？"

林蔻蔻："……"

到底是谁把白蓝安排在了离她这么近的位置，绝对用心歹毒！

白蓝那嘴一张就跟机关枪似的，叽叽数落起来："后来嫌赛程无聊浪费时间，劝第二三四五名早点认输，还对其中一个人说别干猎头了回去开农家乐说不定更赚钱的，是你吧？"

林蔻蔻："……"

有没有什么办法能把她这张嘴缝上？

白蓝想起前面两届受的气那叫一个憋屈，冷笑道："人间诈骗犯，大会戒赌家！别他妈说'械斗'这条跟你没关系，要不是你挖走了那两家一直在抢的候选人，还教了候选人话术，让他们误以为是对家用了手段把人挖走的，他们能打起来？"

那一场简直是现实版的"鹬蚌相争"！渔翁林蔻蔻就差站在旁边乐呵地嗑瓜子儿了。

还真有打起来这种事?! 附近所有听见白蓝这番话的人看林蔻蔻的目光，瞬间都跟看活生生的禽兽一样。太缺德了吧？

林蔻蔻老底儿都被她揭光了，索性破罐子破摔，只纠正她两点："第一，他们打起来是他们情绪管理能力不行；第二，我认为在会议室里相互扔扔文件夹，还算不上什么'械斗'，组委会小题大做，用词过于严谨了……"

猎头个个都是"嘴炮"，吃饭赚钱全靠一张嘴，怎么会械斗呢？情绪激动了，摔个文件夹，扔个U盘，实属正常……猎头的事，怎么能叫"械斗"？

而且林蔻蔻自有一套理论："遵守规则的是普通人，钻规则空子的是聪明人，真正的智慧者是制定规则。第10届没说不能修改规则，第11届没说不能用那些方式，补充声明可是这届才加上的。你要对我有意见，不如找找组委会？"

理直气壮，半点不心虚！众人全都惊呆了。孙克诚不由得擦了一把冷汗。

白蓝更是险些被她这一番话给噎死："你——我早该知道的，我早看出来你就是这种人！难怪后面跳槽到歧路，跟姓裴的这种人狼狈为奸！"

突然攻击到了歧路？一直听着她们说话的裴恕，此时不由得一怔。

但没想到，他盯着林蔻蔻沉思片刻，竟然道："白顾问说得其实有道理，这么做未免太不给组委会面子，有点过分了……"

林蔻蔻脑门上瞬间冒出一个问号，姓裴的突然间倒戈了？白蓝也愣了一下，什么情况？

然而还不等她仔细确认此人到底是不是友军，裴恕已经转过头问孙克诚："以前有这种会你怎么不叫我？"

孙克诚心道："什么玩意儿，我哪回没通知你了！"

他哆嗦着嘴唇，提醒裴恕："我每次都有问你，是你说没兴趣，不参加的……"

裴恕扬了扬那份大会手册："但你没跟我说过这会还能这么玩啊，你要早告诉我，我能不来？"

孙克诚瞪眼。

裴恕摇了摇头，不免叹气："可惜现在都禁了……"

孙克诚："……"

如果没听错的话，这口吻是在惋惜，一定是在惋惜吧！

白蓝也听得嘴角微抽。

但林蔻蔻闻言，却是颇为奇异地看了裴恕一眼，目光闪烁，忽然侧身靠近，将声音压低，凑到他耳旁说了一句："其实这届还是有别的规则漏洞可以钻的……"

裴恕瞬间眼放异彩，与她对视。

这一刻，孙克诚麻了："不要以为我听不见好吗！"

这两人，一个一门心思钻空子，给组委会制造麻烦；一个正经叫他参会没兴趣，一说干坏事立刻来劲。好家伙，敢情是一个爱杀人一个爱放火，俩危险人物凑一块儿了！

他忽然产生了深深的忧虑：这怕不是我们歧路参加的第一届，也是最后一届大会吧……

在场的大部分人都是以前参加过 RECC 大会的，对林蔻蔻过往的"辉煌战绩"要么是亲身经历，要么是有所耳闻，在听见陈志山那一句"由衷的感谢"时，已经颇为淡定了，顶多在心里骂一句"作恶多端的大魔王又杀回来干坏事了"。

剩下那部分头回参加的，包括薛琳在内，对林蔻蔻却是不够了解，也没明白一个人怎么能对规则做出这么多贡献，是跟组委会关系很好吗？于是一番打听。会场里为陈志山这番话讨论了好半晌。

陈志山咳嗽两声，等下面声音小了下来，才继续发言，展望了一下猎头行业的未来。一般到这儿就差不多结束，众人都准备鼓掌了。

可没想到，他顿了一下，忽然道："而且，本届大会，我们猎协这边特意邀请了几位远道而来的嘉宾，作为本届大会的惊喜。那就是——"

众人全都一愣。

林蔻蔻原本也是懒得听这些场面话的，正拿着桌上的笔在大会手册上涂鸦，听到这儿却是有些好奇，抬起头来便看见陈志山站在发言台上一扬手，示意的方向竟是会场右前方的某片区域，于是她的视线跟着看了过去。

那最前面几个位置上，不知何时竟然坐了三男一女，全都是外国人，深目高鼻。尤其是最右边那个，身材高大，穿一身黑色西服架一副眼镜，年纪不小，脸上的肉微微挂下来一点，一双眼睛却十分锐利，是经常出现在新闻里的那种欧美精英的长相。看起来似乎是四人中地位较高者。

陈志山笑着介绍："欢迎我们来自国际猎头联盟的几位朋友。"四个外国人站起来，向后方挥了挥手。全场先是一静，紧接着众人便细碎地议论起来。

国际猎头联盟？这来头可太大了！

国内有猎头协会，国外也有行业工会，都是各国自发建立的组织，影响力基本仅限于本国。然而"国际猎头联盟"是跨国联盟，是真正的全行业联盟，触角延伸到全世界各个国家，至今认证过的猎企不超过 100 家，会员数不超过 6000 人，准入门槛极高。如今尚未有一家国内猎企得到其认证。因为在过去，国际猎头联盟还没有向内地民营猎企开放认证和申请。那现在他们出现在大会……

众人心思一时为之浮动。

还好，陈志山没有要吊胃口的意思，直接证实了大家的猜测："国际猎头联盟决定开始接受我们国内猎企的认证申请！刘易斯先生作为国际猎联的代表，将会带着他的观察小组在我们大会期间与大家接触，对提出申请的各大猎企进行评估。合格的猎企，将在闭幕式上通过一场签约仪式，正式加入国际猎联！"

作为个人，能加入国际猎联，是官方对个人专业能力的认可和个体身份荣耀的象征；作为企业，能加入国际猎联，就是实打实的好处了。

全球经济时代，到处都是跨国公司。跨国的高端猎聘业务，几乎全都被国外老牌猎头公司把持，国内猎头想分一杯羹简直难上加难。可国际猎协的认证，就像一块金字招牌，拥有认证，就拥有了进入市场争夺的资格！

如此大的市场，哪家公司能不眼馋？

会场上顿时炸开了锅。来自四大猎头公司的那些精英老猎，都满脸兴奋，两眼冒光。这简直是本届 RECC 大会最大的惊喜彩蛋！到底哪家公司能得到国际猎联的青眼呢？

就连林蔻蔻都有些没想到，同样起了一些心思，下意识去看裴恕。她想的是，姓裴的无利不起早，又是歧路合伙人，这回总该对大会感兴趣了吧？可没料到，她一转头，竟见裴恕眉头紧蹙。

他完全没听台上讲什么，对其他人的反应也无动于衷，只是盯着手里那张不知何时多出来的 A4 纸，像是盯着什么苍蝇臭虫，寒声问："要我上台发言，早几天为什么不通知？"

孙克诚心虚道："我们报名的时间太晚，有关开幕式环节的通知也是猎协昨天才给到歧路的，我们也没办法啊。"

说完他赶紧向林蔻蔻递去求助的眼神。

林蔻蔻立马收回思绪，同时也想了起来，裴恕这是要上台发言了，现在在看发言稿呢，难怪对国际猎联要吸纳国内新成员的消息都无动于衷。

她替孙克诚解释了一下："我们初次参加大会，还是陈志山破例让我们报上名的，歧路作为第一次参会的公司，你作为第一次参会的知名猎头，非常有代表性，所以那边临时问能不能请你上台发言，我想不好欠人人情，就答应了。"

裴恕不敢相信："为了还人情，你就把我卖了？让我去抛头露面？"

林蔻蔻早猜到他会是这反应，一点也不惊讶，淡定道："你情我愿的事，怎么能叫卖呢？你这是代表我们公司，代表歧路，你作为合伙人，为公司牺牲一点怎么了？"

裴恕："……"

他现在就想把这页纸拽到她脸上！

林蔻蔻好言相劝："发言稿应该是昨晚老孙让人连夜写的，你现在不熟也没关系，等上去之后照着念，出不了错。说几句话罢了，很快就会过去的。"

孙克诚也道："是啊，很快的，万事俱备，你完全不用担心。"

裴恕千算万算没算到，自己竟然会有被林蔻蔻跟孙克诚联起手来坑的一天，还是在这种场合！然而已经没有给他留下多少恼怒的时间，陈志山宣布完国际猎头联盟的事之后便结束了发言。台下原本还乱哄哄的，议论声一片，可随着主持人一句"下面欢迎本届首次参会代表，来自歧路的裴恕裴顾问上台致辞"，所有声音戛然而止——谁上台致辞？他们竟然听到了裴恕的名字！本届破例晚报名参会也就罢了，这行业毒瘤竟然还敢上台致辞？

有人在人丛里复杂地评价了一句："真是一个敢请，一个敢来……"

名字都叫了，要不上，丢人的可不仅仅是裴恕，还有他所代表的歧路。现在是不想上也得上了。

孙克诚生怕出事，在他上去前千叮咛万嘱咐："记得照着念就行，对你来说小菜一碟。"

裴恕眉心打结："可这稿……"

孙克诚就差求他了："祖宗，场面人说点场面话，忍一忍就过去了嘛。"

裴恕终于无话，攥着那页纸，纠结地看了三秒，到底还是上台去了。

全场的目光此时都汇聚到了裴恕的身上：这位在业内也留下了不少传说的顾问，向来以性情乖张、独来独往出名，连他所掌控的歧路也游离在外。前阵子刚因为教培行业那单震惊了业界，但他向来隐身幕后，这还是他头回愿意走到台前吧？

他从旁侧的台阶上了台，明亮的灯光打在他的身上，过于优越的五官难免使人为之一惊，也不知是哪位女性猎头发自内心地赞叹了一句"好帅"，顿时引得周围一片男同胞怒目而视，心生忌妒。

林蔻蔻就坐在自己位置上，远远看着，当他走到最亮处时，她的心仿佛也忽然置身于光照之中，有种奇异的明朗。

孙克诚轻声叹："卖了他也挺好不是？"

林蔻蔻笑起来："以后再多卖几次。"

他们在台下小声交流，有说有笑，裴恕站在台上一眼就能看到，不由得在心里骂了一声，然后才认命一般，将发言稿一架，照本宣科："大家好，首先很荣幸能参与本次大会，也很荣幸能代表公司、代表全体首次参会者，为开幕式致辞……"

的确都是场面话，废话。不出错，但也没什么价值。他用他冷平的声音往下念着，只是……不就是个破会，发言稿写这么长干什么？而且怎么越念越不对劲？什么"荣幸参加""感谢主办方"之类的套话也就罢了，"一同展望行业未来""友好交流共同进步"之类的，都是什么玩意儿！

裴恕越念，眼皮跳得越厉害。本就不多的耐心被迅速消耗。他越念越慢，在念到"希望能与大家携手同心，以行动建设和谐行业"时，他终于彻底停了下来，面无表情地盯着手里这页纸。

会场里所有人都不由得纳闷："怎么忽然停了？"

台旁的主持人见他站那儿半天不动，也生出几分困惑，想走上前去询问他是否需要什么帮助。然而就在这时，裴恕忽然抬起头来，向台下看了一眼。

林蔻蔻跟孙克诚在听见他停下来时，便顿生出一股不妙的预感，现在见他目光扫下来，心中警报登时拉响——不好，这祖宗想搞事情！可他们在台下，能有什么办法？

二人眼睁睁看着裴恕耷下眼帘，竟直接将那页发言稿一撕！刺耳的声音通过话筒传遍全场。

同时响起的，还有裴恕那不无傲慢的声音："算了吧，这种场面话拿出去骗三岁小孩都没人信。我们行业，每一单每个职位只有一位候选人能入职，也只有一位猎头顾问能胜出。当猎头是没有中间选项的，要么成功，要么失败。你赢我就会输，你输我才能赢，是你死我亡的竞争，跟'和谐'两个字从来没有半点关系！"

原本在听的，全都张大嘴巴；原本在看手机的，不由得惊愕抬头。就像是在昏昏欲睡的夏日午后，忽然间一桶水从头泼下来，所有人瞬间什么睡意都没有了，也不感到无聊了。

只有孙克诚，忽感心中一紧，恨不得赶紧给自己掐人中。这什么场合啊！发言稿写得好好的，怎么突然间就翻脸了呢！

林蔻蔻进歧路以后还是头回亲眼见证这种场面，她远远坐在台下，看着台上，半天没回过神来。

裴恕却是这时候才感觉到舒服了，只想：谁写的垃圾发言稿，回头问清楚，下个月降他工钱！台下众人的反应，他都看在眼中。前排坐的猎协主席已经一脸呆滞，国际猎头联盟的评估小组都看着他小声说话。

然而裴恕不在乎。

他直接把那页发言稿团成个纸团，随手扔在发言台上，淡淡道："来都来了，明人不说暗话——这届金飞贼，我代表歧路，先替大家收了。"

第四十五章
后发制人

全场寂静。

站在台边还想上去救场的主持人，笑容突然僵硬；从裴恕撕了发言稿开始就不断擦冷汗的陈志山，神情顿时呆滞；会场里来自天南海北的众多猎头更是嘴角抽搐，很难相信自己听见了什么——代表歧路，先收金飞贼？赛程都还没开始，怎么敢放出如此狂言！别说那些原本就对金飞贼奖有些想法的大公司猎头了，就算是那些只是来凑热闹参加一下大会的普通猎头，都忍不住在心里咆哮。

一个人，一张嘴，他裴恕敢挑衅全场！

下面坐的孙克诚人已经麻了，就连见惯大风大浪的林蔻蔻也陷入沉默，歧路全体参会人员更是遭到来自周遭同行异样的目光注视，这时恨不得把"老板行为与打工人无关"几个字刻在脑门上，装作不认识裴恕。

全场唯一一处情绪比较平稳的区域，可能得算锐方和途瑞所在的区域了，两家公司的位置都挨着。

裴恕那话出来，黎国永就笑了，竟对他右首边的陆涛道："林蔻蔻不仅杀回来，还免费给大会捎带了这么一个人。他这架势，对金飞贼志在必得，看来你们公司这届的麻烦不小喽。"

谁不知道途瑞的薛琳是这届金飞贼奖的大热门？可裴恕现在放出这种话来……

黎国永说着话，就意味深长地看了边上坐着的薛琳一眼，果不其然，对方脸色不太好，于是他满意地眯起眼，笑弧增加三分。

陆涛声却很平静，只是回敬一般瞄了黎国永左首边坐的贺闯一眼，淡淡道："彼此彼此。"

黎国永笑容微微一滞，很快又恢复正常。他转头看向贺闯，但贺闯似乎并不关注他们暗藏机锋的交流，只是坐在那里，注视着刚刚挑衅完全场却一脸没事人模样走下台去的裴恕。

论拉仇恨的技术，谁能与他相提并论？

林蔻蔻想来想去，终于没忍住，长叹一声："完蛋了……"

孙克诚已经不想思考了，麻木地转头看她。

林蔻蔻道："我的金飞贼，怕是凑不齐了。"

孙克诚下意识问："为什么？"

林蔻蔻感到心累。

前面坐的白蓝刚才还在对裴恕破口大骂，这回听见林蔻蔻的话却是忽然回过神来，幸灾乐祸道："还能为什么？以为金飞贼奖是路边的大白菜你想拿就拿吗？开局就把仇恨拉这么满，等赛程一开……啧啧。"

姓裴的就是活靶子！开幕式敢放这种狂言，大家要不携手同心摁住他打，简直对不起他这一番嚣张的挑衅——谁都可以赢，裴恕必须死。

这届老将新人辈出，闭着眼都能猜到争夺激烈，林蔻蔻想要再次将金飞贼奖收入囊中本就不易，现在裴恕一句话多半要让难度成倍增加，直接进入地狱模式。光看周围人反应就知道，后面会有多艰辛……她当时怎么敢为了还人情，让他上台去致辞呢？

眼看裴恕朝这边走来，林蔻蔻生无可恋，头回遗憾世上竟没后悔药吃。

然而裴恕对自己制造的麻烦一无所觉，甚至对自己方才的发言还很满意，走到近前时，"嗯哼"一声，随口道："下回发言稿写短点。"

孙克诚瞬间暴走："你还想有下次?!"

裴恕扫了他与林蔻蔻一眼，凉飕飕道："这不得看你们什么时候再联手卖我吗？"

孙克诚："……"

林蔻蔻："……"

罢了罢了，祖宗惹不起。

孙克诚和林蔻蔻自知理亏，且事情已经发生无法挽回，再说无益，只好将那口气咽了回去，把嘴闭上。裴恕重新坐下。会场上因为他这番惊世骇俗的话起了一阵骚乱，还好主持人圆场的功夫不错，临时串了几句词硬夸了一番裴恕"斗志昂扬""点燃气氛"之类的，大会才得以进行接下来的流程。

猎头是连接客户与候选人双方的桥梁，所以这次来到大会的还有一些准备和各家猎头公司合作的用人单位，也请了一人作为代表致辞。

只是林蔻蔻一看，觉得奇怪："不应该啊。"

裴恕问："这人有什么问题吗？"

林蔻蔻道："不，是流程有问题。以往大会都会邀请两名顾问上去致辞的，你后面应该是另一位猎头顾问才是。这届是改了吗？"

裴恕对这种细节不太在意，刚想说"改就改了"，可余光一晃，忽然发现会务那边的工作人员在跟陈志山低声沟通，陈志山皱着眉头，竟朝会场上某个位置看去。他心头一动，也掉转视线望去。

会场右侧，属于航向的那一片区域，至今还空着，没有一个人前来。

裴恕瞬间想到了某个可能，轻声道："航向现在还没人来。"

林蔻蔻一怔，往右侧一看，果然。

孙克诚都惊了："开幕式都快结束了，不是说施定青物色了新的猎头总监吗？这是不准备来了？"

林蔻蔻拧眉道："要真不来那还省心了，但之前没传过什么风声，可能性不大。"

她话音几乎是刚刚落地，会场后方大门就被人推开了。坐在前排的人没听见动静，坐在后排的人却是纷纷回了头，一见之下，都不由得惊讶，小声议论起来。这议论声又吸引了前排的人，大家齐齐往后看去。

航向的人来了！

这家公司毕竟也参加过好几届大会了，许多人都是熟面孔，一进来众人便认出来了。只是这回领头站在前面的，既不是最早那两届的林蔻蔻，也不是上一届的顾向东，而是个从来没见过的生面孔。林蔻蔻跟着回头看去，也不免愣了一下。

航向来的人不多，也就七八个，样貌周正，穿得都十分体面。然而当那个生面孔走在他们前面时，这些人仿佛都不存在了，旁观者眼中只能看见为首走来的那个男人。

此人身材高大，剪裁服帖的白西装衬出那利落的腰背线条，东方人的英俊脸庞，鼻梁上架了一副无边框眼镜，浓黑的头发有几缕垂在耳郭，薄薄的嘴唇自然地弯出少许弧度，让他看上去不失斯文与亲和。

自带气场，绝非简单角色。

林蔻蔻几乎瞬间就下了这样的判断。

这时台上的发言刚刚结束，陈志山回头一看人来了，顿时松了口气。工作人员也连忙向这位生面孔走过去。他微微垂下头，仔细听工作人员说了一会儿后，便回头交代航向的人先坐下，自己则跟着工作人员朝台上走去。

"航向新任的猎头总监吗？"

"怎么从来没见过这一号人？"

"香港挖的，当然不熟，不知道什么背景……"

…………

会场里众人不免小声议论起来。

林蔻蔻除了好奇，倒也没什么特别的感觉。然而裴恕在看见此人的瞬间，脸色骤变，如冬日将雪的天空，阴霾密布，就连孙克诚都露出了诧异的神情。只不过此时众人，包括林蔻蔻，注意力都被这位航向的生面孔吸引了，并未留意到他们的异样。

那人果然被工作人员引到了台边。

主持人得知人来了之后，总算能进行先前跳过的流程，先串词介绍道："感谢李总的致辞与祝福。今天会场有这么多来宾，有一位猎头非常特殊，他既是第一次与猎协接触，也是第一次参加大会，下面有请他上台致辞——来自航向的庄择顾问。"

庄择？

大多数人都是一头雾水，连听都没听说过这个名字。然而几家大公司里极少数经常接触跨国公司业务，对香港那边有一定了解的猎头顾问，却都是心头巨震。

林蔻蔻也忽然有了点印象："那个庄择？"

她原本平展的眉头，顿时皱得死紧。

她也不是没跟那些跨国公司接触过，有一年经济危机，客户公司受到冲击，有四万人的裁员计划，需要委托给专业公司处理。那时她才听人提起过庄择——香港赫赫有名的刽子手，裁员手段干净利落，既精通人情世故，又深谙法律规则，往往能帮企业省去大笔赔偿费用，规避大量的法律风险，是当之无愧的"裁员专家"！

这个人以前根本不是猎头！

他所从事的工作虽然同样属于人力资源行业下的一个分支，但和猎头帮企业填补职位空缺、为候选人提供职业机会相比，完全是猎头的对立面。

施定青竟然找了他？

林蔻蔻此刻的表情，不比旁边的裴恕好多少。

庄择看上去似乎是个十分谦和有礼的人，上台时还主动为主持人侧身让路，然后才站到了台上，开口便先为自己姗姗来迟的事道歉："很抱歉来晚了，不过我是初到航向，刚刚'走马上任'，最近航向的情况大家应该都有所了解，我们不来晚点好像也不太合适？"

他甚至还开了个不大不小的玩笑。谁不知道航向和途瑞最近沦为业内笑话？他开场发言竟然就敢拿自己公司开涮。有人惊讶，有人跟着笑了起来。

但这开场白给人留下的印象，可比先前那嚣张傲慢的裴恕好到不知道哪里去，迅速引起了众人的兴趣。

庄择接下来的发言，更是得体且有礼，既不否认自己初来乍到，没有经验，甚至还拿出了自己原本从事的裁员工作作为调侃，竟是虚心表示来这儿是为了跟大家学习的，希望能跟众人建立联系。

以前没听过他名号的人，这时不免对他印象极好。然而原本就知道他的那些人，却是齐齐生出了忌惮之心。谦逊只是一种表象，要不是披着这样一张羊皮，又怎么能在裁员的时候，用看似关切的态度哄骗他人主动离职，跳下深渊呢？

裴恕盯紧了他，心里几乎已经把"虚伪"两个字贴遍此人全身。

庄择发言结束后，便走下台来。

猎协主席陈志山重新上台，宣布本届大会正式开幕，众人都开始鼓起掌来。

林蔻蔻却留意到那庄择下来后，经过国际猎联几个人前面时，国际猎联那位代表刘易斯，竟然笑着走过去，同他握手寒暄。

"这个人的关系网，好像很硬啊。"

她不由得一扬眉，感觉事情有点意思，转头便要跟裴恕讨论一下。可没想到，一转头才看见他表情不对劲。

"裴恕？"

裴恕绷着一张脸，没说话，仍旧直直盯着前方。林蔻蔻随着他的视线转过头去，发现他看的也是庄择。只是这会儿庄择已经结束了与国际猎联几个人的寒暄，抬头一看，目光竟遥遥与裴恕碰上。于是，林蔻蔻见到此人笑了一声。

这时开幕式结束，快到午餐时间，众人都离开座位，饿了的去酒店餐厅吃饭，想拓展人脉的则三五成群，相互交换微信，会场里看着散乱了不少。

庄择竟穿过这些人，径直朝着岐路的方向走来！

周围不少注意到这情况的人都悄悄向他们这边看去。

裴恕就这么看着对方走近。

庄择走近之后，先打量了他一下，接着目光却是落在了旁边的林蔻蔻身上，好一番打量。

林蔻蔻感觉像是被 X 光扫了一遍，有一种难以形容的不适感，轻轻蹙了眉头。

庄择看起来却依旧是温和优雅的，竟先向林蔻蔻打招呼："您就是林蔻蔻林顾问吧？"

林蔻蔻不太明白对方的用意。

对方却笑了起来，又瞥裴恕一眼："我在香港时便常听人提起你，好像是有人很长一段时间都没打败的人。敝人庄择，久仰大名。"

说着，他很自然地向林蔻蔻伸出手去。

林蔻蔻一头雾水，觉得他方才的话意有所指，但在不了解对方动机的情况下，似乎也不好拒绝他人如此礼貌的握手。她下意识便要回握。然而就在这一刻，裴恕走了上来，"啪"的一声，竟直接将庄择那只手拍开！

林蔻蔻顿时一惊，孙克诚静观不语。

裴恕脸上却没什么表情，似乎做出如此无礼的举动是理所当然，只直视着庄择道："把你的脏手拿开，离我的人远点。"

庄择先是一愣，接着才看了一眼自己那只干净的手，竟没生气，反而笑了："认识一下罢了，至于这么紧张吗？几年不见，你变化很大嘛——我的，老搭档？"

这话一出，裴恕整张脸几乎立刻沉了下来。

很久以前在香港的那段时光如河水般倒流而上，然而不管是哪一段记忆，似乎都覆盖着阴霾与不快……他隔空与庄择对视，瞳孔深处的忌惮与不快，已毫不掩饰。

众人全都震惊了。刚才看庄择走过来，大家就猜测他和裴恕认识，可没想到，老搭档？他们以前难道一起工作过？林蔻蔻也分外诧异。她回头看见裴恕那表情，便知道庄择所言非虚。

庄择似乎饶有兴味地观察着裴恕的反应。

然而裴恕满目冰冷："我变化大不大跟你没关系。倒是你，施定青挖你你都肯来，一成不变老样子。"

庄择于是半真半假一叹："她开价够高嘛，有钱不挣不是我风格。再说，我对你们猎头这个职业，还是有一点兴趣的……"

裁员专家对猎头感兴趣？也不知是不是疑心病，林蔻蔻听着，总觉得这话里带着点难以言说的讽刺。

裴恕大约也听出来了，冷笑了一声。但他似乎没有再与此人交流的想法，转头便问林蔻蔻："饿了吗？"

林蔻蔻一愣。

然后裴恕没等她回答，又道："那我们早点去餐厅吧，晚了怕没位置。"

说完竟转身就走，对庄择是连多一个眼神都欠奉。

林蔻蔻算是看出来了，这是对庄择极其忌讳、极其不喜，连样子都懒得装一下。这两人到底是什么关系呢？与众人跟着裴恕走到出口处时，她没忍住回头望了一眼。庄择还立在原地，目送着他们。在看见她回头时，这人甚至笑着冲她挥了挥手。林蔻蔻顿时皱眉。

餐厅在酒店一楼，人已经有不少，大多是同公司的聚在一起，也有少数熟人扎堆，气氛都不错。除了歧路，大概是因为看裴恕脸色不好，大家都没怎么说笑，一顿饭吃得格外沉闷。

直到快结束时，裴恕有事出去接个电话，林蔻蔻才终于得了空隙，向孙克诚打听："摆了一顿饭的脸色，他跟庄择什么关系？"

孙克诚想打马虎眼："林顾问刚才不都听到了吗？"

那就是真的了。

林蔻蔻忽然想起裴恕在教培行业那一单的操作："难怪上次他第一时间就能想到联系各大教培公司，帮他们裁员，而且各方面流程都很熟悉……"

孙克诚不好说太深，只能道："大概在香港待过一年多吧，跟庄择的确是搭档，后来转做猎头，就离开了。没想到时隔这么久，对方竟然去了施定青那儿。"

林蔻蔻心情有些复杂："他当猎头之前，原来也是做裁员的……"

孙克诚道："那当然了，当年他可不比庄择弱，还有个绰号叫'裴刀'呢。"

在裁员这个领域，裴恕也曾混得风生水起。如果不是因为退出转行早，现在这领域的头号人物肯定不止庄择一个。

孙克诚正想说呢，可一抬眼，见林蔻蔻神情不太对劲。她耷下眼帘，微微垂首，平静的面容下却仿佛深藏着什么。孙克诚想起了那天在办公室，林蔻蔻透过玻璃墙看外面为教培行业裁员忙碌的猎头们时，也是这般神情。

其实上次他就想问了，现在犹豫片刻，便试探着开口："林顾问对裁员这件事，好像比较在意？"

林蔻蔻下意识道："有吗？"

但紧接着她便笑了一下，收拢神思，淡淡道："可能这让我想到 HR 吧。"

是了，林蔻蔻是出了名的 HR 公敌。

裁员专家和公司 HR，在某种意义上来说是差不多的，都是多少得昧着点良心才能干的脏活。

孙克诚有些迟疑地看着她，仍觉得她这话似乎避重就轻，但刚要开口，目光一抬就闭了嘴。

裴恕从那头回来了，扫他们一眼道："在聊我？"

孙克诚与林蔻蔻几乎同时开口，只不过前者矢口否认，斩钉截铁一句"没有"，另一个却坦言"聊了点"。

话音刚落，孙克诚就颇为委屈地看向林蔻蔻。

林蔻蔻这才意识到自己不小心卖队友了，掩唇咳嗽一声，把话往回兜："不过也还没聊两句呢，没什么内容。"

孙克诚："……"

裴恕笑了，睨了二人一眼，讥讽道："此地无银，欲盖弥彰！"

林蔻蔻无话可说。

好在裴恕也不想跟他们计较，只问："下午好像有什么预选？"

"金飞贼的预选。"林蔻蔻对大会安排倒背如流，"下午两点到会场，主办方应该已经安排好了小测试，尽快在所有参会人员中选出排名靠前的 30 人，然后抽签分组。"

裴恕发现不对："抽签分组？不是直接按公司分？"

林蔻蔻默默看他："金飞贼是个人奖，不是公司奖，从来没有说要按公司分。"

裴恕道："那分组结果岂不是不可控？"

如果抽签的话，跟谁抽到一组都不意外，不同公司的人，不管以前有没有交集，都有可能在大会上合作。主办方的本意是大家友好交流协作。然而扳着手指头算算这次参会的人选……裴恕眼皮都跳了一下。

林蔻蔻是过来人，波澜不惊道："不然你以为我前几届参加的时候为什么一定要换分组呢？"

她在圈内人缘再好，也不是谁都喜欢她。而裴恕……

她凉飕飕地看了他一眼，未免有些同情：别人要祈祷的是不要分到仇人，裴恕要烦恼的却可能是分到哪个仇人——因为仇人太多，总会分到的。

裴恕对大会了解不多，功课也没做够，完全没想到一个小破奖的评选还能搞出这种机制来，不由得眉心打结。其他人也颇为惊讶，有些担心抽签结果。毕竟他们老大刚才还在开幕式上拉了一波仇恨，他们歧路现在可以说是众矢之的，天知道会被人怎么针对。

只有舒甜，心思完全不在抽签上，在听见林蔻蔻说"在所有参会人员中选出排名靠前的 30 人"时，她表情就有些呆滞。

等林蔻蔻跟裴恕都说完了，她才弱弱举手："林顾问……"

林蔻蔻看向她："怎么？"

舒甜紧张得声线都不自然了："预选是在所有参会人员里，我，我也要去吗？"

林蔻蔻道："当然。"

舒甜便怔住了："可，可我……"

可她还只是个助理顾问啊，见是见过了不少，但至今没有独立做过单，竟然也要参加？

林蔻蔻一眼就看出来她在想什么，半点不在意："别害怕，一些小游戏罢了，不复杂。你就当来玩玩，长长见识也好。"

毕竟又不是什么成熟的猎头顾问，她对舒甜没有要求。

舒甜一听微微松了口气，但随即便悄悄攥紧了小拳头，一脸坚定："我会努力观察的！"

林蔻蔻点了点头，笑起来。裴恕见状，冷哼一声。其他人却是多少带着点好奇地打量舒甜，大家对她不很了解，但她独得林蔻蔻青眼却还是让人忍不住关注。大多数人其实持保留意见。

毕竟正如孟之行在舒甜头天入职时私底下做出的判断："从来没有哪个优秀的猎头连说话都磕巴，看人都不太敢看的，太腼腆了，这小姑娘看着不太行的样子。"

所以此刻林蔻蔻说舒甜也要参加，大家除了羡慕她好运，有林蔻蔻这样的人领进门，倒也没有真的期待她拿到什么成绩。

午休时间，转眼便过。金飞贼奖的预选，在下午两点准时开始。会场里原本开幕式的布置已经撤去，只留下台上那枚流光溢彩的金飞贼。座位仍是上午的座位。

林蔻蔻他们提前 10 分钟返回会场，这时会场里已经回来不少人了，原本三三两两聚在一起谈笑，但在看见歧路这帮人时，大家的目光都变得异样。显然，这是裴恕开幕式上放狂言留下的后遗症。林蔻蔻不由得叹气。

在经过过道，就要往歧路那片区域去时，他们与锐方回来的一行人迎面撞上。

黎国永不在，贺闯站在最前面，林蔻蔻不由得停下脚步。过道没那么宽，他们不可能同时经过，林蔻蔻顿了片刻，正想站到另一侧去。

没想到，贺闯看她一眼，竟然先退开了。

裴恕一看，心里那股不爽便往外冒，看似真诚地表达了感谢："都说贺顾问以前性情张扬，是个不太好相处的人，看来是谣传，多谢你让路了。"

贺闯没被激怒，只道："该让的我不争，该争的我也不会让。"

林蔻蔻静静看他片刻，对他竟去了锐方终究感到不快，什么也没说，直接带着人从他身旁走过。挨得近时，贺闯仿佛能闻见春日晚樱的味道，但一远离，便知那不过是往日记忆所挟带的错觉。贺闯听着她的脚步声在身后慢慢远去。

大家都到歧路所在区域后，林蔻蔻照旧去跟大会工作人员确认到场人员名单。

裴恕刚在自己位置上坐下，还在想贺闯那句意有所指的话，一抬头就看见不远处庄择也带着人来了，脸上便蒙了一层阴影。

孙克诚也看见了，不由得道："这届大会看起来都不是什么善类啊。"

裴恕回头："都？"

你是不是善类自己心里还没点数吗？他心里吐槽，嘴上却是迅速转移话题："不过施定青连庄择都挖过来，估计是有心要针对你了。这届金飞贼，他应该也算参会人员吧？"

提及施定青，裴恕神情便越发冷淡。在香港那段时间，他过的什么日子，施定青应该再清楚不过，如今却故意挖了庄择过来，很难说是藏着什么好心。

林蔻蔻这时正好回来，看见庄择出现在会场，不免打听了两句："这人的名声我听过，能力怎么样？"

裴恕简明扼要："很强。"

只是他顿了片刻，又道："不过那是几年前，而且是在裁人的时候，当猎头……我不清楚。"

能让裴恕用"很强"两个字，林蔻蔻瞬间建立起了对庄择的认知。

众人都到场后，预选环节便直接开始了。

每一年主办方都会设计几个能测试猎头能力的小游戏，而这一届的游戏是……

当主持人上台宣布完规则后，整个歧路的人都愣了一下，相互看了两眼——这不就是他们经常在聚餐时候玩的"猎头游戏"吗？只不过规则复杂了一些。

大会现场将会播放三位不同职业人士的日常或者工作视频，要求所有猎头顾问在看过后判断这些人的职业、年龄、薪酬水平、出身等等，现场用电子设备扫码就能进入答卷填写界面，系统将根据答卷内容进行排名。准确率越高，排名越靠前。相同准确率的情况下，用时越短排名越靠前。

叶湘几乎立刻摩拳擦掌："这个我们擅长啊。"

孟之行泼冷水道："也未必只有我们擅长。"

舒甜已经紧张得手心冒汗，咬住了嘴唇。

裴恕看完规则后，却是忽然回想起了一些并不美妙的记忆，顿时没忍住看了林蔻蔻一眼，道："这游戏像是为你量身定做的。"

林蔻蔻也想起了自己刚到歧路那晚聚餐时的一些细节，尤其是这个游戏前后……

她忽然道："那时候我刚到歧路，你还对我横挑鼻子竖挑眼的。"

裴恕死鸭子嘴硬："你怎么知道现在我就不挑呢？"

林蔻蔻挑眉："离我的人远点？"

在林蔻蔻将先前他对庄择说的那句话重复出来时，裴恕整个人都不好了。之前他也是说完了才反应过来，心里有些忐忑。后来看林蔻蔻没什么反应，便以为她可能没注意到，放心了不少。谁能想到她现在忽然提起来？

裴恕眼皮直跳，眼观鼻鼻观心，一副貌似镇定的表情："我的意思是，离我公司的人远点，只是情急口快，省略了一些词语。"

林蔻蔻也不评价，就这么要笑不笑地看他。裴恕被她看得脸皮发烧，眼看着就要扛不住。

还好，林蔻蔻适时地收回目光，"哦"了一声，不置可否地道一句"我猜也是",然后便专注于屏幕上刚刚开始播放的视频片段。

对大部分猎头来说,根据衣着、言谈、行为举止对候选人进行大概的预判,已经是家常便饭,只不过现在是要优中选优。三段视频一共就三分钟,留给众人思考的时间并不多。

林蔻蔻速度极快,几乎是在视频第一遍播放结束后两分钟就直接在页面内提交了自己的答卷。她的名字第一个出现在了显示统计结果的屏幕上——准确率85%,用时5分23秒,暂列第一。

这屏幕是所有人都能看到的,场中顿时起了一阵惊叹之声。

陈志山在下面看着,都忍不住感叹一句:"姜还是老的辣。"

其他人当然也不慢,陆续提交了答案。很快结果便出来了。

贺闯,准确率85%,用时6分10秒,第二;
薛琳,准确率82%,用时6分04秒,第三;
白蓝,准确率81%,用时5分40秒,第四;
陆涛声,准确率81%,用时6分10秒,第四;
黎国永,准确率81%,用时6分14秒,第五;
…………

在屏幕上排名达到30人之后,许多还没填写完答卷的猎头顾问直接干脆利落地点了"放弃"选项。因为从时间上来看,他们已经远远落后。想要进入前30人的行列,必须更准确地判断视频里这些人的信息。但各大王牌猎头顾问都只判断出80%左右,普通人除非瞎猫撞见死耗子,不然几乎没可能超过。

林蔻蔻提交完答卷之后没事可做,便一边看大屏上的排名,一边观察其他人。在看见贺闯的名字紧随自己出现时,她一点也没感到意外。贺闯从来都很优秀,只是他以前爱跟在自己后面,多少有些埋没了。

孟之行和叶湘也在20名前后占据了一席之地。

但让林蔻蔻惊讶的是,舒甜虽然用时很长,竟然也以76%的准确率排在第28名。舒甜自己都非常吃惊,不敢相信,反复确认了好几遍。歧路众人万万没想到她能排进来。孟之行当时就没忍住擦了擦自己的眼睛,愕然无言。薛琳在看见舒甜名字时,漂亮的脸上更是露出掩不住的惊诧,甚至在盯了好几秒之后,隐约带上了几分扭曲。

但更让林蔻蔻,或者说全场人诧异,甚至无语的是……"裴恕"两个大字,赫然挂在舒甜后面——准确率75%,用时7分43秒。

作为业内知名猎头顾问，或者说"猎头公敌"，还是歧路的合伙人，竟然排在刚进公司甚至连个正式猎头顾问都算不上的舒甜后面？一时间各种异样的目光全都扫了过来。还拿金飞贼呢，就这？

裴恕坐在孙克诚跟林蔻蔻中间，能感觉到来自两旁那欲言又止的视线，慢慢放下了已经提交完答卷的手机。孙克诚小心打量他，没敢说话。

林蔻蔻忍了又忍，实在没忍住："你刚才到底干什么去了？"

这种测试多少有点看临场发挥不假，但裴恕就算闭着眼睛那也不该吊车尾啊。

裴恕幽幽看她一眼："不该问你刚才对我说了什么吗？"

聊完那几句之后他心神难宁，眼睛盯着视频，脑袋里放的却完全不是这些东西。能搞出75%的准确率来都有赖于给祖师爷烧过香。

林蔻蔻瞪大眼睛，被他这突如其来的甩锅惊呆了。

裴恕语重心长："你好好反省反省。"

林蔻蔻心道："自己胡思乱想还能怪到我头上？"

她嘴唇一抿，便想跟他理论理论，只是耳朵一动，却听见周围人小声地议论："那个庄择看着挺厉害的，怎么连排名都没上？"

林蔻蔻顿时一怔，这才想起来，目前的排名，还真没庄择。可裴恕说，这人很强……她皱了一下眉，向着航向所在的区域看去：庄择两腿交叠，优雅地坐着，正盯着手中的iPad看，屏幕闪烁的光芒映在他的镜片上，瞳孔深处一片平静。

他还没提交答卷！

意识到这一点时，林蔻蔻心头一震，已经有了隐约的预感。

裴恕则平淡地评价："后发制人，是他的习惯。"

视频给的信息有限，就像年龄这种数据，人用肉眼是很难准确衡量的，包括薪酬也只能大概估个范畴，所以答案一定会存在误差，区别只在于误差是多少。只不过猎头的知识面越广，看得越仔细，对信息判断就会越准确。庄择是在用更多的时间，追求更高的准确率！

下午两点三十五分，在大会规定的时间即将结束前十秒，庄择手指轻轻一点，终于提交了自己的答卷。答卷通过网络上传，在倒计时结束声响起的同时，大屏的最终统计结果也瞬间刷新——庄择，准确率98%，用时19分50秒，排名第一。

全场顿时一片哗然。

第四十六章
抽签分组

"98% 的准确率，以前有过吗？"

"史无前例吧？"

"就算是用更多的时间也没有……"

"我还以为肯定是林蔻蔻第一，没想到……"

会场瞬间沸腾，嘈杂的声音险些没把会场天花板给掀翻。原本是林蔻蔻遥遥领先，谁能想到竟在最后一刻被人绝地翻盘？而且如此高的准确率……航向这位声称第一次接触猎头行业的新总监，竟这么厉害？

众人心头第一时间冒出来的，都是震骇；但过得片刻，便转为看热闹不嫌事大的兴奋。大家或是怀着期待，或是怀着同情，或是怀着幸灾乐祸，全都将目光朝着场中几个关键人选身上看去。

薛琳的脸色是最差的。

原本她才是本届大会的夺冠热门，拿金飞贼对她来说几如探囊取物一样简单，可谁能想到原本从不参会的歧路竟然破例参会，由此带来了一个自带两届金飞贼奖得主光环的林蔻蔻，一下夺走了她大半的关注。

现在又突然杀出个庄择？原本在此环节排在前列的好心情，瞬间荡然无存，她借口接电话，直接暂时离席。

林蔻蔻倒还算坐得住，只是庄择最终高达 98% 的准确率，也不免令她吃了一惊。

此人用时间换准确率，她想过他的准确率会比自己高，可没想到能高出这么多。

后发制人吗？想起裴恕方才的话，她略略抬眉，再次向庄择看去。

比起他人的震惊，庄择本人似乎要淡定很多，此人脸上甚至连一点一鸣惊人、拔得头筹的喜悦都没有，反而面容微冷，又盯着 iPad 上面的视频与答卷，尤其是自己回答不够准确的那一项。

旁边有人来恭喜，他极冷淡地道："运气不太好，蒙错一个点。"

对于这高达 98% 的准确率，他竟还不满意！

林蔻蔻眸底掠过一缕深思，轻声道："你这位老搭档，有点……"

她一时没找到合适的形容词。

裴恕却是自始至终都很淡定，眼下只将白眼一翻，毫不客气地评价："有点装。"

林蔻蔻："……"

裴恕把眼帘一耷，敛了瞳孔深处那隐约的戾气，冷冷笑道："玩个小游戏都这么较真，看来是铁了心要帮航向一雪前耻了，施定青给的的确不少。"

而且，刚才林蔻蔻名字高居榜首而庄择久久不见动静时，国际猎联那几位代表似乎有点坐不住；等到庄择的名字压上来，取代林蔻蔻成为第一时，那位刘易斯先生顿时露出了笑容，与其他人不住点头，仿佛十分看好庄择。这一点不仅林蔻蔻跟裴恕注意到了，其他几家的猎头也关注到了。

假如国际猎联跟庄择这边私交颇厚，那本次进入国际猎联的席位恐怕航向早早便占去一席了。

30 人的预选名单，最终决出。

庄择高居第一，林蔻蔻第二，后面是贺闯、薛琳、白蓝等人，舒甜运气极好倒挂第二，而裴恕竟然挂在最末，差点没被人挤出去，堪称是丢尽了知名猎头的脸面，着实引起了一阵非议。好在这人脸皮厚，硬坐在那边接受众人的注目礼，不以为耻，反以为荣。

无论如何，歧路连带孟之行在内，有 4 人进入名单，让他十分长脸。

其他几家大公司，途瑞 3 人，嘉新 3 人；同辉国际的 Eric Wu 人虽然没到，但团队里也有 3 人上榜，成绩可喜；反观锐方，却只有黎国永与贺闯两人进入预选之列，可见公司新生力量不够，后继乏人。

剩余 15 个名额则由其他小公司以及个人猎头分掉。

接下来便是抽签分组环节。

主持人简单介绍了一下规则："预选 30 人，将分成 5 组，每组 6 人。抽签分组将直接由电脑系统进行，以大家在预选里的排名作为序号进行随机匹配，也就是说，整个过程是完全随机的，分到任何组、任何人，都是有可能的。"

下面立刻有人提问："万一特别厉害的人全分配到一组呢，对其他人不公平吧？"

主持人未免愣了一下。

陈志山便老练许多，不慌不忙拿起面前的话筒，先斜了下面某人一眼，才道："前几届我们也是有别的分组方式的，只不过某位顾问向我们提出建议，认为'完全随机才是完全的公平'。大家平时工作就很难选择同事、挑剔团队，越是随机，越考验合作能力。我们组委会充分采纳了这项'丛林法则'意见，所以这两届才改成了现在的规则。"

刚才提问的人立刻看向林蔻蔻。

连边上的裴恕都用一种复杂的目光注视着她。

要说随机分组对谁不利，那当然非他莫属。

所以此刻，他不免咬了牙，满腹怨气："林蔻蔻，你可真行啊。"

林蔻蔻默然无言，好半晌才道："我当初也没想到，现在会跟你一起参加大会啊。"

两年前搬起来的石头现在砸了自己的脚，这找谁说理去？

总之陈志山此言一出，全场的仇恨都转移到了林蔻蔻身上。

主持人补了一句："不过大家也不用担心，分组后我们还设计了一些小小的机制，能对成员进行一些微调。"

陈志山则道："再之后就会直接进入实战比试的环节，如果大家没有其他异议的话，现在就开始抽签吧。"

众人都没了异议。

于是陈志山示意大会工作人员开始操作随机分组，道："分组结果将会一组一组依次显示。"

没进入预选名单的猎头，瞬间进入看戏状态，纷纷猜测着谁跟谁会一组。

进入了预选名单的猎头，则难免有些紧张。毕竟谁不想分到几个强有力的队友呢？

尤其是舒甜，稀里糊涂闯进预选之后，现在整个人都紧张得手足无措。毕竟薛琳的名字就高高挂在第四位。

她心里难免祈祷不要跟薛琳分在一起，可谁能想到，天不遂人愿，大屏幕上显示的第一组，就是她与薛琳！

薛琳名字在前，舒甜名字在后，紧紧挨在一起！

其他公司没什么反应，顶多关注一下薛琳这组的情况，可途瑞、歧路两家公司的人，却同时在心里叫了一声。

别人不知道，他们可是知道的啊——舒甜在跳槽歧路之前正是薛琳的助理，短短几天时间，原本等级分明的上司下属，现在竟然分到了同一组？

如果说先前薛琳的脸色只是难看，现在可以说是完全僵了，封冻起来，感觉不出半点温度。连舒甜本人都傻了半天，不免面色微白。

林蔻蔻更是不由得拧了眉头，瞬间想起了在清泉寺时薛琳对舒甜的种种言行，只盯着大屏幕上第一组的分组名单，慢慢道："今年的系统分组，好像不太友好。"

裴恕绷着脸没接话，只是盯着大屏幕。

第一组名单只是在歧路与途瑞之间引起了一些小骚动，可等第二组名单一出，整个会场再次哗然。

排在前三位的，赫然是白蓝、黎国永、陆涛声！

四大猎头公司里居然有三家的王牌总监被分到了同一组。

"靠，这随机分组真不是闹着玩的？太离谱了……"

"这还打什么，对上这三位大佬，谁能赢？"

"我居然跟这三位大佬分在一组，害怕……"

"小组赛肯定是他们这组赢吧？"

众人几乎都不敢相信自己的眼睛，这排得也太邪门儿了，这三位大佬一组队，其他组还要怎么赢？连林蔻蔻看了这分组之后都不由得狠狠皱了一下眉头。被分在同一组的白蓝、黎国永、陆涛声三人也完全没料到，愣了半晌，相互看看，却都没有说话。

会场上的议论半晌平息不下来，直接导致接下来公布的第三组名单无人关注。这一组人基本都不算是行业顶尖的猎头。

林蔻蔻眼熟的只有一个，是姜上白那一单打过交道的，叫周飞，是途瑞的猎头、薛琳的下属。其他人在预选中的排名都在中游，既不出众也不垫底，十分平庸。

只是裴恕在看完这一组名单之后，表情却渐渐凝重起来。

孙克诚扳着手指头算了一下：前三组都已经公布，还剩下12人。纵观场中，能引起关注的重量级角色却还剩下不少，裴恕、林蔻蔻、贺闯、庄择……

都还没有分组!

在意识到这一点的瞬间,孙克诚眼皮就狂跳起来。

人们在激烈讨论过第二组的分组后,终于也慢慢意识到第三组分组的情况,对接下来的两组意味着什么——那四个人,随便怎么排列组合,好像都不太妙啊!

不知何时,会场上竟又慢慢安静下来。

人人屏气凝神,注视着大屏幕。

偏偏系统好像能感应到众人的想法似的,似乎卡顿了一下,比起前面三组慢了好一会儿,才猛地闪烁了一下,蹦出第四组的名单来。

裴恕一看,整张脸都黑了下来。林蔻蔻也久久没有说话。斜前方的贺闯抬头望着屏幕,从后面也看不见他的表情。

唯有庄择,在看清第四组名单后,尤其是前两个名字之后,忽然笑了起来,回头朝歧路的方向看了一眼,满怀愉悦。

第四组:贺闯、裴恕……

那么,第五组名单,已不言自明。

裴恕与贺闯一组,林蔻蔻与庄择一组!

不同于前几次的哗然,最终分组名单出来后,会场上竟静悄悄一片,人人神情诡异,面面相觑。这四个人也能捉对分到同组?谁不知道裴恕是林蔻蔻的现任合伙人,贺闯是林蔻蔻前任下属?第五组更别说了,林蔻蔻是航向前任总监,庄择是航向现任总监!怎么着,这是现任前任开大会呢?

连只是对他们关系略有耳闻的人,都知道这分组结果有多魔鬼,何况是对内情一清二楚的孙克诚?自家祖宗跟贺闯,哪儿是普通竞争关系,那可是再明白不过的情敌关系!偏偏林顾问还跟庄择分到一组……他盯着屏幕,不由得出了一脑门的冷汗。

唯独处于风暴中心的林蔻蔻,非但没觉得事情有多严重,甚至隐隐有种松了口气的感觉。毕竟她很难想象,假如自己跟贺闯分到一组……还好,结果不算太坏。只不过……当她转过头时,就看见了裴恕那张冷得能冻死人的脸。

"你们管这叫'随机分组'?"他近乎咬牙切齿地冷笑了一声,目光死死地盯在最后两组的分组结果上,"是专门冲着我来的吧?"他跟贺闯分到一组也就罢了,林蔻蔻竟然跟庄择一组?倘若目光有实体,现在显示分组结果的屏幕恐怕早都被他戳烂了。

陈志山作为猎协主席，参与大会多次，可也从来没见过这么邪门儿的分组，眼看场中气氛诡异，他连忙出来热场子："喀，分组结果好像是有点令人意外，不过随机嘛，玩的就是心跳，玩的就是刺激！"

　　参加预选的 30 人各怀心思，都静默无语。

　　陈志山自己哈哈笑了两声，仿佛一点也不尴尬，朗声道："越是有挑战性的分组，才越能彰显诸位猎头顾问的本事，也让我们更期待接下来的精彩交锋了。"

　　白蓝在下面一声冷哼："人头都要打成狗头，能不精彩吗？"

　　台上陈志山镇定自若，摆手示意，道："既然现在分组结果已经出来，就请大家上前，根据桌签上标明的组号入座，大家先相互认识一下，以便进行我们下一个环节。"

　　会场靠前的位置，已经放置好了五张长桌，桌上有桌签，每张桌旁安放六把椅子。众人听了陈志山的话，都陆续上前入座。唯有裴恕跟尊煞神似的，半天没动。

　　林蔻蔻大约能猜到他心情为什么糟糕，犹豫片刻，凑近他耳旁，低声说了一句话。

　　裴恕立马抬眸看她："真的？"

　　林蔻蔻抄着手笑："我难道还会骗你不成？"

　　裴恕顿时冷笑："你忽悠人的时候还少了？"

　　林蔻蔻："……"

　　好吧，往前数数，自己的确劣迹斑斑，没什么好说的。

　　她只问："走不走？"

　　裴恕考虑了片刻，又朝庄择的方向看了一眼，最终还是不情不愿地站了起来，带着歧路这边几个人朝前方长桌的位置走去。

　　只是也不知是巧合还是故意，当裴恕走到过道时，正好跟庄择碰上。两人相互看了一眼，却都没停脚步，继续往前走。裴恕目视前方，神情冷淡。

　　庄择却是举止优雅，笑意温和："看来我跟你的现任搭档缘分也不浅，听你提过那么多次，现在总算有机会近距离领教领教了。"

　　林蔻蔻走在后面，听见这句，不由得诧异地朝前面的裴恕看上一眼：这两人有过节儿也就罢了，可怎么说两句话都要带上她？还有，裴恕经常跟庄择提起自己吗？又是什么时候？

　　裴恕却是突然间笑了，想起了林蔻蔻方才对他耳语的一句，于是长长的眉一扬，又恢复了往日的恣意张扬，竟是语气轻快地说道："那可要恭喜你了。"

恭喜？他的反应在庄择意料之外，一下让庄择蹙了眉。

裴恕却是淡淡道："以前你的确不太会做人，现在总算有人能教教你了。"

庄择眼角顿时微微一抽，转头看向林蔻蔻。

林蔻蔻一愣："怎么又跟我有关系？"

裴恕这话简直是明着骂庄择，说林蔻蔻会教他做人。换任何人听了只怕都要黑脸。

只不过庄择似乎涵养不错，静得片刻后，竟然笑了起来，轻轻道一句："那可太好了，我拭目以待。"

说完，他便朝五号桌去，率先落座。

林蔻蔻若有所思地看着这人，只向裴恕道："你这样提前帮我拉仇恨，对我期待值是不是太高了？"

裴恕冷哼道："拿出你当年打我的架势就行了。"

林蔻蔻："……"

裴恕臭着一张脸，斜了她一眼，也不再说什么，径直向四号桌走去。

这时贺闯早已入座，只是看着他与林蔻蔻说完话，朝这边走来。两人目光交会，贺闯深静冷寂，裴恕则暗含挑衅。

他拉开椅子，随意地坐下来，将两条腿一架，仿佛其他人根本不存在一样，只漫不经心道："竟然跟我分到一组，而不是跟自己的前任上司一组，贺顾问心里很遗憾吧？"

其余四位组员一听头皮都麻了：不愧是业内大名鼎鼎的猎头公敌，大家都分到一组了，你开口就拉仇恨是想干吗？！

贺闯似乎也没想到裴恕会这么直接，他耷下眼帘静思片刻，竟道："是很遗憾。"

裴恕瞳孔瞬间紧缩，深深看向对方。桌上的气氛，一下就变得凝滞起来。

其他组的情况，似乎也好不到哪里去。

此时众人已基本就座。

一组以薛琳为首，其余人虽然不知道她跟舒甜的关系，但对前几天她在教培行业的滑铁卢都有所耳闻，寒暄间未免带着一点心照不宣的微妙。舒甜坐在离薛琳最远的末座，透着几分小心，轮到她自我介绍时，只说自己是歧路的"助理顾问"，顿时引来众人惊讶，不敢相信小小一个助理顾问竟然能进入预选。

薛琳听见，只无声冷笑了一下。

二组则堪称是王者之组，白蓝、陆涛声、黎国永，三大巨头齐聚一桌，往那儿一坐，光气场就让人觉得这轮小组赛的优胜者非他们莫属。只是这三位虽然熟识，可往日在公司业务上的争端和矛盾却不少，面和心不和，更别说还有白蓝这么个喷子，再加一个满肚子坏水的老狐狸黎国永，纵然陆涛声是个和事佬，也挽救不了。大家说话看似和善，仔细一听都阴阳怪气。

其余三位组员在业内都算精英，可坐在这里却凭空矮了一头，瑟瑟发抖，竟莫名有种辛酸卑微之感。

三组又是另一种极端，带头大佬一个也没有，连同来自途瑞的周飞在内，预选的成绩排名都平平，谁也不比谁高到哪里去，再看看人家其他组都有大佬坐镇，不由得面面相觑，相视苦笑。

林蔻蔻所在的五组，或许是唯一的例外了。

她刚款步走过来，就受到了来自其他五人包括庄择在内的注目礼，大家纷纷向她打招呼问好——毕竟"林蔻蔻"三个字，在业内着实响亮。

庄择的态度就更为友善了，笑着一指自己身旁的椅子道："大家都跟我不熟，不好意思坐我旁边，只能委屈一下林顾问了。"

林蔻蔻脚步一顿，看了那张椅子一眼，目光又从庄择那看似真诚的笑容上掠过，再看看其他人明显不太自然的笑意，心里还有什么不明白？恐怕是他落座的时候就跟其他人暗示过。这要没故意的成分就有鬼了。

只是她心念一转，却并不拆穿，同样挂着温煦的笑意，真就落落大方地拉开椅子坐在了庄择旁边："我也对庄顾问的名声略有耳闻，正好接下来交流交流。"

几乎在她坐在庄择旁边的瞬间，一道存在感极强的视线盯在了她后脑勺上。不用想都知道那道视线来自裴恕。只是林蔻蔻也不回头看一眼，权当没感觉到。

她在圈内人缘一向不错，从来不端什么架子，再加上旁边的庄择，不管心肺到底黑不黑，至少表面上温文尔雅、谈吐不俗，其他四位组员一时如沐春风，觉得舒坦极了。相互间寒暄谈笑，气氛倒比别的组好上不少。

主持人在台上看大家都已经落座，便拿起话筒笑道："相信大家都已经寒暄过，相互认识了。按照历届传统，我们小组赛主要是看大家的实战能力，以组委会精心甄选出的几单 case 来比拼，最终金飞贼奖将颁给胜者组中实力最强、得到大家一致认可的一位猎头顾问。不过，在进行正式比拼之前，我们有一个小小的环节需要进行。"

众人的注意力全都回到台上。

主持人看了一眼手卡，宣读道："现在成立的五个小组，就是临时组成的五个团队，在接下来的几天里可能会通力合作。任何团体，想要凝聚在一起，都得有统一的价值观。现在就请各位顾问花十分钟的时间分组讨论，对猎头这个职业来说什么最重要，并且将讨论的结果作为本组的口号，写在卡片上。"

很多公司做培训、团建，都会有这个环节，众人都不意外，早都轻车熟路，很快便讨论起来。只是林蔻蔻听完，眼底却露出几分深思。她不是第一次参加大会了，早已深谙游戏规则——主持人的话，值得深思。

这里面，有坑啊。

庄择已经拿到了卡片，喊了她一声："林顾问，讨论吗？"

林蔻蔻回神，笑起来道："讨论啊，大家怎么看？"

其他四个组员在业内都名声不显，真到发言时，难免有些畏缩。

之前在会场门口嚷嚷着要把自己的序号改成幸运数字的那名青年，叫作刘跃，正好分到林蔻蔻这组。只是比起先前的咋呼劲，他现在要腼腆许多。

他看看其他人都不说话，于是咳嗽一声，尝试着道："要不，客户第一？要能从客户那边拿到 case，有 case 我们才有饭吃！"

林蔻蔻眼皮忽地一跳：这么强调客户？

旁边则是个面容老成的男人，看着有三十好几岁，眉头拧成个"川"字，叹气道："开发客户不难，问题是拿到客户之后怎么完成客户的要求。交付吧！最重要的还是订单的交付环节，拿得到我们还得做得了。"

林蔻蔻眼皮又跳了一下：一提交付就叹气？

第三个人又有不同意见："我觉得还是别说那么复杂，做什么职业最终都是为了钱，要能拿到钱啊！客户签了，单也交付了，最终拿不到钱或者只拿到一部分钱有什么用？我就不明白，怎么市场上就有这么多抠门儿的用人单位……"

第四人小心翼翼道："是要讨论价值观，定口号，我们是不是别这么露骨？我们一头对接客户，一头对接候选人，也许，更像是一座桥？"

听到这里，林蔻蔻已经忍不住看了一眼大屏幕，那上面还留着先前预选环节的排名。

好家伙……除开她跟庄择名列前茅，其余四人包括那青年刘跃在内，排名也就刚好在裴恕上面一点，着实没高出多少！

庄择的反应与她一般无二，也是转头看了一眼大屏幕，静默片刻，才回过头来。

两人的目光正好对上，彼此心知肚明——强调客户的，那就是平时开拓客户很困难的；为交付叹气的，是拿得到客户却做不成单子的；一个劲强调钱的，是做完了单却总无法从客户那儿收到钱，多半是挑客户的时候就没挑对；至于剩下那个，和稀泥一把好手！

他们这是摊上事了。这组除他以外的四个人，可以说是预选环节里最菜的那一批！

林蔻蔻犹豫了片刻，轻声问："你们之前预选环节的准确率……"

刘跃"哦"了一声，颇为得意地笑了，大大咧咧道："幸运数字！蒙对了很多！"

林蔻蔻："……"

她看向剩下三人，那三人都朝她露出了一点尴尬而又不失礼貌的微笑。

庄择感到棘手，但还算淡定，笑着问林蔻蔻："林顾问，你呢，对你来说，当猎头最重要的是什么？"

林蔻蔻看他一眼，眸底飞快掠过了什么。

她似乎想了想，慢慢道："我觉得，什么职业道德、客户候选人之类的，都不重要。做猎头，最重要的——"

大家都看向她。

林蔻蔻斩钉截铁："当然是不择手段！"

不择手段？

那四人全都张大了嘴巴，难以置信地看着她。

林蔻蔻仿佛自有一套理论："当猎头，就是一场厮杀。你只有想到别人想不到的办法，使用别人不能用的手段，才能立于不败之地。只有不择手段，才能有更多手段。"

就算早听说她向来剑走偏锋，不按寻常套路出牌，可当实打实听见"不择手段"这套理论从她嘴里说出来时，众人仍旧忍不住狠狠吃了一惊。庄择对她的作风也早有耳闻，似乎不该意外。只不过……他注视着林蔻蔻，蹙了一下眉，少见地露出了一种隐晦而挑剔的眼神，甚至隐隐藏了点失望。

就这？

在他与裴恕合作的那一年多时间里，他曾听裴恕提起过这个女人许多次：

没有林蔻蔻，他或许这辈子都不会踏足人力资源这个行业，更不会从事裁员这项工作；他沉冷寡言，不肯有片刻松懈，苦心蛰伏经营，为的不过是那一腔打倒她、报复她的仇恨；也是因为对她的这一腔仇恨，裴恕执意离开香港，与他分道扬镳……

庄择当时便觉得裴恕是入了魔。他们当时在香港要名声有名声、要人脉有人脉，想做什么事不能成？可裴恕说走就走，返回内地创业，竟然也跑去做猎头。庄择还当他是有志要报仇，要在猎头这一行堂堂正正地击败林蔻蔻，让她尝尝当年的苦果。事实上这几年裴恕似乎的确是这么做的。可就在今年，他竟听说林蔻蔻跳槽歧路，跟裴恕成了新搭档！

庄择太难形容自己当时听见这消息时的感触，难以置信的荒谬之后，是控制不住的好奇——到底是怎样一个女人，才能拥有这种魔力？于是，他罕见地答应了施定青的邀请，来到航向。

可现在……当猎头最重要的是不择手段。传说中的林蔻蔻，似乎……不过如此？

"庄顾问觉得呢？"林蔻蔻说完，便看向了他，目光中似乎带着几分探究，"听说庄顾问以前是做裁员的，不知有何高见？"

庄择收敛神思，毫不避讳地道："几位说得都很有道理，不过作为一个以前并不从事猎头工作的人，我认为在广义的人力资源这一行，有一条法则是放之四海而皆准的——把握需求。"

林蔻蔻做洗耳恭听状。

庄择淡淡笑道："不管是在哪个环节，不同的客户和不同的候选人，都有不同的需求。我们必须看见他们真实的需求，满足他们的需求，只有需求跟需求匹配，大家各取所需，事情才能成。"

前面四个人说的是执行当中的环节，都是细节；林蔻蔻讲的是概括，属于方法；庄择却是深入心理层面，算起来又往上拔了一层。

大家听后，都不免有些惭愧。

连林蔻蔻都夸赞起来："还是庄顾问境界高，厉害，厉害。"

庄择以为这一小轮交锋算是自己占了上风，听完林蔻蔻夸赞，刚想谦逊两句。

可还没等他开口，林蔻蔻忽然话锋一转："不过，提心理需求什么的，作为我们小组的口号，好像不太通俗吧？"

众人全都一愣。

庄择不免皱了眉："林顾问有想法？"

林蔻蔻分外礼貌道："我只是觉得，我们毕竟是一个团队，虽然大家现在暂时还不够了解，可能对猎头这个职业的见解也有不同，甚至可以说有一些实力方面的差距。但团队的魅力便在于，每个人在团队里都能拥有自己的位置，发挥自己的长处，大家一起进步，共同成长。"

说到这里时，她停了一停，看向其余四人。四人全都有些茫然。庄择隐隐觉得哪里不太对。

紧接着，便见林蔻蔻目光一闪，竟是道："所以我建议，我们五组的口号，就叫'不抛弃，不放弃'！谁赞成，谁反对？"

不抛弃，不放弃？第一时间，庄择都没明白，然而紧接着，一股寒意便爬上脊背。

他看见其他四人在听见这六个字后，眼睛突然间齐齐一亮，竟都举起手来："赞成！"

同时，台上传来主持人的声音："好，时间到。请各组将自己的口号写在卡片上。相信大家在对这个问题的讨论中，已经对各自组内的成员有了一些深入的了解。所以现在，就请大家投票选出各自小组的队长！"

被阴了。

这一瞬间，庄择脑海里浮现出了无比清晰的认知。而仿佛是为了验证他的猜测，旁边的林蔻蔻注视着他，终于扯开了唇角，冲他嫣然一笑。庄择简直不敢相信，自己竟着了她的道！

这个环节，表面上是在讨论对猎头来说什么最重要，事实上是提供一个大家相互了解的过程，也是为团队确立领袖的过程！

小组赛，金飞贼奖从优胜组里选——假如成了优胜组，还有谁比队长更适合拿金飞贼呢？

而林蔻蔻作为参加过两届大会的老油条，早已谙熟规则，从一开始就清晰地知道这一轮讨论的目的何在。她是故意说出"不择手段"这种话，来放松他的警惕，麻痹他的神经，然后却话锋一转……就那四个排名靠后的菜鸡，说话都不太有自信，还有什么话能比"不抛弃，不放弃"来得更有吸引力呢？这简直是林蔻蔻在给他们打包票：放心，跟着我绝不会被嫌弃、被孤立，有福同享有难同当，我会安排大家各就各位、各司其职，绝不让大家丢脸！

毫无疑问，接下来队长投票环节，那四人都选了林蔻蔻。

庄择叹为观止，看着刚在卡上写下"不抛弃，不放弃"六个字作为口号的林蔻蔻，终是道："不愧是林蔻蔻，老谋深算……"

林蔻蔻谦逊道："不过是仗着更熟悉规则，欺负一下新来的罢了。"

"新来的"庄择慢慢道："不止如此吧？"

林蔻蔻顿时挑眉看向他。

庄择几乎是用一种笃定的口吻道："我猜，如果值得你争上一争，那么，在这个游戏里，队长应该拥有一些权限。"

这个人，可真是敏锐啊。

林蔻蔻看着他，忽然眯了眯眼，半晌后，才笑出来："恭喜你，猜对了。"

台上，主持人揭开了最后的悬念："现在，我们将进入一个稍显残酷的'冷板凳'环节。请五位队长根据你们对组内成员的了解，将你们认为最不适合本组的成员名字写在卡片上。该名成员将会被开除出组，坐上场中的'冷板凳'，重新接受各组挑选！"

第四十七章
冷板凳

　　开除出组，让人去坐冷板凳！玩这么刺激？主持人此言一出，全场人倒吸一口冷气。尤其是头回参加大会的那些，全被规则惊呆了。这也太狠了。大家都在行内混，这要被人开除，不是在大庭广众之中丢人吗？

　　别说被开除的那个，就算是开除人的队长，只怕也不好受。毕竟都是同行，开除谁不都要得罪人吗？一个处理不好，是会结仇的。

　　一些先前还在为没进预选赛而扼腕的顾问，此时都不由得庆幸起来；可置身游戏规则之内的参与者们，就没那么轻松好运了。全场五个小组的成员，几乎全愣了。就连二组那几位大佬都忍不住皱起了眉头，相互看看，气氛怪异。

　　没办法，谁叫他们这一组太过特殊呢？白蓝、陆涛声、黎国永，个个在自家公司都是说一不二的人物，又都是蜚声业内的金牌猎头，就算是参加大会，多少也得端点架子，不能在老对手面前输了排面。所以在刚才选队长的时候，大家就僵持不下。

　　白蓝说："当队长是个力气活，还未必讨好，我年轻，理当为大家分忧解难。"

　　陆涛声说："我们这组比较特殊，可能更需要一位风格不那么突出、可以协调统筹的队长。"

　　黎国永笑呵呵："既然我们这组特殊，当然是要经验老到、资历深厚的人，才有可能压得住嘛。"

　　剩下的三个人听得瑟瑟发抖，话都不敢多说一句，纷纷表示：大佬决定就好，我们都听大佬指挥。

可大佬们谁也不服谁，大家原本都是同层级人物，总不能现在你是队长我是队员吧？言语交锋，好一阵阴阳怪气。

吵着吵着，白蓝忽然看见了对面的三位普通组员："话说，队长也不一定要从我们三个里面出吧？"

陆涛声与黎国永对望一眼，也看向对面。桌上便忽然没有了声音。坐在大佬对面的三位普通组员，一下陷入了蒙圈状态。

最终，经过一阵严密的盘问，啊不，一阵严密的了解，大家一致拍板，将二组队长这一光荣的头衔，授予了组内预选排名最低的那个人。

白蓝豪爽地拍着那青年瘦削的肩膀："加油，这队长你要干好了，等大会结束后，够你吹好几年的！"

那青年表情呆滞，直接傻眼。

当队长？给这三位大佬当队长，他能指挥得动谁？而且关键是，他难道不是队内最菜的那个吗？选他到底是想干吗！

甭管这位被"天降惊喜"砸晕了的新任队长如何想，白蓝、陆涛声、黎国永三人，对他们本次处理队长人选的方式非常满意，甚至忍不住假惺惺地互相恭维起来。只是还没笑上两分钟，主持人忽然公布了有关冷板凳的新规则。

这一刻，整个二组所在的区域，忽然一片安静。

白蓝得意的神情僵在脸上。

陆涛声眼皮一跳。

黎国永那老狐狸式的惯常微笑，也隐隐有点挂不住。

由队长决定去坐冷板凳的人选？那岂不是……三人齐齐将目光投向了对面尚未回过神来的瘦弱青年，一同露出了"和善"的笑容。

二组隔壁，就是一组。薛琳要名声有名声，要实力有实力，队长人选她当仁不让，其他人都没什么意见。冷板凳规则一出，大家都不由得面面相觑。

薛琳倒是非常直接，非常果断："既然大家选了我当队长，现在新规则又下来，那我就不跟大家绕弯子了。我是冲着金飞贼奖来参会的，'赢'这个字，在我心里排第一。所以，不管是为公平起见，还是为结果起见，我们不需要弱者。"

众人都听得心中凛然。舒甜更是面色一白，有了不妙的预感。

果然，薛琳紧接着就看了她一眼，奇怪地笑了一声："现在最客观的就是预选赛的排名，不如我们根据排名，淘汰最差的人暂时出局吧。你们觉得呢？"

整组目光几乎齐刷刷地落到了舒甜身上。她第二十九名，正是本组预选排最末的那个人。

平心而论，这小姑娘为人处世不错，在刚才的发言讨论中也颇得众人好感，大家都觉得要把她开除出组有点于心不忍。可如果不是她，就会是别人。在薛琳已经说得很明白的情况下，谁愿意自己承担离开本组去坐冷板凳的风险呢？

所以此时，众人都选择了沉默。

薛琳见众人都无异议，心情好了不少，提起笔道："都没意见的话，那就这么定了。"

舒甜就直直地坐在对面，眼看着她所持的笔尖距离卡片纸面越来越近，一种被人卡着脖子的窒息感扑面而来。就算是跳槽，就算是凭借一点运气混进了预选赛，竟也无法摆脱吗？难道自己还要像以前一样，任她搓圆揉扁，随意拿捏？

浮现在脑海的，是刚进歧路那一天，林顾问将虎视眈眈的裴恕赶走后，回来坐下时，半开玩笑般对她说的那一句："舒顾问，这有什么好怕的？勇敢一点嘛。"

周围一切喧嚣嘈杂的声音，仿佛都忽然远去。于是自己心里那道声音，变得无限清晰。

在薛琳的笔尖落到纸面上，刚要画下第一笔的刹那，舒甜忽然站起来："薛顾问——"

其他人都为之一惊。

薛琳眉心一蹙，抬起头来："怎么，你有意见？"

舒甜深吸一口气："只是有一点疑惑。既然薛顾问说是为公平起见，淘汰实力最差的人出局，那是否应当先衡量一下大家的实力？预选赛排名越是靠后的人，成绩的差距越小，有很多甚至是相同准确率，时间只差了一两秒，所以排名结果靠后完全有可能是多方因素导致的。而且这一环节所考查的只是猎头对人的辨识能力，恐怕不能算是完整的'实力'吧？"

薛琳的面色瞬间冷了下来。

舒甜却觉得自己的言语从来没有这样顺畅过，仿佛有一条江流从她心底宣泄而出，汹涌澎湃："您是队长，按理说我们无权质疑您要开除谁。但既然说了公平，是否应当保证公平？在一周之前，我还是您的助理，非常了解您的做事风格，并不会质疑您是在针对我，只是希望能为自己争取一个不被开除的机会。"

这话一出，其余四人全都惊了。他们关注的并不是舒甜为自己争取机会这件事，而是之前她竟然是薛琳的助理！那也就是说，她是前不久才跳槽到林蔻蔻那边去的。而薛琳与林蔻蔻之间的关系……几人一琢磨，忽然就明白了薛琳对舒甜为什么是这个态度。没针对？没针对才有鬼！

薛琳也没想到，舒甜竟然敢当众对自己的决定提出异议。看看这一双眼直直望向自己的大胆模样……哪里还是昔日她手下那个畏首畏尾、唯唯诺诺的小助理？

往日的上司与下属，隔着一张长桌对视，其余人看着静悄悄不说话。

"周顾问，周顾问？"

位于会场中心位置的第三组，一名猎头顾问刚想转过头来问周飞意见，就瞧见他目光越过二组，愣怔地看向一组的位置，不由得喊了两声。

"你这是看什么呢？"

"哦，没什么。"周飞回神，连忙将目光从那头薛琳与舒甜的对峙之中收了回来，"一不小心走神了。"

他当然不会说是好奇一组那边的情况，毕竟他是薛琳的下属，以前舒甜跟在薛琳身边时他也见过，可短短一周时间，她就跳槽到了歧路，还被林蔻蔻揽入麾下……当初姜上白那单在林蔻蔻手底下一败涂地的场面，至今还不时在周飞脑海里回放呢。他一时也无法明白自己对舒甜是好奇多一点，还是羡慕多一点。

刚才那名顾问道："规则说要投一个人出去，我们这组怎么办？"

周飞环顾一圈，也觉得头疼。这组就没哪个猎头特别厉害，只因为他来自途瑞，公司比较大牌，所以在刚才投队长的那个环节里，大家把他投成了队长。

可周飞是有自知之明的。人家投他当队长，不过是矮子里拔高个，他要真以为自己有队长的本事，随便写了别人的名字把人开除出去坐冷板凳，以后在圈里就别混了。

周飞着实思考了一会儿，提议道："我们这组，群龙无首，要让谁去坐冷板凳都不太合适。如果一定要投一个人出去，要不——我们抓阄？"

"这么严肃的事，怎么能抓阄呢？"隔壁四组，刚有人提出抓阄的建议，裴恕立马表示反对，"都说了，是要把组内最不合适的人投出去。我们接下来是要小组作战跟其他组交手的，团队最讲究的就是配合，就是各司其职，绝不能留下什么害群之马。"

众人全都一脸呆滞地看着他，完全不敢相信。

先前大家讨论猎头价值观和小组口号时，这姓裴的一脸不屑，轮到他时他只把手一抄，冷笑着来了一句："口号都是虚的，想出来有什么用？"

然后便拒绝了所有发言，完全不配合！可现在……这滔滔不绝、头头是道且大义凛然的样子，跟刚才是一个人？

贺闯却是隐隐猜出裴恕此番举动的深意。毕竟刚才他看得清楚，主持人宣布完规则之后，裴恕表情忽然变了一下，深思了片刻，明显是在算计什么。

在他们这组，队长人选没有悬念——姓裴的业内公敌，谁要吃饱了撑的去投他，那不是自己找罪受吗？

所以这位置，最终落到了贺闯头上。

此时，他凝视着裴恕，语气毫无波澜地问："那裴顾问觉得谁最不合适，该投谁出去呢？"

裴恕心里一把算盘扒拉得直响，但装得还挺像回事，微微一笑道："我这儿当然有一个人选，保证大家都没有异议。"

众人不由得诧异，不知他指的是谁。

贺闯却仿佛一清二楚，竟将眼帘一耷，慢慢道："我是队长。裴顾问怎么知道，我不会有异议呢？"

裴恕眼角顿时微微抽了一下，回视着他，久久没有说话。

给定的讨论时间很快过去，主持人在台上提醒："时间到，请各组递交最终的结果，我们将进行现场公布。"

五个小组分别将卡片递交上去。

会场里的人全都在交头接耳，猜测着可能会被开除出去坐冷板凳的人选。所有参赛人员都变得坐立难安，唯有五组的位置上，林蔻蔻浑然无视其他人欲言又止的目光，气定神闲，只等着公布结果。

主持人按照自己收到卡片的顺序，一张张将卡片翻开："第一组，组长薛琳，要开除的人是——"

她声音故意一顿，制造悬念。所有人都下意识地向第一组的方向看去，但薛琳面无表情。

主持人轻轻叹了一声："请问哪位是刘昶？"

第一组有位中年男性顾问从位置上站了起来，神情复杂。

主持人抱歉地道："很遗憾地告诉您，您被一组开除了，请您移步，暂时到冷板凳区就座。"

那名叫刘昶的顾问没说什么，直接走向了会场里专门设置的冷板凳区域，那里放了五把单独的椅子。

这人在业内也算小有名气，但在一组似乎也算不上什么，被投出去坐冷板凳，大家倒是没有什么感觉。只是了解一组内情的人，却都吃了一惊——被踢出去的竟然不是舒甜？薛琳竟然没趁机针对这个跳槽的下属，她有这样大度？

连林蔻蔻都不由得为这个结果讶然了几分，随即将目光投向了远处的第一组。舒甜端坐在自己的位置上，似乎察觉到了什么。她回过头，看见林蔻蔻，先是一愣，紧接着便露出笑容来，眼睛里亮晶晶的，宛如雨后的晴空，一下子通透了。

林蔻蔻不由得怔神了片刻，思索了一会儿，也跟着慢慢笑了起来。

第一个冷板凳人选公布后，接下来就该是第二组。

谁都知道这组大佬云集，三大王牌猎头聚首，一看主持人打开了第二张卡片，众人纷纷来了劲，竖起耳朵听着。

"第二组队长，严华。"

严……严华？

竟然既不是白蓝也不是陆涛声更不是黎国永，而是第二组预选排名最末的那个瘦竹竿似的猎头？众人瞬间脑补了一场大戏，猜测是发生了怎样的一场争锋，才导致了这样的结果。

而主持人那边在念完队长名字后，却是看着卡片上的内容，愣了半天："这组将要开除的人选，是……"

她简直怀疑自己看错了，一时没忍住，迟疑地向第二组的方向看了一眼。

那瘦瘦高高的青年见状，索性自己站起来了，直接道："没写错，第二组要开除出去坐冷板凳的人就是我。我是队长，我开除我自己！"

说完他毅然走向了冷板凳区域。那脚步，简直像是怕走慢了就得永远留在第二组了似的。

众人全都看愣了。五组有个组员没忍住嘀咕："好家伙，还带'自刀'的，这人在二组究竟遭遇了什么？"林蔻蔻却是一看就明白，半点意外都没有，甚至对这个严华有点欣赏："明白人。那三位谁能指挥得动？当队长吃力不讨好，不如'自刀'，待会儿被选去别的组，还有一条生路。"

接下来是周飞所在的第三组，抓阄抓出来的人选，和他们整组的情况一样，平平无奇，没人关注。林蔻蔻这边虽然是第五组，但递交卡片时排在第四位，所以紧接在第三组后面公布。

主持人先念："第五组组长，林蔻蔻。五组要开除的人是……"

全场平静，毫不意外。

毕竟庄择是刚来的，强龙不压地头蛇，要胜过林蔻蔻拿到队长的位置不太可能。

大家甚至都不关心她到底会把谁投出去，毕竟林蔻蔻跟薛琳不一样，就算是要把人投出去，也一定会给个体面的理由，不会说什么"投个最弱的出去"，让人难堪。

可众人万万没想到，主持人一顿之后，竟然念道："庄择，庄顾问。"

谁? 庄择?! 所有人都怀疑自己是幻听了。

"疯了吧，林蔻蔻怎么可能把庄择投出去?"

"是什么环节出错了吗……"

"报错名字了?"

"再怎么说也是个大佬啊，居然让人去坐冷板凳，难道是一山不容二虎?"

…………

这一时间，种种的猜测和疑惑全都冒了出来，众人激烈地讨论了起来。

就连其他四组人也都为这个结果大吃一惊。

唯有裴恕，在听见庄择的名字之后，万分愉悦地眯起了眼睛，甚至当场鼓起掌来："干得漂亮!"

贺闯看了他一眼，默不作声。同组其他人没忍住嘴角抽搐。就坐在隔壁的庄择，则是瞬间黑了一张脸，彻底隐去了他那作为习惯性伪装的和煦笑容!

尽管早在林蔻蔻拿到队长位置，主持人宣读冷板凳规则的时候，庄择就已经预感到了一丝不妙，可他的理性告诉他，投他去坐冷板凳，对林蔻蔻没有好处。金飞贼奖是从小组赛的优胜组里选优秀的个人，首先得保证团队实力，他和林蔻蔻合作肯定比林蔻蔻单打独斗强。所以他认为，为了赢，林蔻蔻没有理由开除他!

可是此时此刻……庄择第一次体会到什么叫作"过山车一般的情绪体验"，也是第一次发现——尽管从裴恕那边听过很多——他好像……对真正的林蔻蔻一无所知!

林蔻蔻轻叹一声，貌似抱歉："不好意思，我的团队里没有预备庄顾问的位置呢。"

庄择盯着她，慢慢道："那恭喜你，少了一个队友，多了一个对手。"

林蔻蔻不太在乎地笑笑："是吗？"

庄择绷着一张脸，不再说话，直接起身离开五组，走向冷板凳区域。冷板凳区原本坐的三个人，用一种说不出是同情还是敬佩的目光看着他。

全场因为林蔻蔻投庄择出去的事而骚动了好一阵。主持人原本还想维持一下场面，可当她翻开最后一张卡片，看清上面写的名字时，就知道这场面怕是维持不了了："第四组队长贺闯，要开除出组的人，是……是……"

这情况，是不是似曾相识？

众人尚未从庄择竟被林蔻蔻踢出组的震惊中回过神，就瞧见第四组的位置上，那位跟行内大部分人都结过仇的祖宗，风度翩翩地站了起来，竟带着春风似的笑容，以一种胜利者的姿态，紧随在庄择后面……也走向了冷板凳区域！

所有人都看呆了，看傻了，看不会了。

冷板凳上原来坐着的三个人，甚至觉得自己屁股底下的冷板凳都跟着金贵起来，快让他们高攀不起了。行业大佬都来坐冷板凳……他们何德何能，竟敢与大佬同列？

一个是裴恕，歧路合伙人，声名赫赫的大猎；一个是庄择，航向新掌舵，香港来的刽子手！

现在都跑来坐冷板凳？

身为猎协主席的陈志山都蒙了：参加大会十余届，谁也没见过这种奇景啊！

林蔻蔻刚坑走庄择，心情正好，还在笑呢，结果一抬头就看见裴恕从贺闯那桌站了起来，唇边的弧度顿时凝滞。她险些以为这人在开玩笑。

可紧接着，主持人就回过神来，接着刚才的话宣布："四组开除的是裴恕，裴顾问。"

竟然真的是他！

林蔻蔻眼皮陡然跳了一下，眉头跟着蹙了起来，带着深思的目光，却是从裴恕身上，转到了后方的贺闯身上。他仍旧端坐在桌旁，微微垂着眼帘，似乎十分平静。

比起旁人震惊于被开除的人是裴恕，林蔻蔻更意外的是贺闯，他怎么会愿意在卡片上写下裴恕的名字？

第四组开除人选一经主持人证实,会场里顿时沸腾了。尤其裴恕还不是黑着脸出来,而是带了笑的。这不免更令人浮想联翩。

庄择就坐在冷板凳区域,眼看着裴恕走近,先是皱了眉,接着才一声讽笑:"先前鼓掌你最大声,现在也来坐冷板凳?"

裴恕悠然一笑:"我跟你可不一样。"

庄择盯着他。

裴恕慢条斯理地选了他旁边的空位坐下,却是半点也不留情地奚落道:"你是人家不要了一脚踢出来的,我却是毛遂自荐,主动争取来的机会,我们不一样。"

"主动争取来的?"庄择脑海里电光石火般浮现出林蔻蔻刚才开除他时的笑容来,顿时什么都明白了,"你想离开贺闯那组,到林蔻蔻那儿?你们早就商量好的!"

谁能比林蔻蔻更懂游戏规则呢?裴恕眯起眼睛笑了。

先前分组结果出来,他不愿意上去,林蔻蔻就对他说了一句:"这不是最终分组,一会儿肯定有调整环节,我会把庄择踢出去。"

果然,这女人说话算话。

裴恕惬意极了,只道:"别说得好像我们钻规则空子一样,我们不过是合理利用一下罢了。"

到现在,庄择认为自己已经彻底明了:林蔻蔻之所以开除他,为的就是给裴恕腾位置。

只不过……

他眼神一闪,哂笑一声:"我出来坐冷板凳没什么好说的,可你也能出来,倒是有点出乎我意料。"

裴恕扬眉看向他。

庄择却掉转目光,看向四组的方向:"贺闯原本是林蔻蔻的下属,后来才去的锐方吧?我要是他,如果想赢的话,宁肯把你摁在组里什么也不做,也不会把你放出去,壮大对手的实力。"

贺闯为什么这么做?刚才四组发生了什么?这不仅是围观者的疑惑,也是四组组员们的疑惑,他们都还没闹明白,怎么还真把裴恕投出去了?

先前商量要投谁出去时,裴恕说有个合适人选,大家都等着呢。可他还没说出口,贺闯就似乎知道他要说谁,好像并不满意这个人选。两人对峙起来,气氛紧张。

末了却是裴恕先笑了，没头没脑地说了一句："你知道我要去哪组吗？"

贺闯盯着他看了一会儿，竟道："是她的意思吗？"

裴恕便皱了眉。

说实话，大家都没明白他们打的什么哑谜，只听字面意思，好像是裴恕自己想离开这组，但贺闯有异议，两人谈崩了。

可谁想到，名单公布，贺闯写下被开除组员的名字，竟然还是裴恕！

大家彻底不明白了：虽然姓裴的人缘不行，可教培行业那一单釜底抽薪战绩赫赫，谁敢轻易将他小瞧？放这人出去岂不是给他人做嫁衣？

二组的三位王牌猎头，此时也将个中利害关系看得清清楚楚。

白蓝不由得道："黎老头，你们锐方这位新来的副总监，胆子有点大啊。"

黎国永其实也有些意外，只是他并不表露，呵呵笑道："年轻人嘛，胆子总是大一些的。"

贺闯静坐在桌旁，谁也没看，仿佛也没听见周围的嘈杂，只是盯着手里那支刚写下裴恕名字的签字笔。

一片吵嚷中，主持人维持了一下秩序，待得会场稍稍安静，才宣布了下一环节——

冷板凳环节结束，就是再就业环节。

主持人宣读："大会游戏的规则设计，旨在模拟大家的职场生活，所以这一环节五位坐上冷板凳的顾问在被开除后，需要选择你们想要加入的一组，投递自己的简历。如果该组愿意录用，则匹配成功；不被录用，则进入下一轮，反过来接受其他小组的挑选。如果最后只剩下一人未选中或者未被选中，则自动进入缺人的那一组。"

求职是双向选择，小组选人也一样。谁能想到平时帮人找工作也就罢了，来参加个大会还要模拟求职呢？这跟公开处刑没区别了。

冷板凳上跟裴恕、庄择坐在一起的那三个人，都不由得叹了口气，没抱什么希望：有两位大佬在，别人当然是优先选择大佬，就算有好的组估计也轮不到他们。

这个环节就相当简单了。冷板凳上五人每人发了个小题板，让他们写下自己心仪小组的编号。

主持人把控流程："在公布自己心仪的小组时，几位都有一分钟的时间，简单陈述一下自己的想法。"

大家都已经写好。公布的顺序则是按照他们原本的分组。

第一个是被薛琳那组开除的刘昶。他大大方方翻过题板，上面写的是"二组"，表示自己就是想学点东西，二组都是大佬，自己愿意去打打下手。

第二个则是自己把自己开除的严华。题板一翻，上面写了"二组"，但打了个大大的叉。主持人不免惊讶。

这瘦竹竿似的青年宛如面瘫："只要不是二组，哪组愿意把我捡走都行，我这人不挑，好养活。"

全场一怔，瞬间爆笑。白蓝等三人齐齐无语。连林蔻蔻都没忍住笑出了声，这人是在二组留下了多深的心理阴影？

第三个是被周飞那组抓阄投出来的，题板上干脆一片空白，什么都没写。问就是随缘，选到哪组是哪组。这跟严华有点异曲同工的妙处，也引来了一阵善意的起哄。

第四个就是裴恕了。全场人心里都有数，主持人请他翻开自己的题板，果不其然，上面写了个斗大的"五"字！是林蔻蔻那组。简直没有悬念。

主持人请他发言，这人眉目舒展，竟是笑着看了看林蔻蔻的方向，嚣张道："我不需要发言。"

台下顿时一片嘘声。

白蓝见状，没忍住骂了一声："蛇鼠一窝，狼狈为奸！"

林蔻蔻隔他们三桌，看不清是什么表情。

但陆涛声也叹："他们这是要强强联手啊。"

黎国永却是将目光放在庄择身上，笑道："裴恕那边没什么好说的，不选林蔻蔻才奇怪。可他，会选哪边呢？"

白蓝、陆涛声一听，都不由得向庄择看去。

这位刚执掌航向的庄总监就坐在裴恕边上，冰冷的镜片也为他增添了静谧而危险的气质，此时他正拿着自己的题板。

主持人道："庄顾问，请宣布你心仪的小组。"

庄择先看了林蔻蔻那边一眼。

众人，包括裴恕在内，此时还没觉得有什么：毕竟他是被林蔻蔻踢出组的，到这要再选组的时候，心情恐怕复杂，看一眼林蔻蔻是再正常不过的事。可被庄择看了一眼的林蔻蔻本人，却忽然品出了点不一样的意味。她眉头悄然一皱。

全场注目之下，庄择平淡地翻开了自己的题板，可所有人却在看清他题板上写的字时，齐齐瞪圆了眼珠子。确定没有写错？庄择的题板上，赫然工工整整、端端正正地写着"林蔻蔻"三个字!

可他不是才被林蔻蔻踢出去吗?

主持人都迷惑了:"庄顾问,请问你这是……"

庄择随手将题板放下:"如果让我选,我只对有林顾问在的组感兴趣。"

主持人未免迟疑:"可……"

庄择道:"我知道,林顾问不会选我。我也只是想借这个发言的机会,对她说一句话。"

林蔻蔻环抱双臂坐在远处,神情有些沉凝。

庄择却转眸朝着她的方向一笑:"我对亲手打败你,一向兴趣浓厚。"

旁边的裴恕瞬间阴沉了一张脸。谁也没想到庄择写下林蔻蔻的名字,为的竟然是放这一句狠话。众人不由得思考,这两人之间又有什么渊源?原本平淡的选人场面,忽然因为庄择这一番意外的操作,变得充满悬念。

冷板凳一共就五个人,除了刘昶选择二组比较正常之外,严华和三组被开除的那名顾问基本等于没选,而裴恕、庄择两位业内大佬,竟然都选了林蔻蔻那组!最终分组会怎样呢?众人屏息凝神,期待起来。

按照规则,接下来将由被选中的小组决定是否接受人选的加入。

首先是由被刘昶选中的二组。

他们这组已经有三位王牌猎头了,可金飞贼奖只有一个,现在已经互不相让动辄阴阳怪气,要是再来一个厉害的还不吵翻天?刘昶实力平平,正好符合二组的需求。白蓝与陆涛声、黎国永二人简单讨论片刻,就接受了刘昶,在卡片上写下了他的名字。

"恭喜刘顾问,匹配成功,进入二组。"主持人请刘昶去到二组,接下来便提高了声音,"那么下一个要挑选组员的,是我们的五组。"

全场视线唰的一下落到了林蔻蔻身上。

林蔻蔻拿着卡片,目光却是从裴恕身上移到庄择身上,在二人之间逡巡,似乎是在考量。

裴恕一见,不由得在心里骂:这有什么可考量的?在他跟庄择之间选,这女人竟然还需要犹豫?!

庄择知道林蔻蔻不会选自己,但看着她这明显在考虑的神情,不由得笑了,故意煽风点火道:"这不是你的新搭档吗,怎么选你还要犹豫呢?"

裴恕冷笑："不用担心，我看她是在考虑怎么才能把你一坑到底，翻不了身！"

庄择眼角微微一跳，总算被撑得闭了嘴。

裴恕表面平静，心里却被林蔻蔻这举动搞得七上八下，竟有点怕她搞出点什么奇葩操作来。还好，最终她的视线定在了他身上。他脸上顿时露出笑意，重新变得自信起来，心道这回稳了。

可谁想到，林蔻蔻定定看了他片刻后，目光竟然往左侧一转，投向了近处。

她看的是……裴恕顺着她目光看去，只见贺闯坐在四组的桌旁，侧对着众人，神情平静。

主持人轻声提醒："林顾问？"

林蔻蔻这才回神。

主持人问："请问你们组的选择是？"

林蔻蔻亮出那张写了名字的卡片，却是看向了冷板凳区域那名瘦竹竿似的青年："我们组的选择是，严华。"

所有人大吃一惊。

林蔻蔻那张卡片上，既没有写裴恕，更没有写庄择。

她写在卡片上的，赫然是严华的名字！

冷板凳上的严华呆住了；庄择一怔之后，忽然笑出声来，学着上回裴恕的样鼓起掌来；裴恕不敢相信发生了什么，脸都绿了。他将充满质问的目光投向林蔻蔻：你怎么敢啊，我这一通表演下来，你竟然选了别人？！

林蔻蔻只能假装没看见，咳嗽一声，提醒已经彻底呆滞的严华："严顾问，有兴趣加入我们组玩玩吗？"

第四十八章
裴恕行为

严华整个人都是蒙的。自打进入猎头这行以来，他都在小公司里混，凭借着一点能说会道和察言观色的天分，在这行混得还算不错。他尤其喜欢看侦探推理小说，玩第一轮那种观察人的游戏很拿手。可他对自己有清醒的认知——

玩游戏进预选，只不过是自己正好擅长这个，运气不错。真要论当猎头的本事，自己还差得远呢。

结果现在忽然被林蔻蔻选中，而且还是在她抛弃两位大佬候选人之后被选中……

严华一时分不清这到底是天上掉了馅儿饼，还是天降一口大锅，他只感觉自己大脑快缺氧了。所有人目光都落在他身上。那位传说中的林顾问也正面带微笑，用一种和善的神情看着他，等待他的答案；而就在自己身旁，那一脸看热闹不嫌事大的表情的，是航向新任总监庄择，边上绿了一张脸一副"你要敢答应就死定了"表情的，是歧路的合伙人裴恕。

严华发誓，就是刚才同时被二组的三位大佬盯着，他都没感觉有这么大的压力。

答应还是不答应？

不答应，那可是传说中的林蔻蔻啊，一般人谁能拒绝？答应吧，旁边来自庄择与裴恕的眼神简直令他如坐针毡……这种大佬修罗场，为什么要把我们这种小角色卷进去啊？严华心里有个小人儿泪流满面。

林蔻蔻看他半天没反应，不由得又问一声："严顾问？"

严华缩着肩膀，考虑到自己的生命安全，艰难地开口道："还……还是算

544

了吧，谢谢林顾问，但我觉得我比较适合其他组……"

竟然拒绝了。

坐在旁边的裴恕，顿时露出了满意的表情。庄择则是一声轻叹，显然是十分惋惜。众人对这个结果都大感意外。

林蔻蔻也愣了一下，但紧接着就明白严华大概是不想卷入什么奇怪的修罗场。

可是……她对可能会出现的修罗场也没有任何兴趣啊。

按理说，严华拒绝了，就没有后续了。不管是严华本人还是裴恕，都已经放下心来。

可没想到，林蔻蔻眼底目光流转，竟然道："可严顾问，你并没有拒绝的权利不是吗？"

严华一愣："啊？"

其他人也没反应过来。

林蔻蔻看了台上的主持人一眼，准确地复述了一遍刚才宣读的选人规则，然后条分缕析："规则是，如果没有被自己心仪的小组录用，就自动进入下一轮，接受其他小组的挑战。这里面说的是'接受挑选'，也就是说，作为被选择的人，你是没有拒绝的权利的。除非……"

众人听得出神。

她却停了下来，忽然转眸看了其他小组一眼，露出奇怪的笑容："除非，还有其他组想跟我们组抢你。"

被她目光扫过的几个组，只觉背后一寒，瞬间读懂了她笑容的意思：敢跟爸爸抢人？有种你们就试试。

谁愿意比赛还没正式开始就跟林蔻蔻结仇呢？就连原本跟她不对付的薛琳，都难得冷静地保持了沉默。

严华彻底傻了眼，还能这样？旁边裴恕那张脸立时就封冻起来。

严华将求助的视线投向了主持人。

主持人查看过自己的手牌，笑容僵硬，很抱歉地告诉他："嗯，严格来说，林顾问对规则的解读没有错……"

严华："……"

林蔻蔻淡淡一笑，只冲他轻轻招手："来吧，还等什么？"

严华终于认命，离开冷板凳，朝着林蔻蔻所在的五组走去，连背后裴恕杀人的目光也顾不得了。

林蔻蔻向他伸出手："欢迎加入我们，狼人。"

严华不懂："狼人？"

林蔻蔻抬抬下颌，目光朝二组那边示意了一下，笑着道："当队长把自己开除，你都'自刀'了，叫一声'狼人'不刚好？"

严华无语。

就这样，林蔻蔻所在的第五组，以一种近乎戏剧性的方式吸纳了严华进入，人数填满，不再变动。冷板凳区域只剩下三人。裴恕跟庄择赫然在列。

现在轮到第一、三、四组挑人了。

一组有薛琳在，一来她对自己的能力有自信，二来她也不想再分一个厉害的人进来对自己造成威胁，所以这一轮非常干脆地选了那个从第三组出来的平平无奇的组员。

这下轮到第三组了，大家险些激动坏了。

他们组本就实力平庸，连个队长都是抽签才选出来的，原本也没想去蹭哪个大佬。毕竟其他组实力强横，不管是裴恕还是庄择都是业内有头有脸的人物，哪儿能轮到他们组挑？

可谁能想到，这两人不仅没被选中，还在冷板凳上坐到了现在！简直是千载难逢的好机会！

大家的目光在裴恕跟庄择之间来回转，一时竟有种不知道选谁的为难，甚至还有点可惜，怎么就不能两个都选呢？最后大家还是合计了一下，名义队长周飞统计了投票结果：裴恕一票，庄择四票。

显然，裴恕这个德行一看就不像是什么好相处的人，而庄择风度翩翩、为人谦逊，怎么看也比裴恕强一些。

于是主持人宣布："三组的结果已经出来，他们选择的是——庄择顾问！"

庄择一下笑出了声。全场却忽然陷入一种诡异的寂静。林蔻蔻在听到这结果之后，更是眼皮一跳。

果然，她转过头就瞧见裴恕整个人像烧开的锅炉，脑袋都在冒烟，薄薄的嘴唇抿紧，便是平直而冷峻的线条，一张脸简直绿得发黑，什么表情也没有。

庄择优雅地起身，向裴恕道贺："恭喜你了，老搭档，从哪儿来回哪儿去，初心不改啊。"裴恕将目光投向四组的贺闯，此时贺闯也正看着他。

三组选了庄择，其他组都有人了，这也就意味着，无论裴恕想与不想，无论贺闯愿是不愿，裴恕都得回到四组。

黎国永见状忍不住假惺惺地叹气："唉，造孽啊。"

白蓝也难得心生同情："没被选中倒也罢了，还要回去跟贺闯一组，他们俩……"

说到这里，她微妙地停下了。

三人相互看看，心里都跟明镜似的：贺闯对林蔻蔻是什么心意，大家有眼睛的都看得出来；而先前裴恕对贺闯是什么反应，大家也都心里有数。

庄择跟林蔻蔻是拆了，可这俩情敌还凑在一块儿。

陆涛声笑道："这下是真有好戏看了。"

裴恕是万万没想到自己能倒霉到这境地，林蔻蔻这女人不选他也就罢了，现在还要他回到四组？转头看看四组那帮人，他整个人都不好了。贺闯却是一点也不惊讶，从头到尾都很平静。不管是林蔻蔻没选裴恕，还是裴恕最终要回到四组，好像都在他预料之中，没激起什么波澜。

裴恕深深看了林蔻蔻一眼，才起身从冷板凳区域走回四组。

其余人完全没看懂这是什么发展，不敢轻易开口。

裴恕在桌前站定，却是若有所思地看着贺闯："你早知道，她不会选我。"

贺闯抬眸，甚至带了一点淡淡的讽刺，只是不知到底是嘲裴恕多，还是嘲自己多："她总和你以为的不一样，不是吗？"

裴恕想起的则是他们之前的对峙："所以先前，你才愿意把我的名字写上去，你是故意的。"

贺闯没有否认，只是意有所指道："现在证明，我们并无不同，都在同样的起点。"

裴恕看了他许久，品着这话里隐藏的挑衅之意，终是没忍住咬牙暗骂："林蔻蔻这个人渣，'海王'！"

最终分组名单就这么确定下来。

主持人总算松了一口气，宣布有关金飞贼奖的前期准备环节就此结束："恭喜各位有惊无险地组成了五个新的团队，明天就将进入实战竞争。早上十点，还是这个会场，组委会精心挑选了一些合作企业提供的五单 case，还是由大家抽签选择。至于今晚，我们将在二十八层的行政酒廊举行一场沙龙酒会，有精心准备的美食美酒，参会人员可以直接前往享用，祝大家玩得愉快。"

明早抽签。今晚沙龙。主持人宣布之后，大家都鼓起掌来，高高兴兴地散了，准备回房间换身衣服去晚上的沙龙。

只是林蔻蔻却是没忍住叹了一声，知道麻烦就要来了。

果然，还没等她离开自己的位置，就看一旁四组坐着的裴恕，已经表情不善地走了过来，拽着她就往外走："你跟我出来。"

周围人不免投去八卦的目光，贺闯见状也瞬间皱了眉。只是林蔻蔻却没有反对的意思，仿佛早就料到一般，表情平静地由他拽着走了出去，直到外面少人经过的走廊尽头，靠着栏杆的位置，两人才停了下来。

裴恕挑眉，皮笑肉不笑地看她："说吧，你准备怎么解释。"

林蔻蔻背靠着阳台栏杆。裴恕一条手臂就撑在她腰侧的栏杆上，袖口挽起，露出精瘦的小臂，因为过于用力，隐约能看见肌肉起伏的线条。此时，他冷着脸从上往下乜视她，身上透出一种少见的压迫感。

林蔻蔻头疼："你想让我解释什么？"

裴恕冷冷道："先前你是怎么跟我说的？"

林蔻蔻记性很好："我说，我可以利用规则，把庄择踢出去。"

裴恕咬牙道："那你选人的时候怎么敢放我鸽子？"

众目睽睽之下，她选了一个名不见经传的严华？姓庄的固然是被打了脸，连个小角色也没比过，可他也被气死了啊！苦心折腾半天，结果还跟贺闯一组！

林蔻蔻能理解他的愤怒，咳嗽一声，轻轻提醒他："那我，除了这句话，还说什么了吗？"

裴恕眼皮突然跳了一下，瞬间意识到了什么。

果然，林蔻蔻道："从头到尾，我也只说了能把庄择踢出去，但并没有说过要选谁。所以……"

所以刚才没选裴恕，当然不能算是放鸽子。只不过话还没说完，一抬头看见裴恕那难看的脸色、危险的目光，她聪明地暂时闭上了嘴。

裴恕简直没想到自己会得到这个答案，盯着她看了半晌之后，终于没忍住笑出了声："你当我是傻子，这么好骗？"

林蔻蔻不好接话。

裴恕的质问已经连珠炮似的炸了过来："在那种情况下，你跟我说能把庄择踢出去，我能不认为你是在告诉我，空出来的那个位置是留给我的？别跟我说你想不到这一层。林蔻蔻，你要不是临时改了主意，那你一开始跟我说这话，就是打定了主意要忽悠我，是吗？"

林蔻蔻沉默了许久。裴恕想，她怎么着也该解释一下，辩驳一番。

可没想到，林蔻蔻抬起头来，凝视他片刻，竟然道："是。"

裴恕："……"

是，她竟然直接说了是?!

这一刻，裴恕感觉自己血压急剧飙升，他深吸了一口气："我希望你接下来的理由，能够说服我。"

林蔻蔻非常诚实地道："选你对大家都没有好处，不是吗?"

裴恕脑门上冒出一个问号。

林蔻蔻耐心解释："假如你到我这组来，那队长是你还是我? 我是大家选出来的，但你是歧路的老板。如果还是我当队长，你面子往哪儿放?"

裴恕没懂："我都不在乎，你在乎什么? 而且我当队长有什么问题吗?"

林蔻蔻道："你自己心里没数?"

裴恕张口辩解："我业务能力……"

谁料，林蔻蔻下一句是："你一个猎头公敌，这么会拉仇恨，要在我这组，还当队长，那我的金飞贼怎么办?"

裴恕惊呆了。

他想过一千一万种理由，甚至因为先前林蔻蔻看贺闯那一眼，还怀疑过她可能是不想当着贺闯的面选他……

可现在，她竟然跟他说金飞贼?!

这一刻，裴恕的脸色像打翻了调色盘，精彩极了。

偏偏林蔻蔻的理由还十分充分："金飞贼奖是优中选优，先要保证优胜，才有拿到金飞贼的可能。而且从某种意义上来说，我也是为了你好，为了我们公司好。"

裴恕一脑门问号。

林蔻蔻为他分析："假如我们俩在一组，最后却没赢，那丢脸的是整个歧路。假如我们俩在一组，赢了，金飞贼奖归谁呢? 归我，那你的脸面往哪里放?"

裴恕眼皮直跳："就不能归我?"

林蔻蔻微微一笑："归你，那我怎么办?"

裴恕："……"

这个女人，他可算是认清了!

裴恕第一次对自己的地位有了如此清晰的认知："所以我在你这里，连枚金飞贼也不如是吗?"

林蔻蔻给了他一个一言难尽的表情，仿佛是在说：怎么，你难道还以为你比我的金飞贼重要?

裴恕气得眼皮直跳。

而林蔻蔻在伤害完他之后还气定神闲："你在我这组，有害无利。但你去贺闯那边就不一样了。"

裴恕道："你就不怕我们联起手来？"

林蔻蔻笑了，近乎挑衅地一扬眉："哦？"

裴恕咬牙暗恨。

联得起手来才怪！他跟贺闯的关系有多微妙，别人不清楚，他自己还能不清楚吗？分在同一组，见面不掐起来，不互相捅刀拖后腿都算好的了，怎么可能联手合作？林蔻蔻心知肚明，根本不用担心！她这一把算盘扒拉的，简直天衣无缝！

裴恕道："这样，你不仅在队内少了一个竞争对手，还'祸水东引'，消灭了一个潜在的队外对手，拿到金飞贼的概率又高了。"

林蔻蔻打了个响指："Bingo（答对了）！"

裴恕暗想："我到底是造了什么孽，才会对这么一个女人动心？"

会场里，歧路众人目睹了裴恕把人拽走的场面，不免有些担心。

有人提议，要不要派个人去看看。

孙克诚一听，连忙道："去什么去，完全没必要嘛。"

叶湘迟疑："可我看老大那个脸色……"

孙克诚刚才瞧见那场面也是胆战心惊，但随即脑袋转过弯来，便是一阵窃喜，此时便道："林顾问没选他，他肯定生气嘛。但那可是林顾问，有什么人哄……咯，有什么麻烦摆不平呢？"

众人都用一种怀疑的目光看着他。

孙克诚老神在在地说道："不信你们等会儿看，那祖宗回来指不定多高兴呢。"

话音刚落，那两人便出现在了会场门口。孙克诚转头一看，笑容便僵在了脸上。

裴恕人是回来了，可刚才走时那张阴云密布的脸非但没有转晴，反而又添了几分咬牙切齿，看上去不仅没消气，恐怕还怄得够呛。反观旁边的林蔻蔻，脚步轻快，唇畔含笑，人走过来便好像一阵春风吹来，惬意而舒坦。孙克诚心里开始打鼓：怎么跟自己想的不太一样？

林蔻蔻神色如常地来到众人眼前，扫了一眼道："还没走，在等我们吗？"

孙克诚先点了点头，然后犹豫片刻，小声问："你们……"

林蔻蔻回头看了摆着一张臭脸的裴恕一眼，淡淡道："没什么，闹了点误会，已经说清楚了。是吧，裴顾问？"

说清楚个屁。

裴恕冷笑一声，懒得解释什么，只道："时间也不早了，晚上还有沙龙，都回房间休息吧，散了。"

说完，他当先朝外头走去。

孙克诚看得胆战心惊，小声跟林蔻蔻确认："真没事了？"

林蔻蔻笑笑道："嘴上不依不饶罢了，心里还是很大度的。"

孙克诚似懂非懂。林蔻蔻却转过眼眸，望着裴恕远去的背影，若有所思。

沙龙活动定在晚上七点半，大家都陆续结伴回自己的房间了。

林蔻蔻也回到自己先前的位置上略做收拾。只是她拿起东西准备离开时，才看见不远处的锐方竟然也还没走。贺闯就站在那群人当中，似乎感觉到了她的注视，向她看了一眼，漆黑的眼仁里一片沉默，仿佛闪过了一抹嘲讽。

大会为了方便与会人员行动，统一订了酒店的房间，同公司的基本都在同层，在之前登记的时候就已经给了房卡。

林蔻蔻的房间在二十五层。巨大的窗户正对着北外滩，她推门进屋时正好临近日落，远远能看见铺满金鳞的江面上有一痕外白渡桥的轮廓。

忙了一整个白天，中间几乎没怎么休息，林蔻蔻多少有点疲倦感涌上来，靠在床边上，点了一根烟，慢慢抽。

随着那淡淡的烟气浮上来的，却是在返回会场前，裴恕走着走着，忽然转头问她的那一句："林蔻蔻，你不选我，真的只是因为金飞贼吗？"

他深灰色的瞳仁，如同幽暗的古井。林蔻蔻没有回答。可是她想起了很多——

许久前那些忙碌的时候，年轻的贺闯嚣张得拿下巴看人，推开她办公室门，一脸没好气地把咖啡扔她桌上，说是不小心买多的。

不久前那个晚樱已经开过的夜晚，那个孤零零站在眼前的少年，用近乎恳求的眼神望着她，问："所以你不会回来了，是吗？"

然后是今时今日，他带着锐方的人，从会场外面走过来，站到她面前，冷如霜雪，向她伸出手。还有离开会场时，那个嘲讽的眼神。

林蔻蔻无法确定，自己不选裴恕，到底出于哪个原因更多。但她知道，裴恕那个问题，她不敢回答。

"姓裴的，干别的不行，眼睛倒是很毒。"想着，林蔻蔻便没忍住嘀咕了一声，接着想到贺闯，又不免头疼，甚至有点愤怒，"多大个人了，怎么还在叛逆期？"

她摁灭了烟蒂，在房间里叫了点吃的，略做休息，才慢吞吞去举办沙龙的行政酒廊。

这时已经快八点，酒廊里气氛已热。精美的甜点整齐地摆放在餐盘上，吧台里各式酒品堆得高高的，猎头们换上了更符合场合的衣服，三三两两聚在一块儿说话。

林蔻蔻熟门熟路地摸进来，刚端起一杯酒，就看见角落沙发那边有人在朝她挥手。那人瘦瘦高高的，是严华。他边上其他四个都是林蔻蔻这组的成员，看样子是先前在会上有些拘束，大家了解不够，接下来的几天却是要合作，沙龙正好是个大家相互了解、熟悉的机会，所以大家才聚在一块儿。

林蔻蔻走过去，跟他们闲聊了几句，同时目光在场中游弋，却有些奇怪没看见裴恕。

她正要给孙克诚发个消息问，旁边严华忽然低低惊呼一声："锐方的人。"

于是她眉头下意识一皱，转头看去。

黎国永端着酒杯，身旁站着贺闯，正站在酒廊靠窗的一张桌旁，笑着同猎协主席陈志山讲话。贺闯换了一身黑，衬衫上打了英式的领结。整个人看上去比白天少了几分刻板，多了点优雅，沉默的脸庞配着出于礼貌微微弯起的唇角，却明里暗里吸引着周遭的目光。

隔得不远，林蔻蔻隐约能听见他们的声音。

陈志山在感叹："早听说小贺顾问离开航向了，一直还在想他去了哪儿，没想到是被你们锐方挖走。这藏着捂着，现在才让人知道，你老黎可让人大吃一惊啊。"

黎国永谦逊："大事情，保密工作总要做好嘛。现在是看准了大会这个时机，正好也跟大家展示一下我们锐方的变化。"

陈志山打量着贺闯，难掩心中赞赏："看来你是找着接班人了，锐方要有大动作了啊。"

黎国永道："那是当然，锐方将来可不就指着他了？"

贺闯淡淡一笑："不敢当，不过想着跟黎老长长见识、多学点东西罢了。"

林蔻蔻刚看见贺闯这模样，心里就不大舒服。待听得他这句"想着跟黎老长长见识、多学点东西"，便觉一股邪火忽然冒了上来。黎国永在业内的手段有多脏，谁不知道？跟着这满肚子坏水的老东西能学什么？

严华远远看着，刚还在羡慕"这么年轻就成了四大的总监"，一转头却看见林蔻蔻冷着脸，把酒杯一放，竟然起身朝那边走去。

黎国永一错眼瞧见她，先是一愣，接着便笑得更开怀了，甚至向她举杯："林顾问也来了，喝一杯吗？"

林蔻蔻都懒得理他，直接来到贺闯面前："你过来，我有话跟你说。"

贺闯没说话。陈志山知道他们的关系，表情有些尴尬。

黎国永则狡诈道："有什么话不能在这儿说呢？"

林蔻蔻冷冷看他一眼，却仍将目光转到贺闯身上，只道："你要不想谈，那以后也不用谈了。"

话说完，便转头朝露台方向走去。

陈志山表情不安。黎国永脸色难看了几分。但贺闯默立了一会儿，却是垂了眼帘，放下手中酒杯，也没解释什么，跟在了林蔻蔻后面。

两人都上了露台。林蔻蔻回手就把拉门合上，阻隔了里面的视线。只是她并没注意到，酒廊入口吧台附近，那道刚来不久的身影……

裴恕心里不痛快，磨磨蹭蹭，故意来得晚了一些。一路上直到进来都还在想，等会儿要不要跟林蔻蔻讲和。可谁能想到，一来就看见这场面？这口气，谁能忍得下？

他端过吧台上刚调好的酒，本准备喝一口，可实在没忍住，重重放下，抬步就往露台方向去。

拉门后面，林蔻蔻与贺闯面对面站着。

贺闯颇为冷淡："有什么事吗？"

林蔻蔻单刀直入："为什么去锐方？"

贺闯看向露台外的夜色，只道："我去哪里，跟你并没有关系，不是吗？"

话说着，他才转回目光来看她。

他平静地补了一句："毕竟，我离开了航向，不再是你的下属。"

林蔻蔻逼视着他，似乎想将他看透："我只是想警告你，黎国永是个什么人，锐方是一家怎样的公司，你不是不清楚。你想跟我赌气，我不在乎，但没必要拿自己的前途开玩笑！"

贺闯觉得荒谬："现在你在乎了？"

林蔻蔻一滞。

贺闯却似变了个人般，声音里再听不出以往的温度："一年前，你什么也不说，一走了之的时候，在乎过吗？一年后，你一声不吭加入歧路的时候，在乎过吗？前不久，我求你的时候，你在乎过吗？"

林蔻蔻简直被这逆子气得脑袋疼，冷声反问："那你报复我的方式，就是自甘堕落，毁掉自己吗?！"

贺闯沉默以对。

林蔻蔻愿意看到他离开自己，走出去，创造一片属于自己的世界，可不是愿意看到他加入锐方，跟黎国永这种老狐狸沆瀣一气！她张口还想说点什么，但就在这时，先前关好的拉门忽然被人拉开了。

裴恕一脸笑意，姿态随性地往门边一靠，含着几分玩味地打量门后的二人，假惺惺道："二位好像在谈事啊，没打扰到你们吧？"

林蔻蔻一怔："裴恕？"

贺闯也皱了一下眉，看向他。

裴恕伸出一根手指头，指了指酒廊里面，漫不经心地对林蔻蔻道："舒甜那边好像有点事，一直在找你。"

林蔻蔻有些意外："舒甜？"

裴恕说得真真儿的："不知道是什么事，好像刚从薛琳那边过来。"

林蔻蔻有些怀疑地打量着他，不太相信他这番说辞。舒甜是最不愿意麻烦别人的那种人，有事宁愿自己扛着，又怎么会到处找她？只是她回头看贺闯一眼，心知裴恕来了，这话也就谈不下去了。她索性道："我去看看。"

裴恕倚在门边，为她让开一步，看她又回到了酒廊，走进沙龙那些人影里，才掉转视线，回头来看着贺闯。

贺闯讥讽道："你就会这点不入流的伎俩吗？"

裴恕一点也不生气："再不入流，也总好过你——"

贺闯拧了眉。

裴恕慢条斯理地补充道："就像是没长大的小屁孩，家长一不关注、一不理会，就又哭又闹，干点标新立异的事，用叛逆来吸引注意力……"

贺闯眼角微微抽搐了一下，面容瞬间封冻："你又是以什么立场来跟我说这些话呢？"

裴恕笑了，竟道："我知道你，林蔻蔻一手栽培起来的好下属嘛，跟爹养儿子似的。"

毕竟林蔻蔻是个到哪儿都自称一声"爸爸"的女人。

他十分友善地望着贺闯，语气无比真诚："放心，我对你没有恶意，以后有什么问题，尽管来找我。如果林蔻蔻是你爸，那我不介意给你当妈。"

第四十九章
荣幸之至

从露台回来的裴恕，心情好极了。

林蔻蔻就站在吧台边，对他虎视眈眈："舒甜压根没事找我，你果然是找借口把我支开。说吧，你干了什么？"

贺闯人还在露台，并未进来。

裴恕一只手插在兜里，晃回林蔻蔻面前来，回想了一下当时贺闯的反应，只觉得什么恶气都出干净了，于是不知死活地笑了一声，挑眉道："作为前辈，关心一下后辈罢了。怎么，你还怕我打他一顿？"

他是什么找事的德行，林蔻蔻再清楚不过，根本不信他半个字，只道："我跟他的事我会自己解决，你没事别去挑衅。"

裴恕于是深深望了她一眼，忽然道："你这样不累吗？"

林蔻蔻皱眉看他。

裴恕目光流转，难得一脸认真，慢慢道："既希望他离开你的庇护自己飞，又怕他没了你的庇护摔太狠。做 case 的时候干净利落，轮到处理自己的人了，就犹犹豫豫、瞻前顾后，林蔻蔻，这不像你的风格啊。"

她忽地静默。

沙龙上人来人往，觥筹交错，吧台这个无人的角落，却忽然陷入了沉寂。裴恕深灰色的瞳孔里，是一片洞悉的幽暗。他就这么平平地望着她，却似乎想看进她的心里去。

林蔻蔻与他对视，许久没有说话。末了，还是吧台里的调酒师端出来一杯酒，放到他们面前，问了句"喝吗"，将沉寂打破。她这才端酒，喝了一口。调制过的白兰地顺着舌尖将炽烈的味道燃到咽喉，却让她的情绪慢慢平复下来。

林蔻蔻终究默认了裴恕对自己的判断，却叹了口气，道："贺闯是个好人。"

裴恕失笑："好人？他要是好人，我——"

话到嘴边，突地止住。他脑袋转了个弯，突然意识到林蔻蔻说了什么——好人？林蔻蔻给贺闯发了"好人卡"？

裴恕心跳忽然慢了一拍，毕竟没吃过猪肉也见过猪跑，"好人卡"在想发展恋爱关系的男女之间是什么意思，他总归是听过的。

林蔻蔻这意思是……他心里一喜，弯唇便想笑。

只是还没等笑出来，林蔻蔻就瞥他一眼，大概是猜到他不着调的想法，慢悠悠地补了一句："你也是。"

裴恕："……"

千般喜悦，万般得意，一瞬间被这盆冷水泼得全无踪影，笑容都僵在了脸上。

林蔻蔻见状，登时笑出声来，心情好了不少，只道："行了，不跟你在这儿废话了。"

沙龙上来往的都是各家精英猎头，正是拓展人脉的好时机。精明如她，当然不会错过这个机会。她拎了酒杯，便打算走入人群。

可没想到，她前脚刚走，裴恕后脚就跟了上来。她走到哪儿，裴恕就跟到哪儿。一会儿问她吃不吃蛋糕，一会儿帮她端杯酒，简直一反前几天端起来的那副高冷姿态，一时让林蔻蔻大为震撼，没明白究竟发生了什么。

林蔻蔻固然是人缘极好，老朋友们想跟她叙旧，头回参会的新猎头也想认识她，可再大的吸引力也架不住旁边有个虎视眈眈的"瘟神"啊。姓裴的只消摆那一张嘲讽脸往边上一站，主动来找林蔻蔻搭话的人就少一半，剩下那一半被他这么貌似友好地盯着，一般也撑不过两分钟，仅仅寒暄一会儿便都战战兢兢告辞了。没过半小时，场面已堪称"门可罗雀"了。

林蔻蔻都蒙了："你这是在报复我吗？"

裴恕微微一笑："你不说我是好人吗？我得报答一下，为你鞍前马后啊。"

林蔻蔻气得说不出话。

连在不远处围观了一会儿的孙克诚都看不下去了，赶紧把他拉到一边来："哎哟，祖宗，咱们不都说好不倒贴吗？你这人走哪儿你跟哪儿，算怎么回事啊？"

"不倒贴"三个字是裴恕当初亲口说的，孙克诚满以为把这话搬出来有用。

可谁料，裴恕一声冷笑，竟道："我想明白了。"

孙克诚一愣。

裴恕道："我们做猎头的，平时找候选人，哪个不是主动上门拜访？倒贴就倒贴了，倒贴才能成事。优秀的猎人，当然是要主动寻觅猎物！"

一方面，他是为了报复林蔻蔻那句话，的确有点故意跑去捣乱的心思；另一方面，他来到大会之后，深刻知道了什么叫"前有狼后有虎"，先有贺闻，后有庄择，林蔻蔻在这个圈子里人缘好到离谱不说，对她感兴趣的也不在少数……这谁还能坐得住？他就要站在边上，好让其他人看得清楚。

孙克诚对他的逻辑竟无言以对，对林蔻蔻则充满同情，还打算再劝两句。

可没想到，一行人从远处向他们走来。

孙克诚抬头一看，便有些诧异："陈主席，你们这是……"

来的正是猎协主席陈志山，只不过边上还站了一人，四十来岁年纪，穿着讲究，大概是刚喝过了酒，红光满面，笑起来却给人一种狡诈的、不怀好意的味道——正是航向的副总程冀。

这人前阵子才跟孙克诚在猎协开会时吵过架，而陈志山脸上则带了点局促，孙克诚一见之下，觉得不太舒服。

裴恕虽然不常跟其他人打交道，但也来了大会一天，紧要的几个人都能记得住，更何况是程冀？早年还在跟林蔻蔻斗法时，他就对程冀有所耳闻。除了搞内斗拖后腿，别的本事一概没有，更像是被施定青放在公司里掣肘林蔻蔻的棋子。

他们来干什么？

陈志山搓了一下手，显然有些为难，尤其是在打量裴恕脸色的时候，但犹豫一番还是开了口，道："那个，主要还是为展台的事。"

RECC 大会除了是一个行业内部人员交流的平台之外，也致力于为会员单位提供一个对外展示的窗口，所以在会场外面划出了一片区域，留给各大公司搭建展台，一些有用人需求的企业和个人都可以前往展台了解该公司的情况，以寻求合作。

按大会安排来说，后天就要正式开展了。预计明天各家公司就会在外面抓紧时间搭建展台了。

孙克诚一听，心里就有种不妙的预感："展台怎么了？"

陈志山看了边上的程冀一眼，叹了口气道："其实也不是什么大事，就是航向今年提交展台方案有点晚了，我没想到他们选的位置正好跟你们选的一样。按照协会的规则，航向属于理事会成员，一直以来都享有展台位置的优先选择权，而且今年航向又是为大会提供支持的协办方，所以……"

裴恕的脸色瞬间冷了下来。

孙克诚也明白了陈志山的未尽之言："陈主席的意思是，要我们给航向让位置？"

程冀却是笑起来："何必这么说呢？我们航向的新任总监这两天才到，提交方案晚，实属无意，并不是有意针对你们，希望你们不要介意。"

陈志山眼看气氛僵硬，忙打圆场："航向这边的意思，是想托我说和一下。我也是想着，展台今天还没开始搭建，现在改还来得及。原本预留给航向的那个位置在会场外面也算不错，斜对着大门口……"

孙克诚难得生了几分怒意："可我们展台的设计方案都做好了，你临时给我们换位置，我们的展台怎么搭？"

每年在展会上达成的合作其实不多，就是个门面罢了。陈志山也是想着，往年歧路并不重视展台的事，往往草草搭个台子敷衍一下凑凑数而已。所以当航向这边提出请求时，他才想着从中说和一下也无所谓。可谁想到，孙克诚这次反应竟然这么大。

陈志山一下有些尴尬："这，我们……"

孙克诚袖子一撸就要同他们理论。可没想到，一只手从旁边伸过来，竟将他的肩膀按住。

裴恕的表情出乎意料地平静，竟问："是庄择要这个位置吗？"

陈志山顿时一愣。程冀也没想到，下意识地朝着自己左侧某个方向看了一眼。

裴恕随之掉转视线，便看见不知何时已经来到酒廊的庄择。他还穿着白天的那身西装，只不过此刻解开了西装扣子，也没有打领带，看上去随性了很多，正靠坐在沙发的扶手上，一副放松的姿态。眼见裴恕看过来，他甚至远远朝裴恕举了一下杯。

程冀这时才道："这个位置的确是庄总监选的。我们航向是猎协理事会成员，本就该是我们优先选位置，请陈主席来告诉你们，也只是不想显得太盛气凌人罢了。"

孙克诚笑了："临到搭展台前一天才来知会，还不叫盛气凌人吗？"

裴恕却道："行。"

孙克诚顿时惊诧，回头向他看去。

裴恕却并不解释，仿佛并不在意，只道："区区一个展台位置罢了，航向毕竟是理事会成员嘛，想要就拿去。我们也不想让陈主席难做。"

陈志山先是松了口气，接着又觉得自己不太厚道。可理事会成员协办大会，又提供各方面支持，他这个主席也多少有点"吃人嘴短"。

此时裴恕答应，对他来说当然最好不过。

陈志山表示感谢，又道："让你们临时更换展台位置，肯定也多有不方便的地方，你们要有什么麻烦，尽管来找我，我让人给你们处理。"

裴恕淡淡应了。陈志山也不多打扰，连忙带着程冀走了。

他们人一离开，孙克诚便转过头，简直跟不认识裴恕了一样，问："他们要位置你就给，你怎么了，到底在想什么？"

裴恕只道："展台临时要换，肯定有不少事要忙，你先去联络，剩下的我自有打算。"

孙克诚不理解，心里憋着火，索性转头就走。

林蔻蔻从不远处走过来，正好撞见孙克诚离开，不由得奇怪，问裴恕："陈志山跟程冀来干什么，老孙怎么气冲冲走了？"

裴恕简短说了一下事情经过。

林蔻蔻便皱了眉，难得肃容道："你不该答应。"

裴恕看她："为什么？"

林蔻蔻道："你知道老孙为了这次参会参展，付出了多少心血吗？"

这是歧路第一次真正意义上参加大会。裴恕以往对 RECC 爱搭不理，孙克诚即便有心扩大歧路的影响力，也是巧妇难为无米之炊，展台当然是能凑合就凑合，的确不需要花费太多的心思。可这次，林蔻蔻跟裴恕都到场了。孙克诚不为自己，也为他们，为歧路，绝不想在细节上糊弄，因而连着好几天跟她咨询大会相关的细节。

"从参展的资料准备，到宣传物料的设计和印发，还有展台的布置设计，虽然都有我从中把控，但具体的每件事，接触的每个环节，都是老孙亲自去盯的，熬了好几个大夜。尤其是展台……"林蔻蔻说到这里，看了裴恕一眼，顿了顿，才委婉地继续道，"不管你有什么打算，也不该……"

裴恕竟平静道："我知道。"

林蔻蔻诧异："知道？知道你还——"

裴恕打断她："这个沙龙上的人，你认识多少？"

林蔻蔻一愣，下意识地扫了一圈，道："基本都是熟脸，认识 80% 吧。你问这干什么？"

裴恕道："那走，你牵线搭桥，介绍我认识一下。"

林蔻蔻惊了，瞬间回忆起刚才裴恕戳她边上破坏掉她每一次叙旧的噩梦，嘴角一抽，道："介绍你认识？都什么时候了，还想搞我？"

裴恕道："展台的事，你也有责任。"

林蔻蔻一愣："跟我有关系？"

裴恕淡淡看向她："陈志山会来，本质上来讲是因为航向是大会的协办方，是猎协理事会的成员。他们这理事会的席位怎么来的，你应该比我更清楚吧？"

的确，当年这个理事会的席位，正是她力压歧路，排除万难，帮航向收入囊中。她恍惚了一下，没说出话来。

裴恕却笑起来，目光深远，只道："我听说，只要有超过 30% 的猎协成员动议，就能召开大会，投票重选理事会？"

林蔻蔻："……！"

大概九点，大家陆续发现，情况不太对劲。但凡跟歧路有过接触，对其合伙人裴恕的品质略有风闻的人，都知道他那根深蒂固的"猎头公敌"属性。可这会儿，众人不由得怀疑自己的眼睛。他们竟然看见裴恕面带微笑，端着酒杯，跟着林蔻蔻在场中游弋，见了一拨又一拨的人，在规规矩矩地和人应酬！

圈内公敌突然转性了？！

觉得最离谱的，要数先前那一批主动去找林蔻蔻搭话的人。那时候，他们想认识林蔻蔻，但都被旁边裴恕那一张阴阳怪气的嘲讽脸劝退，压根没聊上两句；可现在林蔻蔻主动找过来，温和有礼地同他们说话，姓裴的竟也跟换了个人似的，唇畔挂着适宜的弧度，在听人说话时会用眼睛认真地注视着对方……尤其这人五官优越，加之如此彬彬有礼，难免给人一种良民的错觉。聊完后大家竟发现：这人给人的印象似乎还不错？

坐在沙龙某一角的白蓝已经用一种充满迷惑的目光观察了场中那两人许久，不由得怀疑道："姓裴的今晚吃错什么药了？"

以前恨不得拿鼻子看人，现在竟也放下了身段？

她对面的黎国永显然也早就注意到了这异常，却是饶有兴味地摸了摸下巴道："比起裴恕的反常来，我倒更在意林顾问。他们俩在歧路，似乎很合拍的样子。"

白蓝顿时皱了眉。

另一侧的陆涛声却点头表示同意："蔻在圈内的人缘和人脉我们都知道，这个场上不认识她的人少之又少，不想认识她的人几乎没有。裴恕虽然是业内公敌，不讨人喜欢，可只要牵线搭桥的是她，谁能不愿意卖个面子呢？"

每个行业的从业者，都有自己的核心资产、重要资源。对猎头来说，最重要的资源是什么？无论答案有多少种，"人脉"二字在诸多的回答中必然是排在前列的。而结识一个人，从陌生人与陌生人交谈开始，与中间有信任的熟识介绍认识，效果更是天差地别。更何况是林蔻蔻介绍的呢？

她这无异于在和裴恕共享自己的核心资源。

陆涛声说完这番话，本以为可以引起一番正经的分析讨论，可万万没想到，白蓝听后大怒，竟一拍桌道："好啊，诡计多端的贱男人，姓裴的这是要吃林蔻蔻软饭啊！"

抛开"贱男人"三个字不提，虽然不知道怎么忽然拐到"软饭"这话上，但他们瞅瞅场中：林蔻蔻姿态从容，裴恕侧立一旁，一个人为另一个人引见，谈笑风生，可不是有点"带另一半见家长"甚至"带小蜜给朋友认识"那味儿了？

黎国永尴尬地咳嗽一声，刚想打个圆场，就瞧见那边林蔻蔻与裴恕同上一拨人说完话，已经朝着他们这个角落来了。

这种场合的林蔻蔻，总是如鱼得水。而同她一块儿的裴恕，也自有一派处变不惊的气场。二人在酒廊略有闪烁的灯光下走来，竟有种相得益彰的辉映之感。那一瞬间，老辣如黎国永，心里都不由得冒出了"般配"二字。

林蔻蔻早就知道他们仨聚在这角落里聊天，但一直没来同他们说话。直到带着裴恕把那些该认识的人都聊了一圈，她才不紧不慢地拎着酒杯晃悠过来，十分自然地打趣："你们三位倒是清闲，一晚上坐这儿看了不少戏吧？"

黎国永笑呵呵道："也没看太多，不过精彩的都没错过。"

白蓝就没那么友善了，瞅了边上裴恕一眼，却是对着林蔻蔻冷笑一声："自甘堕落！"

林蔻蔻充耳不闻，神情都没变一点。

途瑞虽然因为教培行业那一单吃了大亏，但陆涛声本人却因为薛琳败给林蔻蔻得以重掌大权，坐稳了自己在途瑞的位置，再加上他原本为人就锋芒内敛，态度便异常平和，同他们寒暄："看你们满场转悠，我就在想什么时候来找我们，没想到是落到最后了。"

林蔻蔻笑道："毕竟跟你们最熟，当然放到最后。"

黎国永瞄了他们一眼，道："我记得就算是前几届的沙龙，也没见你这么活跃啊。我左右一琢磨，总觉得脖子后面都在冒凉气。你这别是有什么打算，又想坑谁吧？"

果然是老东西，感觉很敏锐。今天的行动自然是为以后的计划掌眼——毕竟想干掉航向的理事会席位，在猎协里没有足够的支持怎么能行？

林蔻蔻半真半假道："毕竟缺席了一年，有点怀念当初的感觉了。正好裴恕顾问也想认识一下大家，我就厚颜做个中间人，代为引见了。不过咱们几个就不用再介绍了吧？"

都是圈内有头有脸的，就算没见过，也都听过名字了。

裴恕此时已将那一身骄矜气收敛起来，竟然点了点头，道："的确是久仰大名了。"

黎国永跟陆涛声还没怎么着，白蓝先冷嗤了一声，只用一种不可思议的目光睨视着裴恕："要不是亲眼所见，我真不敢相信，'久仰'两个字能从裴顾问嘴里说出来。我可不敢当，圈内小角色罢了，怎么配让裴顾问'久仰'呢？"

前几年白蓝三天两头在圈内炮轰裴恕、林蔻蔻，她讨厌裴恕是尽人皆知的事。

林蔻蔻对白蓝的反应早有预料，她不惊不乱地出来打圆场，只道："以前大家没接触过，有误会正常。白顾问在圈内也是做过好几单大 case 的，怎么可能是小角色呢？"

白蓝翻了个白眼："你别在这儿和稀泥。"

裴恕端着酒杯，侧立一旁。要按他以前的脾气，现在估计早就抽身走人了。但此时此刻，他格外忍耐，仿佛半点没被激怒。

目光略略一闪，他便笑道："我说久仰大名，倒也并非客气。去年宝胜集团换帅，搞来了为亚马逊操盘的高管，外面都讹传是国际上海德思哲的猎头做的。我听说海德思哲的人前期的确有介入，但中途退出了，最终成功挖到人的，其实是国内的一家猎头公司，只不过可能出于保密原因没有对外宣扬。是吧，白顾问？"

白蓝在听见"宝胜集团换帅"几个字时，眼皮便陡然一跳，几乎是用一种惊异的目光看着裴恕说完。众人一开始还没摸到头脑，待得听见他末尾问白蓝的那句，才恍然大悟。黎国永转头看向白蓝。

陆涛声则直接得多："宝胜集团那单 case 竟然是你做的？"

白蓝顾不得回答，只问裴恕："你是怎么知道的？"

这无疑等于默认。

连林蔻蔻都意想不到，宝胜集团换帅是去年圈内最为人津津乐道的一单，因为涉及的职位极高，且事前没有任何风声传出，忽然之间就换了CEO，直到事后才有人猜测是国外顶尖的猎头公司海德思哲做的。可相比起这单是白蓝做的，她更惊讶的是裴恕竟然对这件事了如指掌！

裴恕却没多解释，只随意地笑笑："当时很好奇，找人打听了一下罢了。所以白顾问才是真人不露相啊，一直以来都很低调。"

白蓝这一瞬间的感觉，竟很复杂。

一方面是对裴恕的忌惮，连这单她从未对外讲过而甲方也还在保密期的case他都知道，人脉之强，消息之广，可见一斑；另一方面还有点被人捧起来的飘飘然，毕竟猎头都是在幕后，相比于台前的风云涌动，甚少有人关注到幕后的身影，有时自己做了一单case心里得意，但又因为保密或者拉不下那个脸，总不好自己往外说，所以多少有点衣锦夜行般的高手寂寞之感。

人多少都有点虚荣心。白蓝也不例外。现在裴恕一番话帮着别人把不好意思说的都说了，话里话外还捧着她，就算是一向看不惯裴恕如白蓝，这时也很难摆出原本那副嘲讽的冷脸。

而且她不想承认，自己心里竟觉得颇为受用。这姓裴的，简直绝了……白蓝忍不住用一种古怪的眼神盯着他，久久没能说出话来。

有她这一出打头，黎国永和陆涛声对裴恕的兴趣顿时大增。林蔻蔻在边上立着，几乎亲眼见证了这位原本在圈内人人喊打的祖宗迅速变成香饽饽的过程，甚至都不需要她再从中斡旋什么。

裴恕以前虽然很少出来应酬，但对圈内这些同行竟然了如指掌。

一旦知道了对方的姓名和所在公司，他多半都能列举出对方做过的比较知名的case；而众人一旦发现连向来骄傲的知名猎头裴恕都听说过自己，内心里被人尊重认可的需求便得到了满足，谁还能拒绝他呢？

几个人在角落里一顿闲聊，甚至还八卦了一下国际猎联来的几个代表，即便说不上相谈甚欢，彼此间的气氛也是十分融洽。

直到看着时间不早，裴恕才貌似不经意地提了一句："歧路也是头回正经来参会，虽然有林顾问坐镇，不过也还怕有很多地方做得不周全。我们的展台位置在A2，花了好大力气设计的呢，届时请几位都来转一圈，提提意见。"

这时林蔻蔻不动声色地打量着对面。其实现在歧路的展台位置根本不在A2，已经因为航向横插一脚，换到了A5，可裴恕不仅故意没提，而且还强调他们花了大力气精心设计展台，用心不可谓不险恶。不过对面黎国永等人现在并不知道他们跟航向之间的展台矛盾，又加上前面跟裴恕聊了那么多，早已放下了警惕，对这么一句看起来很套路的客气话也没在意，都随口应承下来。

至此，林蔻蔻与裴恕的目的便达到了。两人起身告辞。等走到稍远的无人处时，他们才停下来，转头对视，然后都笑了。

林蔻蔻对裴恕刮目相看："没看出来啊，你平时好像不跟人接触，谈起别人的履历战绩来却如数家珍，情报局都没你知道得多吧？"

一离开需要应酬的环境，裴恕迅速恢复了本性。

面对她的夸赞，他半点谦逊的表现都没有，甚至颇为嘚瑟："知己知彼才能百战不殆，以前我要把这些人摁在地上打，怎么可能不打听清楚？"

果然，甭管你朋友了不了解你，你的对手一定了解你。

林蔻蔻心里骂了一声，不禁怀疑："你跟我唱了那么多年对台戏，不会往上查过我祖宗三代吧？"

裴恕一笑，刚想说"顶多也就听说过你大学时候一些事，算得上了解吧"，可话到嘴边时，刚才林蔻蔻引着他与那么多人交谈应酬时的细节，却悉数涌现。

林蔻蔻和他是完全不同的人。裴恕是无论做什么事，都把自己放在中心的那种人。在他看来，有本事的人多少都有两分架子，层次不同的人交流起来客观上就是会有一些隔阂。可林蔻蔻非但没有架子，而且无论对着今年刚入行的新锐还是混了有近十年的老猎，都是一般态度。在对话时，她甚至极少提到自己。她是真心实意地去了解每个人，无论话往哪边说，都是把别人当作中心。而在她将别人当作中心时，她也就慢慢成了所有人的中心。

不需要说什么夸张的话来吸引人的注意力，她只需要挂上那抹平和的笑，静静地立在场中，便仿佛整个人都在发光，耀眼夺目。

裴恕凝望着她，甚至出了片刻的神，才有些复杂地慢慢道："不，我认为我今天才算认识你……"

林蔻蔻一怔。

裴恕道："你跟谁都聊得来，总能看到别人的长处，大家都喜欢你。"

林蔻蔻一时失笑："搞这么严肃，我还以为你要说什么呢。我们猎头做人的生意，尤其我偏重候选人那一侧，哪儿能跟你这祖宗一样不把同行放在眼里到处树敌？"

裴恕静了静，点头道："所以我需要一个孙克诚。"

林蔻蔻打量着他，似乎觉出了此人翻涌的心绪，挑眉笑道："可你也不能什么事都推给老孙。知道他在外面受了委屈，也不想辜负他的心血，所以偶尔也想有点担当，出来搞点事情？"

裴恕这回笑了，真心实意的那种。他人长得本就好看，一笑起来，眼角眉梢都仿佛糅进了一段暗光，于无声处流泻出几分夺人心神的魅力。林蔻蔻都不禁恍了下神。更何况，他就站在面前，用这种溢满光彩的眼神注视着她，说："是啊。所以现在，我又有了你。"

林蔻蔻彻底怔住。

裴恕说完，先耷下眼帘，才又抬眸，笑着补充了一句："能做你曾经的对手、如今的队友，我荣幸之至。"

第五十章
HR 公敌

　　夏夜的酒廊里浮动着醺然的酒意，连头顶晃动的光影都仿佛被揉碎在了交相碰撞的酒杯里，与那些缤纷的液体摇曳成一片混沌。林蔻蔻觉得自己仿佛也被装进了这片混沌之中。一定是先前应酬喝多了吧？否则此时她看着裴恕这张脸，怎么会觉得心潮微热，竟有点忘了身在何时、身处何地？

　　林蔻蔻有那么一会儿的恍惚。

　　裴恕却好像并未意识到自己这话具有多大的分量，说完自己笑了一声，然后有些疑惑地看着她："怎么了？"

　　林蔻蔻深深望了他一眼，许久后道："没什么。"

　　然而，在离开沙龙，与裴恕互相礼貌地道过一声"晚安"回到房间后，背靠在那扇紧闭的房门上时，她才忽然笑出声来，低低的，一种说不上是兴味还是感叹的笑。林蔻蔻不太敢相信，裴恕这人，正经起来时，竟有这样蛊惑人心的魅力。

　　以往听他阴阳怪气、冷嘲热讽，甚至暗促促地跟人较劲甚至吃醋，她都仿佛一个旁观者，更多觉得好玩罢了。然而当他注视着她，说出那句话时，那双溢满光彩的眼眸，便仿佛带着巨大的力量，竟将她从旁观者的位置拽下，跌坠为局中人，那眼神汇聚成一种极为真实的、令她头皮都为之一炸的战栗……

　　昏暗的房间里没有开灯，林蔻蔻只注视着窗外漏进来的那点并不明朗的光线，没忍住一声自语："这人还是别太正经的好……"

次日，大会在早上九点准时继续。

昨天确定完分组，今天便会进入正式的比拼，各小组的成员都是兴奋中带着一丝紧张，斗志昂扬。

林蔻蔻昨晚罕见地失眠了，没睡太好，踩着时间点才下来。这时歧路众人都在会场里了。她一来，就看见裴恕同孙克诚站在一旁的角落里讲话。

自打昨晚裴恕为航向让出了歧路原本选好的展台位置后，孙克诚脸上就没露出过半个笑容，此时也紧皱着眉头："不布置了？展台被人抢了本来就已经很丢脸了，现在你还不让布置，是要让歧路沦为大家的笑柄吗？"

裴恕却很坚持，只道："听我的。"

孙克诚胸膛一阵起伏，吸了一口气，可还是很难将那股憋屈感压下去，只问："你究竟想干什么？"

裴恕却偏偏卖关子："到时你就知道了。"

裴恕脸上带笑，分明一副狡黠的神情，明显就是有成算绝不会让自己吃亏的样子。可有什么计划是连他也不能说的吗？孙克诚不禁狐疑。

眼看大会即将开始，他还是妥协了，顿了顿，道："那我去展台那边打声招呼。"

裴恕目送他出了会场，回头才看见林蔻蔻，打量一眼便道："没睡好？"

经过昨晚后，再看这个人，林蔻蔻心底多少有一种怪异的微妙之感。

她没否认，点点头，却问："不把你的计划跟老孙讲清楚？"

裴恕道："他要提前知道，还算什么惊喜？"

林蔻蔻嘴角不由得抽搐了一下，一时对孙克诚充满同情。

主持人已经走到台上，以陈志山为首的猎协工作人员，带着国际猎联的观察小组也已经到了，五个小组的参赛猎头们更是早早就位。

林蔻蔻与裴恕短暂聊了两句，也各自落座。

主持人先走了一下流程，宣布了接下来的比赛规则："大家都知道，我们大会的金飞贼奖，绝非纸上谈兵，一向拼的都是实战。这一届也不例外，我们从一些与猎协有合作关系的公司里，精心挑选出了几件有难度的 case……"

坐在二组的白蓝听见这句就翻了个白眼："死单就死单，说这么好听干什么？"

猎协也是个有规模的组织，不仅有猎头公司作为会员，也和外面一些有用人需求的企业合作。每年 RECC 大会，为了让金飞贼奖有足够的含金量，都会从这些公司里精心挑选出那些稀奇古怪且长时间没有人做成，甚至都没有人愿意再接手的 case 作为题目，让各位参赛的猎头来解决。就比如某一年，某家公司一定要一位精通计算机深度学习知识但又要熟知养猪技术的大佬做 CEO，差点没把众猎头气到吐血。直到今天，白蓝都对这桩 case 记忆犹新。因为这么个人还真被林蔻蔻找到了，她力压全场，最终夺得了金飞贼奖。

主持人说到这里的时候显然也带了几分心虚，咳嗽了一声，才继续道："这些 case 来自不同行业、不同的公司，指向的是不同的职位需求，经过猎协内部讨论后，将它们评定为 S、A、B 三个等级，每个等级的 case 都有两个。其中 B 级 case 所涉及的职位年薪在三十至四十万之间，A 级的职业年薪在四十至六十万之间，S 级的则是在六十至八十万之间。每个组都要从中选择一单，在接下来的五天时间之内全力跟进。最终顺利完成订单且成交金额最高的小组，将成为优胜组！"

和前几届的规则差不多，林蔻蔻没什么意外。

然而不少头回参加大会的猎头顾问全都震了一震，在场上窃窃私语起来。

严华坐她旁边，更是咋舌："一个死单，才给五天时间，这没跟我们开玩笑吧？"

林蔻蔻道："往届也这样。"

严华便道："那要没人能完成呢？金飞贼奖怎么算？"

林蔻蔻看他一眼，笑道："没人完成就空着啊，又不是每届都必须发。"

严华顿时无言，现在他总算知道在这峰会论坛活动比比皆是的年代，一个 RECC 大会的金飞贼奖，为什么在业内拥有举足轻重的含金量了——这么高难度的筛选机制下，含金量不高才有鬼了。

也是在这时候，他才突然意识到：都说林蔻蔻连续两届拿下金飞贼奖，那岂不意味着她连续两届都在极短时间内搞定了一桩别人束手无策的死单？这本事，难怪竞业一年再回业内还能掀起腥风血雨。严华看着她，顿时肃然起敬。

然后一个疑惑便浮了上来：那这届怎么选单？

台上的主持人环视一圈，笑着道："我知道，现在大家最关心的就是本届的选单规则了。在这里也不浪费时间跟大家卖关子，本届规则非常简单——盲选。"

盲选？林蔻蔻眼皮登时一跳。

其余各组的成员也都不约而同地皱起了眉头："盲选？那岂不是在选中之前，除了 case 的等级和金额，完全不知道更具体的情况，甚至可能选到自己以前完全没接触过的行业和职位？这……"

主持人却是镇定自若，甚至还跟大家开了个不大不小的玩笑："这次的规则可是主办方在确认了本届与会人员名单后专门修改的，毕竟这次与会人员的阵容前所未有地强大，各位都是精英中的精英，理应有一些更有难度的挑战，来展现诸位绝佳的风采！"

风采个屁。

台下全体无语，一时间，针刺般的目光不约而同地投向了林蔻蔻、裴恕甚至薛琳、贺闯等人。

本届和前几届的区别不就是这几个人都来了吗？就因为大佬玩家升级打怪太容易，就专门把 boss 等级调高，升级了游戏难度？普通玩家做错什么了！精英如白蓝，也没忍住一声低骂。

这时会场的大屏幕上，出现了一张积分表。

主持人介绍道："昨天在进行随机抽签分组前，我们曾邀请大家做了个小游戏，这是大家当时的排名，我们统计了一下各组的平均排名，都在这张表上了。我们将按照排名，决定选单顺序。"

平均排名统计显示，白蓝、黎国永、陆涛声等人所在的二组排名第一，林蔻蔻所在的五组和庄择所在的三组并列第二，第三是薛琳所在的一组，贺闯所在的四组则因为玩游戏环节吊车尾的裴恕，被大大拉低了平均排名，悲惨地排到了末位。

白蓝一看顿时得意："论平均还是咱们最高，这回选单肯定咱们在前面。"

单虽然是盲选，可至少能选个他们想要的难度等级和职位薪酬，只要能先选，就能占优势。她心里一把算盘已经扒拉得啪啪直响，甚至连选哪单都想好了。而排名低的那些组已经开始唉声叹气。

可万万没想到，台上主持人话锋一转，竟道："为了保证一定的公平性，本届盲选顺序，将按照平均排名倒序。也就是说，排名低的先选，排名高的后选！"

一瞬间，排名最高的二组，所有人笑容都僵在脸上；排名最末的贺闯、裴恕那组的组员立刻一阵欢呼；林蔻蔻所在的五组，众人则是面面相觑。

按排名倒序盲选？那他们岂不跟庄择那组一样，得排在倒数第二，基本只能选别人剩下的了。

场上五个小组三十号人，一时都交头接耳地商量起来。六个信封被工作人员放到了会场中间的桌上，每个信封里面都装了一张写有订单基本信息的卡片，外面则分别写有它们各自的等级。

主持人请各组组长按顺序上台抽取。头一个便是贺闯。同一组的成员还在讨论到底应该选哪个难度等级，可他看也没看一眼，更没有听从大家意见的打算，直接走上前去，干脆利落地取走了两个 A 级信封中的一个。

　　场中顿时一片惊讶。

　　严华也"咦"了一声，没明白过来："他怎么会选 A 级？ S 级的金额明明更高，他不想赢吗？"

　　想赢的话，必然是首选 S 级才对。严华下意识地转头向林蔻蔻看去，却发现林蔻蔻已经皱紧了眉头，神色间一片严峻。

　　裴恕就坐在旁边，离得也不算远，正好听见严华此问，转头便看了林蔻蔻一眼，低笑一声，只道："金额更高，难度自然也更大。大会一共就给了五天时间，给的每个单都是死单，换到平时做一轮 mapping 都未必够，还选 S 级？"

　　往前查几届就知道，大会还从来没有过选 S 级死单并且顺利在五天内做完的纪录，就连林蔻蔻拿金飞贼的那两届也只是选了 A 级，没有狂妄到要选 S 级死单挑战自我，更何况本届还是盲选，连死单是哪个行业、什么职位都不知道，选 S 级跟自虐作死有什么区别？

　　所以，贺闯选 A 级根本就不是什么不想赢，而是在一番权衡后做出的最佳选择——他分明是对金飞贼志在必得！

　　严华被裴恕拿话一点，瞬间明白过来，不由得感叹自己跟顶级猎头的差距，自己想得还是少了一层。林蔻蔻则是看着贺闯取了信封回来，若有所思。顶级猎头之间，显然都有着差不多的共识。接下来上台选择的薛琳也完全没看 S 级死单一眼，直接取走了另一个 A 级信封。

　　于是，轮到林蔻蔻与庄择上台选择时，二人便忽然陷入了两难：桌上只剩下了两种信封，B 级和 S 级，各有两个。

　　相比起 A 级的难度，B 级显然更轻松、更容易，然而金额也更低，就算在五天之内完成了，获胜的可能性也不大。

　　而 S 级……不仅难度过高，且还未知，和单纯赌运气没有任何区别。

　　林蔻蔻站在桌前，蹙紧了眉头。旁边的庄择，也少见地露出了凝重的表情。

　　只是他并没有犹豫太久，便笑了出来，只道："选 S 好歹还有一点赢的希望，看来参会一趟总得挑战一下自己不是吗？"

　　他径直伸手，从两个 S 级信封中取走一个。

　　林蔻蔻瞳孔微缩，看了他一眼，少见地听见了血液在自己身体里沸腾的声音。她就是奔着金飞贼来的。既然贺闯和薛琳选走了所有 A 级单，庄择也选了 S 级单，如果还想赢，那留给她的选择，只有一个——

在全场屏息瞩目中，林蔻蔻紧随在庄择之后，取走了第二个，也是最后一个 S 级信封！

场上顿时响起了一阵起哄的呼声和掌声。五组成员全体呆滞。而排在最后尚未选单的二组，从白蓝到黎国永再到陆涛声，几乎全都脸色发绿。因为在林蔻蔻选走最后一个 S 级订单之后，留给二组的就只有 B 级单了，还有什么赢的希望？等轮到他们选时，二组人干脆破罐子破摔，随便派了一个人上去，从两个 B 级信封里取走一个。

至此，各组选单完成。

本届大会并不会公示选单的情况，每组拿到自己的 case 之后都可以对其他组保密。主持人请他们回到自己的组，与组员们一起打开信封，查看选单的情况。

这时，会场里忽然安静极了。林蔻蔻拿着信封回到二组，将信封一拆，在看见卡片顶上写的两行职位名时，眼角便微微抽搐了一下。

严华凑过脑袋来一看，也瞬间傻眼。

灵生珠宝集团需求职位，HR 总监……

开什么玩笑，让林蔻蔻这个公认的 HR 公敌，去做 HR 总监的职位？

这些年来，林蔻蔻在所有候选人那儿收获过多少赞许，就在 HR 那儿得到过多少唾骂……她当年还是个单打独斗的"野猎头"时，就曾因为常跟 HR 对着干，被上海大部分 HR 联名抵制。虽然这场危机最终被她有惊无险地化解，可"HR 公敌"的名号却是从此不胫而走，传遍业内，成了她身上最鲜明的一个标签，再也没有撕下来过。

越过 HR 直接联系客户公司的老板沟通用人需求，气得 HR 跳脚；同时将一位候选人推荐到三家公司，逼迫三家 HR 在候选人薪酬条件方面竞价，以抬高候选人薪酬条件；甚至，某些 HR 曾经发现，在他们搞砸了林蔻蔻的订单之后，他们所在公司的高级管理人才、技术人才会忽然加速流失，跳槽率攀升，持续时间甚至可以长达一年！

太多太多了。

就算是才入行没多久的严华，都能在一瞬间回忆起她在业内流传已久的"丰功伟绩"。和林蔻蔻对着干的 HR 少有好下场。暴脾气如白蓝，曾辛辣地炮轰她，"一个名副其实的猎场臭流氓，一场行走的恐怖主义犯罪"！

可以说，林蔻蔻这个人，在 HR 圈子里，说是"过街老鼠人人喊打"也绝不夸张。所以也许是出于自知之明，也许是出于原本的厌恶，林蔻蔻虽涉猎广泛，什么职位都来者不拒，可从来没有接触过的一个职位，正是 HR！结果现在偏偏抽中 HR？这哪里是什么 S 级死单，这根本就是地狱级死单！

想到这里，严华已经感觉眼前发黑，呼吸困难，忍不住转头看了一眼林蔻蔻的脸色，悄悄咽下一口口水。林蔻蔻已经盯着卡片上的"HR"两个字母看了好一会儿，微微蹙起的眉头微妙地表现出对这一职位的不认同甚至轻蔑。同组其他人看二人这般表情，都忍不住过来看了一眼。然后，整组人齐齐陷入沉默。

最后，还是林蔻蔻一番琢磨，问："如果每组抽到的职位都不公开，那我们是不是可以跟其他组换一下？"

严华哆嗦着道："会……会有人愿意换吗？"

林蔻蔻先他一眼，然后看向场中其他小组：一组薛琳，二组黎国永、白蓝、陆涛声，三组庄择，四组贺闯……这些人要知道她抽中 HR 职位，不高兴得直接放鞭炮庆祝都算厚道了。换？除非他们脑子进水了。

拿着那张卡片，林蔻蔻仿佛一尊雕塑般陷入了沉思，整个五组更是静得像一座坟墓。然而放眼场上其他组，情况似乎也不容乐观。

一组的薛琳紧紧皱着眉头，将卡片上的内容读了一遍又一遍；二组的三位大佬则是古怪地面面相觑，尤其白蓝，脸上甚至出现了一种被轻视的愤怒；三组的庄择虽然镇定自若，但包括周飞在内的组员全都面露难色；四组贺闯看完了卡片若有所思，边上的裴恕却是抄着手一脸看戏的表情……死单之所以成为死单，自然都有其难解的症结在。要不为之头疼，那也实在愧对主办方的一番精心挑选了。

主持人一番观察，显然对场上所有人的反应十分满意，笑着道："既然大家已经查看完各自的选单，那本场比赛就从现在正式开始。我们在酒店三层订了五间小会议室，作为各组的临时'作战室'，可以在里面开会商讨，甚至约见候选人，请大家根据需要自行前往。"

所有人立刻开始收拾东西。

主持人则在台上指着大屏幕补充道："赛程将根据我们猎头工作分为猎头初步提交候选人名单、推荐候选人面试通过、最终录用结果三个阶段，每个阶段的进度都会在会场大屏幕上显示，请各组在完成一个阶段的工作后及时向主办方提交阶段性成果，每个阶段的领先者都可以获得我们设置的一些小奖励，希望大家不要错过。"

严华顿时好奇："能有什么奖励？"

林蔻蔻拿好自己的东西，直奔小会议室，头也不回道："不重要，我们做第一名就行了。"

庄择看她从面前经过，表情不太好的样子，不由得笑道："脸色这么难看，抽中大奖了吗？"

林蔻蔻冷冷扫他一眼，懒得回半句，直接带着人走远。

不同于大家在公司里做单，想做就做，不想做就放着，现在是在比赛，一共就只有五天时间，每一分每一秒都显得无比珍贵。所有有志于胜利的小组，反应基本都跟林蔻蔻一样，迅速在三层小会议室集合，各自占据一间，关上门讨论起来。

卡片上给的信息有限，只有职位需求和对该职位的大概描述，然后给定了薪酬范围和客户公司的联系方式。

林蔻蔻这组有六个人。

刚一坐下来，她就问："有人以前做过珠宝行业的 case 吗？"

所有人对望一眼，摇了摇头。

林蔻蔻拧眉，又问："那有 HR 猎头，或者做过相关职位的吗？"

所有人沉默，再次摇头。

林蔻蔻心底越发沉重，只是静了片刻，便道："也没事。虽然我们这里没有专门的 HR 猎头，可大家作为猎头，平时接触最多的，除了候选人就是各大公司的 HR，就这个职位而言，我们，咳，我们大部分人是有天然的人脉在的……"

在她咳嗽一声，说到"大部分人"的时候，严华就抬起头来，幽幽地看了她一眼。

其他人的反应也差不多——显然，她的"大部分人"里并不包括她自己。

林蔻蔻从业多年，别的素质不说，脸皮的厚度还是不遑多让的，她对自己"HR 公敌"的过往避而不提，直接道："所以，对我们来说，最重要的显然不是了解 HR 这个职位，而是了解珠宝行业和灵生集团的情况，以及 HR 这个职位在这个行业里的特殊性，还有就是……"

她顿了一下，重新看向那张卡片，道："我要知道，这单为什么会是死单。"

能坐到这间会议室的，再差也差不到哪里去，大家都迅速领会了她的意思。

于是大家拆分了工作。林蔻蔻带人去了解珠宝行业的情况，又分配了三个人对灵生集团的现状进行了解，严华则直接负责联系作为客户的灵生集团，沟通用人需求。

很快，大致的轮廓便出来了。

在国内大多数知名珠宝品牌都姓周的大势里，灵生集团是一家少见的不姓周的珠宝品牌。其创始人陈灵生出生于1956年，少年时期就在广东一家金铺给人打下手，积累了丰富的经验，后来抓住机会便用自己的名字开了一家金铺，逐渐发展扩张，才有了今天的灵生珠宝。

"但前几年，陈灵生先是因为投资房地产失败，搞到破产，把集团股权抵押给了瑞士银行。但没过多久，就因为房地产拿地方面的问题，入狱三年。在此期间，灵生珠宝交由他儿子陈逸打理。其间瑞士银行几次想要出售灵生集团的股权，都是陈逸力挽狂澜，才避免家族集团落入他人之手。"林蔻蔻一边说，一边思索，"按理说，陈逸很有打理公司的本事。可去年他父亲陈灵生出狱了，要求重新进入董事会，重新拿回执掌公司的权力。亲生父子，现在为权反目。整个灵生珠宝集团，分裂成两大派别，内斗非常严重……"

严华心都凉了半截："难怪我刚才跟他们负责招人的HR打电话，对方对我爱搭不理的。我还以为是因为要招的是他们部门总监，所以对方不太自在。现在看，更可能是因为内斗？"

这个行业有趣的地方就在于此。客户需要的是一位HR总监，然而现在负责招聘的只是人事部门内一名普通HR，对方要为自己招个上司，个中微妙之处岂止一点两点？

林蔻蔻淡笑一声，目中却有精光闪烁："可能性很大。但凡遇到这种两派争斗的时候，所有人都在看风向，生怕站错了队。不过目前的灵生珠宝还是陈逸在打理，要招人的应该也是他。我认为这单之所以成为死单，更大的原因可能还是在这家集团本身……"

首先，父子俩斗成什么结果很难预料，人事这种岗位就更为敏感，更别说还是人事总监，涉及的东西太多，稍有不慎就会被拖入旋涡；其次，经历过了先前的几场风波，灵生珠宝的发展已经大不如前，市场份额严重被几家周姓珠宝侵占挤压，俨然有点摇摇欲坠、大厦将倾的味道；再次，在这种家族集团里，人事任免其实都是由一把手说了算，人事总监的职权基本等于摆设，属于雍正的军机处、掌权者的应声虫。

这种情况，找不到合适的人事总监太正常了。谁愿意在一艘船正烧起来的时候上船呢？

林蔻蔻这番话说完，众人心都凉了一半，感觉他们这单可以直接埋了。唯有严华，敏锐地发现林蔻蔻好像一点也不慌。

他试探着问："林顾问有办法？"

林蔻蔻站起来，抄着手，在会议室里踱了两步，只道："其实做这单case的关键，是要搞清楚我们到底是为谁招人，是为陈逸，还是为他老子陈灵生。"

严华顿时苦了脸："这上哪儿打听去啊？"

林蔻蔻问："你刚才联系的那个 HR 什么都没透露？"

严华道："话都说得模棱两可。不过我觉得，如果再熟悉一阵，想办法跟对方沟通一下，获取信任，也许能打听到。要不我再试试？"

林蔻蔻皱眉："熟悉一阵？一共就五天，哪儿有那么多时间浪费。"

严华不由得哑口无言。

其他人更是面面相觑："那怎么办？"

林蔻蔻转过头来，看了他们片刻，道："我有一个想法。"

想法？严华心里瞬间冒出了一种奇怪的不祥预感。其余人却还有些迟钝。

林蔻蔻把话说得就好像吃饭喝水那样稀松平常且理所当然："不过一个集团里的普通 HR，能知道集团多少情况？就算花时间熟悉了也没用，要用人的又不是他们。人事总监这种位置怎么说也算是个够格的高管了，要不我们想办法，直接找陈灵生或者陈逸本人聊聊？"

全体组员："……"

啧，果然出现了！

林蔻蔻作为公敌，轻而易举得罪所有 HR 的传统技能——越级联系！！！

第五十一章
灵生珠宝

整个会议室里，安静了足有五秒。

林蔻蔻瞥他们一眼："不行？"

众人全看向严华，指望着他。

严华顿时感觉到压力如山，额头上都渗出一点汗来，小心翼翼地开口："也不是不可以试试，只是……之后候选人面试之类的具体事情，还是要跟 HR 沟通吧？我们越级联系他的老板，会不会对候选人不好，万一对方使点什么绊子……"

职场最难防的就是小人，这一点大部分人都是深有体会的。严华话一说，众人都悄悄点头。

然而林蔻蔻瞄他们一眼，神情不起半分波澜："我们联系的是他老板，猎聘的是他上司，他想使什么绊子，敢使什么绊子？"

招聘自己的上司和招聘普通员工可大不一样，想使绊子也得掂量掂量。面试一个普通员工让对方滚蛋了，作为 HR 不会有任何损失；但招聘自己部门的上司，却要冒很大的风险，万一失败，上司入职，那这个使绊子的人基本就可以收拾铺盖卷滚蛋了。

林蔻蔻认为，这回完全可以嚣张一点，毕竟情况特殊。要不趁机嚣张一回，过了这村可就没有这店了，做人嘛，得珍视机会。

严华听得眼皮直跳，张了张口，欲言又止。

林蔻蔻便道："说不出来就别说了。"

严华立刻把嘴闭上了。

平时林蔻蔻或许和善好说话，可一旦进入工作状态，便是实打实一个不容置疑的暴君！

同一层其他会议室里，各小组也都十分忙碌，因为是盲选，大家事先都不知道自己会拿到什么职位，一是无准备，二是可能还不是自己熟悉擅长的领域，所以工作起来要棘手不少。

比如薛琳，虽然很幸运地排在前面，抽走了两张 A 级死单中的一单，可当他们拆开仔细一看，才发现这一单属于电商领域。互联网经济鼎盛如今日，作为猎头，理当是人人都接触过这个领域。可平时大家接触的都是大公司、大平台，这回的客户却是个不起眼的小公司、小平台，叫德丰，刚成立还没两年，薪酬给得很一般不说，要求还挺高，希望招到一个自带各类商家资源的市场部经理，最好还是大平台出来的。

"大平台出来的不是往其他大平台跳槽就是出去创业，人往高处走，谁去你一个刚成立的小公司？"薛琳看着卡片上列出的那些对候选人的离谱要求，只觉火冒三丈，"癞蛤蟆想吃天鹅肉，也不照照镜子看看自己配不配？"

众人也都觉得槽点太多，不由得点头表示赞同。整个会议室里，一片低沉的气压。

二组大佬云集，抽的又是所有死单中相对简单的 B 级，按理说应该简单一些了。三位金牌猎头，搞定一个 B 级死单，那还不是杀鸡用牛刀，轻而易举就解决了吗？然而情况似乎并非如此。

在会场上打开信封看过后，所有人便都没了话，现在进了会议室，更是一片沉默。

三位普通组员战战兢兢，频频拿眼神打量三位大佬。白蓝面无表情。黎国永的笑容似乎也多了几分僵硬。陆涛声还瞅着那张卡片眉头紧皱，只问："怎么抽到这张？"

黎国永立马甩锅："那上面一共就剩下两张，虽然是我说要抽左边这张，但谁知道右边那张不会比左边这张更糟呢？归根到底还是我们排在最后，没有选择……"

白蓝一声冷笑："你这意思，是怪我做游戏的时候排名太高，现在反而成了拖累？"

黎国永微笑："我也不是这意思……"

白蓝道："你不就是这意思吗？"

两人三句话不合直接吵了起来，陆涛声在中间劝架，把这个摁下去那个又炸起来，忙得不可开交。三位组员万万没想到，单还没开始做，三位大佬就已经吵作一团，一时间目瞪口呆，不知如何是好。

　　最后陆涛声烦了，干脆把那张卡片往桌上一撂，直接道："谁要再吵，我们就派他一个人去做这单case！"

　　白蓝立刻优雅地收回了已经指到黎国永鼻子上的文件夹，黎国永也格外有分寸地将尚未出口的那些阴阳怪气的话咽了回去。

　　会议室瞬间恢复安静。三位普通组员不由得长舒一口气。

　　陆涛声这时才道："就算是不喜欢的单子，也不能就这么'摆烂'，总得做吧？要不讨论一下方案？"

　　黎国永眼皮跳了一下。

　　白蓝嘴角也微微抽动，道："这，完全不是我们擅长的领域……"

　　甚至可以说，这个死单的存在本身，就是对他们人脉和能力的双重挑衅！

　　没错，这个该死的B级死单，竟然要他们三个金牌猎头为一家名不见经传的破公司招聘一个会四国语言且当过空姐的美貌前台！

　　白蓝没忍住骂了一声："是时代变了吗？这年头的客户一点数也没有，当自己是皇帝选妃吗？"

　　三组这边的情况就没那么胶着了，一来是因为大家对S级死单的难度早有预料，二来庄择本身就属于处变不惊的那种人，打开信封后扫了一眼，也没当回事。某家4A级广告公司需要一位首席设计师。薪酬条件其实开得很不错，陆续也有不少猎头公司接触过这个职位订单，可无一完成。因为该公司有明确目标，他们想要的完美候选人，是他们竞争对手公司的首席设计师！

　　定向猎聘，锁定人选，除了这个人，他们谁也不要。

　　"要求过于明确，而且又是竞争对手的公司，这么多猎头都去接触过了，首先是候选人这边肯定已经疲于应付，不太愿意再接猎头电话；其次就是竞争对手的公司这边肯定也对猎头早有防范，一旦察觉到蛛丝马迹，不会轻易放候选人离开……"

　　周飞的头脑还算清楚，一边分析一边看着庄择，试图从这位以前只做裁员的刽子手脸上看出一点情绪波动的迹象。然而最终徒劳无功。

　　庄择看事情的角度似乎和他们不同："想逼一个候选人离开公司是很容易的事。这单难归难，但往好了想想，至少我们已经有了一个客户方绝对会满意的候选人，在第一阶段初步确定候选人这个环节已经领先于其他组了，不是吗？"

周飞顿时一愣，实在没想到还能有这种思路。从表面上看的确如此，但客户只要这一个候选人的话，就算他们推别的候选人只怕也未必有用。这种情况无疑是加大了他们做单的风险，有多大的优势，就有多大的劣势。他一时对这位庄顾问的能力产生了一点怀疑。

其余人对庄择的态度也颇为矛盾，一方面庄择无疑是这个组里最强的人，大家都得仰仗他；另一方面他以前专职是裁员，和猎头这个职业天生不对付，大家对他的态度多少有些保留。会议室里众人相互望望，气氛总显得有些古怪。

相比起来，由贺闯担任组长的四组，似乎要正常很多。

首先是他们抽中的 A 级单比较正常。客户方是某游戏大厂旗下一家知名的游戏工作室，正在开发一款剧情类网游，但游戏主策划偏偏最近两个月因病离职，现在急需一位有经验、有才华的策划填上这个坑。然而如今游戏行业如此火爆，真正的人才早已是供不应求，一时间哪里找得到人？眼看着就要开天窗。

这单 case 难就难在人难找，且单子急了一些。

其次就是组内气氛正常。贺闯好歹是林蔻蔻带出来的，以前的名声就已经够用，如今更是跳槽到了锐方这样的大猎头公司，其他人自然都高看他一眼，在他作为组长出面分配工作时，都格外配合。

贺闯在判断局势方面还是足够敏锐的，迅速定下策略："我们的时间不多，为了避免增加跟客户那边的沟通成本，这回最好不要跨行业挖人，就在他们本行业内找。第一个目标就是大厂的游戏策划，做过知名游戏的那种；第二个目标是那种口碑小厂，刚刚冒头，势头不错的那种；最后才是外面那些独立的游戏工作室……"

众人纷纷点头，记录下工作要点。唯有裴恕，自打进来就没说过话，跷着脚坐在一旁，一直在那儿玩手机。贺闯没有搭理他的意思，他似乎也没有搭理贺闯的意思。

但这时，他抬起头来，扫了一圈，以手掩唇轻轻一声咳嗽："那个……"

众人目光"唰"的一下全转了过来。

大家伙心里都道：果然，姓裴的既然来参加大会，先前开幕的时候又放了狂言，想必是要大干一场，彰显一下自己的本事，怎么会就那么老实地坐在旁边一语不发呢？

现在可算是等到他发言了。

昨晚在沙龙露台上的场景尚且历历在目，贺闯对裴恕这种张口说要当人妈的货色不可能生得出半分好感，是以只是转了目光看他，却并不开口接半句话。

于是另一位猎头问："裴顾问有什么不一样的策略？"

裴恕摇摇头："不是。"

他不太好意思地举起自己的手机，将外卖 APP 的界面展示给大家看，道："喀，我就是想问问，有没有人想喝杯咖啡、吃点甜品？"

全体组员："？？？"

喝咖啡，吃甜品？

都他妈什么时候了还有心思搞这些？一共就五天时间啊！听你牛皮吹得震天响，还以为你要一个打十个，结果一到大家争分夺秒干正事的时候，你却忽然开始"摆烂"？所有人用一种不理解甚至鄙夷的目光看向他，仿佛是在说：我们看上去像是那么不靠谱的人吗？

裴恕却误解了他们的意思，连忙补充了一句："我请客。"

会议室里，忽然安静了几秒。

紧接着……

"点哪家的外卖？我想要一杯冰美式。"

"早上我还没吃饭，能要个火腿三明治吗？"

"红茶有吗？"

…………

贺闯冷眼旁观，心里竟没感到半点意外。

裴恕十分自然地将大家要的东西都点上，末了抬头一看贺闯："贺顾问要点什么吗？"

贺闯看着他："你参加大会，就是来吃吃喝喝的吗？"

裴恕挑眉，换了个更舒服的姿势仰在椅子里，笑笑道："我们组这不是有贺顾问在吗？而且高手云集，大家都有自己的本事在身上。这么简单的一单，还不是手到擒来？我放松一点，应该也不影响最终的成败吧？何必这么严肃，就当是来度假一趟不好吗？"

众人一听，简直叹服：原以为是来了个刺儿头，必定要搅出一番腥风血雨，大家都做好心理准备了。可谁想到，这家伙往椅子里一躺，活生生一条咸鱼啊！

贺闯眸底带着深思，似乎在掂量他话里的真伪。

裴恕却似乎对他人的态度一无所觉，还冲贺闯补充了一句："你真不要？那我可直接下单了。"

贺闯："……"

现在，他似乎有点明白，当时选人的时候林蔻蔻为什么弃裴恕而取严华了。

这人怕不是她专门派来的内奸吧？这躺平还"摆烂"的架势，实打实一匹害群之马。

根据六度空间理论，一个人与任何一个陌生人之间的间隔不会超过六个人。也就是说，从理论上讲，你可以从自己现有的人际关系出发认识世界上任何一个人。要联系上灵生集团的掌舵人，乍看的确没那么容易。毕竟不管是林蔻蔻还是同组的其他猎头，以前都没怎么接触过这个行业，很难直接搞到对方的联系方式。但林蔻蔻多少是有些人脉的。她将自己认识的人筛选了一圈，为了暂时不泄露订单的情况，她并未向业内任何一位朋友寻求帮助，反而给某个家里有矿、在黄浦江边开酒吧玩的富婆发了消息。

赵舍得家里别的没有，就是有俩臭钱，平时自己也喜欢买珠宝奢侈品，是许多品牌的 VIP 客户，经常被请去看秀。

林蔻蔻直接问她灵生珠宝。

这位富婆二话不说，没过几分钟就直接把一个电话号码发来了："陈逸的私人号码，你打打看。"

林蔻蔻不免惊讶："私人号码？你怎么拿到的？"

赵舍得发来一个脸红的表情："相亲。"

林蔻蔻："……"

赵舍得问："你还想知道得更细一点？"

林蔻蔻叹了口气，打字道："还是给我他的助理或者秘书的电话吧。"

作为一个猎头，直接打别人私人电话，要遇到脾气好的不计较也就罢了，遇到个脾气坏的必然穷根究底，甚至感觉到被冒犯。林蔻蔻做事虽然嚣张，但这点基本的分寸感还是有的。

赵舍得对她的专业领域并不置喙，转头就帮她去问陈逸身边秘书的联系方式，过了一会儿又发过来。林蔻蔻便先联系了陈逸的秘书，道明了来意。

对方先挂了电话，过了一会儿重新拨打过来，这次电话那头的人就不再是秘书，而是陈逸本人了。

这位在父亲入狱后开始执掌灵生集团的钻石王老五，似乎对林蔻蔻的拜访电话一点也不惊讶："职位需求不是写得很清楚吗？林顾问为什么还要亲自打电话来问？"

林蔻蔻笑道："您说笑了，我打来电话，只是想问您一个问题——这个 HR 总监，招进集团，到底是为谁工作？"

陈逸今年二十九岁，还非常年轻，声音里还带着点锐气："什么意思？"

林蔻蔻时间有限，也不跟对方绕弯子："贵集团现在是什么情况，媒体报道早已铺天盖地了，想必您本人比我要清楚。我是猎头，既然负责为贵集团猎聘人才，自然也得告诉候选人贵集团是什么情况。人招进去，到底是为您工作，还是为您父亲工作，我想，候选人应该有权提前了解一下吧。不然岂不是会像上一位离职的人事总监一样，走得不明不白？"

电话那头顿时陷入沉默。

过了会儿，陈逸才道："我也不太清楚。"

林蔻蔻眉梢顿时挑了一下。

从她开始给陈逸打电话之后，整个会议室里大家自动停止了聊天，虽然手头还忙着林蔻蔻分配下来的工作，但属实是干得有一搭没一搭的，都竖着耳朵将大半心思放在听他们电话的内容上了。尤其严华，更是紧张。这还是他当猎头以来，第一次近距离围观另一个猎头跟这么大个集团的掌舵人直接沟通，而且林蔻蔻的语气听起来还那么不委婉！

旁观者全都捏了一把汗。

林蔻蔻自己却完全没有在意，只顿了片刻，将陈逸刚才那句话再三思量，然后笑了："那看来贵集团人事部总监这个位置，目前是个大火坑，谁跳进来都会完蛋啊。"

会成为父子俩争权的牺牲品。

然而陈逸忽然道："也未必。"

林蔻蔻感兴趣："未必？"

陈逸道："林顾问的大名我早已听说过，如果林顾问招来的人愿意站在我这边，我自然会想办法力保。"

林蔻蔻笑了："可陈先生也不能保证自己一定会赢吧？"

陈逸道："所以还得仰仗林顾问不是吗？"

林蔻蔻顿时微微讶然。

电话那头的陈逸，已经拥有了一些商界领袖方才具备的老辣，竟道："人事这个部门在集团内部举足轻重，我想要的就是一个能帮我赢的人事总监。如果这个人不能帮我赢，那有什么招聘他的必要呢？"

这一瞬间，会议室里所有人都倒吸了一口凉气，连林蔻蔻都没绷住，眼皮跳了那么一下。他们先前简单了解过灵生集团前面几位人事总监为什么离职，有的是因为 KPI 不达标，有的是因为人缘太差，有的是因为有贪腐嫌疑，总而言之，原因五花八门。可短短一年时间内这么多位 HR 离职，明显不太正常。总不能全世界最差的 HR 全都去灵生集团应聘了吧？大家心里本就存有一丝怀疑，现在听见陈灵生这句，还有什么不明白？前面那些人事总监离职，多半都跟他脱不了干系！

严华迅速在纸上写下一行字，举起来给林蔻蔻看："就是他干的！"同时疯狂地向她摇手，示意她先挂电话。

然而林蔻蔻扫他一眼，略一思索，竟然直接对电话那头道："我可以帮你找人试试。"

严华大为震惊。

其余人也都露出诧异的表情：就这么草率地决定了吗？

电话那头的陈逸显然也没想到林蔻蔻答应得这么爽快，只是他思维更活泛一些，瞬间便想到了："你有什么额外的条件？"

林蔻蔻于是笑了："时间。"

陈逸不解："时间？"

林蔻蔻道："对。不管您是否能理解，目前贵集团的订单对我来说非常重要，但我只有五天时间来完成。所以我希望我将候选人的简历发到贵集团之后能得到最快的回复，并且以最快的速度面试我的候选人，发放 offer 录用！"

灵生集团就算是瘦死的骆驼也比马还大，更何况因为要跟自己的老子内斗，陈逸现在要处理的事情反而要比他老子陈灵生入狱的那段时间还要多，并不是一个随时能为别人留出时间来的闲人。所以，在听完林蔻蔻这话后，他并未立刻回复。

然而，或许是"林蔻蔻"这三个字太过响亮，也或许是集团内人事总监这个职位对目前的他来说十分重要……

总之，陈逸并未犹豫太久，便答应下来："我会尽量安排时间，给下面人打好招呼。但是，假如你没办法给出让我满意的人选……"

林蔻蔻在听见他答应下来时，就已经满意地笑了，此时只平淡地回他一句："那也不可能有其他人能给得了。"

陈逸："……"

林蔻蔻猜对面应该也是头回遇到语气这么嚣张的猎头，只道："您要没什么别的事要交代，我就先挂电话忙去了。"

那头的陈逸还是沉默。林蔻蔻于是不再浪费时间，直接把电话挂了。

会议室里所有人眼珠子都快瞪出来了，完全用一种看禽兽的眼神看她。

林蔻蔻问："怎么了？"

严华哆嗦着道："我们一开始不是想搞清楚到底给谁招人吗？你就这么答应他了？不需要再了解清楚公司里的局势吗？"

林蔻蔻竟道："不需要。"

所有人齐声："不需要？"

林蔻蔻道："如果前面几任人事总监的离职都跟陈逸有关，那么可以得出两种可能。第一，离职的这些人都是他老子招进来的，不配合他，所以他要想办法搞走；第二，人招进来或许是没有立场的，也没搞清楚情况，就因为两边的内斗自己卷铺盖走人了。无论是这里面哪一种可能，其实都说明灵生集团里面的内斗正呈胶着的态势，两边势均力敌，暂时不能分出胜负。所以我们给谁招人，区别都不大。陈逸既然答应用最快的速度面试我们的候选人，那我们帮他招人问题也不大。"

严华道："万一我们推荐的候选人被他爸使绊子赶走呢？"

林蔻蔻道："所以我们一定要找一个有本事不被人赶走的候选人！"

所有人都感觉自己麻了。如果说原本这单case就不简单，那林蔻蔻这句话无疑又将难度提高了好几个层次。

严华都快崩溃了："就五天时间，这么厉害的人我们上哪儿去找？"

林蔻蔻一脸奇怪："这不是你们的工作吗？"

严华一愣："什么？"

林蔻蔻笑了，抬起那细细的手指头指着自己道："我是HR公敌啊，恨不得弄死我的HR能从外白渡排到静安寺，你们不会指望我去找候选人吧？"

全体组员："?!"

林蔻蔻收起手机，走回桌旁，拍了拍严华的肩膀，完全无视所有人呆滞的表情，语气轻快地说道："总之，客户这边我已经帮你们沟通好了，剩下的就完全看你们了。毕竟时间紧急，我建议诸位呢，都从自己熟悉的、关系好的，以及最重要的一条，在本地的HR开始直接筛选，也省了我们回头自己做背调的时间。哦，对了，因为是珠宝行业，我认为他们对候选人的个人气质、涉猎领域是有要求的，三十三岁以下和四十三岁以上的我建议都先排除掉。总而言之，我们要用最快的时间拟定候选人名单！"

这就是传说中连拿了两届金飞贼的林蔻蔻吗……

严华已经惊呆了："你这就不打算管了？全交给我们？"

林蔻蔻认真地看了他一眼，不得不告诉他一个残酷的事实："相信我，要让我去联系候选人，可能这单不用五天，五分钟就可以结束了。"

因为，在她挂完第一个打给候选人的电话之后，"林蔻蔻正在为某家公司猎聘 HR"的消息，想必就会以最快的速度传遍整个上海，让她沦为笑柄。

会议室里，所有人想象了一下那个场面，一时都陷入无言：不愧是你啊，林！蔻！蔻！

庄择是个很注重效率的人。更何况因为客户有非常明确的目标候选人，他们只需要筛选出条件与其大致相似的候选人，然后从中挑出几个最有可能被客户接受的，放进第一阶段的初步候选人名单即可。所以从进会议室到最终初步确定候选人名单，他们一共也没用两个小时。名单上，包括客户原本就要的那位候选人在内，一共有五人。每一个人的履历都非常光鲜。

周飞还是头回在这么高度紧张、高度专注的情况下工作，名单刚一出来，他一看时间，喜出望外，道："十一点半！我们只用了两小时不到，应该不会有哪个组比我们更快吧？"

庄择对本组的进度也非常满意。

他拿起那份名单看了看，眸底暗光闪烁，只道："我记得先前主办方那边说，先提交初步候选人名单的小组有奖励？"

其他人相互望了望，这时都感觉到了一种隐隐的兴奋。

庄择便笑了一下："那还等什么？"

他直接拿了名单，站起身来，打开门走出去。

酒店第三层的走廊上安安静静的，其他几个小组所在的会议室门都关得紧紧的，一个出来的人也没有。想必都还在门里抓耳挠腮地忙着拟候选人名单吧？众人一看，大为放心，只觉得第一阶段的胜券已经握在手中。

庄择下到一楼会场，直接将本组拟定的候选人名单交给门口负责统计各组进度的工作人员，刚开口问了句"我们是不是第一个提交名单的小组"，就听见身后有人惊讶地"咦"了一声，似乎有些耳熟。他辨认出这声音的主人，瞬间拧了眉头，一转脸果然看见林蔻蔻站在后面几步远的地方，一只手拿着罐刚开的冰汽水，一只手还貌似友好地冲他挥了挥。

她笑得跟老熟人似的："看不出来，庄顾问竟然这么快啊，组员很给力嘛。"

林蔻蔻是五组的，这会儿不应该还在楼上会议室忙着拟名单吗？为什么……这一瞬间，一种不祥的预感袭上了庄择心头。

负责为各组统计进度的那名工作人员有些尴尬地笑了笑，这时才回答庄择方才的问题："不好意思，不是呢。林顾问十一点二十分就已经提交了候选人名单，这个环节是五组领先。"

跟着庄择一起下来的周飞等人全都傻眼。庄择这时才看见，会场门内，林蔻蔻那组的组员不知何时已经坐在了角落的椅子上，正从里面看外面的情况。同样拿的S级死单，林蔻蔻竟然还能比他更快？庄择收回目光，重新盯着林蔻蔻，甚至觉出了一种久违的不可思议之感。

林蔻蔻却只冲他一耸肩，用那种最欠揍的语气叹息一声："不过，好像还是我的组员本事更大一点呢。庄顾问，这轮就承让了？"

第五十二章
交通工具

　　庄择并非一个轻敌之人，在来这届大会之前，他就已经对林蔻蔻进行过全面的了解，自认对她的实力略知一二。然而当这个真实的，并不仅局限于各种二手资料上的林蔻蔻站在他面前时，他仍旧感觉到了一种难以形容的震动。难以预测，像个谜团，所以别具魅力。

　　庄择凝视她许久，即便明知这会泄露己方的订单信息，可仍旧没忍住问："难道你那单 case 的客户也早有目标候选人？"

　　林蔻蔻避而不答："这就不方便透露了。"

　　然后她一扬眉，饶有兴味地道："不过听庄顾问的意思，你们的客户好像有目标候选人呢。这个人想必不太好挖吧？"

　　庄择顿时皱了眉头。

　　林蔻蔻挖苦完，却是分外愉悦地笑了起来，也不站在门口再碍人眼，直接拎着自己那罐冰汽水，溜达进了会场。

　　国际猎联观察小组的那几个人就在会场另一侧的角落里站着，见林蔻蔻进来，便小声议论起来，甚至相互之间还小声交谈了两句。他们真的太惊讶了。国际猎联这回来到大会，其实并非偶然，很大一部分原因在于庄择的牵线搭桥。他们是早就认识庄择，也知道庄择的本事的。所以大会设置的这些环节，他们理所当然地认为该是庄择毫无悬念地遥遥领先。可谁能想到，正当他们刚才在会场里轻松地打赌时，头一个带着自己的组员下来提交名单的，竟然是林蔻蔻！

　　他们自然充满了诧异，难免用一种惊奇的目光打量着她，似乎试图探究出一些什么东西。

只不过这样的打量，落在五组其他猎头顾问的眼底，却是实打实地瘆得慌。

严华越看越觉得他们的眼神是怀疑。

瞧见林蔻蔻买完冰汽水回来，他有些按捺不住，凑过去小声道："林顾问，咱们那名单，真行吗？会不会太……"

林蔻蔻看他一眼："太草率了？"

严华艰难点头。

然而林蔻蔻不为所动，竟道："不，我觉得很科学。"

科学？他们交上去的名单和"科学"两个字有半毛钱关系吗？严华险些崩溃。先前在会议室里讨论候选人的情景顿时浮现在脑海——

在将寻访候选人的任务交给他们之后，林蔻蔻就真的甩手不管了，坐在一旁有一搭没一搭地玩手机，甚至还看看与灵生集团有关的八卦。他们只好按照林蔻蔻制定的策略火速筛选自己认识的 HR 候选人。可没想到，一轮下来草拟出一个名单，林蔻蔻看了，竟没一个满意的。

当时她便来了一句："你们跟 HR 们的关系不该很好吗？就认识这点人？"众人听了差点吐血。当猎头的平时跟 HR 再熟悉也只是工作接触，再熟能熟到哪里去？符合要求的就那么多啊。他们跟她解释了一下。

但林蔻蔻没听，思索了片刻，忽然问："有没有符合我提出来的条件，但你们认为不合适或者不可能所以并没有列出来的候选人？"

会议室里忽然安静了片刻。大家都是有经验的猎头了，自然会有一些自己的判断，她说的这种情况当然是存在的。林蔻蔻让他们把这些人都列出来。

当时严华就有一种说不出的感觉，仿佛是被俯视了。林蔻蔻让人列出这部分候选人名单的隐含逻辑，其实是"你们觉得不可能、不合适或者挖不到候选人，我未必觉得不合适或者挖不到"。这是一种能力足够强的人才会拥有的自信。

第二轮名单出来，情况就跟上一轮截然不同了。

候选人的质量明显高了一截，平均薪酬也高了一截。里面有不少人目前的年薪就已经超过了灵生集团所提供的六十至八十万这个数。

林蔻蔻一眼就相中了其中一名女性："牵手网现任人事总监，沈心……"

严华听见，头皮都炸了："这不合适吧？"

林蔻道："这好像是你列出来的名单，为什么不合适？"

严华在第一轮列名单的时候也考虑过沈心，但想了想沈心现在的情况，认为挖她的可能性微乎其微，所以才把她的名字拿掉。直到第二轮林蔻蔻让再列一份名单，他才把沈心的名字加了上去。关于这位人事总监的情况，其实非常复杂。

"名字是我写上去的没错，因为沈心是我以前的上级，能力方面很不错。可牵手网我想林顾问也听说过，是比较出名的婚恋匹配平台，已经在准备融资上市。沈心她不仅是牵手网的 HR，而且和牵手网的创始人郑维方有婚姻关系。两人就是在牵手网认识的，七年前闪婚了，而且双方还有孩子。"

对自己以前的上司，严华了如指掌。

"她在牵手网人事部门做得本来就不差，薪酬也可以，既和创始人有情感方面的联系，又和公司有一些股票期权利益上的绑定，合适归合适，可我们挖到她的可能性几乎是零啊。"

林蔻蔻听了他的话，便拧紧眉头，似乎也深思起来。

然而没过两秒，她就把名单递还给严华，竟道："那太好了，我就要她。"

全组猎头目瞪口呆，严华更是半天没反应过来。

最终，他们又在第一轮的名单里勉强筛选出了一个符合要求的，连同沈心在内，放进了他们第一阶段确定的候选人名单。也就是说，他们的候选人名单里只有两个人！容错率真的太低了。

这也是现在严华心里没底、心慌不已的重要原因之一。

他晃晃脑袋，将先前会议室里所经历的可怕回忆全都晃出脑海，试图挣扎一下，弱弱地对林蔻蔻道："主办方要求提交的名单最多可以有五个候选人，我们只提交两个，会不会太冒险了一些？我记得规则里说，如果最终客户方录用的候选人不在初始的候选人名单里，是会影响主办方对小组能力和猎头顾问个人能力的评价的……"

如果规则上不对第一阶段的名单加以限制的话，那随便写一份名单上去糊弄都行，不得乱套？这些情况主办方都考虑到了。严华以为说出这些来，林蔻蔻会有些顾忌，说不定愿意改变主意。

然而，林蔻蔻只是喝了一口冰汽水，优哉游哉地来了一句："所以我们尽量死磕一个候选人不就行了吗？你放松一点，冒险也是一种策略嘛。富贵要在险中求……"

严华膝盖一软，简直想给林蔻蔻跪下了，险中求个鬼啊，这名单跟自杀有什么区别？

所有人都用一种一言难尽的目光看着林蔻蔻，可话到这份上，再说好像也没有什么用处，索性都闭了嘴。林蔻蔻知道大家各有各的想法，但并不在意。她抬起头，看见排在第三位来提交第一阶段名单的四组，裴恕就端着一杯明显是外卖的咖啡，站在人群里，瞧见她时，还略微惊讶地扬了一下眉，然后便挂起一点笑容，冲她扬了扬手里的咖啡杯。

这一刻，林蔻蔻心里忽然有个想法不受控制地钻了出来。假如是裴恕跟她一块儿做灵生集团这单 case，或许就没有那么多疑问和惊讶了吧？这个人向来也是兵行险着，要得知她的策略，只怕已经把袖子一撸直接跟她一起干，说不准还要嫌她的手法太保守、太陈旧呢。想想那场面，她便没忍住笑了一声。于是她难得不嫌弃地也朝着裴恕举了一下自己手里的冰汽水，像是隔空碰了一下杯。

裴恕就是"摆烂"当咸鱼，再时不时欣赏一下贺闯那难看的脸色，所以心情很好，看见林蔻蔻时也没想太多便跟她举杯打招呼，却没想到她会回应，一时诧异，不由得愣了一愣，好半晌才反应过来——什么时候他在林蔻蔻那边待遇这么好了？

裴恕没琢磨明白，但这完全不妨碍他的心情忽然也跟着变得更加美好起来，所以即便注意到了旁边贺闯面无表情的注视，他也直接无视，只轻飘飘对着外面阴云密布的天空感叹了一句："啊，天气真好啊。"

其他人齐齐无语。

林蔻蔻第一，庄择第二，贺闯第三，排在第四位的则是薛琳那组。对自己排在后面的情况，薛琳早有预料，毕竟他们从会议室里出来的时候，发现其他几组的门都打开了，里面根本没人。所以现在看见自己前面排了三组，她倒是也没太惊讶。因为更让人惊讶的是二组。眼看着其他组的人全都下来了，二组竟然还不见人影。不管是白蓝、黎国永、陆涛声，还是他们那组的三个普通组员，一个也看不到！

"不会吧，三个大佬，抽的还是 B 级单，不应该手到擒来吗？"

"出什么意外了吧？"

"还没下来，奇怪了……"

众人不免议论纷纷。

林蔻蔻听完，略一思索，却是笑了，一点也没有同情心地说起了风凉话："看来是三个和尚没水喝喽。"

反正现在不管二组什么时候来，也已经是毫无疑问地垫底了，而整个赛程只有五天，主办方也要为其他人的时间考虑，便不再等待，宣布了第一阶段赛程的结果。

大家比较关注的是奖励。

猎协这边由陈志山出面，拿了一张卡片，便道："提交候选人初步名单后，大家就可以进入第二阶段，开始出发面谈候选人，安排面试之类的，按我们的规则，是十二点半就能出发。所以我们将第一阶段的奖励设置为'时间'。"

众人眉心一跳，忽然都有了点不祥的预感。

陈志山笑道："前三名都有奖励。第一名将获得一个小时，第二、三名各半小时。拿到奖励的小组，可以选择将时间用在自己的身上。也就是说，可以比其他小组提前出发，也可以选择将时间用在其他小组的身上，指定某个小组延迟出发。规则很简单，具体怎么用就看大家了。"

第一名，当然是林蔻蔻所在的五组。

陈志山刚宣布完奖励，五组所有人便一阵欢呼："一个小时，我们能领先别人整整一个小时啊！"

唯独林蔻蔻表情惨淡，轻叹一声："年轻人不懂人心险恶啊……"

严华刚听见这句，也不明白林蔻蔻为什么不高兴。

直到各组将各自的选择提交给工作人员，陈志山最终宣布结果时，五组组员直接傻在了当场。

"我们的第一名五组，选择将他们获得的一小时加给自己的小组，但……"说到这里时，陈志山摸了摸鼻子，显然也知道接下来要说的话有点离谱，"但我们的第二名三组和第三名四组，都选择了将自己获得的半个小时加给五组……"

反应慢的人还没将清楚这道数学题，反应快的却都已经表情呆滞，转瞬之间便在心里骂开了——用在自己身上，是加时间；用给别人，却是减时间啊！

林蔻蔻给自己的组加了一个小时，但其他两组各给她减半个小时，算到最后不等于根本没加吗？所有小组还是得同一时间出发！

五组成员都惊呆了，一时纷纷向其他两组怒目而视。然而不管是庄择还是贺闯，都是一副理所当然的表情。

先前被林蔻蔻挖苦过的庄择，此时似乎也找回了那么一点面子，笑着对林蔻蔻道："枪打出头鸟，看来大家都知道这场竞赛里首先应该对付的到底是谁呢。林顾问这个第一，抢来好像也没太大意思？"

林蔻蔻心里骂道："抢来第一是没太大意思，可要不抢这个第一，恐怕我们组回头就得晚所有组一个小时出发了！"

她微微咬牙，朝边上一直没说话的贺闯看了一眼。她唯独没想到，这小崽子，闹掰之后"背刺"她真是一点也不带犹豫的。

第一阶段的奖励，因为各组间相互算计，成了一场标准的"零和博弈"，最终所有小组都选择抓紧时间吃个午饭，然后准点到楼下大堂外面，等着出发。林蔻蔻扫眼一看，除了至今没消息的二组，其他组竟然都在。看来大家的策略都差不多——为了在五天内关掉手里的死单，大家找的都是人在本地的候选人，并且相对来说都是熟悉的或者最近就能面谈的。

只不过酒店所在的位置，毕竟不在上海中心区域，打车似乎很慢。就算有些人是提前约好的车，也迟迟未到。唯有庄择，拿起手机打了一通电话，轻轻吩咐一声，没一会儿所有人就看见一台加长豪车从酒店的地库里开了出来，绕到酒店的大堂门口，精准地停在庄择面前。一名戴着白手套穿西装的司机下来亲自拉开了车门。

这一刻，所有非三组的顾问，全都在心里骂了一声：这个排场，可真是太他妈装了。

庄择一副抱歉的表情："之前就是叫司机开车来送我的，还以为要在酒店这边等好几天呢，没想到现在派上了用场。不好意思诸位，我们先走一步了。"

在一片羡慕嫉妒恨的注视中，庄择上了车，扬长而去。众人这时才终于觉出了一点吃不着葡萄的酸气，心情格外复杂。

"是他自己的车吧？可真是有钱啊……"

"做裁员好像也很赚的样子。"

"还有自己的司机，你们看见没？"

"我们什么时候才能出发啊？怎么打的车还不来呢……"

…………

林蔻蔻也皱眉看着自己的打车软件，发现从外滩过来的那一段路都被标记为红色，似乎是堵车了。于是她眉梢忽地一扬。

她看了一眼手机右上角显示的时间，目光一闪，毫无征兆地转头问五组其他人："自行车你们会骑吗？"

自行车？

众人全都呆滞："会倒是会……"

宽敞的大道上，车行平稳。

庄择坐在右侧靠窗的位置，看着窗外飞逝的街景，再想想那帮还留在酒店里艰难等车的众多竞争者，不由得心情愉快，满意地笑了出来。

只是他没想到，车才往前开了不到十分钟，速度就明显慢了下来，路上能看到的车也多了起来。

司机竟然说，前面的路段堵车了！

庄择顿时皱起了眉头，但这时他还没当一回事，心想堵就堵了，等等也无妨。然而就在这时，他余光一晃，忽然从后视镜里看见旁边的两轮车道上，几辆小巧的蓝色共享单车从后方驰来。而最前面那道身影，是如此眼熟……林蔻蔻！就算是戴了一副茶色的太阳镜遮住了大半张脸，庄择也一眼就认了出来！

对方似乎也看见了他，也可能是认出了他的车，一怔之后，便笑起来，向他挥了挥手，然后便带着她那一帮幸灾乐祸的组员，骑着车从他停滞的豪车旁边不紧不慢地经过，回敬了一个扬长而去……

而林蔻蔻这组后面还有裴恕、贺闯，甚至薛琳那一组……小蓝车、小黄车，甚至小绿车……

短短几分钟之内，庄择竟感觉自己血压骤升。还没等他回过神来，手机传来"嗡"的振动声。他拿起来一看，微信上竟然有一条新消息。

裴恕：是香港这两年不行了吗，你对上海这种大都会的繁华怎么一无所知呢？

裴恕没发一个表情，但那一张足以让人火冒三丈的嘲讽脸却已经透过这短短两行字浮现在他眼前。庄择眼皮频跳，咬紧了牙关。他飞快打出一句"走着瞧"，点击发送，然后获得系统提示一条：对不起，您已不是对方好友，请点击验证……

庄择："……"

姓裴的转行当猎头后根本没有修身养性，分明是变本加厉了！是可忍，孰不可忍?!

大城市什么都好，就是堵车不好。城市越大，堵车越厉害。尤其是越靠近城市繁华地带、越临近上下班高峰期，打开各类在线地图一看，一片耀眼夺目的中国红。

虽是盛夏，但今天云层很厚，甚至还吹着风，气温一点也不高，倒是个适合骑行的好天气。林蔻蔻的心情也跟天气一样刚刚好。严华开着导航，负责辨认方向，一路从外白渡到外滩，然后过了江，便是浦东陆家嘴那一片摩天大楼。

林蔻蔻这组的人并未全部出动，分成了三个小队，两个人留守酒店，负责大后方联络，并且继续搜寻其他可能合适的候选人，以防万一；两个人去见王诚，也就是他们在第一轮筛选中觉得各方面条件都比较符合的那个候选人；林蔻蔻和严华则来见沈心。

两人到了目的地，便在路边找了个停放点将车锁上。

林蔻蔻抬头看着眼前的这栋大楼，笑着打趣严华："沈心以前是你上司，那你以前岂不是个HR？"

经过这两天来的接触，严华对林蔻蔻的秉性已略知一二。在林蔻蔻面前，他可一点也不想和HR两个字扯上关系。于是他眼皮一跳，连忙澄清："招聘专员。"

大公司人事部门的职能划分一般都很清楚，同样是HR，有人专门负责招聘，有人专门负责员工培训，还有人负责薪酬架构……招聘专员在一般人看来和猎头差别其实不大。无非是猎头给很多公司招人，而招聘专员只给自家公司招人。

林蔻蔻听了却意味深长地笑笑，没多问什么，只道："你今天跟她打电话就约上了，看样子关系维持得还不错。"

严华道："我转行做猎头之后也帮她那边做过一些招聘，一直都有联络，这回是跟她说有些职位方面的问题需要沟通，所以她答应得很快。不过……"

林蔻蔻回头看他。

这名瘦瘦高高的青年露出了十分纠结的表情："不过不跟她说还有一个人要来真的可以吗？到时候我怎么介绍你？"

林蔻蔻竟道："不用介绍。"

严华不解："不用？"

林蔻蔻点头道："到地方之后，你一个人先进去见她，我一会儿再出现。"

严华花了几秒才意识到这番安排的用意，一时对林蔻蔻的心机和脸皮佩服得五体投地。

林蔻蔻一拍他肩膀："这样也免得你在老上司面前难做，我多好的心肠啊。"

要真好心肠，就不必瞒着沈心你要来了，还用这样把人骗出来？

严华无语。

约的时间是下午一点半，在牵手网办公地点楼下的大堂吧里。两个人先走了进去。

因为本身就是办公楼里的咖啡吧，只是围了一片区域出来，摆上桌椅、绿植略做布置，并没有门墙遮挡隔音，所以才一走进来，林蔻蔻就看见了坐在那盆散尾葵旁边正拿着手机打电话的女人。

黑色筒裙外搭一件白色的西装外套，非常标准的职业装束，三十五六岁的年纪，保养得似乎还不错，看上去是很和善的长相，气质典雅。

林蔻蔻已经看过她的照片，没想到本人比照片还好看一些。一如严华所说，是个有品位的女人。

女人身上戴的配饰不多，但都不是那几家过于知名的奢侈品，而是欧美设计师的小众品牌。尤其是脖子上挂的那颗由月光石打造的吊坠，镶嵌了一圈碎钻，轻轻一动便流溢出柔和的光彩。怎么看怎么符合灵生集团的气质。

"简直就是我们要的理想候选人。"林蔻蔻不禁驻足，轻声感叹了一句，可也未免有些惋惜，"如果不是一个黑心 HR 的话就更完美了……"

严华深深看了她一眼，实在不知该怎么吐槽，干脆把嘴闭上了。

因为离得不远，他们能隐约听见对方打电话的声音。大概是打给公司同事的，语气比较放松："他是公司元老，要直接让他离职，面子上肯定挂不住，处理的态度要坚决，但手段可以柔和一些。就跟他说轮岗……"

林蔻蔻听见"轮岗"两个字，便无声地扯了一下唇角。轮岗，大多时候是企业为了培养人才或者为了避免一个人长期在某个岗位上垄断权力、滋生腐败而让人在不同部门轮换或者同一部门的不同职位轮换的制度。但某些时候，这种制度也能成为 HR 裁员或者逼退员工的软刀子。很多人从原来的位置轮岗走，就再也轮不回来了。能忍的或许就留在新职位上工作，不能忍的多半就自己请辞，卷铺盖走人了，还能为企业省下一笔赔偿金。这种把戏她在业内早就听说过很多次，不过没想到今天来见个 HR，天还没聊上，手段就已经见识了。

严华小声道："我先进去了？"

林蔻蔻点点头："你去吧。"

她退到一旁不容易被人注意到的位置，先目送严华进了大堂吧，远远看他们寒暄了一阵，摸出手机看正好五分钟的样子，才从角落里走了出来。

这时候，拼的是演技。

林蔻蔻目不斜视，进了大堂吧，先在前台点了一杯饮品，然后拿着小票找座位时，才仿佛巧遇一般"发现"严华："呀，这不是严顾问吗？你也在这儿谈事啊。"

沈心正在跟严华沟通牵手网最近需要几个前端开发的工程师的事，听见这句时便皱了一下眉，抬头向林蔻蔻看去。严华的演技就没有林蔻蔻这么浑然天成了。

他立刻紧张起来，肢体上甚至还有一些尴尬的僵硬："林顾问？你，你也在这边吗？好巧啊。"

林蔻蔻暗道一声"年轻人脸皮真薄"，面上却是毫无破绽地挂起笑容来："是啊，刚办完事准备坐会儿休息休息。你们这是？"

说到这句时，林蔻蔻便将"好奇"的目光转向了沈心。

严华收到暗示，顺势为双方介绍道："今天倒是巧了，沈总监刚才说需要几个前端开发的工程师，我正想着我这边既没有人脉资源，过几天还要出差挪不开手，没想到就碰到了林顾问。我要不厚着脸皮给二位介绍一下吧？"

他先对沈心示意："沈总监，这位是我们猎头行业赫赫有名的大猎，林蔻蔻。要什么人她肯定都能给你找到。"

沈心忽然觉出了一种说不出的怪异，转眸打量林蔻蔻，拧着的眉头并未松开。

然后严华便转向林蔻蔻，假模假样也为她介绍了一下沈心："这位是牵手网的人事，沈心沈总监，算是我的老上司，之前对我很照顾的。"

林蔻蔻立马打蛇随棍上，将手伸出去："啊，原来是沈总监，幸会，幸会。"

然而沈心竟坐着没动，完全没有要来跟她握手的意思。严华有些不安。

林蔻蔻这时已经对接下来会发生的事有了一丝预感，倒还算镇定，只貌似不解地问了一声："沈总监？"

沈心面容柔和，长得也没有什么攻击性，然而当她抿直嘴唇不带笑地审视一个人时，眼底竟然泻出几缕锋芒，整个人的气质都为之一变。

她先看了看林蔻蔻，然后才将目光转向严华。

末了，她竟轻轻一声笑："我说呢，严华做事一向稳妥，一般约人见面最少都提前三天，今天怎么会急急忙忙说要约我见面，见了面又好像没什么要紧的事谈。原来在这儿等着我呢。"

严华顿时满身不自在。

沈心盯着林蔻蔻道："林蔻蔻，林顾问是吧？久闻大名了。"

一听见这句，林蔻蔻心里就叹了口气，知道不能蒙混过关了。很显然，沈心早就知道她了，并且印象不太好的样子。不过也正常，她一个 HR 公敌，在 HR 那边能留下什么好印象呢？

林蔻蔻微微一笑，虽然被人拆穿了，却是一点也不尴尬，自己轻轻将旁边一张椅子拉开，竟就这么坐了下来。

沈心盯着她的动作，也未阻拦。

林蔻蔻大方地道了个歉："很不好意思，竟然选择用这样的方法来跟您见面。不过，您既然知道我，想必也能理解我为什么这么做。如果有失礼之处，还望您能见谅。"

沈心道："这么大费周章，是为什么事找我呢？"

林蔻蔻不绕弯子，开门见山："我是猎头，来找您不为了谈生意，当然是为了挖您。"

沈心一下笑出了声。她甚至用一种惊奇的眼神看着林蔻蔻，仿佛觉得她和传言之中很不一样。

林蔻蔻问："这里有个机会，您有兴趣了解一下吗？"

沈心没答，却反问："传说中的林蔻蔻，竟然也沦落到来做我们 HR 的生意了吗？"

这话里不能说不带点嘲弄的味道。要是其他事也就罢了，偏偏做 HR 生意这件事的的确确算踩中了林蔻蔻的痛脚。

她脸上的笑容僵硬了片刻，随即便扬起更明显的假笑作为回应："HR 也只不过是众多职业中的一种，机会来了，当然是能做就做。"

沈心好奇道："哪位大客户竟然能请得动你为他们破例？"

林蔻蔻便道："灵生集团，现在急需一名人事总监。"

沈心一听"灵生集团"几个字，便露出了一丝古怪的神情："灵生集团，你在开玩笑吗？"

林蔻蔻开始觉得棘手。

果然，沈心对灵生集团的近况竟了如指掌："这家父子俩都快斗成乌眼鸡了，整个集团都是战场，谁进去谁就是炮灰。你竟然想挖我过去？"

她若有所思地看了林蔻蔻一眼："你是真恨我们当 HR 的啊。"

严华听到这里，已经想挖个坑把自己埋了。林蔻蔻也没想到自己替灵生集团猎聘 HR 还能有这样的解读，细思一下，竟然还很符合自己的人设？

她不由得沉默了片刻，才道："战场是激烈了一点，弱者进去固然成为炮灰，可强者也能趁机建功立业。我认为这也是个很好的机会。严华对您推崇有加，所以我才来的。"

这是一番恭维话，可没料沈心竟道："我不吃这套。"

林蔻蔻于是发现了自己不喜欢跟 HR 打交道的另一个原因——他们的工作和猎头近似，深谙各种话术，想忽悠他们一点也不容易。

放在桌上的手机屏幕亮了起来，沈心拿起来看一眼，微微皱了眉头，便道："而且我想，你本人对我应该并不推崇吧？严华没告诉你吗？我很认同自己所从事的职业，对你那套一点兴趣也没有。覆巢之下无完卵，正是因为有公司的存在，普通人才能拥有一份工作。像你这样的猎头，只不过是用尽手段哄抬企业的用人成本，得利一时，为害却很久。虽然很感谢你看得起我，不过不得不很抱歉地告诉你，我对你提供的机会，一点兴趣也没有，更不想跟你这个人打交道。"

严华听得如坐针毡，心惊肉跳，不由得转头去看林蔻蔻脸色。果然，林蔻蔻已微微色变。当了这么多年的 HR 公敌，背后被人指着脊梁骨骂也不是一回两回，可这还是第一次有人当着她的面说得这么辛辣。林蔻蔻目光幽暗，盯着沈心。

沈心却直接起身，淡淡道了一声"失陪"，主动结账走人。

一面离开大堂吧，她一面拨通了电话。

似乎是家里的事情，沈心皱起眉头，压低了声音："今天不是去学校了吗？……好，我知道了，这就回来……"

林蔻蔻就这么注视着她慢慢走远。

严华这时不安极了："要不，我们现在掉头去找另一个候选人？打车的话应该还来得及……"

林蔻蔻道："的确很讨厌。"

严华叹气："我早说挖她不太可能，你非不听，她真的不合适……"

林蔻蔻打断他："谁说她不合适？"

严华一愣："你刚不是说，很讨厌……"

林蔻蔻道："我的确很讨厌她，甚至可以说从来没有遇到过这么让我讨厌的 HR 总监。"

严华彻底迷惑了："那为什么……"

林蔻蔻回头问他："你知道我怎么评判一个 HR 的好坏吗？"

严华没反应过来："什么？"

林蔻蔻冷冷道："但凡我厌恶的，都是资本家喜欢的，资本家喜欢的 HR

就是好的 HR。"

还能有这么离谱的评判角度?!

严华呆滞了:"所以——"

林蔻蔻面无表情地说道:"我们就要这个人!"

严华道:"可她刚刚拒绝了……"

林蔻蔻道:"强人所难,尤其'强 HR 所难'才更快乐,不是吗?"

严华心道:"您可真是全方位无死角的'HR 公敌'啊!"

第五十三章
回旋镖

　　从小长到大，严华就没这么后悔过，他恨不能回到上午，一把把那个坐在会议室里的自己掐死。怎么就一时鬼迷心窍，把沈心的名字写进去了呢？现在可好，林蔻蔻还就跟沈心杠上了！打车回酒店这一路上，严华都是一脸生无可恋。至此，他对林蔻蔻的认知，终于突破了表象，开始深入本质——我行我素，霸道独裁！如果世间有规则，那么它们存在的唯一目的，就是被她打破！

　　快到酒店的时候，林蔻蔻让严华问了问另一队的情况，他们去见的是二号候选人王诚。

　　没过几分钟，那边就回了电话过来："还在聊，初步接触下来还可以，各方面都中规中矩，有跳槽的意愿，不过对于比较复杂的工作环境也有一些顾虑。总体来说，能力不算顶尖，介于行业中上游之间。如果要挖他的话，成功率应该不会很低。"

　　这跟林蔻蔻所料相差不多，对这种不太突出的候选人，她向来兴致恹恹。

　　反倒是另一个小队对他们见沈心的情况很好奇："林顾问你们那边呢？"

　　林蔻蔻挑眉："沈心吗？"

　　她回忆了一下，十分不客气地评判："固执，偏见，强势，外柔内刚，精神资本家。嘴上说对跳槽毫无兴趣，行动上却似乎未必。"

　　严华诧异，竟发现自己完全不明白林蔻蔻的逻辑："行动上未必，怎么会？"

　　沈心都直接甩脸走人了。

林蔻蔻看他一眼，平淡道："你要是对跳槽、对外面的机会一点兴趣也没有，会问我是哪个客户请我挖人吗？"

　　严华顿时一愣。他脑海里迅速浮现出了刚才林蔻蔻与沈心对话时的场面。的确。在林蔻蔻道明自己的来意后，沈心的确问了林蔻蔻客户是谁，虽然是以好奇能让林蔻蔻破例的客户究竟是谁的名义……

　　严华有点混乱了："怎么会……"

　　林蔻蔻笑道："听其言观其行。看一个人最好别只听他说什么，也要看他做什么，还要能听得懂话里的潜台词。"

　　严华道："难道她真的想跳槽？"

　　林蔻蔻道："至少是并不拒绝的态度，或者说没有她表现出来的那么拒绝。只不过灵生集团这个火坑太大了，她可能一听就没了兴趣。"

　　严华不由得无言地注视着她，仿佛在说：你也知道灵生集团是个大火坑啊，这还强人所难让人跳？

　　林蔻蔻假装看不懂，收了手机，回想了一下，目光闪烁，忽然道："哎，我交给你个任务吧。"

　　严华问："什么？"

　　林蔻蔻道："你先前提到沈心跟牵手网的创始人郑维方就是在牵手网认识，并且闪婚的。我有点好奇她家里的情况，你有渠道的话，去打听打听？"

　　严华瞪圆了眼睛："人家都还没去面试，更别说入职了，我们这就去背调不合规吧？"

　　林蔻蔻立马道："什么背调？我们什么时候要做背调了？"

　　严华蒙了："查人家庭背景，还不叫背调吗？"

　　林蔻蔻忽然有些头疼。

　　严华这人看着机灵，怎么好像一点也不知变通呢？

　　她暗暗咬牙，面上却微微一笑："其实我们不必把思维都局限在猎头这个领域。你看，你除了是个猎头，还是你自己，还是叫'严华'，对吧？"

　　严华不太明白她的意图，只能跟着点头。

　　林蔻蔻循循善诱，开始给这年轻人洗脑："那你除了是想挖沈心的猎头，也是曾经受过她照顾、关心她近况的下属，甚至朋友，没错吧？"

　　严华顺着想下去："也可以这么说……"

　　林蔻蔻便道："所以你去打听一下她的婚姻、家庭情况，有什么不对吗？你不过是关心她，甚至就是好奇她的近况。咱们找几个熟人聊聊别人的八卦，

602

怎么能算是背调呢？"

严华："……"

这个逻辑，他竟然无法反驳！

林蔻蔻问："所以你现在明白了？"

严华内心所受的震撼有如山崩，盯着她半天，不禁发出了直指灵魂的疑问："你做这么多年猎头，难道就没有一点职业道德吗？"

林蔻蔻静默片刻，给了他一个微笑，让他自己去体会。

去时骑行，回时打车，再加上他们跟沈心聊拢共也没超过十五分钟，所以回酒店下车时还不到下午三点。

林蔻蔻本以为他们是最早回来的一批人，可没想到，才刚进大堂，就看见以黎国永等三人为首的二组六个人坐在右边大堂吧里，正在说话，一时间大为震惊——大佬终于发挥大佬应有的实力了？

这帮人竟然后发先至、后来居上，已经拜访完候选人回来了?!

正在这时，一道有些冷淡的嗓音从她背后响起，仿佛看出了她内心的惊疑："放心，他们不是已经回来了，他们是还没出发。"

林蔻蔻回头一看，竟是薛琳，她手里拿了个文件夹从自己旁边走过去，还是一如既往的高傲姿态。

林蔻蔻先是有些诧异，不敢相信二组这边三个金牌猎头现在居然还没出发，紧接着才意识到："他们没出发，你知道，看来你们回来得很早。似乎很厉害啊，薛顾问。"

薛琳不免得意："那当——"

话都快说出来了，她才意识到现在夸赞她的是林蔻蔻，前阵子才在教培领域打得她翻不了身的林蔻蔻！于是先前还和善的表情，忽地一肃。薛琳冷冷地一板脸，摆出拒人于千里之外的态度，只道："跟你有什么关系？"

然后她一转头就走，不给林蔻蔻半点刺探的机会。

这薛琳……林蔻蔻挠了一下头，想想不由得笑出了声。在外头跑一阵也累了，她干脆招呼严华，在大堂找了个位置坐下来。

当然，严华一点也不信她的鬼话——挑这个时间鬼鬼祟祟地坐下来，说不是为了听人家二组的墙脚，谁信？

只不过他们的运气似乎不太好，才坐下来没两分钟，就听见二组那桌吵崩了。

陆涛声直接把面前的咖啡杯一推："我不伺候了，你俩谁爱争谁争去！"

黎国永绝不背锅："可不是我在争。"

白蓝火气上头，直接站了起来："那就是我在争喽？行，咱们也别讨论了，各凭本事，按自己想法做吧。组什么队，一群拖后腿的油瓶！"她脾气火暴，生来学不会一个"忍"字，说散就散不犹豫，拿起自己的东西转身就走。走到过道末尾，就看见了角落里的林蔻蔻和严华。白蓝忽然有些蒙。她看看林蔻蔻，又回头看看刚才二组所在的位置，不由得抬起了手指，指着林蔻蔻："你——"

林蔻蔻摸摸鼻子，咳嗽一声，连忙把自己面前那杯服务生刚端上来的冰饮往自己对面的位置一推："大热天的，消消火，喝杯冰饮凉快凉快？"

白蓝开口便道："省省吧，以为一杯水就能收买……"

话音未落，她余光一瞟，就看见了那头站着的黎国永和陆涛声都皱眉看着她，似乎对她现在站在林蔻蔻的桌前有些不满，有所忌惮。于是，先前还没熄下去的那股邪火忽然熊熊地燃了起来。

白蓝破罐子破摔，直接骂道："看什么看？老娘就是叛变了！能把老娘怎么样?!"

话说完，她一屁股坐在林蔻蔻对面。

远处的黎国永差点没被她噎死，哽了片刻，干脆转头走了。

陆涛声想想也懒得管，权当没看见，收拾东西也撤了。

严华都已经看麻了。

林蔻蔻也着实没想到，试探着开口："你们这是怎么了，不就做个单子吗，闹这么僵，有必要这么争吗？"

白蓝端起那杯冰饮咕嘟嘟就下去半杯，然后才道："我们争的是做单吗？不，我们争的是理念，是原则！"

林蔻蔻一听这些大话就头疼。

她问得直接："到底什么单？"

白蓝噎了一下，才道："前台。"

林蔻蔻呛了："前台?!"

白蓝当然知道林蔻蔻的反应意味着什么，可这单就是如此离谱，她愤然道："你以为招个前台很容易吗？人家要求这前台得会四国语言，长得好看，还要当过空姐！"

林蔻蔻忽然觉得这路数似乎有点耳熟："当过空姐，不会正好还是阿联酋航空的空姐吧？"

白蓝忽然惊了："你怎么知道？"

大要求上写的是"当过空姐"，后面还有个小括号备注，"最好是阿联酋航空出来的"。

林蔻蔻还没来得及回答，白蓝已经警惕地脑补了一堆："是我刚刚说漏嘴了吗？你在我们组里安排了内鬼？你到底想干什么？"

林蔻蔻："……"

白蓝郑重告诫她："我说什么投敌叛变都是开玩笑的，这单 case 你要在背后搞我们，我告诉你林蔻蔻，我俩没完！"

林蔻蔻长叹一口气，想起了某天在公司楼下吃饭时遇到的某位叫陈错的富二代，只道："我要说我只是恰好偶然听说过有这么一家公司，你信吗？其实这家公司可能不是你们想象的那么不靠谱……"

毕竟富二代都是专挑好公司待的。

白蓝道："你的意思是，这一单还有救？"

林蔻蔻道："说不准呢？"

白蓝不由得充满怀疑地看着她："你会有这么好心？不怕我们这单 case 成了抢走你的金飞贼？"

"抢走我的金飞贼？"林蔻蔻念了一声，露出古怪的神情，上下将白蓝打量了一遍，"就凭你们，就凭你们抽的 B 级单？"

白蓝："……"

分明是平淡的口吻，可越是平淡越是体现出说话人的挑衅！

"很好，林蔻蔻，你给我等着！"白蓝咬牙，攥紧了拳头，起身就走，"我现在就找他们合作去！"

林蔻蔻："……"

怎么这么快就改主意了呢，说好的叛变呢？林蔻蔻忽然有一点点后悔，她是不是挑衅过头了？

下午四五点，各组出去的人陆续回来了。因为这两天酒店里的东西基本都已经吃过了，大伙想换换口味儿，所以有人在群里提议出去吃饭，一时间应者云集，最终演变成一场全体聚餐。

不同于前一天所有人都在会场里活动，自从金飞贼的竞争开始进入实打实的做单阶段，原本的会场就空了出来，下午举办了一场行业论坛，没参与金飞贼竞争的大部分猎头都去旁听了。剩下一小部分猎头都在为自家公司的展台和明天就要开幕的行业交流展做准备。

所以晚上聚餐时的话题便多了起来，大家各有各的话聊。

"今天论坛请来的那个企业主发言，你们听了吗？说的都是什么屁话……"

"人家还请了专门的摄影师给自己拍照呢，沽名钓誉！"

"明天就要开展了吧？刚刚路过外面的时候我看各家的展台都已经搭好了……"

"不过歧路的好像慢一点，我看现在都还没搭好的样子？"

…………

晚上的餐厅是一家日料自助，林蔻蔻与裴恕正端着餐盘在取食区域晃悠，听见不远处有人提到歧路展台的情况时，便抬起头来，对望了一眼。

在各家的展台都已差不多竣工的时候，只有歧路的展台现在还是一片狼藉，怎么会不引人关注呢？

甚至连陆涛声，在晚餐结束，跟他们站在一块儿等电梯的时候，都没忍住疑惑地问了一句："我记得你们的展台不是在 A2 吗，怎么今天换到 A5 还没搭完？"

前一天沙龙上，裴恕跟着林蔻蔻已经把圈内同行都见完了，逢人就邀请人开展那天到歧路的 A2 展台捧场，给人留下了深刻的印象。结果明天就要开展，歧路的展台却忽然换到了 A5……但凡是个有心人，都会生出几分疑惑的。

林蔻蔻闻言没接话，看向了裴恕。

这祖宗戏精上身，微微降下眉，垂下眼帘，唇畔挂上一抹笑，却不很明显，仿佛有些勉强的样子，只模棱两可道："发生了一点意外，所以临时换了展台……"

陆涛声顿时有些狐疑地看向他。

大会刚开幕的时候展台就已经确定好了，有什么意外需要临时换？何况他刚才出来的时候看见原本的 A2 展台现在是航向在用……这里面恐怕是发生了一点事。

陆涛声猜测着，但因为是别家公司的事，不好多问，所以"哦"了一声，寒暄两句，出了电梯，便同他们告了别。

餐厅的位置就在江畔，下楼后穿过一条马路就是江边步道。

晚风吹拂，有不少夜跑的行人。林蔻蔻与裴恕站在路边，不约而同地停了步，然后转头看着对方，半晌没动。

最后还是裴恕先开口，一本正经地发出邀请："要去江边散散步吗？"

林蔻蔻也貌似认真地考虑了片刻："好啊，吹吹风。"

于是两人穿过马路，顺着江边步道溜达。一开始，谁都没说话。走了一阵，也不知是谁先笑出了声，两个人都乐了，干脆在江边停了步，倚栏看江。

林蔻蔻道："咱俩至于这么演吗？刚刚又没别人看见。"

裴恕摸摸鼻子道："总觉得背着别人密谋点事，得小心点，别让人发现……"

林蔻蔻忍不住笑："你说陆涛声听了你的话，回去会怎么脑补？"

裴恕立在她旁边，向江面远眺，先前对着陆涛声时那一副貌似有苦衷的面具卸下，便是满脸精明的算计："这也就是盘开胃菜，明天才是关键。"

林蔻蔻道："明天可就开展了，咱们这展台真就不要了？"

裴恕垂眸，慢条斯理道："杀人未遂和杀人已遂，程度可一点也不同，判刑也差得很远呢。"

林蔻蔻听完，忍不住感叹他心黑，同时为航向烧了一炷同情的香，只道："就等着明天看好戏了。"

裴恕点了点头："不过我看你那组挺忙的，明天有空看戏吗？"

林蔻蔻道："事都给别人做了，我只需要搞定关键环节，倒是清闲，空肯定有。不过你……"

她顿了一顿，忽然想起今天看见他端着那杯明显是外卖的咖啡到处溜达的样子，不由得问："我怎么感觉，你在贺闯那组好像很闲呢？"

裴恕瞥她一眼："你希望我很忙吗？"

林蔻蔻："……"

这就不必了。

她微微一笑，立马改口："那还是闲一点好。"

两人换了话题，随口闲聊着大会相关的事，吹着晚风，也看着那些挂着灯的游艇从江面上驶过，原本是打算再往前走一段就回去。可没想到，游艇上大概是有人过生日，拿音响把生日歌放得震天响，隔半条江都能听见。

裴恕便没忍住吐槽了一句："有没有素质……"

林蔻蔻倒是宽容："人家过生日，还不许人家快乐会儿吗？"

裴恕冷冷道："有钱也买不来素质。"

林蔻蔻乐了，一看江面上那各式各样的游轮游艇，也不知怎的，忽然冒出个想法来："你想去江面上兜兜风吗？"

裴恕一怔，没反应过来。

林蔻蔻忽然觉得自己像哄骗小红帽的狼外婆，轻轻一声咳嗽："我今晚请你坐游轮夜游黄浦江啊。"

请他坐游轮？裴恕都不敢相信自己的耳朵：林蔻蔻忽然转性了？一下变得这么好？我这是要被富婆包养了吗？他盯着她，竟有点如在梦中的感觉。

林蔻蔻看他半晌不答，怕他不上钩，便故意做出一副不耐烦的神情："去不去，给个话呀？"

裴恕终于还是迟疑着答应了。

然后林蔻蔻就带着他往前走，一开始裴恕还没觉得有什么不对，心想坐游轮是得去码头。可走着走着便发现不对劲，怎么是外滩核心地段，正对着陆家嘴的方向？

裴恕终于没忍住问："我们这是要去哪个码头？浦江一号？"

谁料，就在这时，林蔻蔻停下了脚步："到了。"

裴恕一愣："到了？"

林蔻蔻冲他露出大大的笑容，然后抬手向前一指。

裴恕顺着她所指的方向看去，登时感觉自己血压急剧飙升，就算抬了手指压住眼角，也挡不住那不断跳的眼皮——外滩轮渡售票处！

一群游客在售票口排队，顶上还贴心地标明了价格：外滩轮渡，两元／人！

这一瞬间，裴恕简直梦回清泉寺那个寒冷凌晨的垃圾车："这就是你说的带我坐游轮夜游黄浦江？两块钱从江这岸坐到江那岸？林蔻蔻，你怎么不干脆带我去坐货轮呢？"

林蔻蔻无辜地眨眨眼："货轮我也想坐啊，可那不是坐不着吗？"

裴恕："……"

毁灭吧，他怎么会对一个曾经带他坐垃圾车的林蔻蔻心存幻想？

林蔻蔻看见他那想骂又偏偏骂不出来只能憋着的表情，顿时笑开了怀。

如果说江上那些小游艇属于豪车，那外滩这两块钱的轮渡就是实打实的公交车。谁见过一本正经请人坐公交车的？她的确就是故意的，实打实的诈骗犯！

把人骗到这儿，林蔻蔻也不知为什么，开心极了，只道："你站在此地不要走动，等爸爸给你买张船票。"

裴恕想一把掐死她。

林蔻蔻却高高兴兴地走去排队，然后在她刚拿出手机准备支付的时候，被售票处的工作人员提醒："对不起女士，轮渡售票只收现金。"

林蔻蔻："……"

虽然在上海工作多年，听说过外滩轮渡很久，可她也是头回坐，并不知道都这个时代了，售票处竟然还只收现金！

她当场傻眼，然后，下意识地回头看向了裴恕，试探着开口："你，有没有……"

裴恕这回彻底气笑了，看了她半天，终于还是摸出自己的钱夹来。

正是林蔻蔻以前见过的那只，里面还夹着那张稍显陈旧的照片。

他翻出一张纸币递过去，然后似笑非笑，挑眉道："爸爸，买船票？"

林蔻蔻："……"

第二天下楼吃早餐时，林蔻蔻精神不佳，一脸委顿。自助餐厅里大多是本次参会的猎头。严华下来得早些，与其他组员坐在一桌，还多占了个位置，一瞧见林蔻蔻，便忙招呼她过来。

林蔻蔻也没拒绝，只是刚走过去，就打了个喷嚏。

严华有些奇怪，道："最近气温也没降，林顾问这是感冒了吗？"

林蔻蔻刚想回答，可还没等开口，就听见旁边不远处也传来一声喷嚏。严华顿时一愣，转头看去，竟是隔壁桌的裴恕。

大清早的，这位大猎的精神似乎也不太好，随便套了两件衣服就下来了，头发甚至也有几缕凌乱地垂下来，整个人看起来倦怠颓唐，状态竟和林蔻蔻有点像。

周围其他人哪个不是精神抖擞，就他们俩喷嚏仿佛能传染似的，萎靡不振。

众人不由得用一种诡异的目光在二人之间逡巡。

林蔻蔻看向裴恕，裴恕也看向林蔻蔻，两人四目相对时，都想起了昨晚——那个倒霉的昨晚。

轮渡码头买票只收现金，林蔻蔻一度被姓裴的拿钱羞辱。

好不容易买票上了船，站在拥挤的甲板上，看着两岸风格迥异灯火辉煌的建筑群，感受着迎面吹来的带着点潮气的江风，倒是难得生出一种奇怪的默契。

彼时彼刻，他们手臂挨着手臂，周遭是喧闹的人群，他们却都忽然安静下来，没有说话。

风里流淌着一种难以言说的氛围。林蔻蔻低头看向船头破开的浪花，浑浊的江水翻涌，过了一会儿，开始反思："刚开始就是想跟你开个玩笑，现在还真上船了。我俩是不是有毛病？"

裴恕看着她，点了点头，说："是有点。"

然后两人对视，也不知为什么，几乎同时笑出了声，好半天都停不下来。

两块钱的轮渡，无非是从江这岸到江那岸，一共也就五分钟，无论是想兜风还是想看景都无法尽兴。可他们俩，一个敢忽悠，一个敢上船……有什么能比两个聪明人犯傻更好笑的呢？

当他们到了江对岸之后，天公都不作美，吹过了风，便下起雨来。好一场淋漓的大雨，愣将两人困在了码头。想去坐地铁，没伞；想打出租走，没车。

两人一块儿站在码头附近的候车站牌下，就算裴恕难得绅士，把外套脱了给她披上，也架不住风大雨大。等他们打上车，回到酒店，已是凌晨。

尽管林蔻蔻回来后便洗了个热水澡，可早上起来还是感冒了。

看样子，裴恕也没逃过。

严华瞅瞅他们俩，在细节上有些迟钝，还没想太多，只是有些疑惑："你们——"

林蔻蔻道："昨晚上空调太凉。"

裴恕道："昨晚睡觉忘了关窗。"

两人几乎同时回答，撒谎找借口都不带眨眼的。只是答完了，一个念头却同时从他们心底冒出来：不就是晚上一块儿乘轮渡游江吗？我为什么要撒谎？对方又为什么要撒谎？

于是这一刻，那种隐秘而微妙的感觉，便从心底层层叠叠地冒上来。两人都静了片刻，谁也没说话。众人看他们的目光却越发诡异。

唯有严华想得不多，没怎么怀疑，还跟着嘀咕："是啊，昨晚上风大雨大的，今天气温都降了一些。不过正好，开展会呢，凉快一点……"

展会的确是今天开幕，地点设置在酒店附近的写字楼群附近，猎协申请了一处商业广场的地块，距离酒店很近。

早餐结束，林蔻蔻与裴恕便先后从餐厅里出来，然后心照不宣地相互看了一眼。

林蔻蔻道："没看出来你撒谎连眼睛都不眨一下的嘛。"

裴恕镇定道："你的借口也是信手拈来。"

原本似乎也不是什么不能说的事，但在两人不约而同地撒谎之后，这件事好像一下就成了两人共同的秘密，蒙上了一层若有若无的暧昧。

林蔻蔻莫名地笑了，只朝着陆续前往展台方向的人看了一眼，问："早上怎么没看见老孙？"

裴恕道："一大早就去展台那边了，估计正头疼呢。"

林蔻蔻目光微闪，只道："头疼难免有点，不过最头疼的那个反正不是他。"

裴恕闻言，也跟着笑了起来，只道："这样看，昨晚上那场雨，下得可太好了。"

的确，最头疼的不是孙克诚，而是此时此刻的猎协主席陈志山。RECC 大会也办过这么多届了，陈志山什么状况没见过？可这种情况还是头回见！

偌大的场地上，各家公司的展台早已经搭建起来，有的时髦新鲜，有的庄重大气，风格各异，一眼看上去热闹非凡。然而就在这一团热闹之中，却有一家公司的展台分外扎眼！

搭建展台用的钢构件和密度板尚未收拾起来，有一些堆放在地上，木质地台才刚搭建起来，有一大半还没铺上地毯，看上去一片凌乱。更别说旁边那简陋的桌椅，临时支起来甚至还有些摇晃的广告牌……

这是唯一一座已经开展了却还没搭建好的展台！

陈志山看见这种情况的第一反应是愤怒，直接叫来了展会这边负责的工作人员问："怎么会出现这种情况？媒体都要来了，这是要让别人看我们猎协的笑话吗?!"

可谁想到，那工作人员支支吾吾，道："我们也催过了，可，可……"

陈志山问："可什么？"

那工作人员便朝着前方刚刚挂上去的公司名牌，小声道："是，是歧路啊。"

陈志山眼皮登时跳了一下。

直到这时，他才赫然意识到，这座展台的位置，不正是航向换给歧路的 A5 展台吗？再一细看，里面还有一道穿着西装的身影，正在和工作人员沟通——不是歧路合伙人之一的孙克诚又是谁？而其他公司负责展台的工作人员，也都频频向歧路的方向投去目光，又是好奇，又是纳闷。

"展台不是早就开始搭建了吗，歧路也不是头回参加了吧，怎么搞个展台都要开天窗？"

"我看他们原本设计的那个方案很好啊，用发光地台，上面一层玻璃，下面裱喷绘，铺灯管，现在怎么就随便搞成这种木地台？"

"我记得最开始他们不是在 A2 展台吗？"

"是啊，昨天忽然改到 A5 的……"

"哼，临时让人换展台位置，原本的设计方案不就废了吗？也就一天多的时间，紧赶慢赶，昨天还倒霉下了一场雨，总不能让工人冒着雨干吧？"

"歧路也算大公司了吧，谁敢让他们换展台啊？"

"你自己看看现在 A2 是哪家公司不就知道了？"

…………

细碎的议论声，远远近近，虽然听不大清晰，但也有不少关键的字眼，清晰地传到了陈志山的耳朵里。那天晚上他帮航向说和换展台的时候，裴恕明明语气那么轻松地同意了，按理说应该没什么难处才是，现在怎么会连展台都没搭好？

这一刻，一种不祥的预感涌上心头。

陈志山眼皮直跳，分明是一个凉爽的早晨，他却觉得冷汗密密地沁上额头。

这时候，展台附近的人已经多了起来。尤其是各家公司的猎头，基本都来得很早。途瑞、锐方、嘉新等几家大公司占据的是整片场地里最好的位置，陆涛声、黎国永和白蓝也早已经在各家展台坐镇。只是在瞧见歧路那边展台情况的时候，这三个人隔空相互看了看，然后悄无声息地在附近碰了头。

白蓝道："没搞错吧，歧路今年不是大张旗鼓来的吗？展台弄成这样？"

黎国永却看向陆涛声："我看老陆昨天在电梯前面好像跟裴恕聊过？"

陆涛声道："他没提，只说是出了点意外。但我回去之后让公司里负责展台这边的人打听了一下，是航向那边说看中了歧路原本 A2 的位置，托了陈志山去说……"

黎国永道："裴恕难道就这么答应了？"

陆涛声也道："我觉得他不是这种人。"

姓裴的在今年参加 RECC 大会之前是什么作风，圈内谁人不知谁人不晓？再厉害的人也啃不动的一块硬骨头，恨不得用下巴看人，能轻易让死对头航向占去了便宜，轻轻松松将原本的展台拱手相让？

而且还几乎在展会开幕当天开了天窗……

再仔细听听周围人的议论：交换展台的事情，一传十，十传百，没多一会儿已经人人都在说了。谁让姓裴的那晚沙龙见谁都发出邀请呢？而且几乎没人怀疑这是裴恕自导自演的一出戏。

"怎么还有人质疑一天都搭不好展台的呢？临时换方案不用时间吗？人家歧路那么大一个公司，前一天沙龙上还邀请大家今天捧场，要早知道是这情况能请你？展台怎么说也是一家公司的脸面，人家难道愿意用自己的脸面开玩笑?!"

"当初航向开除林顾问我就想骂了，没想到现在参加大会还给人使绊子呢……"

"航向自恃是理事会成员，可当初这理事会的席位不是林顾问争来的吗？"

"平白无故让人家展台开天窗，有点欺人太甚了。"

"是啊，这跟打人脸有什么区别？"

"今天是歧路，这么大一个公司都得受气，明天还不知要轮到谁呢……"

最末这句带着嘲讽意味的话传入耳中时，不管是白蓝、陆涛声还是黎国永，都是心头一凛。他们却不是怕自家公司成为下一个，而是……

黎国永无比肯定："这是给航向挖了个大坑，为了搞他们，连自家展台都肯牺牲掉，这位裴顾问，不是什么善茬儿啊。"

陆涛声点头表示认同。

可没想到，白蓝竟翻了个白眼，冷笑道："依我看这出手还慢了呢。当初林蔻蔻劳苦功高，施定青说把人开了就把人开了，我要是林蔻蔻，回来的第一天就得跟他们对着干，不把这家公司搞垮了我名字都倒着写！也就这俩废物，忍到今天才动手！"

说话时再看看远处 A2 展台得意扬扬的程冀，俨然跟看死人没区别了。

林蔻蔻与裴恕是晚些时候来的。陈志山找他们半天了，一见人来，就赶紧把裴恕拉到一旁去说话："裴顾问，你们公司的展台……"

裴恕知道他要问什么，笑吟吟地打断他："放心，展台是我们歧路自己答应要换的，和您一点关系也没有。我们保证，绝不牵连更多的人。"

陈志山一听这话，非但没放心，反而倒吸了一口凉气——什么叫不牵连"更多"的人？他脸上的笑容都有点挂不住了。

裴恕却是若无其事地问："说起来以前不怎么接触协会里的事务，有个细节正好想跟您咨询一下，如果要在协会内动议开一次大会，要走什么流程呢？"

陈志山瞬间明白了，不由得在心里骂了一声。

林蔻蔻站在远处一看，就知道裴恕把陈志山吓得不轻。参展的公司里竟然有一家在开展时都还没把展台搭起来，作为猎协主席，而且还是居中协调过展台的猎协主席，陈志山怎么可能没有半点责任？不用想林蔻蔻都知道裴恕会用什么策略。

陈志山为了撇清责任，自然不会站在航向那边。而他只需要承诺不会牵连陈志山，就能把人拉到自己这边。有什么比猎协主席出面动议开一次大会，让大家来主持公道更合适的呢？而歧路这边只要继续卖惨，就能立于不败之地。

毕竟展台开天窗是实打实摆在那儿的事，何况大家一早就知道歧路原本在A2，现在换到A5，又怎么会怀疑这次事件根本是歧路的"自杀式袭击"呢？

抢回展台算什么本事？裴恕想要抢的，是猎协理事会的席位！

林蔻蔻一笑，收回了目光，正准备去展台那边关心一下心情郁闷的孙克诚，可背后忽然传来一道着急的声音："林顾问！"

她回头，看见严华朝自己跑来。

瘦竹竿似的年轻人跑得急了，喘着气，却是表情严峻。来到她面前，还不待她开口问，便压低了声音道："二号候选人那边好像出了点状况。"

灵生集团这单的一号候选人是林蔻蔻觉得最合适但成功可能性不高的沈心，二号候选人则是勉强合适但成功可能性不低的王诚。昨天见完候选人回来，她就安排了其他组员分别跟进这两位候选人，想双管齐下，以防万一。因为王诚这边配合度高，所以按照计划他们原本是想把王诚的最新简历给灵生集团，再约一下面试时间的。

林蔻蔻不禁拧了眉："昨天不还好好的吗？"

严华道："昨天我们就提过最新简历和面试的事了，他答应得好好的。可我们的人今天去问，他却说这两天工作忙，不太腾得出手，想等几天再去。这明显是改主意了。可我们先前已经大致了解过他的情况，在公司内部他是没有什么竞争优势的，也并没有什么上升渠道了……"

大家都是经验丰富的猎头了，候选人有点不对劲，基本都能推知大体的情况。

林蔻蔻道："不是公司这边升职加薪挽留他，那就是外面有更好的机会在接触他，他骑驴找马，想观望一下。"

严华有些上火："早不来，晚不来，偏偏这种时候来！"

林蔻蔻听见这句，却是目光流转，忽然抬起头来，将前方各大公司的展台扫了一圈，然后问："有谁跟我们组的人打听过我们case和候选人的情况吗？"

严华瞬间看向她："你的意思是——"

他迅速回想了一下，道："因为你先前专门跟大家强调过保密的事，大家都有数。既没有人来问，也没有人主动往外说。但……但昨天去见候选人的时候，我们另一组人好像跟四组的一队人同路，要去的地方正好在相对的两座大厦……"

四组，那不正是贺闯那组？

严华心里忽然打了个突，有些迟疑："难道是……"

林蔻蔻不露喜怒，一耷眼帘，只道："去问问王诚。"

严华一愣："直接问王诚？"

林蔻蔻道："对，别绕弯子，直接问。"

候选人同时接触多个机会，到时候面上哪家就去哪家，或者哪家开的条件高就去哪家，让猎头顾问一番辛苦最后却竹篮打水一场空的，从来不在少数。大家做单的时候多少都会有所察觉，可少有这种直接问的。因为候选人未必愿意回答，还会觉得被冒犯。

林蔻蔻却……严华心道，这恐怕代表她心情已经不太好了。

他转头去打电话，林蔻蔻就站在原地等。

过了一会儿，严华青着一张脸回来，言简意赅道："有锐方的猎头在跟他接触，说是最近有个薪酬很高的 HR 职位想跟他谈谈。"

贺闯如今正是锐方的副总监。林蔻蔻听后，一下笑出了声，甚至因为想起了自己玩过的一些花样和手段，竟没忍住摇了摇头，一脸感慨。

这反应给严华看愣了：一开始看以为她生气，怎么现在看又觉得她似乎还有点高兴，有点欣慰？

林蔻蔻只叹了一声："小兔崽子翅膀硬了，这是青出于蓝啊。"

第五十四章
围城束缚

　　这种事，林蔻蔻以前也干过不少。

　　不过往届大会的时候，规则还不完善，没有对大家抽中的订单保密。她偶尔想憋个坏的时候，就会让贺闯去打听打听别的组都找了什么候选人，厚道点的时候只干扰一番了事，心黑的时候甚至能抢别人的候选人过来给自己用。这种行为当然引起过一些参会者的公愤。但因为规则并未对此类行为进行禁止，所以主办方也无话可说。

　　他们只是在今年，在林蔻蔻回来的这一年，防贼似的加上了一条给订单详情保密的规则。

　　然而，规矩是死的，人是活的。大会不再公布订单，大家可以私底下打听，各凭本事。正如今时今日的贺闯。

　　严华只知道林蔻蔻跟贺闯以前是上下级关系，颇有那么一丝微妙，但不太能理解林蔻蔻对贺闯复杂的感情。

　　他只是担心眼下的候选人，不由得道："我们现在怎么办？"

　　林蔻蔻想了想，道："把我们的情况，尤其是大会这边的争端给王诚讲清楚，让他自己也想清楚，就说我们希望他判断一下锐方那边给他的机会有几分真几分假。"

　　严华诧异："就这样？"

　　林蔻蔻抬头："不然？"

　　严华道："这个候选人前一天答应得好好的，今天情况有了变化就立刻变卦，一点也不真诚。更何况他能力也不是顶尖，我们为什么不放弃他重新再找找其他候选人？"

显然，谁也不愿意被人耍着玩。严华是因为对方不重承诺这件事对候选人有了意见。

林蔻蔻静默地注视着他，忽然笑了："可我们不也一样吗？"

严华不解："这跟我们有什么关系？"

林蔻蔻轻轻耷下眼帘，神情淡静："要说真诚，我们就很真诚吗？客户只有一个职位，可我们也找了两位候选人，并且没让他们知道。我们和候选人，并没有太大的不同。"

严华顿时怔住。

林蔻蔻则轻飘飘地继续说道："唯一的不同，只是我们手里有很多订单、很多职位可以选择，做不了这单可以放弃，做下一单；可候选人的人生只有一次，一次只能选择一个职位，而每一次的选择都无法重来。"

分明温和的言语，可竟好像从天而降的瀑流，声势浩大，瞬间撞到人身上，将他整个人都冲刷了一遍。严华甚至有种被人击中了的感觉。

所有猎头最讨厌的，除了难伺候给钱还少的客户，就是出尔反尔、举棋不定的候选人。

今天客户终于发了 offer，明天候选人就有一堆借口告诉你他去不了，当你相信了他们，后天便会从别的同事那边听说这位候选人去了另一家公司，你只不过是这位候选人的第二选择……时间一久，经历一多，大家也就习惯了——习惯了对候选人有所保留，习惯了多做一手准备，习惯了在被候选人放鸽子之后在群里唾骂，甚至会加入一些所谓"候选人黑名单"群组，以此进行报复……

对这种现象，严华已经麻木很久了。但他从来没想过，会在这样平凡的一天，在毫无准备的情况下，听见这样一番话……候选人的人生，只有一次。连他们为了做单都要做两手准备，候选人又有什么理由不慎重呢？

他忽然就明白了，林蔻蔻为什么会是候选人最喜欢的猎头顾问……也明白了，为什么她身为 HR 公敌，如此臭名昭著，却依旧能在这行混得风生水起。天底下哪个候选人能拒绝林蔻蔻呢？

严华呆立当场，就这样望着她，久久没有回过神来。

林蔻蔻却拍拍他肩膀，也不多说什么，只道："我去打个招呼，你等我一会儿。"

说完她便朝裴恕那边走去。

灵生集团这一单忽然出了状况，她虽然不至于责怪贺闯，但也能清楚地判断出第二候选人王诚那边的希望已经不大——贺闯毕竟是她教出来的人，他既然让人去联系了王诚，而锐方那么大一个公司，不可能连一个适合王诚的订单都找不出来。所以她嘴上虽然跟严华说让王诚考虑清楚，可心里已经基本断定贺闯给的机会是真的诱人。

　　那灵生集团这一单的情况，就变得格外严峻了。

　　要么他们能迅速找到一个可以替代的王诚候选人，要么……尽快搞定沈心！

　　裴恕有些惊讶："你现在就要走？"

　　林蔻蔻道："我看今天状况挺好的，这边有你一个人就行，我准备再去见一趟候选人，老孙那边你帮我说一声。"

　　裴恕感觉有些奇怪，但没多问，点了点头，目送她走远。

　　林蔻蔻回到严华这边来的时候，他已经差不多回过神来，只不过他现在看林蔻蔻的眼神和先前大不相同。如果说先前只是好奇和佩服，那此时此刻更像是由衷地认同，甚至……敬畏。

　　只不过林蔻蔻没太在意，直接摸出了手机，道："我们今天必须再见沈心一趟。"

　　沈心的电话，资料里是有的。只不过上回她怕沈心直接拒绝见面，不想提前透露自己是谁，所以没有亲自打电话。可现在面都见过了，当然不必再想那么多。

　　她直接拨通了沈心的电话。可没想到，她连打三个，对方都没接。林蔻蔻眼皮登时跳了一下。

　　严华道："会不会是在开会？"

　　林蔻蔻道："也可能她知道是我，故意不接。"

　　严华便道："我打打试试。"

　　但情况并无二致。

　　严华一连三通电话拨出去，对方照样不接，打到第四通时甚至直接被提示"您所拨打的电话无法接通"。

　　这是直接拉黑了。

　　严华顿时傻眼，同时感觉到了几分忐忑："我们这是得罪她了。"

　　林蔻蔻不由得笑出声来："我头回觉得我在 HR 圈子里的名声太臭，也不是什么好事……"

严华心道："合着您以前觉得是好事？"

林蔻蔻道："现在麻烦了。"

严华叹气："要不重新找人？虽然最终候选人不从最初的名单里出会影响金飞贼奖的评定，但这单顺利做完也总好过做不完……"

这是最保险的做法，也是严华最初就想执行的方案。

然而林蔻蔻听后，竟还是摇头："上海本地有大公司背景、挖得动还符合客户要求的 HR 就那么多，可以让其他人两手准备继续找，但我们不重新找。沈心就是最佳候选人，我们就跟这条线。"

严华愕然："可现在我们都约不到人……"

"山不来就我，我便去就山。"林蔻蔻拧眉，想了片刻，却像是下定了什么决心，把手机一收，只道，"我们去她公司。"

在候选人拒绝联系，猎头又实在非这个人不可的时候，"蹲楼"可能是唯一一个不是办法的办法。

今天是工作日，沈心大概率在公司。

林蔻蔻当然不会蠢到直接到公司找她，原本林蔻蔻只是想在外面等着，或者等中午的时候找个什么名义混进去。

可没想到，他们才刚到楼下，甚至都还没进去，就看见沈心一只手拎着提包，另一只手拿着电话，从电梯里出来。楼前已经有一辆车在等待。司机见她下来，快步走到车后座的位置提前要门打开。

林蔻蔻连忙上前叫了一声："沈总监！"

沈心回头见是她，原本就微微蹙着的眉头顿时蹙得更紧了，一点也不掩饰自己对她的冷漠："我说过我对你提供的机会没有半点兴趣，对你这个人也没有半点兴趣，希望你不要再来了。"

林蔻蔻道："厌恶我这个人，我能理解，并且我认为在这一点上沈总监非常明智；可对我提供的机会没有一点兴趣，我还是不太理解……"

沈心走到车旁，停下脚步，注视着她，仿佛听见了什么荒谬的笑话："不太理解？你怎么会不太理解呢？"

这位经验丰富的人事总监，话里没留一点情面。

她不无辛辣地嘲讽："灵生集团这个职位，原本就是死单不是吗？你之所以会接这单 case 也不是因为客户提供的报酬有多高，而是因为你正在参加这届 RECC 大会。如果我没记错的话，每届大会金飞贼奖的角逐都是需要猎头顾问们用做单来竞争的。而我知道，前几天严华就在朋友圈转发过大会即将举办的官方消息，同时你今年的竞业期限结束正好复出。所以，有极大的可能，是你正好抽中了这一单，而不是灵生集团有任何东西打动了你。连你自己都未必认可的职位，拿来说服我？"

林蔻蔻初听讶异，觉得有些不可思议，可接下来竟忍不住冒出一丝欣赏，甚至惊叹……为沈心的直接、敏锐，以及她强有力的攻击性和令人屏息的压迫感。

她几乎可以想象，这个女人在面试候选人时会是何等春风化雨，在用各种手段裁撤公司员工时，又会何等无情冷酷。

林蔻蔻慢慢道："你调查过我了。"

沈心一声笑："不是只有你们猎头会做背调，我们干人事的也会，很惊讶吗？"

林蔻蔻道："反客为主，是有点没想到。"

沈心冷冷道："到此为止吧，我还要去接孩子放学，没工夫陪你废话了，也希望你以后不要再来打扰我。"

林蔻蔻若有所思："如果我铁了心要打扰呢？"

沈心瞳孔微微一缩，盯着她好半晌，末了露出一个耐人寻味的表情："那你试试。"

话说完，她转头上了车，没再看林蔻蔻一眼，直接甩上车门，让司机驶向学校。林蔻蔻立在原地，看了有两秒，忽然笑了一声。严华到现在都还没反应过来。

林蔻蔻却向他们来时打的那辆还没来得及开走的车招了手，直接坐上车，对司机道："跟着前面那辆车走。"

沈心的孩子今年六岁，刚上小学，就读于本区域内颇为出名的一所国际双语小学，里面有大量外籍教师。林蔻蔻以前一些厉害的候选人或者客户，但凡有钱有势一点的，家里小孩基本都送到这类学校就读。沈心乘坐的车到学校就停下了，她自己进去接小孩。

林蔻蔻干脆在外面等，顺便看了一眼时间——上午十一点。

现在是上班时间，学校这边按理来说也是教学时间。可沈心却离开了公司，亲自来这里接孩子？

她不由得想多了一些。

大概十一点二十分的时候，沈心才牵着一个粉雕玉琢的小男孩从学校的侧门里走出来。

林蔻蔻穿着一身方便行动的休闲装，两手抄在胸前，随意地靠在门墙边。

沈心看见她竟跟来，不免再次皱眉："又是你。死缠烂打，这就是赫赫有名的林大顾问的风格吗？"

林蔻蔻望着她："不是你让我试试吗？"

沈心盯着她，与她对视了两秒。那小男孩眨巴着眼睛，也好奇地看着林蔻蔻。

最终，沈心低下头，轻轻对他道："走吧，回家。"

她牵着小男孩的手走了，从林蔻蔻旁边经过。

林蔻蔻低下头，一声笑，忽然道："我听说沈总监以前也是个野心勃勃的人，现在这是你想要的生活吗？"

沈心的脚步，瞬间定住。

她伫立在原地许久，背影仿佛被头顶的阳光凝固，过了几秒，才慢慢回转头，将视线定在了林蔻蔻的脸上。

林蔻蔻轻轻冲她一摊手："你我虽然相互看不上，做不成朋友，但如果能相互利用一把，不也很好吗？"

沈心久久地凝望着她。时间仿佛被拉长了。严华站在旁边，大气也不敢喘一下。

然而就在他们以为沈心会说点什么的时候，她竟平静地收回了目光，直接牵着小孩的手转过身去，上了车，让司机开车。没多久，那辆车便消失在他们的视线中，严华心内不由得一片惨淡。林蔻蔻也没料到，一时皱了眉头。

但没过半分钟，一条短信忽然发到了林蔻蔻的手机里，上面只有一家咖啡厅的地址。除此之外，什么信息也没有。林蔻蔻一看，先是错愕，紧接着便笑了起来。

严华不由得纳闷："候选人都不搭理咱们，林顾问，你怎么还笑得出来？"

林蔻蔻只将手机信息朝严华一晃："谁说不搭理了？"

严华一怔，定睛一看，初时还没看出端倪来："咖啡厅？这地址怎么——"

然后他忽然扫到了发件人那一栏，顿时瞪圆了眼睛："等等，这串号码？！"

这不正是他们先前联系沈心时，一直没能接通的那个号码吗？！严华惊呆了。

林蔻蔻收回手机，挑眉一笑，神情里多了一分兴味，只道："你这位前上司，挺有意思的。"

林蔻蔻带着严华，打车直奔目的地。沈心给了地址，但没写明见面时间。两人在咖啡厅点了一些东西，等了快一个小时，才见到沈心一个人从外面推门进来。

咖啡厅并不在闹市繁华地段，环境幽雅，里面的客人和外面经过的行人一样少，基本只有林蔻蔻这边一桌客人。

沈心一进来就看见他们了。

她来到桌前，拉开椅子坐下，但并未解释自己为什么这个时间才来，只道："你了解我多少，怎么敢说现在的生活不是我想要的？"

一点寒暄也没有，直接接上了先前断掉的话题。林蔻蔻多少有些意外，但从中也能看出沈心的风格，绝不浪费半点不该浪费的时间，雷厉风行。

她不由得一笑，先看了严华一眼，才道："道听途说，了解得不多。不过能得到严华认同，且在离职之后还能保持联络，或者说合作的 HR，怎么也不至于太差。"

严华顿时诚惶诚恐。

沈心也扫了严华一眼，没接话。

林蔻蔻便继续道："以外界的眼光来看，沈总监目前的生活似乎能算是完美了。家庭美满，有老公有孩子，事业也不错，在牵手网人事总监这个位置一坐就是好几年，一般人应该都很羡慕你。只不过我总在想，既然老公有钱，自己衣食无忧，照顾孩子似乎还挺花时间，那你为什么不干脆当个全职太太，还要坚持工作呢？"

沈心道："我两样都想要不行？"

林蔻蔻反问："所以在家庭之外，你有自己想要追求且不能放弃的东西，至少它在你心里，绝不排在家庭后面，不是吗？"

沈心静默，并未回答。

林蔻蔻也并不避讳，同样抬眸审视着她："牵手网是郑维方一手创立的，你在这儿工作，其实是在自己老公手下工作。我很好奇，别人怎么看呢？他们会认为你是凭自己的本事坐到这个位置的吗？"

这一瞬间，旁边正在喝水的严华吓得差点呛着！他简直不敢相信林蔻蔻问出了什么——这也是能当着沈心的面提的话吗?!

果然，沈心脸色几乎瞬间就冷了下来。

林蔻蔻却不惊不乱，慢悠悠地补充了一句："我只是问自己想问的，如果冒犯到您的话，很抱歉。"

沈心道："那你已经冒犯到了。"

林蔻蔻立马道："我十分荣幸。"

天底下怎么会有猎头顾问以冒犯候选人为荣？严华已经看蒙了。但不得不说，林蔻蔻真的太一针见血了。

早在前几年，严华还在沈心手底下工作的时候，就听说过不少风言风语。

对老板来说好用的 HR，对员工来说一般都是噩梦，沈心和郑维方又是夫妻关系，下面一些对她不满的员工说话编派起来就更难听了，什么攀高枝、依附于男人之类的，说沈心要不是嫁得好，凭什么能当牵手网的人事总监……

可从严华的角度看，沈心的能力十分优秀。太多的人因为她与郑维方的关系而忽视了她的能力，仿佛牵手网的成功与她毫无关系，她得到的这一切都是依靠裙带关系，就连出席一些对外举办的活动，人们所注意到的也往往是她"郑总太太"的头衔，而非"沈总监"这个身份。

沈心从未对这类评价和猜测表示过任何不满，就好像完全不在意一样。

可一个人真的能完全不在乎外界的评价吗？严华总是持几分怀疑态度。

沈心坐在他们对面，两只手却放在桌下，交叠在自己的腿上，微微向后靠坐着，是一种对交谈对象不够信赖的警惕姿态。林蔻蔻完全不着急，也不催她说话。

过了好一会儿，沈心才道："不管别人的揣测与恶评如何，至少他们说了一部分事实不是吗？"

严华顿时讶异地看向她，林蔻蔻也忽然挑了眉。

沈心竟道："不论如何，我和郑维方的婚姻是事实。在公司里，不管主观上愿不愿意，客观上我就是享受了这段婚姻所带来的特权。所以被人议论几句，难道不是应该的吗？"

中国就是这样的人情社会，只要知道你和某些大人物有关系，就算你自己不开口，别人也会主动给你行一些方便。就像沈心自己，大部分时候不需要面对公司里其他职能部门不配合她工作的时候。

沈心道："得到多少，就应该承受多少，我以为这是这个世界上最基本的法则。"

这一刻，林蔻蔻竟无法形容自己对这个女人的感觉。

一方面，她始终无法因为对方 HR 的身份放下成见；另一方面，她又为沈心毫无差别甚至连自己也不偏袒的清醒而惊叹……

她忍不住笑了起来："沈总监约我来这儿一趟，不会就是为了专门拒绝我的吧？"

沈心淡淡道："那你以为呢？"

林蔻蔻道："别绕弯子了，咱们开门见山吧。你要没有兴趣跳槽，调查我干什么，调查灵生集团干什么？"

沈心终于也笑了，但不是那种温和的笑，而是满带着锋芒的笑。

她总算将交叠在桌下的手放到了桌上，盯着林蔻蔻道："那我们就说得明白一点，我在原公司的职位非常稳定，而我和我先生当初在牵手网认识并且闪婚的事，经过媒体传播已经有很多人知道。假如我跳槽到其他公司，难免会对公司造成负面影响，会有人质疑我和郑维方之间出了问题……"

听到这里，林蔻蔻深深看了她一眼，语不惊人死不休："难道你和郑维方之间不是已经出了问题吗？"

沈心精致的眼角突地跳了一下，甚至连瞳孔都在刹那间缩了一缩。

也许一段感情在刚开始的时候是平等的、相互需要的，但随着双方事业、经济和阶层的变化，情况就会慢慢改变。郑维方这种已经凭借创立牵手网建立起自己的事业、有一定社会地位的人，真的还能和原来一样吗？

林蔻蔻绝不否认，她曾怀着一点恶意，用郑维方的名字和"网红""第三者"之类的关键词做过检索，虽然花边新闻不多，且存在捕风捉影的可能，但想搜还是能搜出一些的。

而沈心这样一个不肯放弃工作的女人，却还要在百忙之中去学校处理孩子的事情……这段婚姻，这个家庭，究竟是什么状况，隐约便能窥知一些了。

林蔻蔻忍不住道："你的每句话其实都在告诉我，你认为你的婚姻、你的家庭，是制约着你做出一切冒险决策的束缚。既然有这样的困扰，为什么不考虑——"

话到嘴边，戛然而止。她恍惚了一下，隐约觉得自己这话听起来有些耳熟，仿佛是在很远很远的过去，曾对另一个人说出口，而那个人后来……

桌上忽然静了下来。严华有些疑惑地转头看着林蔻蔻，不知道她为什么说着说着就停了下来。沈心却是若有所思地打量着她。

严华试探着问了一句："林顾问？"

林蔻蔻这才回神，笑了一下，只不过这笑比起先前，多少有些浮于表面，浅淡了不少。

她只道："总之，灵生集团能提供的条件，肯定难以与你现在的'稳定'相比，甚至连薪酬都不方便有所提升。你也知道灵生集团现在就是这个情况，谁如果要提出给这个职位加薪，那不管是陈逸还是陈灵生批准，另一方都会怀疑。这也是这个职位之所以成为'死单'的原因之一。换句话说，这个职位所有的机会，都在事成之后……"

沈心听着，终于打断了她："这就是你想对我说的吗？"

林蔻蔻停下，皱眉看她。

沈心道："为什么不接着刚才的话讲？你刚才想对我说什么？"

林蔻蔻觉得此刻的沈心，和刚才好像不太一样，她慢慢道："觉得以我们的关系，说那样的话不太合适，所以不讲。"

沈心道："可如果我想听呢？"

林蔻蔻忽然意识到："原来这才是你的目的。"

沈心没有否认，只道："听说，林顾问入行第一单做得惊世骇俗，为了成单，鼓动自己的大学老师离婚，后来还和她一起创立了航向。所以当年，你也是这样对施定青说的吗？"

林蔻蔻抿直了唇线，面无表情看着沈心。而沈心亦不回避，同样平静地回视着她。

严华在旁边已经彻底看傻了，只觉脚底板一股寒意蹿上来，坐在旁边一动也不敢动。

从咖啡厅出来，打车回酒店，林蔻蔻一句话也没说。严华也不敢打扰。下了车，林蔻蔻也没管他，埋头就往酒店里面走。

裴恕刚跟几个在猎协说得上话的猎头顾问谈完，正准备去找孙克诚，刚从电梯出来，迎面就撞上她，顿时露出笑容："这么快就回来了？"

林蔻蔻随便"嗯"了一声，直接进了电梯。

裴恕一怔，这才发现她神情微沉，一副谁也不爱搭理的模样，不由得拧了眉心：这又是遇到什么事了？

第五十五章
旧日阴影

林蔻蔻上楼之后便没再下来，戳在自己房间的窗户前，一站就是大半个下午，有人打电话进来也不接。渐渐日头斜了，天色暗了。外面的世界安静下来，房门外却忽然响起门铃声。

林蔻蔻顿时皱了眉，她记得自己进屋时就已经按下了免打扰，是谁这么不识趣？她站在原地，不想搭理，便没去理会。没想到那门铃声静了几秒后，也不知是不是因里面无人回应，又响了起来，大有不开门就不停下来的架势。

林蔻蔻有些烦，冷了一张脸打开门，刚想骂，结果一抬头就看见裴恕那张带笑的脸，于是一愣。这人颀长的身形，站在门外便挡了走廊上进来的光，他一只手拎瓶酒，一只手拎份外卖，唇边还带着点笑。

见她开门，他便扬眉："还以为你要继续装死呢。怎么，板一张脸，这么不欢迎？"

林蔻蔻讶异："你来干什么？"

裴恕直接绕过她进了房间："一下午没看见你人，晚上楼下餐厅吃饭你也不来，怕你饿死。这不，给你订了点东西。"

他将那瓶酒和外卖打包袋都放到了桌上。打包袋上有餐厅的名字。林蔻蔻认得，那是附近很有名的新和记，从来不接预订，得去排队。这时候他能买到，得是下午时候就找人代排去了吧？

她先没说话，反手将门带上，然后看了一眼桌上那瓶酒："带吃的就算了，带酒是怎么回事？"

裴恕拿起那瓶酒，在手里掂了掂，狡黠一笑："提前庆功。"

林蔻蔻一怔："庆功？"

她忽地想起今天白天自己走之前的事，于是有了猜测："猎协那边的事很顺利？"

"岂止顺利。"裴恕一想到白天展台那边的事，险些笑出声来，一面将打包袋拆了，将外卖盒一字排开，一面道，"你真该留下来看看好戏，就知道你在圈内的人缘有多好。"

林蔻蔻走时，他已经与陈志山私底下说好，既然有三分之一的猎协成员同意就能召开大会，决定是否罢免航向的理事会席位，发起动议的人也有了，那剩下的就是如何凑够那三分之一的人同意了。

裴恕之前就已经经由林蔻蔻认识了参加大会的大部分人，这时活动起来便非常方便。

有歧路那搭建未完成的寒酸展台在那儿，就算他不主动去找人搭话，其他人或是出于好奇，或是出于同情，都会主动来找他。这时他再极为逼真地表演一番被"老资格"理事会成员航向欺压的苦闷，效果简直超乎想象。

裴恕道："看来大家都喜欢看帮助弱者伸张正义的桥段，也喜欢痛打一些落水狗……"

林蔻蔻道："那不该夸你演技一流，把大伙骗得团团转吗，跟我有什么关系？"

裴恕这时已经把酒开了，抬眸望她一眼，道："你知道你半道走了，我怎么跟他们说的吗？"

林蔻蔻忽然有种不好的预感。

裴恕淡淡道："我跟他们说，林顾问身体不大舒服，先回去休息了。"

林蔻蔻嘴角抽搐了一下，顿时用一种看禽兽的目光看着裴恕："你还是人吗？拿我出来卖惨？你这样说，别人还不知道要脑补多少！"

裴恕却眨眨眼："你难道不该夸我聪明吗？"

第一次，林蔻蔻对此人脸皮的厚度震惊不已。

裴恕只道："话要全说出来，就显得假了。谁不知道你当初签了竞业协议才离开航向的？算得上忍辱负重。重新回到行业，也没有挖老东家的墙脚，更没有刻意针对，算得上仁至义尽。你现在到歧路，航向就针对歧路，傻子都知道该怎么联想。"

当时那些人的表情，简直显示着他们空前一致的想法：林蔻蔻，一个大写的"惨"字！

裴恕人缘本就不好，就算有林蔻蔻为他引见，和众人关系缓和了不少，可他敢说，如果是自己倒霉的话，恐怕大家都在一旁拍手称快，看笑话还来不及。可换了林蔻蔻就不一样了。圈内公认的好人缘，实力强，先遭受过不公的待遇，今日又被刻意针对，别说那些原本跟她有交情的人，就算是素不相识的陌生人听了也得义愤填膺！更别说还有个老好人孙克诚现场表演什么叫作"委屈"。航向要能翻身，裴恕敢把自己名字倒着写。

　　他说着，已经从柜子里取了两只酒杯倒上酒，然后将其中一杯递给她："这总值得喝一杯了吧？"

　　林蔻蔻接了那杯酒，久久望着他，终于没忍住道："你真的——"

　　裴恕举杯轻轻同她一碰，一副谦逊姿态："谢了，我知道你想夸我，但不用说出来，我知道就好。"

　　林蔻蔻："……"

　　怎么有人能把"无耻"二字修炼得如此出神入化、不着痕迹呢？她叹服了。

　　姓裴的混进她房间，跟回了自己家似的，酒开了，菜摆好，他还拉来两把椅子，亲自帮她掰了筷子，招呼她坐下吃饭。只不过菜摆在靠窗的茶几上，坐椅子太高，不方便。

　　林蔻蔻坐了一会儿，便干脆舍弃椅子，盘腿坐地毯上吃，这下高度刚好合适。裴恕见了，想想也把椅子推到一旁，坐到了地毯上。

　　林蔻蔻向来没什么架子，比较随意，可这祖宗一直矜贵得很，昨晚带他去坐一趟轮渡他都嚷嚷了半天，现在居然就跟着她这么坐下了？她不由得带了几分古怪地看着他。

　　裴恕猜到她在想什么，脸不红心不跳地道："我这叫'近墨者黑'。"

　　林蔻蔻心绪微澜，没有接话。裴恕便跟她讲白天发生的事，以及他听到的一些其他组的消息。

　　大家都跟中了邪一样，不太顺利。薛琳那组是因为她脾气不好，其他组员渐渐不愿意听她的，凡事都得舒甜从中斡旋，才能保证这个小组不立刻四分五裂。庄择那组则是因为意见分歧，在如何说服候选人跳槽这个问题上，庄择的想法过于出格，遭到了其他人的强烈反对。二组大概是最离奇的。最初因为三位大佬吵架，项目进度停滞不前，好不容易昨天重新开始合作，三个人各自按照自己的方案筛选了候选人提交上去。可今天一见，一看客户公司的情况和薪酬待遇，三位候选人掉头就走。并且其中一个人还将这件事当作笑话发到了网上。

"所以现在，所有人都知道他们在给一家破公司招聘空姐前台，还得是阿联酋航空的……"裴恕说到这里时，幸灾乐祸之情简直溢于言表，"三位金牌猎头，大风大浪都见过了，却在阴沟里翻了船。要早知道大会这么好玩，我早几年就来了。"

二组的情况林蔻蔻早知道，只是没想到这短短一天的时间里，剧情已经以八倍速发展到这个地步。一想到那三个人吃瘪，她都忍不住跟着乐了。

只是她掉转头，一看到裴恕这看热闹不嫌事大的架势，忽然想起点什么来："笑这么高兴，你在贺闯那组，很顺利？"

"我在贺闯那组？"裴恕脸上忽然出现了一种极为微妙的神情，静了一会儿，然后小声问，"你觉得有我在，他这组能顺利？"

林蔻蔻手掌搭在已经空了大半的酒瓶上，她好半晌才反应过来，然后一下笑出了声。

是啊，有裴恕在，四组怎么可能顺利？这祖宗光出现在眼皮子底下，就能把贺闯气个半死，碍于旁人在场，贺闯说不准还不能发作，只能在心里怄气。没打起来就不错了。光想想贺闯那张臭脸，林蔻蔻都觉得可乐，一笑竟停不下来，把脑袋都埋了下去。

裴恕就在对面静静地看着她。大概是边吃边喝，不知不觉间酒已经喝了不少，那点醺醺然的醉意渐渐泛上来，在她脸上染出几分红晕。埋下头去笑时，几缕微卷的长发垂落到她的颊边，更有种难言的慵懒。

人一笑起来，烦恼便好像飞走了。林蔻蔻胳膊肘支在桌上，一只手撑住自己的脑袋，一只手轻轻扶着酒杯，笑完了，才用那带着余温的眼眸看向裴恕，也不说话。

裴恕喝得不多，一点醉意也没有。可被她这么一看，他心头猛地一跳，不由得问："看什么？"

林蔻蔻若有所思道："你今晚是专程来开解我的吧？"

裴恕原本就坐得笔直的身形，顿时一紧。

林蔻蔻含混地笑了起来，就这么隔着小半张不宽的茶几瞅着他："你心肠一向这么好的吗？"

裴恕心道：才不。

只是他凝视林蔻蔻片刻，很快就注意到她话里隐含的意思，微微一蹙眉："所以，你那组的case果然出了点问题吗？"

"也不算出问题吧。"毕竟是对着裴恕，林蔻蔻不担心对他吐露实情之后会被转手卖掉，想了想，便道，"本来 S 级的死单就没那么容易做，一号候选人的确比较棘手……"

裴恕厚颜自荐："要我帮你出出主意吗？"

林蔻蔻立刻摇头笑了起来："要让贺闯知道他的组员不仅不在组内帮忙，还出来帮他的对手出谋划策，不得气死。"

裴恕镇定道："规则可没说不允许当内奸反水吧。"

林蔻蔻仍是摇头："也不是你擅长的 case，一个人事总监的职位罢了。"

她简单说了一下沈心的情况。

裴恕听后却不太明白："只是这样吗？"

以林蔻蔻的能力，就算搞不定这单 case，也不至于搞得下午回酒店时那般脸色吧？这话他虽没明说，但林蔻蔻能听懂。裴恕那十净修长的手指，随意搭在桌面上，她垂眸看了一会儿，也不知怎么一时没忍住，一个手指移过去，轻轻点在他无名指那透明的指甲盖上。裴恕眼皮登时跳了一下。但还没等他把这小小一个动作所蕴含的信息量理解清楚，林蔻蔻的下一句话便让他忽然愣住。

她慢慢道："沈心问我施定青的事。"

施定青？仅仅这三个字，便让裴恕瞳孔缩了一缩，下意识皱起眉头，甚至有一丝不易察觉的厌恶从他眸底飞快闪过。

他顿了一顿，才问："这单跟施定青有什么关系？"

林蔻蔻这时是真有点醉意了，只图好玩似的，拿指尖一点点顺着裴恕那无名指的指甲盖戳上他手背，说话也没什么防备，随口道："大概因为我也想劝沈心离婚吧。"

裴恕搭在桌上的那只手，忽然就顿住了，连手指间的线条，都在这一瞬间僵硬。

林蔻蔻好半晌没听到他回应，才感觉出一丝不对，抬起头来，看向他："怎么了？"

裴恕脸上是一种她以前从未见过的表情，仿佛是在雾里，透出一点朦胧的虚幻，竟像是没听清她的话一般，问："你刚才说什么？"

如果林蔻蔻今晚没喝酒，脑袋足够清醒，这时就应该已经意识到出了问题。然而她喝了酒，且还不太清醒。所以此时此刻，她看见了裴恕的表情，但没看懂，甚至都没想太多，便若无其事地重复了一遍："我想劝沈心离婚，有什么不对吗？"

裴恕凝视着她，一时竟觉得眼前这张原本熟悉的脸，忽然透出一种前所未有的陌生。而这种陌生，就像是一股冰冷的寒气，顷刻间爬上他的脊背，传到他的指尖，消弭了所有的温度。

他一点一点抽回自己搭在桌上的那只手。林蔻蔻原本压在他手背上的指尖，倏尔落空，只触碰到桌面一点渐冷的余温。她顿时用一种疑惑的眼神看向他。

但想要深入思考一点什么时，脑袋却不大转得动，只听见他冷静而克制的声音："为什么？"

林蔻蔻一下笑出了声，仿佛不明白他一向聪明的人怎么会问出答案这么明显的问题："当然是因为我要挖到这个人啊。对候选人来说，家庭已经成为阻挡事业前进的束缚，那丢开束缚往前走，不是应该的吗？"

束缚，丢开，应该的。裴恕不敢相信，这些词是从她的嘴里说出来的，还说得如此理所当然！在这短短的一刻里，旧日的阴影袭来。

那一年，他放假回国，拖着行李箱推开家门，便看见他的父亲和母亲都坐在客厅里。

只是不同于以往的嘘寒问暖、言笑晏晏，平日里温和儒雅的裴远济像个做错了事的小孩一样，拘束地坐在沙发一角，望向他的眼神里，带着一种无来由的仓皇；施定青却与平常一样，嘴角挂着淡淡的笑，保持着她天塌下来也不会改变一般的端庄仪态，跟他打了一声招呼。

裴恕完全记不得自己当时的反应。

但许多年以后，他仍旧能清晰地回忆起施定青脸上的一切细节，端庄得虚伪，温和得冷酷。她就像是一台精密运转的机器，徒有一具人类的皮囊，却不带有任何波动的情感。

从这一天起，一切便支离破碎了。旧日和睦完满的幻象被撕下，生活忽然露出了狰狞凶狠的真相。也是从这一天起，他真正正视了林蔻蔻的存在——施定青常在他面前提起的得意门生，也是为一己私利敢劝候选人离婚的罪魁祸首！这样的一个人，怎么配当猎头？

就是怀着这样的质疑、这样的仇恨，裴恕才进入这个行业。甚至在听说林蔻蔻与施定青共同创立航向之后，他决然离开香港，同孙克诚创立歧路，从此处处与她们作对。

在他看来，林蔻蔻与施定青是一丘之貉。就算后来得知林蔻蔻被施定青逼退，离开航向，他也不曾生出半分同情——这便是与虎谋皮、助纣为虐的下场！

直到那天，孙克诚瞒着他，请林蔻蔻加入歧路。她也真的来了，平静且从容，人没那么好，但似乎也没那么坏。于是裴恕忽然感到了一种荒谬，那么多年以来，他所仇恨着的，竟一直是个想象中的人。真实的林蔻蔻，原来与施定青没有半点相似。或许她没那么有"职业道德"，但始终坚持着自己的原则。在结束姜上白那单 case 的晚上，有人提及她过去曾拆散候选人家庭的传言，她有片刻的沉默，然后淡淡地说："那件事是真的。"

裴恕至今无法形容自己那一刻的感觉，分明很沉重，却又像是一阵风吹过。对过去的事，林蔻蔻似乎也没那么好受。于是他告诉自己，原谅吧。他比谁都了解施定青。她野心勃勃，就算没有林蔻蔻，将来也可能是别人。真正做出决定的人，是施定青自己。而林蔻蔻与自己一样，都是被她欺骗的受害者，都是被她抛却的牺牲品。

他甚至生出了一种同病相怜的感觉，仿佛能共情她每一次的失望、黯然、愤怒……然而此时此刻，她竟说出了这样一番话。

裴恕一瞬间觉得自己像是个笑话，甚至觉得自己今时今日才真正认识了林蔻蔻："在你看来，她的家庭、丈夫，甚至孩子，仅仅只是束缚，只是需要一脚被你们踹开的绊脚石吗？"

汹涌的情绪突如其来，不给人丝毫准备。

林蔻蔻根本没懂他为什么忽然炸了，又为什么会发出这样的质问："当她觉得不自由的时候，这些当然都是束缚，都是绊脚石。你突然间发什么疯，吃错什么药了？"

裴恕笑了："我是吃错药了。我要不是吃错了药，怎么会以为以前是我误解了你?!"

每一句都是质问，每一句都夹枪带棒。

林蔻蔻纵然没听明白，脾气也瞬间上来了："你误解我什么了，我有什么事能让你误解？"

裴恕眸底那深藏的戾气，终于重新上涌，但整个人反而因此平静下来。

他深深地凝望着林蔻蔻，甚至有那么一点自嘲般的悲哀："所以当年劝施定青离婚，抛弃她的家庭，你其实从来没有后悔过，对吗？"

直到这时候，林蔻蔻才有点清醒了，觉得裴恕不太对劲。但关于这个问题……她异常坦然，也异常坚定："当然，从不后悔。"

当然，从不后悔。

裴恕久久地咀嚼着这几个字，终于没忍住笑出了声。

在亲自与林蔻蔻接触后，他曾以为，自己过往所仇恨的林蔻蔻只不过是他想象出来的人；可没想到，自己如今所喜欢的林蔻蔻，才是他头脑中一厢情愿的幻想。

林蔻蔻眉头拧得死紧："我想知道，我是有什么地方做错了吗？"

裴恕摇了摇头，淡淡道："不，你没有错，错的只是我。"

他垂下眼帘，不再对她的疑惑做出任何回应。他转过身，拉开门，怎样来便怎样走。走廊上一片静寂。裴恕忽然觉得很难忍受，不想回自己房间。静立了片刻，他终于还是走向电梯，去了楼下。

贺闯他们见完候选人回来，正准备去会议室，这时看见他从会议室里出来，其中一名组员便道："候选人那边不太顺利，我们准备去开会，商讨一下对策。"

这其实是一种例行通知，没有人真的要裴恕去开会。毕竟在这组的谁不知道姓裴的进来就"摆烂"，往那儿一瘫活脱脱一条咸鱼，都这个点了，他肯定不可能跟他们一块儿去开会。

事实上，连裴恕自己都是这么想的。他点了点头，表示自己知道了，便打算从众人旁边走过去。然而，只是走出去两步，他便看见了酒店大堂大片的落地窗外那昏沉又闷热的夜色，浓稠得像一团墨汁。那一句"当然，从不后悔"，不期然回荡在耳旁。裴恕忽然停住了脚步。他转身看向众人，仿若寻常一般，道："我也去吧。"

众人瞬间错愕地张大了嘴巴。连贺闯也没想到，皱了一下眉，觉得不太对劲，不由得带了几分思索，审视着他。

林蔻蔻是真不知道发生了什么，明明前面还好好的，怎么突然间就变了脸？直到裴恕人走了，她才反应过来。只是一时半会儿人还有些昏沉，便先去洗了把脸醒神，然后冷静下来，拿起手机联系裴恕。没想到，发消息他不回，打电话他关机。泥人还有三分气，何况是林蔻蔻？她一时被气笑了，没忍住骂了一声，索性把手机一扔，倒头就睡。

直到第二天早上起来，她整顿收拾好，才直接下楼去找裴恕。

林蔻蔻的逻辑非常简单——裴恕不接电话，她就找他本人，难道面对面还不能说个清楚不成？

可她万万没料到，当她敲开四组会议室的门，说要找裴恕时，竟被四组的组员告知："裴顾问和贺顾问出去见候选人了。"

林蔻蔻诧异："跟贺闯一起出去？"

她几乎怀疑是自己听错了。裴恕和谁一块儿出去都有可能，但怎么可能跟贺闯？

林蔻蔻终于意识到，事情也许比她想得还要严重。可究竟是为什么？最初只是在聊灵生集团这单 case，提到了沈心，提到了施定青，然后才提到支持候选人离婚之类的说辞，再然后……裴恕才像被人揭了逆鳞一样，一下炸了。

对这件事，他为什么会有这么大的反应？林蔻蔻百思不得其解。她发现自己似乎漏掉了太多太多的信息，这中间一定有她不知道的事情发生了。

严华刚从会议室出来，正想着林蔻蔻昨天下午就不见了人，正想去找呢，没想到抬头就看见她站在走廊上。

一时间，他喜出望外，连忙走上来："林顾问，可算看见你人了。"

林蔻蔻回头。

严华犹豫了一下，大着胆子道："虽然昨天我们走了，可……可我觉得，沈心好像是愿意跳槽的。也许，她只是需要一个人推她一把……我们要不要再约她见一面，谈一谈？"

林蔻蔻罕见地陷入了沉默。昨天沈心提起施定青之后，她便没有再继续，主动结束了谈话。的确如严华所言，沈心心里不可能没有半点想法。如果按照她原来的打算，今天再见沈心，说动她的可能性极大。然而……胜利分明就在眼前，可她竟生出了一种连自己都难以忽视的犹豫。

林蔻蔻摇了摇头，道："就算她想跳槽，也未必愿意选择灵生集团这个火坑，再等等，让我想想清楚吧。"

严华不由得诧异："可赛程就剩下两天了！"

林蔻蔻道："我知道，再让我想想吧。"

她脸上露出了少见的倦怠，似乎遇到了什么烦心事，只是严华实在难以理解。

在这单 case 毫无希望的时候，林蔻蔻能瞄准沈心，穷追猛打；现在好不容易打出了突破口，正该乘胜追击的时候，她却忽然说要停下来……

然而林蔻蔻没有要解释的意思，只说自己会尽快考虑清楚，然后再找大家，便顺着走廊离开。

大堂里来往的人比起前两天明显少了。林蔻蔻在这儿站了一会儿，竟感觉到一种前所未有的无所适从。

姓裴的往日一副祖宗样，不太好伺候。虽然也有联手坑人的时候，但她更喜欢揶揄他、嘲讽他，甚至捉弄他，大部分时候她对他爱搭不理……有时她甚至希望这人原地消失，别总在她面前讨人嫌。

可今天，他忽然不在了，不理人了，她竟好像有点不舒服、不痛快。

总而言之，无处可去。

林蔻蔻想想，干脆在窗户旁边找了个位子坐下来，试图将整件事从头到尾梳理一遍。

白蓝正为前台那单焦头烂额，一路骂骂咧咧地从电梯里出来，抬头却见林蔻蔻坐在落地窗边似乎正在出神，不由得怀疑今天是不是下了红雨。

太不可思议了。

她走到林蔻蔻边上，没忍住道："我没看错吧，都这个时候了，你竟然闲在这儿发呆？"

林蔻蔻这才回神，看她一眼，然后看见了大堂里偶尔走过的其他猎头顾问，个个都是浑身紧绷，行色匆匆。显然，留给各组的时间越来越少，大家脑袋里都绷紧了一根弦，生怕在这种关键时刻掉链子。

往年这时候，她是这些人当中的一个。可现在……要不是被白蓝一个"闲"字惊醒，林蔻蔻简直不敢相信：在这种角逐金飞贼的紧要关头，她竟然为了一个连话都不说清楚的臭男人，在这儿心烦意乱？

第五十六章
绿宝石戒指

　　她并不算一个迟钝的人，对自己的情绪，即便当时没有觉察，事后也往往能很快回过神来。而有些东西，一旦觉察到，就会变得不一样。于是这一刻，林蔻蔻的某些心绪，忽然变得幽微而隐秘。

　　白蓝还在旁边奚落："该不会是 S 级死单难度太高，你已经一筹莫展，自暴自弃了吧？金飞贼毕竟长了翅膀，哪儿能每一届都被你收入囊中呢……"

　　林蔻蔻抬眸，淡淡还击："阿联酋的空姐找到了吗？"

　　千言万语都被这一句杀伤力巨大的话给噎了回去，白蓝咬紧牙关，指着林蔻蔻，半天没说出话来。

　　末了她一跺脚，恨声道："林蔻蔻，你给我等着！"

　　然后气冲冲地走了。

　　林蔻蔻收回目光，也没在意。

　　坐在远处的庄择，已经观察了她许久，这时终于端着自己那杯咖啡走了过来。他一身优雅服帖的白西装，仍旧那样慢条斯理。他就像个衣架子，十分自然地坐在了林蔻蔻所在沙发的扶手上，笑声里带着点似有似无的刺探："你跟裴恕，吵架了？"

　　林蔻蔻顿时皱了眉，抬头看向这位不请自来的不速之客。庄择两条长腿随意地搭着，一只手插在兜里，一只手端着咖啡，透明的镜片底下，是那种恨不能一眼把人扒掉一层皮的透彻目光。

　　林蔻蔻冷冷道："我有请你过来吗？"

庄择对她的冷淡并不在意，轻轻喝了一小口咖啡，一副惬意姿态，只道："我早上坐在这里，就看见他跟姓贺那小子一块儿出去了，一脸要死的表情。没想到，现在看林顾问的表情也没差多少。啧，看来天底下没有长久的搭档，你俩这才刚开始几个月，就要拆伙啊……"

"拆伙"两个字，听上去竟然极为刺耳，庄择明显是说风凉话来了。

林蔻蔻一点也不想同他周旋，干脆起身，只道："有这到处八卦打听消息的工夫，庄顾问不如在自己的case上多花点心思。毕竟，强龙不压地头蛇，要是在大会上惨败的话，回航向恐怕也不好混吧？"

庄择顿时微微色变。林蔻蔻一笑，转身便要离开。只是她还没走出去，酒店玻璃旋转门那边便忽然传来一阵寒暄的谈笑声，竟有一行十来人从外面进来，两旁还有记者举着话筒扛着摄像机在跟拍。

猎协主席陈志山走在前面，旁边是几名看起来像领导的中年男人，再旁边便是各大猎头公司的老总。林蔻蔻扫眼一看，施定青赫然在列。这时她才想起，今天是展会开始第二天，会场里将举办一场人才合作交流论坛，施定青将作为航向的创始人受邀发言。

庄择也瞧见了，顿时将眉一挑，竟是一副惋惜的口吻："施定青竟然也来了，但裴恕今天恰好不在，可惜了……"

林蔻蔻忽然觉得他话里透出的意思很奇怪。

她转头问："有什么可惜？"

庄择笑道："原本该有一场好戏，昔日——"

说到这里，他才反应过来，林蔻蔻刚才那句话的口吻不像是反问，更像是疑问！

于是他声音陡然一顿。

庄择忽然用一种极为微妙的目光看向林蔻蔻，几乎不敢相信自己的猜测："你不知道？"

林蔻蔻没有接话。

这样的反应，无疑验证了庄择的猜测，他一下没忍住大笑起来，甚至笑弯了腰，差点没端稳手里的咖啡杯。

林蔻蔻面无表情地看着他："有这么好笑吗？"

庄择好不容易才停下来，整个人仿佛一扫case受阻的阴霾，仿佛林蔻蔻的反应极大地取悦了他。

然而他并没有为林蔻蔻解惑的意思。

庄择优雅地放下了那杯咖啡，只道："我发现，作为一名猎头，你对你的候选人和你的合伙人，都很'尊重'呢。哈哈哈，别想了，我是不会告诉你的。"

他又笑了两声，摇着头，转身走远。

林蔻蔻立在原地，看着他的身影消失在去往会场的方向上，终于慢慢将眉头拧得死紧。作为猎头，对候选人和合伙人都尊重？庄择是在说，她对她的候选人和合伙人都缺乏了解。

为什么裴恕跟施定青在这儿遇到，会有一场好戏？为什么从歧路创立开始，裴恕便一直在跟航向作对？又为什么……在提到她当年做施定青那单 case 时，裴恕会是那样的反应？

种种疑问浮上心头，线头纷乱交错，林蔻蔻半天没理出个究竟，只觉得一种难以言说的不安，渐渐在心里荡开。除了庄择，谁了解裴恕？她想了一会儿，突然抬步，一面快速朝着门口走去，一面拿起手机翻出了孙克诚的电话。

一名脖子上挂着媒体人员牌子的记者，手里拿着相机，正好从她旁边走过，边走便跟旁边的朋友抱怨："想采访的对象一个没遇到，不想采的倒是碰到一堆。唉，这张拍的，怎么又过曝了……"

林蔻蔻同这两名记者擦肩而过，她心事重重，只扫了一眼，也没太在意。直到她走到旋转门边上时，刚才那一眼的细节，才迟滞地反馈到她的大脑。林蔻蔻的脚步一下就停住了。

她放下手机，转过头，礼貌地问："请问能看一下你刚才说的那张'过曝'的照片吗？"

拿着相机的那名年轻记者顿时愣了一下，初时还没反应过来，紧接着便露出了惊喜的神情："林——你是林蔻蔻！我是《猎头圈》杂志新来的记者，您有空接受一下我们的采访吗？"

RECC 这么大的阵仗，《猎头圈》杂志的人会来再正常不过。

林蔻蔻想笑，但没笑出来，只道："有空的话可以。我能看看你刚才那张照片吗？"

那名记者这才后知后觉地反应过来，笑着道："当然可以，是刚刚在会场里拍的照片，不过焦距和曝光都没太调好……"

说着，记者便将相机递了出去。

林蔻蔻接过来。

那一小块显示屏还停留在刚才那张照片上，还未来得及删除。拍摄的场景是会场主席台，画面上正好是她先前看见的陈志山一行人，而施定青就在其中。林蔻蔻便锁定了她，不断放大。最终，屏幕上便呈现出了高清的细节……是施定青的手。尽管照片放大了很多倍，又因为焦距和曝光问题而有些模糊泛白，可她戴在无名指上的那枚绿宝石戒指，却依然清晰可见。

这一刻，林蔻蔻如遭雷击，整个人跟木头桩子似的，愣在了原地。

施定青喜欢戒指，各种款式型号的都有，时不时便会换一换。林蔻蔻早就已经习惯了，也难说清楚她到底有多少枚。然而这一枚……

林蔻蔻想起了前天才在轮渡码头瞥过一眼的，裴恕放在钱包里的那张折起来的照片：年轻的裴恕旁边，是一名面相斯文的中年男人，男人的肩膀上自然地搭着一只手。那只手上戴着的，正是一枚这样的绿宝石戒指！

一切纷乱的疑惑，都在这一刹那归拢到一起，就像一剪刀剪断了所有的乱麻……清晰了，却也空荡荡了。

"怎么会……"

她几乎不敢相信自己的眼睛，然而那枚绿宝石戒指，就这样清晰地扎在她的眼底，像极了一根坚硬的刺。

怎么同那两名记者道的谢，怎么约定的采访时间，又怎么收下了对方的名片，林蔻蔻都有点不太记得了。等她终于从恍惚的神思里抽离出来时，她已经站到了酒店外面。大堂前面车来车往。即便是上午的阳光，也已经过于炽烈，灼灼地晃着人眼。

林蔻蔻拿着手机，从孙克诚的电话，翻到施定青的电话，又翻到大学时的通信录……也许，庄择说得一点也没有错。她对自己的候选人和合伙人，都太过"尊重"了。

认识施定青时，她是她大学时的老师，曾在她最需要帮助的时候伸出过援手。而她初出茅庐，对她满怀尊敬，除了曾听她提起过家庭状况，还有先生在某个研究院工作，以及儿子在国外念书之外，从未想过要去刺探更多……一般而言，猎头的工作也不会细致到对候选人的家庭了如指掌。就算背调，大多也只是了解候选人过往的工作履历。在离婚之后，施定青便与以往的生活切断了联系。林蔻蔻虽然同她一起工作，也能通过一些蛛丝马迹察觉她与亲人关系不太好，但她从不主动去刺探施定青的隐私，这是她对施定青的尊重。对裴恕，也同样如此。

而歧路与航向水火不容，裴恕对施定青的称呼也从未有半点克制与忌讳，只像是不共戴天的仇人……施定青似乎也同样如此。所以就算知道她以前的先生姓裴，林蔻蔻也从来没有往这个方向想过，更何况业内其他人？

亲手创立了歧路的裴恕，与他们作对了七年的裴恕，恨不能将他们打倒在地的裴恕，正是施定青当年那个出国读书的儿子！

林蔻蔻终究没联系大学通信录里的任何一个人。她犹豫了许久，只是拨通了赵舍得的号码。赵舍得的声音在电话那头照旧带着一种四射的活力，十分熟稔地问："什么事？"

林蔻蔻慢慢道："大学时候其他人的联系方式，你还有吗？我想托你帮我问问……"

赵舍得道："当然有，虽然跟你不是一个院系的，但我当年可是社交小能手。说吧，想问什么？"

林蔻蔻道："帮我问问，有没有人认识施定青的儿子。还有……"

她顿了一下，才道："还有她前任先生，姓裴，以前好像在研究院工作。我想知道，他后来怎么样。"

虽然林蔻蔻没提为什么，但以赵舍得对她的了解，却是从这看似平淡的口吻里听出了一丝不对劲，当下也不敢耽搁，挂了电话便连忙帮她打听去了。这段时间里，林蔻蔻只能等待。她站在酒店门口，吹了一会儿风，终于还是回到了五组的会议室。

因为沈心这边的进度停滞，大家都在寻找替代方案，在这两天的时间里一直在寻觅其他候选人，只是结果都不那么如意。眼看着金飞贼争夺结束的时间日渐临近，所有人都有些焦躁不安。但在看见林蔻蔻推门进来的这一刻，尽管她的神情看上去有些奇怪，可也说不清为什么，就像是主心骨一下回来了一样，所有人都悄然松了一口气。

有人问："林顾问，我们新挑了几个候选人，也没剩下几天了，要不要把简历发给灵生集团那边看看，万一有他们觉得合适的，拉去面试一下，说不准能成呢？"

林蔻蔻想了想，摇头道："不，先给陈逸那边打个电话，我想跟他面谈一次。"

众人顿时一怔，不懂为什么这个节骨眼了，还要和陈逸面谈，有什么能谈的吗？

严华刚才一直在角落里打电话，也没顾得上跟林蔻蔻打招呼。但打完了电话，听见林蔻蔻这话，他却是忽然想起她先前说的那一句——就算沈心想跳槽，也未必愿意选择灵生集团这个火坑。

林蔻蔻看见他，问："有什么进展吗？"

严华犹豫道："有一些。"

林蔻蔻看他表情就知道，大概算不上什么好消息。

果然，严华沉默片刻，才低声道："沈心家里这边，郑维方倒是没有什么太出格的事，只是他母亲……老太太对儿媳妇好像有一些意见，在外头和她那些朋友聚会的时候，会说一些话……"

严华的用词已经足够委婉克制。事实上，他打听到的只会比他说出来的更多。

林蔻蔻听后竟一点也不意外，只道："那她主动向我问起施定青，就是事出有因了。"

严华这时的心情也少见地复杂起来，问："我们要有所行动吗？"

林蔻蔻摇头，淡淡道："不，等见完陈逸再说吧。"

其他人将他们新搜罗的候选人简历递给她。林蔻蔻大致看完，筛选了一番，又跟众人讨论了一会儿。

大概快到中午，赵舍得那边才打来电话。

林蔻蔻道了一声"我出去接个电话"，便从会议室出来，一直到无人的走廊尽头，才接通电话。

赵舍得声音在电话那头响起："名字没有问到，照片倒是有一张。是很偶然间拍到的，对方也只是听说是施定青的儿子来学校找她，但也就这一回，而且也不知道名字。照片我发到你微信上了……"

林蔻蔻点开微信，便看见了那张照片。

是在学校教学楼附近的林荫道上，秋日的梧桐树一片金黄，地上飘满落叶，一道年轻的身影就站在树下面，正抬起头来，看向前方。即便仅仅只有一个侧面的轮廓，可这一张脸……这几个月里，她实在太熟悉了。

赵舍得不知她那边看了是什么反应，过了好一会儿才继续道："至于裴先生，好像在离婚之后出了一点事，已经离开了研究院，一直在……"

她仿佛有些犹豫。

林蔻蔻心里便已经有了不好的预感，轻声问："在哪儿？"

赵舍得咬了咬牙，道："在医院。"

林蔻蔻："……"

步行街上满是时髦的年轻人，一顶户外遮阳伞下面，裴恕有些出神地看着过往的行人。

年轻的候选人穿着一件简单的黑色 T 恤，一提起某个游戏项目，就忍不住滔滔不绝："以前我们的游戏，为的主要是升级，是爽，是满足人底层需求的发泄。但其实从国外游戏的发展脉络就可以渐渐看出来，以后有核心主题的剧情类游戏和有开放世界观的探索类游戏，将会成为热点。尽管从理论上讲马斯洛需求层次里的几种需求可以同时存在，可在大部分时候它们还是会被人们区分出先后的。国内经济发展起来以后，很多人的物质生活已经得到了满足，就会追求更高层级的需求。开放世界观的游戏就是在满足玩家这部分需求……"

贺闯就坐在裴恕左首边，两人正好与候选人平衡在圆桌的三个角上。他们是要为一家游戏大厂找一个能力够强的策划。在经过一轮又一轮的筛选之后，他们瞄准的就是圈内一家口碑小厂"刻画游戏"工作室的一名游戏策划，叫作易睿锋，也就是眼前的这位年轻人。

他在刻画游戏的知名游戏制作人赵昌和手底下工作，既是赵昌和的半个徒弟，也是赵昌和的得力助手。一般来说，这种位置的人见多识广，又有能力，且还有一颗向上发展的心，充满热情，很容易被挖动。

只不过贺闯发现，易睿锋岂止热情，简直是热情得过了头。他们已经接触了几次，这次本来只是想以某个游戏项目作为共同话题来切入，毕竟易睿锋对这个感兴趣，谁能想到他一说起来就跟江河开闸一般，根本收不住。贺闯当然不会做打断候选人说话的事，就坐在旁边时不时地点头附和一下。

直到他说完了，尽兴了，贺闯才将话题拉回来："所以我们昨天说，这家大厂有个主策的职位缺人，易先生说需要考虑考虑。不知道今天考虑得怎么样了？"

易睿锋顿时停了下来，先前聊起游戏时那种飞扬的神采也消失不见，取而代之的是几分局促和犹豫："我想过了，对方开出的价码我的确很心动，按理说，没有拒绝的理由。只是……"

贺闯一听，心便往下沉去。

易睿锋道："我进入游戏这行，都是老赵带的，学到的所有东西也都是老赵教的。刻画游戏的状况虽然不太好，但老赵还有个重要的游戏想做，我不想离开。而且我初出茅庐，有很多东西可以跟在老赵身边学。别人没有对不起我，我也不想对不起别人。"

他口中的"老赵"，指的正是游戏制作人赵昌和。圈内关系近的人都这样称呼。贺闯万万没想到，前面这么顺利，竟然会在这一步卡住。他张口还想劝说，分析利弊。

然而易睿锋已经站起了身，顺便主动扫码结账，只道："谢谢你们为我来一趟，但很抱歉，我真的不想跳槽。以后我如果有想法，一定会主动来找你们的。"

话说完，他像是生怕自己后悔似的，也没等贺闯与裴恕有什么回应，便连忙转身告辞，脚步飞快地走了。

贺闯顿时狠狠地皱紧了眉头。裴恕倒是没有什么表情——这一天以来，他一直都是这样，好像外界再没有什么事情能引起他的情绪波动。

贺闯道："走吧，看来得尽快见下一个候选人了。"

裴恕却没动，淡淡问："为什么要换？"

贺闯看他一眼，拧着的眉头没有松开，只道："要钱、要权、要发展前景的候选人都好搞定，为感情、为义气的候选人最难搞定。我们没有时间浪费在易睿锋的身上了。"

裴恕问："为感情、为义气的候选人最难搞定，那你是怎么离开航向的？"

贺闯刚站起来，要拿起放在椅子上的外套，听见裴恕这话的瞬间，不由得停住了所有的动作，就像是一下被人踩住了痛脚。

他脸部凌厉的线条紧绷起来，冷冷地看向裴恕："你想说什么？"

裴恕却似乎不太在乎他的反应，只道："你既然能离开林蔻蔻，离开航向，那我们也一定有可以让易睿锋离开赵昌和离开刻画游戏的办法。"

与林蔻蔻决裂的那个夜晚，倏尔浮现在脑海之中。

贺闯不知道裴恕了解多少，但他已经生出了一种被冒犯的感觉："你以为你知道得很多吗？"

裴恕也不接话，只是用那种平静淡漠的眼神注视了贺闯许久，然后才拿出手机，仍旧一副波澜不惊的口吻，道："或许知道得比你多点。不过你跟我本也没有什么区别就是了。"

贺闯喜欢林蔻蔻，明显到连外人都能一眼看出端倪。可在航向的那段时间里，林蔻蔻却能故作不知。贺闯是她最得力的下属，尽管她对他也是真心欣赏，甚至把他当作徒弟来培养，可她绝不会主动挑破，因为那会影响到她的工作。

同样，林蔻蔻是候选人最喜欢的猎头，但候选人之外的其他人，却似乎随时可以被她作为牺牲的对象。

贺闯一时听不懂他究竟想表达什么。

但裴恕似乎也没想要让他听懂，只是从自己的手机上翻出了赵昌和的电话，道："解铃还须系铃人，易睿锋做不了决定，我们就让赵昌和帮他做决定好了。"

说着，他拨出了电话。贺闯瞳孔忽然一缩，充满了意外。

裴恕这时才随口解释了一句："赵昌和是我以前的候选人，前几年是我把他推荐到刻画游戏的。"

贺闯："……"

他简直不敢相信，他们组从锁定易睿锋到接触易睿锋开始，已经过去了三天，而裴恕明明有易睿锋上司兼师父赵昌和的联系方式，在这整整三天的时间里，他竟然袖手旁观，只字未提！直到现在，他才拨出了这通电话！这个人先前分明是想看戏，可现在为什么改了主意？

裴恕似乎看出了他的疑问，听着电话那头等待接通的声音，只淡淡道："想要打败林蔻蔻，想要证明点什么的，不止你一个人。"

下午三点，林蔻蔻驱车顺着那条被林荫覆盖的公路，终于来到了赵舍得说的那家疗养院。在这远离城市的地方，所有的喧嚣都退去了。林蔻蔻下车站在疗养院前方，仿佛能听见自己心脏跳动、血液流淌的声音。

她带了一束捧花，在门外站了很久才走进去。

访客登记处的人询问她的来意。

林蔻蔻便说，自己想来探望一位老先生，叫裴远济，并且谎称自己是他的学生。

那登记处的护士一听，竟先问了一句："您姓施吗？"

林蔻蔻下意识地摇了摇头，然后才意识到这个姓的特殊："姓施的怎么了？"

那护士不好意思地一笑："也没什么，就是裴先生很早前打过招呼，要有人来见裴老先生都得问问清楚，如果姓'施'的话不让进，还得跟裴先生那边打个电话。"

林蔻蔻闻言沉默。

这种专门修在郊外的疗养院，为的就是给人提供舒心的环境，本身服务的人群便比较高端，当然也会将客户的要求贯彻到底。

护士直接递出了来访登记表："请您先填写一下姓名和联系方式。"

林蔻蔻犹豫了片刻，还是如实填写了信息。

护士拿回来访登记表之后，又打了个电话确认，才道："裴老先生正好要出去吹风，我带您过去吧。"

护士在前面带路，林蔻蔻跟在后面。

从门诊大楼绕过住院部，才到了后面规模最大的疗养院。巨大的草坪修剪得整整齐齐，路边种上树、栽满花，一眼就能看见一些年纪比较大的人在里面散步，旁边多有护工陪着。

不远处一棵大榕树下，正有一名护工推着轮椅慢慢走着，轮椅上坐了个头发花白的男人，腿上搭着薄薄的毛毯，脸上却没有什么表情，一脸麻木。

林蔻蔻在看见的瞬间，脚步便停了下来。一种莫大的恐惧忽然将她整个人攫住，她竟不敢再向前。

护士走出去两步，才发现她没跟上，不由得奇怪："林女士？"

林蔻蔻指尖发冷，轻声问："裴老先生的病……"

护士大约真以为她是裴远济的学生，还不知道裴远济的状况，便带着宽慰的语气道："从楼梯上摔下来，脑出血压迫了神经，动了好大一场手术，运气很好救了回来。现在七八年了，情况很稳定，不用太担心的……"

林蔻蔻终究没有走上前去，半路便折返，出来时顺便从访客登记表上画掉了自己的名字和联系方式。然后她坐在疗养院外的长椅上，将那束捧花放下，像是被抽空了全身的力气。她盯着头顶的晴空，看了许久，终于还是俯下身，两手捂住了自己的脸，闭上眼睛，久久没动一下。

第五十七章
宴后交谈

裴恕的人脉，似乎并不比谁弱。

贺闯本以为就算够快，这时候打电话约赵昌和，下午五六点后或者明天能见到人就不错了，可谁想到，仅仅半小时后，他们就同赵昌和一起坐在了刻画游戏楼下的咖啡店里。

赵昌和三十好几的年纪，架着一副眼镜，个子不算高，还有些瘦。搞游戏制作的毕竟不是典型的职场人，穿得并不很严肃，只是一件休闲风的黑色外套，里面则是一件满布本公司游戏设计元素的 T 恤，甚至还有个他自己制作的某游戏的 logo 印在上面。

是什么人，什么风格，一目了然。

人是裴恕约出来的，自然由他负责寒暄，贺闯只在一旁听着，极少发言。业内要挖候选人却跑来见候选人上司的情况极少。一般来说就两种可能，一种是想挖候选人干脆连上司甚至整个团队一起挖走；另一种就是在上司这儿给候选人上眼药，让上司猜疑候选人，逼得候选人不得不走。这两种情况贺闯都见过。

鉴于裴恕先前竟然拿他离开航向的事情来举例，贺闯几乎认定裴恕是要采取第二种方案，心里已将裴恕看轻了三分。

可他万万没料到，寒暄结束后，裴恕对着赵昌和，开口竟然就是一句："其实我们想挖你的徒弟，易睿锋。"

这一刻，贺闯内心的震惊简直比裴恕对面的赵昌和本人还大！哪儿有想挖人直接告诉人家上司的道理？要遇到惜才的上司，恐怕会立刻想方设法挽留候选人，更别说他们这单 case 的候选人本来就没有什么想走的意愿。裴恕想干什么？贺闯深深皱紧了眉头。

赵昌和当然也没想到裴恕张口就是这么一句，面上飞快地掠过了几分怒意，但毕竟先前就和裴恕有过接触，也是裴恕把他推荐到刻画游戏的，所以他并未立刻发作，只道："裴顾问想挖人就挖人，告诉我干什么？"

裴恕如实道："我们开出的条件他很心动，但因为怕对不住你，所以他拒绝了我们。"

赵昌和顿时愣住。

旁边的贺闯更是彻底迷惑：没在上司面前给候选人上眼药也就罢了，怎么还有帮人说好话的？

裴恕却久久注视着赵昌和，问："听了就没有什么想法吗？"

赵昌和反问："我应该有什么想法？"

裴恕似乎回忆了一下，慢慢道："你到刻画游戏也有快四年了吧？当时为的是能做你目前在开发的这款游戏，它是你的夙愿、你的理想。易睿锋当时是跟着你一块儿过去的。我记得你当时对他评价很高，盛赞过他做游戏的天赋。你算是带他入行的师父，教过他很多东西，但你应该也最清楚，现在的易睿锋已经不那么需要师父了吧？"

贺闯忽然抬起头来，看向裴恕。然而裴恕只是淡淡扫了他一眼，便移开了目光。

按理说，他这一番话充满了冒犯，赵昌和就算不立刻翻脸走人，也至少该勃然大怒。然而听完这番话后，他竟只是出了一会儿神，接着便陷入沉默。

裴恕道："我知道你心里其实是把易睿锋当亲徒弟的，易睿锋也的确知恩图报，就算我们把价码开得这么高，他也不愿意走。不过雏鸟的翅膀长硬了，就应该去外面的天空高飞，而不是被困在原本的安乐窝里。你觉得呢？"

至此，他的目的已暴露无遗！

赵昌和终于闻出味儿了："你不会是想让我自断臂膀，主动帮你劝退睿锋吧？"

裴恕道："为什么不会呢？当初你在游戏制作领域已经颇有名气，但肯为了一个游戏项目屈身跳到刻画游戏这种小厂，所以在你心里，名和利其实都已经是身外之物，你做游戏为的是心里那份热爱，为的是追求更高的成就。但像易睿锋这样的年轻人，心里也不是没有热爱的，只不过他热爱的可能不是传统游戏的那些东西……"

就算是游戏，也分很多种类。市面上大部分网游都是为了捞钱，不充钱寸步难行，但也有少部分人还有一颗做"第九艺术"的心，赵昌和和易睿锋都属于此类。不同的是赵昌和喜欢做独立剧情类游戏，而从先前的谈话中却可以看出，易睿锋对开放世界观游戏怀有巨大的热忱。

赵昌和闻言，陷入了沉思。

裴恕则继续道："你应该比我们更清楚，易睿锋是个天才，但天才也需要选择正确的领域。游戏制作，没钱烧不出来。开放世界观类游戏的开发难度就更高，不是刻画游戏的资金盘能撑得住的。如果继续待在刻画，他有可能循序渐进地接替你的位置，甚至青出于蓝；但也很有可能一直将自己放在你下面，心甘情愿地屈居于师父的光环下，自身的色彩反而被掩盖……"

赵昌和叹了口气。贺闯脑海中却忽然闪出了他与林蔻蔻决裂的那个夜晚。在他放完狠话，质问她之后，她是什么反应来着？

裴恕说完便闭上了嘴，只是打量着赵昌和，却不追问半句。

直到赵昌和问："你是猎头，这些道理你去跟他讲不好吗？来跟我讲干什么？"

裴恕微微一笑："除非你劝退他，否则没有人能让他离开刻画，不是吗？"

赵昌和静默不语。而旁边的贺闯，不知不觉间已将手攥成了拳，竟是满心恍惚，甚至生出了一种荒谬的猜想。怎么可能？

黄昏时的酒吧，灯仅开了几盏，零星地亮着。林蔻蔻推门进来，将车钥匙放在吧台上，还给赵舍得，接过她递来的酒杯，就将小半杯龙舌兰仰头饮尽。赵舍得光看她的脸色便心惊肉跳，也不问，又连着给她倒了两回酒。林蔻蔻都喝掉了，才觉得翻腾的心绪被酒精熨平了少许。

手机里有猎协陈志山那边发来的消息，说今天在会场里开的人力资源行业论坛圆满结束，猎协在酒店五楼的餐台订了包厢办庆功宴，都是业内有头有脸的人参与，也邀请林蔻蔻出席。她只看了一眼，便放在一边，然后拿指尖掐住了自己眉心，也不说话。

赵舍得帮她问了一圈，其实已经差不多了解发生了什么事，此刻也心情复杂，甚至不知道该怎么出口安慰。

过了许久，林蔻蔻忽然问："你觉得我当年做得对吗？"

赵舍得看了她好一会儿，才道："那时候的你，也没现在这么容易。你做得对不对，我不知道，但我知道，你至少没做错。"

林蔻蔻笑出声来，却将脸埋下，只觉过往记忆纷至沓来，内心深处竟涌出了一股酸涩。

她慢慢道："既然没有错，那我为什么要难受？"

赵舍得道："因为你是林蔻蔻呀。"

林蔻蔻摇了摇头。

赵舍得继续道："正因为你是林蔻蔻，所以当初你会支持她离婚；也正因为你是林蔻蔻，所以现在你才会为当年候选人的选择所造成的后果内疚。"

林蔻蔻道："他甚至从来没有告诉过我，他和施定青的关系……"

在明知他父母当年离婚有她在背后推波助澜的情况下，裴恕究竟是怀着一种怎样的心情看着她进了歧路，旁观她做了姜上白那一单，又跟她一块儿合作了清泉寺那一趟？

甚至……还放下了成见，打破了惯例，第一次真正亲自来参加这次大会。

然而，她几乎当着他的面，要将当年对他的家庭做过的事复制一遍……

林蔻蔻慢慢闭上眼："世上除了道理，还有情感。道理上没有错的事，人们却未必能在情感上接受。我有我要站定的立场，所以其他的一切都被我下意识地忽视了。我不算错，但好像也没有那么对……"

赵舍得从未见过这样的林蔻蔻，只觉心里憋闷，不想看她这样："意外总会发生，谁也没办法预料，你别……"

林蔻蔻道："我没有责怪自己，我只是……"

顿了一顿，她竟露出了一抹自嘲的笑容："我只是，不知道该怎么办了。"

沈心的 case，当前是她自己有意愿想离婚，但还有所犹豫，希望从别处借得一点力量，有人能推她一把。林蔻蔻总是扮演着那能推别人一把的人。可这次，她无论如何也无法忽视裴恕的感受，更有在疗养院里看见的那一幕，在她脑海中挥之不去。

赵舍得一向自认是能花钱解决问题就绝不想动半点脑筋的草包，此刻却被她这句话搞得抓耳挠腮，苦着脸憋了半天，只憋出来一句甚至都没几个人能听懂的废话："你既是猎头，又是林蔻蔻，所以才不知道该怎么办了。假如你只是猎头，或者只是林蔻蔻呢？"

林蔻蔻忽然看向她。

赵舍得被她清透乌亮的目光吓得一激灵："我，我只是……我只是随便胡说八道……"

林蔻蔻却似乎因为她这话想到了什么，出了许久的神后，忽然抓起刚才放下的手机就往外面走。

赵舍得愣了："你要走了？"

林蔻蔻头也不回："乖，等几天爸爸办完事回来给你买糖吃。"

赵舍得："？？？"

晚上的庆功宴是七点开始，裴恕与贺闯都在受邀之列，两人同赵昌和谈完便返回了酒店。

赵昌和虽未给明确的回复，却像长辈担心晚辈选错路一样，仔细问了一下要挖易睿锋的那家公司具体是什么情况，所以裴恕这个策略基本可以说已经奏效了大半。

只不过，一路回来，两人都没说话。

裴恕从前一天晚上开始就不怎么说话了，就算开口也基本只谈与 case 相关的事，和前阵子简直判若两人，有种生人勿近的冰冷；贺闯则微微拧着眉头，似乎一直在思考什么事，直到被带进了包厢坐下，才有些从恍惚中回过神来。

宽敞的大包厢装修豪华，服务生们沏了茶，依次给每个人斟上。在座的全是这个行业里说得上话的人物，甚至连国际猎联的几个人都在。施定青的座位与庄择挨着，若无其事地同其他人谈笑；裴恕则同孙克诚坐在一起，由孙克诚出面寒暄，自己却不怎么开口。快到七点，人基本齐了。

陈志山扫视一眼，唯独裴恕旁边还有个空位，不由得有些纳闷："林顾问还没来吗？"

原本热闹的场面，也不知怎的，忽然微妙地安静了片刻。有人在看裴恕，有人在看贺闯，也有人在看施定青，甚至还有人瞅薛琳……贺闯下意识地看了那张空着的椅子一眼。裴恕则盯着自己面前的茶杯没动。

一桌人里有这么多冤种，傻子才来呢！

白蓝不由得腹诽了一句，嘴上却是绝不错过任何一个能黑林蔻蔻的时机，立马阴阳怪气道："人家可是要拿金飞贼的，这会儿要么在见客户，要么在搞定候选人，哪儿能跟我们这群废物一样还坐在这儿吃饭浪费时间！"

一句话骂了林蔻蔻，骂了整桌人，甚至连自己也骂进去了。众人不由得出了冷汗。

白蓝却满不在乎，大大咧咧道："别等她了，上菜上菜，开饭开饭！"

陈志山只好让餐厅这边先上菜。这种场合属于纯粹的应酬，又因为把国际猎联的人叫来了，大家说起话来便显得尤为热情，尤为体面，也尤为虚伪。施定青前阵子投资教培行业失败的事情早已经传得尽人皆知，然而现在坐在这儿却似乎没受任何影响，仍旧是八面玲珑、谈笑风生。

裴恕冷眼旁观，心里的厌恶却在一层一层地上升。

在听见施定青开始和国际猎联的刘易斯交流起来之后，他终于没忍住，轻飘飘地插了一句："现在全球经济都不怎么好，企业都在裁员，作为猎企，整体上的市场份额明明是越来越小，施总怎么会说这行前景值得期待？"

所有人倒吸一口凉气。大家都知道歧路和航向不对付，但这毕竟是两个公司之间的矛盾，而且裴恕自打坐下来之后便没怎么说话，众人便以为两家公司的话事者之间该是没有什么私人矛盾，至少能维持面上的和平体面。

可谁想到，现在就杠上了！

施定青深深看了他一眼，却是若无其事的模样，似乎也没动怒，只道："整体用人需求减少，可对高端人才的需求却在上升。总之，航向这几年来的发展有目共睹……"

她只用一句话应付了裴恕，便转过头去继续跟国际猎联的人说话，仿佛裴恕这个人根本不存在一样。

然而裴恕又插了一句："施总说的有目共睹，指的是先开功臣，后除良将，只留下了一帮酒囊饭袋，以至于不得不找个干裁员的来当总监充数吗？"

整个包厢里忽然静得能听见呼吸声，所有人心里都咯噔了一下，杠一次也就罢了，杠两次，要说只是公仇没点私怨才见鬼了。国际猎联那几个美国人虽然不太懂中国文化，这会儿也从众人的表情里品出些不对劲来，也不再说话。

只有"来充数"的庄择，因早年就与裴恕熟识，对他和施定青、林蔻蔻的关系一清二楚，此刻看到饭局上上演如此精彩的母子对决戏码，不由得充满了看戏的兴奋，恨不得叫个交响乐团来给他们助兴，好再撕得响亮一些。

施定青脸上原本毫无破绽的笑容，有了一分僵硬，只是她看了一眼裴恕旁边空着的那张椅子，终于还是流露出几分锋芒："裴顾问真是年轻人，气也盛。不过我还是比较青睐你们公司现在的林顾问，人缘好，脾气好，今天这种场合，她没来真是可惜了。"

裴恕原本就没什么温度的面容，几乎瞬间封冻。旁人听了只以为是施定青明褒林蔻蔻暗贬裴恕，说他不如林蔻蔻会做人。然而裴恕盯着施定青那一抹笑，却能清楚地感觉到她话里有话，在暗示什么。

一顿饭结束，林蔻蔻也没现身。裴恕与施定青却在众人离开包厢后，留了下来，隔着一张偌大的圆桌，面无表情地对视。施定青坐着，裴恕站着。

他一手插着兜，身形峻拔，声音里不带半分情感："就算找来庄择，也救不了航向。我说过，你在哪里，我就会打到哪里。"

施定青只道："我很惊讶，这么多年过去，你一点长进也没有，一点也不像个成熟人的处事风格。"

裴恕皱了眉，脸上是毫不掩饰的对她的厌恶，甚至轻蔑："只是不像你罢了。毕竟这世上跟你一样，看见相处过二十年的人倒在地上动弹不了，还能只看两眼转身就走的人，的确不多见了。"

施定青淡淡纠正他："我叫了救护车，你应该感谢我。"

裴恕冷冷道："他是追出去送你才摔下楼的！"

施定青只道："那又怎样呢？能救人的只有医院，只有医生。我留下来看着他，也不会有任何用处。"

裴恕永远忘不了那一天，他刚将车开出车库，接到邻居的电话，回到家便看见裴远济后脑着地躺在地上昏迷不醒，而施定青不见踪影。直到人从 ICU 出来，他回了家，查看装在门口的监控录像，才发现当时施定青就站在裴远济旁边。他是追着她出来时，不慎摔倒的。但施定青弯身查看了片刻，只是低头打了个 120 电话，给隔壁邻居留了个信，便拖着行李箱离开，没有回头多看一眼，哪怕一眼……而裴远济说不出话来，却一直看着她离开的方向，直到昏迷过去。

——这就是施定青，极致的理性，带来令人战栗的悚然！

一旦忆及往昔，裴恕心里便戾气横生："用处？对，在你眼里，不管是一件东西，还是活生生的人，都只需要用'有没有用处'来衡量。你在学校拿到教职了，他就没用了，拖你的后腿了；航向蒸蒸日上，发展起来了，林蔻蔻也没用了，可以卸磨杀驴了；等将来庄择没用，你也会毫不犹豫地舍弃他。在你心里，就没有什么东西是不能舍弃、不能替换的吗？"

施定青冷酷道："没有什么是永恒不变的。"

裴恕道："你真让人感到恶心。"

施定青却忍不住笑了："恶心？你说得这么义正词严，可你身上除了心软这一点像他，又有哪一点不像我呢？"

这个家庭里，母亲扮演的角色更像是父亲，强势、理性、处处要求完美无缺；父亲却似乎扮演了母亲的角色，宽厚、容忍，甚至有些懦弱。

裴恕是在施定青那一套近乎严苛的标准下长大的。她不容许自己儿子输给任何人。而人总是慕强的。尽管裴恕心里充满了反感，却不可避免地受到影响，潜移默化地模仿了施定青的大部分行事风格，而他也在一次次的自我审视之中清楚地知道这一点。

裴恕看着她，慢慢道："正是因为像，我才更感到恶心。"

至此，施定青终于微微色变。

林蔻蔻堵了一路的车，终于回到酒店，来到包厢时，看见的正好是这对峙的场面。

于是她脚步忽然停下。

她站在门口，看着里面的施定青，也看着里面的裴恕，一时竟充满了恍惚的错觉。

施定青看见她，坐着没动。裴恕看见她，却是直接收回目光，一句话也不愿多讲，径直从她旁边穿过。林蔻蔻怔了片刻，抬步便想追上去。

然而，包厢里，施定青淡淡道："你不想问我点什么吗？"

林蔻蔻复又停步，回过头看向她，但静默许久，没有说话。

施定青便问："你还好吗？"

她这话的语气，是如此稀松平常，甚至透着一种自然的熟稔，还和当年一样。

林蔻蔻竟忍不住生出了几分复杂的心情，声音却平缓无波，只道："如果你指的是我终于知道了这些事，那我还好。"

施定青道："你不后悔当年帮过我吗？"

林蔻蔻便想，他们的确是母子，连问的问题都相差无几，于是突地发出了意味不明的一声笑。

她想起了那一年，坐在学校教学楼外的长椅上，师生两人都久久没有说话。末了，她鼓起勇气说出了那句："无论你最终做什么决定，我都支持你。"

而现在……

林蔻蔻注视着她，道："无论今天你变成什么样，我都不会认为当年的那个施定青是在欺骗我。每个人对痛苦的定义和忍受力不一样，有人觉得刀砍到身上是痛苦，有人觉得自己不够有钱是痛苦；有人可以忍受每顿咸菜泡面，有人一顿不吃山珍海味都受不了。你忍不了，不想忍，就有权利做出选择。我不会为我过去的选择后悔。"

施定青又问："现在呢？"

林蔻蔻只道："现在我只是要为过去的选择支付代价罢了。"

施定青看着她，忽然沉默下来。

林蔻蔻也并无再与她叙旧的意思，说完便快步顺着走廊而去，终于在电梯前面，追上了裴恕。裴恕不看她，按开电梯便要进去。

林蔻蔻冷冷道："你对你该恨的人，就这么仁慈，见了面都得绕着走吗？"

裴恕瞬间停下了脚步，终于回头看向她。

林蔻蔻懒得废话："你不是对沈心的 case 有意见吗？那我告诉你，我不可能改变我的策略，也绝不会阻止候选人离婚。"

裴恕瞳孔微缩。

林蔻蔻却一扯嘴角，竟将刚才带上来的文件夹递向他，近乎挑衅地一笑："这是资料，我给你。贺闯已经抢了我一个候选人，你要有本事，不妨放马过来，看看这个候选人你抢不抢得走！"

蓝色封皮的文件夹，被林蔻蔻一手拿着，横在两人中间。裴恕盯着她看了许久，竟没有伸手去接。

林蔻蔻正待要问，他已经转身进了电梯，只道："你或许有你的算计，但我并不想参与。"

说完已将电梯门按上。

林蔻蔻就这么看着他消失在那道渐渐合拢的缝隙之中，一时竟有些没反应过来：这是怕她布下了什么陷阱，不想踩坑？

"我风评有那么差，像有那么多心眼子的人吗？"她不禁反观自身，自省了一遍，然后看看手里那份没递出去的候选人资料，嘀咕一声，"不过，不上当？真能不上当吗……"

林蔻蔻摇头笑了一声，只道这差不多就是自己所能做的全部了，剩下的听天由命，谁也管不了。于是她干脆将那份文件夹收了，回到酒店房间休息。毕竟第二天一大早还约了灵生集团的陈逸见面，那将会是一场硬仗。

裴恕回到自己的房间之后，却是左思右想，无论如何也无法入眠。林蔻蔻那句挑衅的话一直回荡在耳旁。他第二天清晨起来，都还有些心不在焉。

下楼吃早餐的时候，庄择见他一个人站在中餐区那边等面，眼神一闪，便走过去，也点了一碗面，然后就站在裴恕身边，不无奚落地说道："没了新搭档，一个人在这儿等面，看着是有点凄惨呢。"

裴恕不回头都知道是他，并不理会。

庄择便道："你当年离开香港要回去做猎头的时候，我就说这是一条不归路。现在你看到了，这帮猎头拿着资本家的钱号称为候选人提供工作机会，干的事却和我们干的没有任何区别，也不比我们高尚。怎么样，不考虑回来吗？"

裴恕冷冷道："施定青知道她给你钱让你干猎头，你却跑来拉拢我吗？"

庄择一身白西装优雅极了，满不在乎地笑笑："航向早都被量子集团收购了，给我开工资的又不是施定青。"

裴恕："……"

给他开工资的不是施定青。

听到这句，他终于回头看了庄择一眼，深灰色的眸底是一片审视的晦暗。

庄择仿佛完全没意识到自己刚才说了什么，若无其事道："我还是觉得以前的你比较有意思，手起刀落，稳准狠辣，全港找不出一个比你狠辣的刽子手……"

盛着细面的漏勺被厨师从滚沸的水里提出来，面倒进早已准备好的汤碗里，再撒上些小葱、紫菜、虾皮之类的点缀，一碗热腾腾的汤面便被推到了裴恕面前。

他盯着面碗里升腾起来的热气，许久没说话。庄择却想帮他回忆回忆往昔。

那一年经济形势不好，有一家跨国公司被迫收缩业务，想要裁撤深圳代工厂，将主要的零部件加工迁往更廉价的东南亚地区。业务恰好分到了裴恕跟庄择头上。

客户希望他们以最小的代价裁掉深圳工厂三万名员工。

可想而知，人没那么好裁。

在中国这片土地上，高管白领不难裁，最难裁的是底层工人。他们平日里都靠劳力养家糊口，脾气又比较暴烈，听不得那些冠冕堂皇的虚伪道理，又没有太多东西可失去，想裁掉他们有时是要冒着生命危险的。他和裴恕也不例外。

"我还记得，我们去工厂了解人员情况的第一天，就被堵在了办公室里，三千块钱一条的领带被人揪成了破抹布，你甚至被人拿扳手砸破了脑袋。"庄择想起来，甚至觉得有点好笑，"我当时都以为这单完了，没想到还是你有办法。"

没有人愿意丢掉工作。面对工人的愤怒，裴恕没有选择硬碰硬。他的策略是当面跟这帮人装孙子，好话说尽；背地里，却联系了挑头闹事的那几个代表，想办法收买，把好处给够，甚至替他们安排好了退路。于是，挑头闹事的都成了他们的人，甚至愿意给他们当内应，随时报告工人们那边的情况。剩下的人几乎立刻就成了一盘散沙。他们再分而化之，各个击破，虽然很费了一些工夫，但最终控制住了预算，没花多少钱就把人裁干净了。

"你知道最让我记忆犹新的是什么吗？"庄择忽然笑了一声，慢慢道，"是你最后给那个打破你脑袋的人递的红包……"

在裁员的最后一天，裴恕的脑袋上还缠着纱布，却找人要了张红纸，又让人把当初用扳手砸他的那个人叫了过来，拿八百块钱给那人包了个红包。当时那个场面，简直像刻在庄择心里一样——

裴恕脸上平静得不起任何波澜。他将那个简陋的红包递出去。当初那个拿扳手砸他的工人已经被开除。面对着裴恕时，他不再有先前的愤怒，取而代之的是愤怒退去后的卑微，因为这卑微而自带的懦弱，以及对掌控他命运的上位者的……恐惧。

庄择至今都觉得那一幕，超越美术馆里那些死板的名画，仿佛一件完美的艺术品。

他用一种近乎赞叹的口吻道："你是我见过最心狠手辣的刽子手，是做裁员的天才。"

裴恕低着头，端了面要走。

庄择侧身道："反正你跟林蔻蔻也不对付，堂堂正正当猎头去报复，哪儿有直接回来干裁员来得爽快呢？"

裴恕静立片刻，没理他，自己走远了。庄择看着，只是笑了一声，盘算了一下自己说动他的可能性，却并不追上去再劝。该说的都已经说完了，过犹不及的道理他还是懂的。

裴恕一个人吃完了早餐，去了四组的会议室。

赵昌和那边已经给了答复，他今天便会想办法劝说易睿锋。事情的进展非常顺利，大家的情绪都很高。只是贺闯一直心不在焉。裴恕也不太对劲，一直阴着一张脸。

原本早上起来之后已经把林蔻蔻从脑海里清理干净，但庄择先前的一番话又反复提起，说得他心浮气躁。越是不愿意去想，乱七八糟的想法就越往外面冒。他简直不明白，林蔻蔻把沈心的资料递给他的时候，他为什么不干脆伸手接过？管她有什么阴谋诡计，他就是不愿意看她用这种方式做单！

裴恕越想，心绪越重。终于，他将手里的事情放下，忽然转头看向贺闯："你抢走了林蔻蔻一个候选人，那五组现在在做什么case，你这边应该有完整的资料吧？"

贺闯抬眸看向他，微微皱了眉，似乎不明白他为什么忽然提起这个。

裴恕不废话："把资料给我。"贺闯坐着没动："你想干什么？"裴恕道："你要看着她拿第三届金飞贼吗？"

贺闯凝望他许久，若有所思，然后才一转头从旁边一堆文件夹里拉出了最底下的一个，递向裴恕。裴恕伸手去接。只是这一刻，贺闯竟没松手。裴恕顿时皱了眉，看向他。

贺闯道："资料可以给你，但我也想问一个问题。"

裴恕道："你想问什么？"

贺闯静默了片刻，才道："就像赵昌和劝退易睿锋一样，她对我也是故意的，对吗？"

第五十八章
入局

　　会议室里安静极了，众人面面相觑，完全听不懂他们在打什么哑谜。裴恕盯着贺闯，却是瞳孔剧缩。他没有回答。但贺闯对此早有猜测，之所以非要问这么一回，不过是想验证这个猜测罢了。而裴恕给的反应已经足够。

　　他轻轻松开了文件夹，淡淡道："谢谢，我知道了。"

　　那文件夹无人执着的一端垂落下去，里面是简单的几页汇总资料，外加一枚 U 盘。

　　裴恕原本想说点什么，但终究没开口。就算他们解开了误会，发生点什么，又和现在的他有什么关系呢？

　　他拿了文件夹要走，贺闯却在他背后补充了一句："你赢不了她的。"

　　裴恕回头道："你要倒戈吗？"

　　贺闯平静地否认："我只是对她的实力和风格太了解，你不是能赢她的那种人。"

　　"我们很有可能会输！"

　　外滩某栋高耸的写字楼下面，严华不得不提醒林蔻蔻，同时扳着手指头给她算其他组的进度。

　　"一组现在已经搞定了候选人，在安排面试；三组的反对派已经被庄择干趴下，连候选人都已经面试完毕，就等客户那边发 offer，只要有一个能过，他们这个 S 级死单就算完成！就连四组那边，都不知道吃了什么猛药，进度一下拉快，大概率今天面试。只有我们！除了二组现在不知道到底还在搞什么，其他组都比我们快！"

严华一开始还算苦口婆心，说到后面已经有几分崩溃。

他满以为这起码能让林蔻蔻生出一点危机感。

哪怕一点点！

然而，林蔻蔻只是貌似惊讶地一扬眉："竟然还有小组比我们更慢？二组啊，这帮饭桶，老了提不动刀了不成，干什么吃的……"

严华瞬间凌乱。

林蔻蔻看看他的表情，拍了拍他的肩膀宽慰道："我们这不是很顺利吗？已经见完了陈逸，确认他是个还算靠谱的老板，甚至连薪酬我们都谈判出了一个满意的新数。这难道不值得高兴？"

没错，他们已经见过了陈逸——灵生集团现在的执行总裁，或者更准确点说，是少东家。作为一位正在跟自己亲爹争抢集团控制权的钻石王老五，陈逸的表现出人意料地沉稳老辣，同时因为他相对年轻，身上还带着少许年轻人才有的锋芒锐气，倒是和灵生集团这个沉淀了许多年的品牌有一种新奇的反差。林蔻蔻对他很满意。当然，对他愿意接受她提出来的薪酬条件更满意。

只是在临走时，陈逸也表达了自己的担心："明天下午三点之前的时间，我都为你空出来了，可你要是不能说服候选人……"

严华那时心头都在打鼓。

岂料林蔻蔻淡淡道："那陈总就当是给自己放了个到明天下午三点之前的假呗。"

严华相信，彼时彼刻，身为钻石王老五的陈逸和自己这个平平无奇的打工人，表情不会差到哪里去。

林蔻蔻这个人，简直太离谱！

严华耿耿于怀："我们明明已经从陈逸这边拿到了更好的条件，趁热打铁，抓紧时间，下午或者晚上就跟沈心见一面，把人说服了不好吗？为什么一定要拖到明天再见……"

林蔻蔻的计划是今天上午见陈逸，明天上午见沈心，下午安排沈心见陈逸。

至于今天下午，五组组员，啥也不干，全体放假！

严华完全无法理解："明天下午三点整个赛程就结束了，大会都要举办闭幕式了！你的金飞贼都要长翅膀飞了！"

然而林蔻蔻一副没所谓的表情，不疾不徐，不慌不忙，甚至还抖了抖自己手里的饼干盒子，从里面拿出一片小熊饼干啃了，慢悠悠道："那么早把单做完了干吗？反正我们是Ｓ级死单，只要成了就有很大概率赢。别着急嘛，俗话说得好，做人留一线，日后好相见。咱们慢慢做，给敌人留点机会、留点希望嘛。"

严华："???"

这是生怕Ｓ级死单的难度太低，候选人太好搞定，所以临时想为这单case增加"亿"点点难度吗？

严华一时大为震撼。

林蔻蔻笑了一声，也不多说什么，站到路边便招手打车。

严华看见她这笑，却愣了一下神。好像不是错觉，林蔻蔻今天的心情，似乎又恢复到刚开始那几天的样子，甚至比那儿天还要好？他不由得陷入了一种奇怪的迷茫。

回到酒店，五组真就全体放假了。一群人从会议室里出来，虽然也跟严华一样没闹明白为什么，但是闲下来了，干脆一起约到外面吃下午茶。这下其他组的人听见风声，全慌了。

"不会吧，这还有一天多的时间吧，他们这组就做完了？"

"都闲得出去喝下午茶了，我亲眼看见的……"

"那可是五组，林蔻蔻那组！早一点做完也不稀奇吧。"

"人家这么早结束我们还拼什么？"

"不行，得加快进度！"

…………

林蔻蔻还不知道自己少见的"摆烂"行为，已经在其他组那边引发了连锁反应，推动了新一轮的内卷。

在RECC大会结束前的这天晚上，在其他组仍在激情加班的时候，林蔻蔻来到了空无一人的会场，坐在台下，对着放在主席台正中央的那枚金飞贼，看了许久。

大概晚上十点，她摸出手机给裴恕打电话。

连打三通，都在通话中。林蔻蔻忽然挑了一下眉，过了片刻，她转头拨了沈心的号码，竟然也在通话中。于是她想上片刻，无声地笑了出来。

会场里的灯基本都关上了，昏沉的黑暗里只有那枚金飞贼映射出门外零星传进来的光线，有一种冰冷而精致的明亮。

林蔻蔻起身，随意冲它挥挥手，道一声："明天见。"然后出了会场。

同一时间，酒店高层的房间里，资料在桌上凌乱地铺开，亮着的电脑屏幕上还打开着有候选人履历的文档，裴恕同电话那头讲了许久，才终于在十点半挂断电话。手机显示有三个未接来电，全来自林蔻蔻。裴恕看了几秒，没回，直接放下手机睡觉。

城市的霓虹灯在深夜里渐次熄灭，又随着东方渐白而陆续亮起，RECC大会的最后一天终于到来。会场里一大早就热闹起来，重新布置了一番。各家公司的猎头们都在酒店楼下或者附近溜达，探讨着这届金飞贼下午将花落谁家。

只有各小组的成员还紧绷着脑袋里的那根弦，候选人尚未拿到 offer 的加急打电话去催促，已经拿到 offer 的则仔细确认细则条款有无差错，生怕最后关头捅出什么娄子。

五组众人在这天早晨齐聚会议室。

林蔻蔻却一大早就打车离开了酒店，到了市中心某处游乐场，终于在旁边一家水吧里见到了沈心。

因为今天是周末，算沈心难得的休假日，她换下了平时一身职业的装束，只穿着一条浅色长裙，远远坐在遮阳伞下面，看着游乐场里一群疯玩的小孩，神情里是少见的放松。瞧见林蔻蔻来，她还主动打了一声招呼。

林蔻蔻先扫了那边游乐场一眼，才微笑着坐下："难怪约在这里，有两天不见了，沈总监。"

沈心先叫来服务生，给林蔻蔻点了一杯水，然后道："看来你终于决定跟我讲讲施定青的故事了，以林顾问的性情，竟然能考虑上两天，也是有些令人意外了。"

林蔻蔻随口道："陈年往事，回想起来得花点时间，沈总监不介意就好。"

她把包和手机放下，喝了口水就准备开口。

没想到，这时身后忽然传来一声："啊，真不好意思，我好像来早了？"

沈心先是一愣，紧接着便大皱眉头。

林蔻蔻听见这熟悉的声音，转过头就看见了裴恕那张已经有两天不见的脸。

高瘦的个子，穿着修身的黑西服，一手插袋，神情淡淡的，仿佛挂点笑意，然而瞳孔深处却并无多少温度。嘴上说着不好意思，脸上却没半分道歉的神情。裴恕明摆着是知道沈心这个时间要见林蔻蔻，故意掐着这个点来的。

沈心尚未开口表达自己的不悦，林蔻蔻已先开了口："裴顾问，可真是冤家路窄。你出现在这儿，恐怕算不得什么巧合吧？"

裴恕淡淡道："林顾问不是让我放马过来，抢人试试吗？正巧，你们要谈的人和事，我也知道一点，恐怕还和林顾问知道的不一样。"

林蔻蔻静静地看着他。沈心这时倒有些猜测起他们之间的关系，审视的目光在二人之间逡巡。

裴恕自己拉开了旁边的椅子："林顾问向来是最为候选人考虑的猎头，想必不会介意让候选人听一个更完整的故事吧？"

这一刻，林蔻蔻脸上其实掠过了一抹奇怪的笑意，只是很快就被她眉梢一挑故意做出来的轻蔑神情盖了过去，她道："裴顾问话都说到这份上，我要不让，那不是在说我不为候选人着想？请坐。"

裴恕坐了下来，然后才问："沈总监也不介意吧？"

沈心无言地看着眼前二人。

饶是她见多识广，一般喜怒不形于色，这时也实在没明白自己究竟在面对什么情况。同时见两位猎头顾问？当 HR 的时候的确有过，可作为候选人这还是头一遭。

裴恕是昨天联系她的。

原本沈心在等林蔻蔻的消息，不想晚间忽然进来一个电话。对方刚说自己是猎头时，她就想把电话挂掉，但当对方自报家门之后，沈心这通电话就怎么也挂不下去了——竟然是歧路的合伙人裴恕。作为一名合格的人事总监，沈心当然对外面知名的猎头公司了如指掌，又怎么会没听过裴恕的名号？

好奇心驱使着她询问对方来电的意图。

裴恕声称有个不错的机会，想要和她接触，并且说自己对施定青的故事也了解一些。

显然，他对她和林蔻蔻的沟通情况十分清楚。

沈心当即来了兴趣，但同时也表达了自己的疑虑："你和林蔻蔻不是同公司的吗？"

裴恕在电话里平静地回答："同公司也可以有竞争，不影响的。"

挂掉电话时，沈心只想，大概又是 RECC 大会出了什么新的游戏规则，其余的倒也并没有太在意。她答应了裴恕今天十一点见面，时间其实安排在和林蔻蔻的见面之后，只是没想到，裴恕提前来了。而从刚才他与林蔻蔻的交涉来看，巧合的概率极低，故意的可能性极大。

且这两人三言两语都是话里有话、夹枪带棒，身为旁观者都能感觉到那股汹涌的暗潮。或许，不是 RECC 大会游戏规则那么简单……

　　想到这里，沈心便笑了："我一个普普通通的人事总监，竟然能同时劳动二位来挖，恐怕今天之后身价就得暴涨了。那么故事，从哪儿开始呢？"

　　林蔻蔻看了一眼裴恕，当仁不让地先开口："从施定青这个人开始吧。"

　　裴恕没反驳，只听着。

　　林蔻蔻道："沈总监调查过我，应该知道，施定青曾是我大学时候的老师，教的就是院系里人力资源管理的相关课程。隔壁劳动经济学的课一堂坐不到一半人，她的课不需要点名也几乎能坐满。但在高等院校这种地方，讲课再好，也不代表就能拿到匹配的教职。里面涉及的东西很复杂，学术论文、高校关系、学阀……总之，在学校已经待了这么多年，她仍旧只是个副教授。"

　　高等院校里的教职属于事业编制，其拥挤程度和考评难度比起考公务员也不遑多让。就算平时不接触这个领域，但林蔻蔻简单一说，沈心也能大概了解。

　　她道："这种环境，能力和位置不是严格匹配的。所以她想离开？"

　　林蔻蔻点了点头："大学前两年她教我们，因为某件事帮过我，所以我一直和她保持断断续续的联系。大四毕业实习，我当猎头，要为一家私募机构的人力资源部门物色一位熟知人力管理的外部顾问。"

　　那一年，林蔻蔻其实并没有很快找到合心意的工作。但在上海街头的咖啡馆坐上一下午，往往会有意想不到的收获。

　　林蔻蔻就是坐在那儿的时候，听见邻桌一名西装革履的男人对着对面的人发火，质问对方给的候选人为什么这么差。

　　对面明显是位猎头顾问，他给客户做了一番很长的解释。林蔻蔻也由此知道了事情的来龙去脉。

　　那男人是私募机构的管理层，目前需要一位局外人从客观的角度梳理机构的人事状况，然而猎头顾问推荐的人选他都不满意。几乎在听见这单 case 的瞬间，她脑海里就蹦出了一个人选。

　　那对她来说，是一个近乎奇迹的下午——她毛遂自荐了。但不是向那名私募机构的管理层，而是向那名垂头丧气离开，几乎要放弃这一单的猎头顾问！

　　即便是初出茅庐，林蔻蔻也是冷静且清醒的。她当然不会狂妄到向那名私募机构的高管自荐，这种动辄掌握好几百亿资金流向的大佬，凭什么相信一个甚至都还没毕业的菜鸟？只要他们愿意，大把的顶尖猎头愿意为他们效力。

可那名猎头就不一样了。他是乙方，是打工人，在客户对他推荐的人选不满意的情况下，他随时面临失去这单 case 的风险。而压力往往会导致一个人病急乱投医，死马当活马治，他更有可能接受林蔻蔻的自荐，哪怕她过往的履历几乎是一张白纸。

他们签订了合同，林蔻蔻保证，如果搜罗不到合适的候选人，她分文不取；对方则承诺，如果她招来的候选人真的能通过客户的面试，他愿意将这单case 的利润分给林蔻蔻一半。

签完合同当天，林蔻蔻便给施定青打了电话，约定次日见面。一来，是想告诉施定青自己找到"工作"的好消息；二来，是想问施定青对这个机会有没有兴趣！

"就在我去找她的前一天，同学院另一位副教授升了教授，而她仍旧没升职。"说到这里时，林蔻蔻唇边不由得露出了一抹讽意，"有能力的人，大部分也都是有野心的人，尤其是在他们没得到自己应得的东西时。施定青也不例外。如果只是普通的公司招募，她或许还不感兴趣，但那是一家私募机构，能接触很多投资方面的人脉，并且她这么多年的老师当下来，就算说不上桃李满天下，学生们也未必个个都混得体面，但里面至少有一部分已经是各大公司的管理层。她一有能力，二有人脉，三有想法，如果能把这家机构当作一个跳板，抓住机会，就有可能打开完全不同的局面。"

沈心疑惑："机会的确是个很好的机会。可她怎么会离婚呢？"

林蔻蔻先看了一直在旁默不作声的裴恕一眼，才道："施定青是个很强势的人，她先生的脾气却很温和，甚至可能过于温和，这就导致他总是在忍让、迁就别人，甚至是在一些不该迁就的事情上。"

裴恕终于将目光移到了她身上。

林蔻蔻慢慢道："两个人经常会因为让不让、忍不忍之类的细节争吵。教职的事也算一件。因为裴先生在本校的研究院工作，学院领导私底下跟施定青说，暂时不给她升教授，是为了避嫌，怕别人说领导是因为裴先生的关系。施定青已经忍了很久……"

沈心敏锐地注意到了"裴"这个姓，有些惊讶地扬了一下眉。

但还没等她深想，旁边的裴恕已经冷笑了一声："忍了很久？原来她是这么告诉你的吗？有没有一种可能，当年她之所以能进这所学校，凭的就是裴远济的关系呢？"

"或许有。但以她的能力，原本就配得上这个位置，不是吗？"林蔻蔻淡淡地一句话带过，并不与裴恕争论，只是接着自己刚才的话讲，"她先生认为在学校里搞学术研究就好，没必要离开这个环境去外面，更没必要去什么私募机构。虽然没有爆发争论，但也许比争论起来更难受。两个性情不合的人在一起，就像是拔河，要么吵架分出个胜负，要么相互隐忍，不是在压抑自己，就是在压抑别人。无论如何，她已经过够了当时的生活，迫切地需要一些改变……"

沈心道："所以就离婚了？"

林蔻蔻微微垂下眼帘，点了头："有时候是压垮骆驼的最后一根稻草，有时候是蝴蝶挥动的翅膀。也许原本的生活也是可以忍受的，但当一个全新的生活出现在眼前时，对新世界的野心和渴望，就会冲掉对旧世界的不忍和留恋。她厌倦了做什么贤妻良母，断得干净利落，也没给自己留什么后悔的余地。后来的事，沈总监应该都知道了。"

施定青成功入职那家私募机构，并且在合作过程中得到高层管理的欣赏，拿到了一笔风投资金，利用自己多年在学校积攒下来的人脉开了一家猎头公司，也就是今天的航向，并且还拉了林蔻蔻入伙。施定青从她的候选人，摇身一变，成了她的合伙人。当然，这样与投资界走得极近的背景和基础，也算为后来施定青卖掉航向埋下了伏笔。从一开始，猎头这行就不是她的目的，而是她的工具——走向更高、更远处的工具。

沈心若有所思："那她后面挺成功的。"

林蔻蔻点了点头。

裴恕却只听出了莫大的讽刺："以牺牲家庭为代价的成功吗？"

沈心顿时讶异地看向他。

裴恕只用仿佛毫无感情的声音陈述："在她所谓成功的背后，是一个因为她从楼上摔下来大脑受损、半身瘫痪、七年无法工作的前夫，以及一个目睹了她冷眼旁观而彻底跟她断绝关系，仇恨她，从此事事与她作对的儿子。你们要的成功，一定要用这种冷酷作为底色，一定要用这么激烈的手段，一定要一点余地也不给自己留下，更不给别人留下吗？"

前面或许还只是在陈述施定青的过去，但当最末一句提到"你们"时，整句话的意味便截然不同了。沈心似乎被他所描述的另一种事实震惊了。林蔻蔻也沉默下来。饶是她前几天已经知道，可亲耳听见当事者将这番残酷的事实讲出来时，她仍旧感觉到了一种阴沉压抑的窒息感。裴恕没有回头看她。林蔻蔻却无声将目光转向了他，认真地看着他眉眼的每一个细节，仿佛想从蛛丝马迹中捕捉他最细微的心绪流动。

游乐场那边传来孩子们欢笑的打闹声，更衬得他们这无言的一桌死一般静寂。

裴恕朝那边看了一眼，许久后，才对沈心道："沈总监的孩子今年才刚上小学吧？据我所知，郑维方虽然有一些花边新闻，但更多的是新闻媒体的附会，他本人是商界里难得的洁身自好的人，您曾接受媒体的采访，也表示正是看中了这一点才跟他结婚。婚后你们共同经营公司，也取得了很大的成功，少有闹矛盾的时候。现在说离婚就要离婚，婚恋交友平台创始人离婚，对公司的影响有多大暂且不谈，你们的小孩，这么小的年纪，能理解大人的世界，能理解他的父母为什么要离婚吗？"

沈心跟着看向了游乐场方向。

如果这时候还听不出来，她就是傻子了："你不是来猎聘我，给我提供工作机会，你是来阻止我离婚的。"

裴恕不否认，只慢慢道："追求事业上的成功，或许是一个人自己的决定；但离婚与否，对其他人来说也是大事。人要自由，但并不意味着可以不承担一点责任，肆意伤害甚至践踏他人的感情。我只是希望沈总监做决定的时候慎重。"

林蔻蔻知道，如果要保证自己做成沈心这单 case，自己最好是想个办法打断裴恕，不让他再说下去。但她没有，只是静静地听着。

裴恕继续道："在职场上，跳槽都是一件伤筋动骨的事，需要反复考虑衡量；在人生中，离婚又怎么可能是简单一刀两断就能撇个干净利落的事呢？即便内里强势如沈总监你，也不是没有犹豫吧？否则，何必一定要听施定青的故事？我们之所以寻找先例、塑造榜样，其实都是在暗示自己，只要我们和他们一样做，就能得到相同的结果。但世上永远没有相同的两个人，也不会有两件相同的事。任何成功背后，必有代价。"

毫无疑问，裴恕这番话，精准地切中了沈心的内心——如果她对自己即将做出的决定足够坚定，又何必向外寻求支持她做出这个决定的力量？她微微锁紧眉头，似乎在考量。

林蔻蔻打量了裴恕两眼，眼珠骨碌碌一转，忽然毫无预兆地鼓起掌来："好，裴顾问说得实在太好了！"

沈心忽地一愣。裴恕更是诧异万分，完全没明白她忽然发什么神经。

林蔻蔻却是自顾自道："所以现在，正反双方的意见都摆在这里了。我们给沈总监讲了一个完整的故事，至于要怎么听，听到什么程度，我们当然无法干涉。但我们表达的核心是完全一样的，至于怎么做，就看你自己决定……"

沈心听着，总觉得哪里不对。

裴恕反应更快一些，眼皮都跳了一下，没忍住道："我们?!"

谁跟你一口一个"我们"？还表达的核心完全一样！你是要劝她离婚，我要劝她不离婚，这一个在天上一个在地上，能一样吗?!

林蔻蔻似乎不理解他的反应："当然是我们。话都说完了，别演了。咱俩老对手搭档，果然是没有半点失手的时候。"

裴恕内心瞬间一万个问号。

然而林蔻蔻手疾眼快，一把按住了他就要抬起来的胳膊，顺便抢在他前面开口，飞快截断了他的话头："我和裴顾问只是想用一种比较别致的、近似于辩论的形式，来帮助沈总监更全面地思考看待整个问题，希望你最终做出一个不会让自己后悔的决定。"

别致个鬼的形式！她怎么还有这种指鹿为马、睁着眼睛说瞎话的操作?

裴恕忍无可忍："林蔻蔻！"

林蔻蔻悠然自得，半点没有瞎掰之后的心虚，刚准备开口敷衍他两句。

没想到旁边忽然响起软糯的一声："妈妈，你们在吵架吗?"

是沈心的儿子，不知什么时候抱着他的玩具走过来了，眨巴着一双好奇的眼睛，倒是不怎么怕生的模样。沈心一怔，先是看了林蔻蔻和裴恕一眼，然后才回头对小朋友一笑，竟道："妈妈没有和人吵架呀，是他们两个在吵。"

林蔻蔻："……"

裴恕："……"

为什么被沈心这么一说，原本正常的事就变得奇怪起来了?

小朋友不大理解地歪着脑袋看了看他们，但很快就想起了自己的事，上前抓住了沈心的手，道："我刚刚拼完了积木，你快过来看看，我拼得怎么样！"

沈心只好先对林蔻蔻和裴恕说了声"抱歉"，道："我先过去看看。"然后就被小朋友拉着往前走。

裴恕没说话。林蔻蔻看着她的背影，却是忽然没忍住叫了她一声。

沈心停步，回头看她。

林蔻蔻道:"贸然结束,对孩子固然可能是一种伤害;但勉强维持,对大人来说也未必不是一种残忍。貌合神离的家庭带给人的影响,未必比支离破碎的好。人这一生即便有不后悔的时候,选了一条路,也总是会寄望另一条没走过的路上的风景。但不管你最终做出什么选择,我都会支持你。"

七年前,她对施定青说过这样的话;七年后,她也这样对沈心说。

沈心闻言,垂眸静默了许久,末了慢慢地笑起来,只道:"谢谢。"

她牵着小朋友的手走进了游乐场。

林蔻蔻目送他们走远,然后才回头看向裴恕:"看不出来你也能说这么多话啊,说服人的本事不小嘛。"

裴恕冷冷地看着她:"你知道我今天会来,你是故意的!"

林蔻蔻貌似惊讶地一扬眉:"呀,你竟然能看出来?我还以为我藏得很好呢。"

她藏什么了?从头到尾,她就差把"计谋"两个字明晃晃地刻在脸上!刚来的时候不知道也就罢了,在听了她一口一个"我们"后还不知道,就是他人傻了!这一刻,裴恕脸色铁青,语言系统都被她气混乱了。

林蔻蔻望着他,先前玩笑的表情却渐渐消失,忽然道:"很抱歉。"

裴恕道:"恶作剧完再道歉有意思吗?"

林蔻蔻摇了摇头,竟道:"不是为这次。"

这时,裴恕才注意到她难得认真的神情,先是怔了半晌,然后才有一股说不出的况味,缓缓从心底漫上来。

林蔻蔻的声音异常和缓:"你说得没有错,追求事业的成功是自己一个人的事,但婚姻不是。是我当时不够了解施定青的情况,也不够了解你家的情况,更没有足够圆滑的手段和细致的方案来处理这件事。这些年来,相同的案例也极少遇到,我并没有回头审视自己的机会。如果让现在的我来,也许可以处理得更好。"

裴恕沉默着垂下了眼帘。

林蔻蔻道:"归根结底,你厌恶的不是我,也不是候选人离婚这件事本身,你厌恶的是她动辄抛弃家人的冷酷,是她对旁人的漠视,是我处理这类事时不够谨慎的方式和过于随意的态度。"

她每说一句,他的心潮便跟着翻涌一回。

人总有某一些情绪是隐秘的,不想露给别人看的。裴恕站不住,也不想再听,转身要走。

然而林蔻蔻轻轻伸手，攥住了他的手，将他拉住："有希望才有失望，愤怒其实源于恐惧。你是喜欢我，认为我是个好人，害怕我有一天变得跟施定青一样。裴恕，真的很抱歉……"

她的话语，甚至透着一点隐约的小心，犹如温热的水流，将一颗满是创痕的心浸泡。裴恕终于抬头看她，眼角发红。

林蔻蔻于是笑起来哄他："大方点，原谅我嘛。"

裴恕紧抿嘴唇，不说话。

林蔻蔻见状，眉梢一抬，竟忽然道："你要不原谅的话，我恐怕只好收拾铺盖卷离开歧路了。跳槽事小，做单事大啊。照我这德行，又固执又霸道，还喜欢剑走偏锋，以后怕不得见一个候选人就劝人家离婚一回？这要没个人在旁边跟我唱对台戏……"

这话乍听仿佛是在担心他，可仔细一品，这跟威胁有什么区别？

裴恕眼皮一跳，这一瞬间，那种熟悉的面对林蔻蔻时才有的暴躁感终于回笼，他忍无可忍："林蔻蔻，你是流氓吗?!"

林蔻蔻把手一抄，却是一副稀松平常的洒脱姿态，只道："我是不是流氓你还不知道吗？又不是第一天认识了。"

裴恕想骂，但骂不出来。

林蔻蔻问："这下不生气了？"

裴恕咬牙道："不，我现在就想打你一顿。"

林蔻蔻道："那咱们就算翻篇了？"

裴恕忽又静默下来。他抬眸看向不远处的游乐场，沈心已经被小朋友牵着走进去，在搭积木的地方弯下身来，笑着同一帮小孩说着话。

"大会的金飞贼，是你过去一年未了的最大的心愿吧？"裴恕开口后，又顿了一下，才继续道，"真的不再过去劝两句吗？"

林蔻蔻抄着手看他："你现在不怕我劝她离婚了？倒戈这么快？"

裴恕轻哼一声，避而不答，却道："万一她忽然觉得家庭更重要，要专心当个家庭主妇，你的金飞贼恐怕就真长翅膀飞了。"

林蔻蔻貌似不在意："那就飞了吧。"

裴恕觉得这不像她的风格："沈心难道不是你看中的一号候选人吗，你要放弃？"

林蔻蔻道："成年人了，我不能都要吗？"

裴恕皱眉，一时没明白她的意思。

林蔻蔻便低头拉起他的手，放到自己掌心里，轻轻扣住，眼底带着点清浅的笑意，凝视他："沈心只是林顾问的候选人，但今天，你是林蔻蔻的候选人。"

摇曳的树影，切碎炽烈的日光，裴恕忽然被晃了眼。周遭一切喧嚣都仿佛随着这一句话远遁，只剩下心内澄明一片，再无杂音。

第五十九章
大魔王

　　下午两点半，会场里已是人头攒动，各大公司的猎头基本到齐，甚至连老总高管都来了不少。前天才出席过论坛的施定青赫然在列。要换了平时，这么多大佬同时出现在一个场合，大家就算不走上去攀关系，也得在私底下议论一番。可在今天这个时间点，会场上完全没有人关注他们。

　　所有人讨论的焦点，只有一个——金飞贼！

　　"这届简直绝了，五个组里已经有四个完成了自己抽中的死单吧？头回遇到金飞贼竞争这么激烈的时候。"

　　"航向那个新来的庄择，真是有两把刷子，S级死单，却是最早交付的一个，强龙说不准真能压了地头蛇。"

　　"贺闯那组好像也搞定了。"

　　"这两组都不意外，就是那个薛琳，我之前还以为她叫什么'最强新人王'是浪得虚名，没想到这回竟然也成了……"

　　"你不会以为一组最重要的人是她吧？看见边上那个小姑娘没，就那个个头最小的，听说一组是用了她的方案才挖到候选人的……"

　　"她？那不是林蔻蔻的助理吗……"

　　"话说回来，林蔻蔻那组好像不太对劲啊。"

　　"是啊，其他人都到了，就她好像还没影子。你看屏幕上那个进度，五组的 case 现在还没交付呢。"

　　"颁奖马上就要开始了……"

　　"…………"

周遭细碎的议论声不绝于耳，五组除林蔻蔻之外的所有人站在会场角落里，面面相觑，脸上都透出几分不安来。按计划，他们应该今天上午见候选人。

然而到早晨出发时，林蔻蔻谁也没带，只让大家在酒店里等消息，自己一个人出发了，可直到现在，也没有半点消息传来。

大伙对金飞贼倒是没什么欲望，只是替林蔻蔻担心："都这个点了，还能赶上吗？"

严华是自打昨天林蔻蔻给大家放假起，就没看懂过她的行为和用意。但林蔻蔻会故意"摆烂"放弃金飞贼吗？不可能。天塌下来都不可能。琢磨了半天，严华试图为林蔻蔻挽尊："可能她是想玩点刺激的吧。喀，反正蔻姐勇敢飞，出事自己背……"

"林蔻蔻不会真的翻车了吧？"二组的人聚在另一个角落里，白蓝看了看腕上的表，忽然幸灾乐祸起来，"这要是 case 没做成，或者做成了没赶上，再次痛失金飞贼，那可就好玩了！"

陆涛声犹豫了片刻，提醒道："我们是不是应该先看看自己这组的成绩……"

他指了指主席台后方的屏幕。

白蓝瞬间沉默。

作为有三位知名金牌猎头的二组，而且抽中的是所有死单中最简单的 B 级，可在已经完成的四个组里，他们愣是花了最久的时间，直到今天下午一点才匆匆忙忙搞定，向主办方提交了客户公司发给候选人的 offer……成绩垫底，吊车尾。说出去简直丢人！

"我们三个应该一开始也没有谁真的想过要抢金飞贼吧？"黎国永咳嗽了一声，看起来要乐观得多，笑呵呵道，"再说，咱们这回应该也算联手干了件大事，把这单 case 做漂亮了吧？"

白蓝和陆涛声都看向他，三人都想起了这单 case 现在的情况，到底是不约而同地笑了起来。只是笑过后，白蓝余光瞥见了不远处的四组。

她忽然"咦"了一声："四组那边，是不是缺了一个人？"

的确缺了一个人。

贺闯朝着门口的方向看了一眼，仍旧没看见裴恕的影子。那天裴恕要走灵生集团那单 case 资料时的情景再次浮现在脑海……而看看五组那边，林蔻蔻也没来。

要是一个人没来也就罢了，现在两个人都没出现，难免令人猜测，甚至浮想联翩。

尤其是庄择，因为先前就知道这两人之间生了龃龉，眼下见人没来，早就摆好了一副看戏的姿态。只是眼看着时间慢慢逼近三点，而林蔻蔻还不见人，他终于没忍住皱了眉。

三组抽的是 S 级死单，并且已经完成，而场上其他三组在死单等级上就差他们一截，就算完成了也无法与他们一较高下。如果林蔻蔻也没完成……那庄择胜券已握，根本没有输的理由！

距离闭幕式开始，只剩下最后五分钟，主持人已经接过了话筒，拿着手卡朝台上走去。

会场里不由得响起了一些叹息声。

庄择则轻笑一声，声音里竟有种意兴阑珊之感，只摇了摇头，对坐在他旁边的施定青道："猎头这行，好像也不过如此嘛……"

然而，他话音刚落，就在台上的主持人要宣布闭幕式开始的这一刻，会场后方的大门忽然被人用力推开了。顿时有人惊呼起来。五组那边早已经放弃了希望的严华等人，更是瞬间站了起来，激动不已："林顾问！"

庄择眼皮登时一跳，回头看去。那推门进来的，不是林蔻蔻又是谁？门外的风将她一头浓密微卷的长发扬起，她踩着高跟鞋脚步迅速地走进来，姿态挺拔而昂扬，脸上带着点笑，说温不温和，倒像是利剑忽然出了鞘，闪烁着熠熠的锋芒！

裴恕就在她边上，但进来后便不再往前走，顺势站在了会场后排的位置，远远看着。

于是全场目光全都集中在林蔻蔻身上。白蓝一眼就看见了她右手拎着的那个文件夹，顿时没忍住骂了一声："靠。"

严华则是满脸喜色，眼睛都差点发光："林顾问，你可算来了，我们还以为赶不上了！"

林蔻蔻直接朝着主办方所在的方向走去，只道："没听说过吗？所有角——"

这时，她忽然瞥见了旁边的庄择。

于是，她笑了一声，忽然改了口："啊不，是所有反派大魔王，都得等到故事的最后才出场呢。"

裴恕在后面远远地看着，听见这句便笑了。庄择面色瞬间冷凝，眉头皱得死紧。林蔻蔻也不废话，更不浪费时间，直接走过去把文件夹搁到赛程统计人员桌上："五组，case 交付。"

负责统计的工作人员将那文件夹翻开，顿时张大了嘴巴："这——"

林蔻蔻淡淡道："这届规则，没说不能涨价吧？"

工作人员傻眼。

会场上隔得远一些的人听不清他们在说什么，但看工作人员的表情就知道——回来了，那个大家熟悉的林蔻蔻回来了。那个每次大会都要搞出点么蛾子的人间祸害回来了！

果然，在一阵怀疑人生的纠结之后，工作人员便走去跟猎协那边沟通交涉，很快那张桌子附近就聚集了七八个人，时而皱眉，时而争吵。而作为引发这一切的罪魁祸首，林蔻蔻却悠闲极了，甚至还有心情从旁边的桌上捞了一小块冰西瓜啃。

众人讨论了将近二十分钟，猎协主席陈志山才不得不屈服了，带着金飞贼小组赛的结果走上了台。全场瞬间安静下来。

庄择已经有了一种不妙的预感，可他为了保证能赢，已经为候选人谈了比最初更高的薪酬。难道，林蔻蔻谈到了一个比他更高的数？

陈志山站在台上，终于开口："就在刚才，金飞贼小组竞赛环节已经结束，经过一轮紧张的讨论和统计，我们已经拿到了最终结果。我们很欣慰，史无前例，参加争夺的五个小组都完成了他们抽中的任务。其中三组、五组，抽中了S级死单，并且都在职位原定薪酬的基础上谈高了40%！"

做死单，竟然也能涨价；能涨价不说，还涨了40%！简直闻所未闻，见所未见！全场瞬间沸腾。

然而，庄择的心，已经在往下沉去。

果然，陈志山说完之后，便露出了一种堪称痛苦的表情，停了好一会儿，才憋出来一个"但"字："但五组的猎头顾问，与客户达成了新的委托协议，约定猎头能从这一单中得到的薪酬，比原定的候选人年薪的25%提高了两倍。由于本次大会规定'以完成订单的总金额决出优胜组'，猎头顾问所得的薪酬，理应算进订单总金额之中。所以……"

场中众人已惊掉下巴，鸦雀无声。庄择脸色铁青。

陈志山顿了顿，终于宣布了结果："最终的优胜组，是由林顾问所带领的——五组！"

整个五组，顿时一片欢呼。

林蔻蔻这时已经回到了台下，从庄择旁边路过时，笑了一声道："用更多的时间，换更高的金额——庄顾问，承让啦。"

毫无疑问，林蔻蔻这话是在讽刺庄择。

在第一轮预选的时候，他用了最多的时间，换取了最高的准确率，所以才能力压林蔻蔻，排在第一名。她竟然记仇到现在！庄择简直不敢相信。

场中一时议论声、质疑声、恭喜声、喝彩声，交织成一片。唯有远处的二组，一片诡异的安静。

良久，陆涛声才叹了一声："明年大会手册上的备注，恐怕又要多一条了……"

岂料，白蓝把头一摇："不，要我说都可以删了，只需要写一条。"

陆涛声和黎国永都看向她。

白蓝冷着一张脸，认真道："林蔻蔻与狗不得参赛。"

五组既然成为优胜组，那林蔻蔻成为本届金飞贼奖得主便毫无悬念，甚至连主办方评选的环节都省了——以严华为首的五个人，就差没把"热烈祝贺林蔻蔻登基"的态度刻在脸上，完全没有想争的意思。其他组即便心有不甘，也只能在旁边干瞪眼。

到颁奖环节，林蔻蔻上台来，接过那枚沉甸甸的金飞贼。

主持人便递过话筒："这是林顾问时隔一年之后拿到的第三枚金飞贼，请问有什么特别的感想吗？"

林蔻蔻拿住话筒，十分有自知之明地先说一句："请大家放心，明年大会我一定不再参赛，我用我的人格保证。"

台下顿时一片笑声。

有人大声起哄："不想当金飞贼钉子户了吗？"

林蔻蔻轻咳一声："拿三个差不多了，剩下的也要给年轻人一点机会嘛。"

台下的"年轻人"做何感想不得而知，但二组这边黎国永、陆涛声这两个老家伙，却是瞬间黑了脸。林蔻蔻这个年纪的人已经拿了三次金飞贼，就说要给年轻人让路了，可他们这些老家伙至今还一次都没拿过！这话简直越品越让人生气！

然而林蔻蔻似乎并没觉得自己这么说有什么问题，只是抬眸环顾全场，目光在已经落座的裴恕身上停留片刻，又落回手中的金飞贼上，心里忽然有种难以形容的感慨。

她还是有一些话想说的。

于是沉默片刻，她忽然笑了一声，只道："能参与到别人的人生，不管是单纯地旁观，还是发挥出重要的影响，是猎头这个职业于我而言最大的魅力。在几乎人人都需要工作的现在，猎头是能为候选人带来改变和希望的人，无论如何，身为一名猎头顾问，我感到荣幸。"

这个时候的林蔻蔻，是难得感性的、在发光的，甚至让人觉得连握在她手中的那枚金飞贼，都在其映衬下黯然失色。她哪里需要这枚金飞贼？她自己便是。

片刻静寂后，台下响起了经久不息的掌声，是为林蔻蔻这番话，也是为众人心中的共鸣，为这份自己付出过、热爱过，也信仰过的职业。只有航向所在的区域，一片鸦雀无声。施定青静坐在位置上，遥遥看着台上，一语不发。因为闭幕式不完全按公司来分位置，大家坐得比较随意，裴恕的位置恰好在施定青旁边，两人之间只隔了一个没有人坐的空位。无论谁，只要一转头，就能看见另一个人的表情。只是两人都看着台上，谁也没动。

主持人已经进到提问环节："我们都知道林顾问在业内绝对是既有知名度又有能力的成功猎头，有不少人都想要请教您，您介意当场回答一些问题吗？"

林蔻蔻一脸端庄体面："当然不介意。"

台下立刻有人举手："灵生集团这单 case 是找 HR，林顾问却顺利完成了，那你是跟 HR 和解了吗？"

林蔻蔻方才的端庄体面顿时凝滞在脸上，她静默片刻，直接朝主持人道："下一个。"

全场顿时再次哄笑成一片。

裴恕也没想到有人能问出这么刁钻的问题，又看见林蔻蔻的反应，不由得想起了下午的时候。沈心去灵生集团面试完，她催促陈逸尽快走完流程给沈心发 offer，可等下午两点半 offer 真拿到手里时，她却没忍住，摇了摇头，长长地叹口气："作孽啊……"

林蔻蔻能跟 HR 和解？下辈子还差不多吧。他想到这里，没忍住笑了一声。

施定青终于回头看了他一眼，只道："想要凭这点就打垮我，还早得很。一枚金飞贼，虚名罢了……"

裴恕看向她，平静地提醒："想打垮你的，从来不是她，而是我。还有，如果当初不是你逼她离开航向，签了一整年的竞业协议，今天这枚金飞贼，本应在去年就属于她。"

为了将航向卖掉，为了股权变现，施定青毫不犹豫地抛却了那个曾帮助过她，甚至一直都在帮助她的林蔻蔻。整整一年的竞业期。裴恕永远不会忘记，那天午后，走在清泉寺松林间的石板路上，林蔻蔻表情寻常地告诉他，碑林里立着多少块石碑、寺院里有多少块砖……

施定青漠然道："竞业协议也是她自己愿意签的。"

裴恕道："她只是记恩不记仇，但你不会总能遇到心软的人。你没发现，你身边的人越来越少吗？"

施定青不为所动："那又怎样？只要还有人追求利益，而我恰好也能提供利益，总会有人凑上来的，我永远不会缺少同类。"

或许，这就是她的生存法则。这一刻，裴恕心底感到了一丝讽刺，只是转瞬又慢慢散了，那些泛起的浓烈情绪，消弭在一种似有似无的悲哀里。

他道："但那些被你抛弃过、伤害过的人，不会再回来了。"

施定青道："我不在乎。"

这时，颁奖已经结束，林蔻蔻从台上下来。

整个五组的人，还有歧路的人，全都起身朝着她拥去。

林蔻蔻被他们围在正中，笑着亲了一口手中的金飞贼。

裴恕远远看着，也不知为什么，胸膛里忽然升上来一点温度。他忽然觉得很多事，似乎也没那么重要了。

他平淡地对施定青道："那祝你得偿所愿吧。"

然后他起身，将西装外套上的一粒扣扣好，也朝着林蔻蔻那边去。

施定青坐在远处，看着那边热闹的场景，眼底不起波澜，只对身旁航向的人道："走吧。"

大会在下午四点半闭幕，晚上有一场聚餐，但航向大部分人都没有参加。只有庄择，似乎完全没有受到影响。晚上聚餐时，整个航向就他一个人拎着酒杯到场，蹭吃蹭喝，谈笑风生。

来自天南海北、各大城市的猎头都放松下来，在这个难得相聚的最后的夜晚，举杯欢庆，互诉衷肠。金飞贼的竞争已经结束，各组完成 case 的细节也不再保密，没一会儿便相互聊了个干净。只有二组那边，藏着掖着，讳莫如深。

林蔻蔻对此十分不满，问了三遍也没得到回答之后，终于没忍住跟大家一块儿把这三个人堵在了饭桌上："你们是真给皇帝选妃去了吗？大家怎么做的都已经说了，就你们跟锯嘴葫芦似的。都结束了，你们怎么给这破公司招的阿联酋航空的空姐，倒是仔细说说啊！"

陆涛声、白蓝、黎国永这三人，在整个争夺金飞贼期间，属于貌合神离、三个和尚没水喝，现在却团结得像是系在一根绳上的蚂蚱，相互看看，谁也不开口。

林蔻蔻瞥他们一眼，作势拿起手机："行，不说是吧？那我们干脆打个电话去客户公司那边问问。万一你们仨为了面子弄虚作假呢……"

白蓝立刻怒了："你这纯属污蔑！"

黎国永笑容也僵硬了："我们不至于吧……"

林蔻蔻便道："你们要觉得是污蔑，就证明一下自己啊。"

陆涛声开口道："还是我来说吧。case 我们的确完成了。这家公司搞芯片研发，但无论前台小姐还是空姐，都不愿意来。规模太小，看上去随时都要倒闭的样子，融资失败好几次，不像是有什么发展前景的公司。所以我们……"

说到这里，他顿住，看了白蓝和黎国永一眼。

众人都好奇极了。

林蔻蔻问："所以怎么？"

又是一阵沉默。

最终，还是白蓝板着一张脸，给了一个惊天动地的答案："所以我们仨干脆凑了点钱，把那家公司投了。"

全场忽然死一般静寂，所有人表情呆滞，几乎不敢相信自己听到了什么。就连林蔻蔻都愣了。

啥玩意儿，就为了给这家公司招个前台，这三位凑钱投资了这家公司?!

白蓝一看所有人的表情，顿时感觉受到了羞辱，拍桌就站了起来，不满道："你们这算什么表情？我们投这家公司也不是冲动，是经过充分调查了解的！你们怎么知道人家哪天不会一飞冲天、直接上市呢？"

所有人还是一片沉默。

林蔻蔻心情复杂，只幽幽叹了一句："我算知道，牛刀杀鸡是什么效果了……"

至于白、陆、黎三人投资这家公司，到底会不会亏……无人在意。

林蔻蔻彻底解开了有关本届金飞贼争夺赛的所有疑惑，同裴恕走到外面露台上吹风。两个人将手臂搭在栏杆上。

裴恕回想起这漫长的一天，注视着远处的霓虹，忽然问："沈心会离婚吗？"

林蔻蔻想了想，道："应该会吧。"

裴恕道："我猜也是。"

林蔻蔻道："就算郑维方没有问题，郑维方的母亲也是个问题。两个人的婚姻结合，不可避免地涉及双方家庭，很多时候不是不能接纳这个人，只是无法容忍对方的家庭。"

沈心目前似乎还在犹豫，但她先选择了离开牵手网，去灵生集团创造属于自己的价值，那么后续一些问题会跟着出现。只不过她不再是主动斩断这一切，而是任其发展，等到了某个点上，一切便会顺理成章、自然而然地结束。

裴恕没有说话。

林蔻蔻转眸望着她，却道："但你现在，好像也不那么在意了。"

裴恕道："我不是厌恶她离婚，我只是……"

他耷下眼帘，慢慢笑了一声："我只是，过不去那道坎。"

林蔻蔻轻轻伸手，搭住他的手背，只道："现在过去了。"

夏夜的凉风里，她的手心却是微热的。

裴恕过了好久，终于轻轻道了一声："谢谢。"

贺闯从里面出来找林蔻蔻时，看见的就是这幅场景：两个人并肩立在栏杆前，一个人的手掌覆盖在另一个人的手上，静默中，分明一句话也没说，却又好像说尽了所有。

于是他脚步忽然顿住，站在原地，不再上前。

倒是林蔻蔻无意间一回头，瞧见了他，一下有些愣怔，下意识地看向裴恕。

裴恕看了贺闯一眼，只道："去吧。"

林蔻蔻便笑一声："一会儿回来。"

她直接朝着贺闯那边走去，然后停在他面前："有什么话吗？"

贺闯也琢磨不清自己心里到底是什么感觉，但在看见她朝着自己走过来的时候，他似乎释怀了。

他笑着摇了摇头："原本有，现在没有了。"

林蔻蔻一下不知道该说什么。

贺闯仿佛又恢复成以前那个贺闯，冰冷沉肃的感觉退去，少年的炽烈回到身上，他有些洒脱道："我会离开锐方，自己开一家公司。"

林蔻蔻先是欣慰，后是惊讶："你要自己开公司？"

贺闯朝那边的裴恕看了一眼，虽然知道自己是输了，但仍旧不吝啬给这位曾经的对手上上眼药，只意有所指地对林蔻蔻道："有你的前车之鉴在，谁知道和人合伙开公司会有什么下场呢？我才不会跟你一样重蹈覆辙。"

林蔻蔻回头看了一眼，也跟着笑了。

裴恕就站在原地，哪儿也不去。林蔻蔻同贺闯说话，他就靠在栏杆边，吹着风。

直到庄择溜达过来，站到他身边，来了一句："我始终没明白，深圳工厂那次裁员，我们做得那么成功，为什么一结束，你就要离开，放弃。一直以来，我都以为是因为林蔻蔻。"

裴恕没搭理他。

庄择是真的困惑："所以真的是我会错意，你其实并不喜欢裁员的工作吗？"

裴恕只道："你心里有什么，就会看到什么。"

庄择久久没有说话。当年裴恕顶着缠满纱布的脑袋，将那个简陋的红包递出去时的场面，再次浮现在他的心头。然而此时此刻再想，却好像不再是他当初以为的那个意思了。

庄择慢慢道："你是真的变了。"

裴恕道："或许是你没有看清过。"

庄择想了想，却不知为什么朝着林蔻蔻那边看了一眼，竟道："林蔻蔻这种女人，总给人一种得要跪着才能喜欢的感觉。你真的……"

裴恕不客气地打断他："你想跪，你有机会吗？"

庄择眼皮登时跳了好几跳，他咬了咬牙，终是将这口气忍了，心知这场拉拢已告失败，干脆转身就走，只一摆手，一声冷笑："来日方长。努力工作吧，要是哪天裁到你头上，我可是不会客气的。"

裴恕没接话。

但林蔻蔻正好结束了跟贺闯的谈话，从那边走过来，闻言笑着回他一句："庄顾问将来有需要，也可以找我们的。你要失业，我们愿意打折帮你服务一下。"

庄择听见，差点没跌一跟头，回过头怒视林蔻蔻。

林蔻蔻冲他挥挥手："慢走，不送。"

庄择气得一句话也说不出来，干脆利落地走了。

厅里面的聚会也差不多到了尾声。

露台上再次恢复安静，林蔻蔻靠回了栏杆上，听着江面上吹来的喧响风声。

裴恕轻轻道："结束了。"

林蔻蔻"嗯"了一声，接着又笑起来："不结束，怎么开始呢？"

第四卷

来日方长

第六十章
合伙人

热闹的聚会，是一场惜别。

为了大会搭建起来的展台已经陆续拆除，只在夜色里留下一些残余的狼藉。许多人结束后的当晚便已经离开，也有人还要在酒店住上一晚，等到次日清晨再走。

人们从哪里来，就回到哪里去。

会场里的人曾经勠力同心、称兄道弟，等回到各自的战场，如果狭路相逢也不怕斗个你死我活，大不了来年大会再相互赔礼道歉。

只有少数几家公司的人多留了半天，国际猎联那边经过这次大会的考察，已经选出了十家国内猎头公司，邀请他们正式加入国际猎头联盟，并出席签约仪式。名单上大多是国内有头有脸或是在本次大会上表现出彩的公司。歧路和航向都在其中。孙克诚得知这消息差点没乐歪了嘴，连展台的不快都忘记了，高高兴兴地跟林蔻蔻、裴恕一块儿前往了签约仪式。

航向那边则由庄择出面。

经过前段时间的观察，大家基本都知道他跟国际猎联那帮人关系匪浅。在这场签约仪式上，虽然十家公司并未排出什么先后次序，但庄择本人在国际猎联这边却备受礼遇，连带着航向也脸上有光，仿佛其他人和其他公司都成了捧场的配角。

事后，不少猎头私底下谈起此事，都觉得航向有了庄择只怕是要起死回生，再次焕发生机；再加上最近几年国内企业出现了出海热潮，国际上的人才流动日趋频繁，航向有国际猎联这边的优待和资源支持，光是起点就已经高出别家公司一大截了。

只是谁也没想到，才过去不到半个月，国内猎协这边忽然由陈志山发起了提议，召开了一次全体会议。猎协全体成员表决投票，半数通过，竟将航向一脚从猎协理事会的席位上踹了下去！据传当日投票结束后，程冀离开时，一张脸黑得能拧出水来。

然而这仅仅是个开始。

更爆炸的反转来自航向内部，或者说，来自一年多之前收购了航向的量子集团。

RECC大会结束三个月后，量子集团毫无征兆地发布了一则裁员通知，为降本增效，将裁掉航向60%的员工，剩下的人则集体打包并入集团人事部门的特别招聘小组，专注于为集团招聘人才。而总揽本次裁员事项的，赫然是前阵子才出任航向猎头总监的庄择！

消息一出，令整个行业震惊不已。就连林蔻蔻都一万个没想到。她原以为庄择虽然是做裁员的，但能在大会上力压一众精英，必然有两把刷子，施定青找他来当猎头总监，是找对了。可谁能想到，最后他竟然才是向航向举起屠刀的那个人！

只有裴恕，听说消息之后格外平静，似乎一点也不惊讶。林蔻蔻不免诧异。裴恕却想起几个月前，庄择试图拉拢他去干裁员时脱口而出的那一句："航向早都被量子集团收购了，给我开工资的又不是施定青。"

那时他便察觉，庄择到航向的目的并不单纯。哪怕半个香港的打工人都饿死，也饿不到他庄择的头上。他已经在裁员领域干成了第一人，只说为着一点对裴恕、对林蔻蔻甚至对航向和歧路的兴趣就到内地来，屈就于一个猎头总监的职位，实在不像是他那种凡事"利"字当头的性情。

裴恕简单解释了两句。

林蔻蔻便感觉复杂起来："施定青哪里想到，自己竟然也有上了别人的套的时候？照这样说，庄择是一早就接了量子集团的活，然后才顺势答应了施定青，正好在总监这个位置上，对公司的情况了如指掌，到这时候该裁谁留谁便一目了然，手起刀落，干脆狠辣。只是不知道施定青……"

航向一个公司缩减为量子集团人事部门的特招组，施定青自然也不会再是航向的总裁，离开成了必然。

裴恕闻言，沉默了良久，只道："她手里有钱，还有张贤，背景厚人脉广。像她这样的人，去哪里都不会太差的。"

一场风暴，就这样席卷了航向。一如裴恕与林蔻蔻所料，施定青果然离开了航向，很快宣布与张贤一道新投了某家芯片公司。林蔻蔻打开新闻一看：好巧不巧，居然正是白蓝、陆涛声、黎国永三个人前阵子大会时为了挖前台投的那家。

　　当天晚上，白蓝就给林蔻蔻发来了一串流泪的表情："我们投的天使轮，她投 AB 轮，跟张贤一起，一来就要搞我们……被施定青搞难道是一种病毒吗？为什么还会传染啊……"

　　连温和如陆涛声，半夜里都没忍住，在朋友圈发了三个无语的句号。下面是来自黎国永的点赞。

　　林蔻蔻看见，差点没笑死，只神清气爽地回了白蓝一句："这就叫风水轮流转，今年施定青到你家。"

　　白蓝在微信那头狂喷林蔻蔻，最终忍无可忍，愤而将林蔻蔻拉黑。

　　至于航向被裁掉的员工，有一部分的确是冗余人员，酒囊饭袋，有一部分则去了贺闯新开的公司，还有一些则转投了林蔻蔻现在所在的歧路。

　　自大会结束后，裴恕便着手开始扩张歧路。

　　这人几乎复刻了数月前在清泉寺禅修班的操作，在 RECC 大会的时候，别人在拼死拼活争夺金飞贼，他却不声不响地观察了大部分参会猎头，早已列出了一份名单，连林蔻蔻那组的严华都在其中。大会才结束没半个月，他就开始挖起了别家公司墙脚，甚至打着林蔻蔻的旗号，把严华都忽悠到了歧路。

　　如今航向过来的这些人，刚好大多是林蔻蔻当初在航向时的旧部，这些人在她当年被开除时就想跟她走，只是一来林蔻蔻签了竞业协议，二来也对不起施定青。等一年后，林蔻蔻回来后去了歧路，谁不知道歧路只要精锐，何况歧路也不是林蔻蔻说了算，是以一直没动。

　　现在航向裁员，那真是遂了他们的意。

　　都不用庄择裁，有想法的主动辞了职，纷纷投奔林蔻蔻，倒是一下解决了林蔻蔻没人可用的局面，总算不再是只有舒甜、袁增喜两个菜鸟顾问当手下了。

　　仅仅一年时间，航向这家公司已经消失在陈年的旧闻里，不再有任何人提起，而歧路脚步稳、势头猛，蒸蒸日上，在猎协新一年的评选里毫无疑问地补上了去年航向空出来的席位，正式进入理事会，将原本的"四大猎头公司"变成了"五大"。

　　评选结果出来的那天，孙克诚乐得嘴都合不拢，整个人美得……就差冒泡了。

林蔻蔻都看笑了。

孙克诚甚至专门为此从家里带了一瓶珍藏的好酒来，就在办公室里开了，拿平时装茶装咖啡的杯子倒了酒，叫他们一块儿喝。裴恕这人穷讲究，皱眉盯着那丑杯子，脸上是毫不掩饰的嫌弃。

林蔻蔻跟孙克诚却都不是什么讲究人，把杯一碰，一梗脖子便咕嘟嘟喝了，看得裴恕血压飙升、眼皮直跳。只是到最后，他还是拗不过，跟着喝了。直到下午三点多，他约了人见面要出去，大家才高高兴兴地结束，欢欢喜喜地散了。

林蔻蔻的办公室还在原来的位置，只不过现在早已经装修一新，添了很多绿植、摆件，甚至还有孙克诚精心挑选的挂画，体面了不少。奢侈的裴恕，早在决定扩张的那一天，就把歧路所在楼层的上、下两层给租了下来，现在以这层为中心的三层都是他们的。站在落地窗前，就能俯瞰整个陆家嘴。

林蔻蔻回到自己的办公室来，回想过去这起伏跌宕的一年，竟有种恍然如梦般的错觉。对面裴恕的办公室里，空无一人。她轻轻靠坐在椅子里，转过去俯视着西斜日头下的黄浦江，难得放空下来，放松地享受着刚才那几杯酒带来的微醺。

只是也没能享受太久，只过了十来分钟，外头忽然响起了轻敲玻璃门的声音。

林蔻蔻回头，就看见孙克诚正朝里面探脑袋。

这时的他，看上去有种说不出的鬼祟，甚至还如做贼心虚一般，朝背后裴恕那间空着的办公室看了一眼，才问："有空吗？"

林蔻蔻下意识道："有。"

孙克诚立马钻了进来，反手将门锁上，然后坐到林蔻蔻对面，一脸诡秘："我有个事想问问你，跟你商量。"

林蔻蔻只觉不寻常，不由得正色道："什么事，你说。"

孙克诚压低了声音："你最近有没有觉得他不太对劲？"

他？林蔻蔻先是一愣，接着才反应过来，这说的应该是裴恕。

只是她不明白："不对劲，具体指什么？"

孙克诚便道："就是，就是很奇怪，好像经常心不在焉的，跟我说话还走神。我总觉得，他好像有事瞒着咱们……"

林蔻蔻仔细回想了一下："好像是有一点……"

孙克诚立刻一拍大腿："看吧，我就说我的感觉不会错。其实这倒也不算什么，主要是那天他恰好不在，我进了他办公室等他，结果看见他电脑开着，那上面是，是……"

林蔻蔻好奇："是什么？"

孙克诚静默半晌，幽幽道："是他的简历。"

林蔻蔻顿时笑了，也没当一回事："我们是猎头不说，最近公司也在招人，电脑上有几份简历再正常——"

说到这里时，她眼皮陡然一跳，总算反应过来了："等一下，你刚才说谁的简历？他的简历？！"

孙克诚点了点头，只觉自己心头一紧，补充道："而且是 Word 文档，那个输入的光标正停在履历那一栏上！"

这代表什么？代表裴恕在写他自己的简历啊！这一瞬间，林蔻蔻头皮都炸了一下。

孙克诚只问："一个人待得好好的，忽然之间在准备自己最新的简历，这代表什么？"

林蔻蔻对此有丰富的经验："如果是我们这行，候选人在网上的简历一旦更新，就代表他想找新工作了……"

她抬起头，和孙克诚对望了一眼。

这一刻，两人心底冒出来的想法毫无二致——大危机！歧路大危机！姓裴的忽然开始准备简历，到底是想干什么？

孙克诚犹豫了一下，试探着问："你们俩，最近出什么问题了吗？"

毫无疑问，林蔻蔻跟裴恕已经在一起了。只是林蔻蔻向来低调，从来不在办公室搞什么暧昧、秀什么恩爱，跟裴恕也完全是一副公事公办的态度，甚至他们还经常因为意见不合吵起来。但私底下二人算得上默契，关系融洽。就算偶尔有吵嘴的时候，冷战起来，多半也是裴恕扛两天之识时务地滑跪，再赌气也气不过三天。裴恕跟颗海胆似的，表面满身的刺，恨不能把"生人勿近"贴在脸上，撬开来一看，柔软得一塌糊涂，浑身上下每个细胞仿佛都在说"快来哄我"。

林蔻蔻仔细想了一下，也没觉得两人间最近有什么问题。

顶多就是她嫌他家楼上最近有邻居装修，太吵，两人一块儿回了林蔻蔻家。结果第二天一早他下楼时，碰上赵舍得拎着一筐旅游时摘回来的杨梅刚从门外进到楼下客厅。当时裴恕穿着睡袍，衣衫不整，刚从她楼上房间里出来……

赵舍得当时就露出一个被雷劈了的表情，立马把那筐杨梅放下，一迭声道"不好意思打扰了，我什么也没看见，立刻走"，然后同手同脚离开，还顺便把她持有的那份钥匙和门禁卡搁在了玄关前的立柜上。

林蔻蔻至今还记得，裴恕黑着一张脸，端着水杯，在她房间门口站了许久，然后问了她一句："林蔻蔻，你家真不是菜市场吗？"

孙克诚看她表情变幻，心里都慌了："你们真出问题了？"

林蔻蔻回神，表情有些纠结："那么小件事，应该不至于吧，而且跟公司没有半点关系啊。这用得着大动干戈直接开始准备简历吗？有没有可能，是我们公司出了什么问题……"

孙克诚立马摇头："我已经全查了一遍，从账目到人员再到外面的合作关系，没有任何问题啊。"

林蔻蔻顿时皱起了眉头。两人面对面继续推测了一下其他可能，可最后都排除了，一时百思不得其解。林蔻蔻干脆提议，再观察观察。

然而接下来几天，半点异样都没有。林蔻蔻忙完事，偶尔抬头向对面办公室一看，有几次发现他对着电脑，眉头紧锁，好像在纠结犹豫什么事。她唯一能想起的就是孙克诚说的那份简历。

但不管他们怎么旁敲侧击，裴恕都表现得正常极了，甚至有一回孙克诚问他最近对公司发展有什么意见，裴恕竟一副不太能忍的样子，抬起头来说："公司日常管理不该你负责吗？怎么最近什么事都要来问我？"

孙克诚当天下午就钻进了林蔻蔻办公室，一脸严肃地道："他是不是对我们两个人都有意见？"

林蔻蔻简直满头问号。

孙克诚分析得有理有据："你还记得前几天开会的时候，我俩一块儿反对他吗？还有跟锐方抢人的那次，我俩也投了他的反对票……"

好家伙，扳着手指头一数，孙克诚自己都觉得自己是个汉奸："我明明应该跟他一伙才是，怎么每回投票都管不住手要投你呢？"

林蔻蔻："……"

孙克诚发了愁："他会不会觉得自己被排挤了？我们怎么办？"

林蔻蔻也难得担心起来，想了想，道："这个可能是有的。你先别出面，我明天找个机会，直接开诚布公，问问他吧。"

次日下午，公司里开完了一场会，大家陆陆续续从会议室里往外走。林蔻蔻跟裴恕也从里面出来。

她酝酿了一下，刚开口："我有事想问你——"

裴恕几乎同时问她："你一会儿有空吗？"

两人都愣了一下。

林蔻蔻先道："我有空。"

裴恕便跟着去了她办公室，只是进门的时候犹豫了一下，竟然反手把门锁上了。林蔻蔻眼皮登时跳了一下。

两人面对面坐下来。林蔻蔻先没说话，还在心里斟酌用词，思考着怎么开口显得比较自然。裴恕却忽然将一个文件夹放到她桌上。

因为先前和孙克诚已经有了一些猜测，林蔻蔻一看他搞得这么严肃，还端出份文件夹来，顿时有种不祥的预感，犹豫了一下，先问："这是什么？"

裴恕道："我的简历。"

林蔻蔻眼皮又跳了一下，一边翻开文件夹，一边故作镇定地笑道："你没搞错吧？好端端的，你准备简历干什——"

然后她看见了文件夹里那两页纸，整个人忽然愣住。

左边是裴恕的简历，厚厚一叠，从姓名、年龄、民族到履历，应有尽有，就差没往上列明自己祖宗十八代了。

右边却只有薄薄一页，顶头那行字是婚姻合伙申请。

林蔻蔻坐在自己的位置上，好半天没反应过来。

裴恕难得有些忐忑，忍不住解释："简历是有点长了，重点不太突出，但申请书是比照公司给候选人的 offer 通知格式写的，你是绝对的甲方……"

林蔻蔻有些恍惚地抬头，用一种费解的、不可思议的眼神看着他："所以你这几天偷偷准备简历，就为这个？"

裴恕先点了点头，然后才意识到："你怎么知道？"

林蔻蔻抬手撑住自己的脑袋，忽然倒进椅子里，差点没怀疑人生。她跟孙克诚提心吊胆这么多天，还以为这祖宗是受了什么委屈要搞点大事，结果就这？他是有什么大病吗！

但她这个反应，落进裴恕眼底，就成了另一种意味。

他问："不好吗？"

林蔻蔻头疼，考虑了一会儿，认真地打量着他："你知道这意味着什么吗？"

裴恕道："我知道。"

林蔻蔻道："沈心半年前离婚了，你应该知道吧？我了解你，知道你的家庭。可你了解我，知道我家是什么情况吗？"

裴恕望着她，竟道："我知道。"

林蔻蔻顿时一怔。

裴恕犹豫了片刻，轻声道："那天在你家里，我不小心打开了你的抽屉……"

最上面是林蔻蔻放那三枚金飞贼的盒子，下面却压着一份很多年前的旧报纸。裴恕原本也没在意，只是当他一眼扫过去看见版头上那条新闻的标题时，忽然就愣住了。

那是前些年P2P网络贷款，也就是俗称的"小额贷"最盛行的时候，很多公司都在利用这种形式诈骗。当地警方调查后，查处了某个涉嫌诈骗的P2P平台。负责人早在出事之前，就已经卷款逃亡国外，剩下二十余位"高管"被抓，将面临起诉。其中包括一位公司人事总监，涉嫌欺骗、盗用员工信息开设账户，协助进行资金空转……新闻上没有提他的名字，只以"林某"作为代替。

裴恕在抽屉边上立了一会儿，终于还是没有拿出那张报纸细看，只是将抽屉关上，当作什么也没发生，什么也不知道。林蔻蔻不说，他就不问。

直到今天，此时此刻。

他怕林蔻蔻误会："我并非有意刺探，只是想找支笔……"

林蔻蔻打断他，敲了敲桌上那份文件夹，只道："你知道，还写这玩意儿？"

裴恕道："我相信我们都有能力处理好各自的事。"

林蔻蔻道："那老孙怎么办？"

要换了其他人，听见这句，估计满头问号，不明白这时候跟孙克诚有什么关系。

但裴恕竟懂她的意思，或者说，他早就考虑到了："公司合伙人层面的股权结构不变，但涉及公司关键决策的制度可以更改，每个人都有一票否决权。再说哪回吵架他投我了？不都是投给你吗？该担心被排挤出公司的那个人是我才对。我看他恨不得把我卖给你，好把你绑在公司，一点也不用担心，他当'汉奸'舒服着呢。"

林蔻蔻："……"

原来大家都知道孙克诚是"汉奸"了！

林蔻蔻一时无话可说，盯着那份"婚姻合伙申请"，过了好一会儿，才道："你知道，以我们俩的脾气将来可能会离婚吗？说不准，以后你会后悔。"

裴恕道："可你也对沈心说过，无论怎么选，最终都会后悔。人总会寄望自己没走的那条路上的风景。既然如此，我当然选一条自己现在最愿意走的路，不然以后想起自己没走过，不是会更后悔吗？"

林蔻蔻又静了片刻，道："如果以后我更爱工作呢？"

裴恕忽然笑了："这还用'如果'和'以后'吗？"

林蔻蔻："……"

裴恕看着她，也不催促，只是不知哪根筋抽了，忽然开了个地狱级玩笑："只要别将来离婚我摔地上磕坏脑袋，你打完120掉头就走，问题都不大。"

林蔻蔻知道自己不该笑，但她忍不住想象了一下那个场面，越想越觉得好笑，还是没憋住，笑出了声。

裴恕自己也笑了。

笑完后，她先道歉："对不起，我刚才不该笑的。"

裴恕并无所谓："都过去了。"

林蔻蔻望着他，这回倒是难得认真："不过这点你可以放心，要真有那天，我肯定跟着救护车，把你送进ICU，等你出来醒了再走。"

明明不是什么吉利话，可裴恕听后慢慢笑了。林蔻蔻终于捡起旁边的签字笔，埋头便要在那薄薄的一页纸上签下自己的名字。只是笔尖落下去，顿了片刻，又不知为什么提了起来。来来回回，反反复复好几次。

裴恕就坐在她对面看着，心情跟着她那来回的笔尖起伏了好几轮，终于忍无可忍："你到底签不签？"

林蔻蔻用一根手指压在嘴唇上，想竭力撑住那快忍不住的笑，只抬头道："我只是……裴恕，你十九岁无偿献过血这种事，有什么必要写进简历里吗？"

说完这句，她肩膀都因为忍笑抖动起来。

裴恕咬牙："我看见你笑了。"

林蔻蔻终于破功，差点把脸埋到桌上，肆无忌惮地笑出声来。

最终，裴恕得到了自打认识她以来见过的最丑的签名。因为林蔻蔻一边写，一边笑，"林蔻蔻"三个字写得歪七扭八。

裴恕拿过来一看，眼皮都直跳。

林蔻蔻好不容易止住笑，咳嗽一声，问："要不，你再打印两张，我重新帮你签一下？"

裴恕断然拒绝："不，我怕你反悔。"

林蔻蔻立马道："我是那样的人吗？"

裴恕不客气地看她一眼："别怀疑，你就是。"

说完，他直接把文件夹收了回来，取下其中一页已经签好字的纸页，拍到林蔻蔻面前："一式两份，一人一份。"

　　林蔻蔻手肘支在桌上，只隔了半张桌看他。当裴恕抬头时，两个人的距离便极近。眸对着眸，唇对着唇。林蔻蔻没有半点拉开距离的意思，只一声轻笑："以后请多指教，我的——合伙人？"

　　这一刻，裴恕心跳骤快，却不肯显得输了阵仗，故作镇定道："当然，不客气。"

　　落地窗外，江面映射着粼粼的波光。

　　那薄薄的一页纸，就搁在两人之间。

　　落款处的墨迹，在夏日的空气里渐渐干涸，凝固在纸面，将这一刻清晰地定格，不再晕染。

（完）

图书在版编目（CIP）数据

物色：全二册 / 时镜著 . -- 长沙：湖南文艺出版社，2023.4

ISBN 978-7-5726-1078-3

Ⅰ . ①物… Ⅱ . ①时… Ⅲ . ①长篇小说－中国－当代 Ⅳ . ① I247.5

中国国家版本馆 CIP 数据核字（2023）第 036288 号

上架建议：畅销·青春文学

WUSE: QUAN ER CE

物色：全二册

著　　者：时　镜
出 版 人：陈新文
责任编辑：刘雪琳
监　　制：邢越超
策划编辑：柚小皮
特约编辑：白　楠　彭诗雨
营销支持：文刀刀　周　茜
版式设计：李　洁
封面设计：有点态度设计工作室
插图绘制：张皓熙　断　流　RABI
内文排版：百朗文化
出　　版：湖南文艺出版社
（长沙市雨花区东二环一段 508 号　邮编：410014）
网　　址：www.hnwy.net
印　　刷：三河市鑫金马印装有限公司
经　　销：新华书店
开　　本：640 mm × 915 mm　1/16
字　　数：790 千字
印　　张：44
版　　次：2023 年 4 月第 1 版
印　　次：2023 年 4 月第 1 次印刷
书　　号：ISBN 978-7-5726-1078-3
定　　价：79.80 元（全二册）

若有质量问题，请致电质量监督电话：010-59096394

团购电话：010-59320018